KB173942

홍 정 선
평 론 집

프로메테우스의 세월

프로메테우스의 세월

홍 정 선

도서출판 역락

책머리에

프로메테우스의 세월을 기억하며

나는 이 책에 수록된 글 대부분을 80년대 초반부터 90년대 초반 사이에 썼다. 그 시절 나는 민족·민중문학에 대해, 이런 용어가 적절할지 모르겠으나, 비판적 동반자의 위치에 서 있었다. 그리고 90년대 초반 이후 민족·민중문학이 제도권 내로 진입하고, 작가회의가 문인협회보다 더 확실하게 현실권력과 친밀해지던 시기부터는 민족·민중문학에 대한 글을 거의 쓰지 않았다.

과거에 쓴 글을 모아 책을 엮어내는 나의 심정은 착잡하고 복잡하다. 나의 이런 심정은 민족·민중문학의 경계가 흐려져 가는 모습과 관계가 있다. 이렇게 경계가 흐려져 가는 모습은 민족·민중문학의 발전인가, 소멸인가? 민족·민중문학이 하나의 한국문학을 만들기 위해 스스로 경계를 지우고 있는 것이라면 발전의 과정이겠지만, 민중은 사라지고 대중만이 남았다고 지레짐작하며 경계를 지우는 것이라면 소멸의 시작일 수도 있다.

우리 근현대문학사에서 민족·민중문학만큼 뚜렷한 줄기를 형성한 문학은 없다. 또 민족·민중문학만큼 사람들을 사로잡으며 논란의 대상으로 떠오른 문학도 없다. 그렇지만 민족·민중문학에 대한 기왕의 담론들은 그 속에 몸담은 사람들의 옹호논리이거나 반대쪽에 선 사람들의 거부논리가 대부분이어서 비판적 거리를 공정하게 확보한 담론을 발견하는 것은 생각처럼 쉽지 않다.

이 책의 글들은 민족·민중문학을 열정적으로 지지하기 위해 쓴 것도 확실하게 거부하기 위해 쓴 것도 아니다. 그보다는 한국의 민족·민중문학이 어떤 역사적 맥락을 가지고 있으며, 어떤 모습을 보여주었고, 어떤 의미와 한계를 가진 것인지를 나름으로 검토해보기 위해 쓴 글이 대부분이다. 민족·민중문학이란 용어와 개념에 대해서, 민족·민중문학이 창작의 핵심으로 삼고 있는 리얼리즘에 대해서, 민족·민중문학이 보여주고 파생시킨 이론에 대해서, 민족·민중문학의 대표적인 작가와 작품에 대해서 일정한 의미부여와 함께 비판적 검토를 해 본 것이 이 책이라 할 수 있다.

나는 민족·민중문학만이 민족과 민중을 위한 문학을 한다고 생각하지 않는다. 그렇지만 90년대에 이르기까지 민족·민중문학이 프로메테우스의 세월을 살았다는 사실은 잊지 않고 싶다. 프로메테우스가 인류에게 문명을 주기 위해 어려움을 겪었듯이 민족·민중문학도 우리나라를 인간답게 살 수 있는 근대국가로 만들기 위해 수난을 겪었다. 나는 그 사실을 기억하며 책의 제목을 '프로메테우스의 세월'이라 붙인다.

2008년 2월 홍정선

차 례

제3부 민족 · 민중문학의 현장

제1부

민족 · 민중문학의 역사와 논리

한국의 진보적 문학사상

한국의 진보적 문학사상을 이야기하기 위해서는 먼저 여기에서 사용하는 '진보'라는 말의 뜻부터 분명히 할 필요가 있을 것 같다. 한국에서 '진보'라는 말은 일반적으로 마르크시즘, 혹은 마르크시즘적 경향과 관련된 어떤 것을 가리키는 경향이 많다. 마르크시즘이 이 땅에서 본격적으로 영향력을 행사하기 시작한 1920년대 이후, '진보'라는 말은 대체로 마르크시즘과 동일시되어온 것이다. 그래서 '진보적 문학'이란 말을 사용하면 우리는 그것 역시 마르크시즘적이거나, 그러한 경향의 현실 개혁적인 문학을 눈앞에 떠올리게끔 되어 있다. 비록 1950년 한국 전쟁 이후 군사 문화와 반공 이데올로기가 극성을 부리면서 상당 기간 동안 마르크시즘적 경향이 한국사회의 표면에서 사라지고 '진보'라는 말 자체마저 터부시된 때가 있었지만—조봉암의 진보당 사건 이후의 현실이 그랬다— 그럴수록 동일시 경향은 내면 속에서 강화되었다. 이 점은 이를테면 60년대 이후 한국에서 같은 대상을 두고 비판적 지식인과 지배층이 서로 다르게 사용한, '민중—서민', '노동자—근로자', '계급—계층'과 같은 용어 사용이 마르크시즘에 대한 연상 작용 때문임을 이해하면 납

등이 될 것이다. 이 대응하는 말들은 전자의 경우 마르크시즘에 대한 은밀한 동경과 향수를, 후자의 경우 기피와 혐오를 표출하고 있다. 동시에 마르크시즘에 가해진 탄압과 폭력을 증언해주는 미묘한 상관관계를 구성하고 있다.

그렇지만 진보라는 말 그 자체에 따라다니는 마르크시즘적 경향 때문에 우리는 한국의 진보적 문학사상은 곧 마르크시즘과 관계된 어떤 것이라는 등식을 만들어서는 안 된다. 한국 근대 문학에는 진보라는 말 자체와 상관없이 일정한 시기에 일정하게 진보적인 역할을 담당했던 여러 가지 문학사상들이 있으며, 그것들에 대한 충분한 고려 없이 한국문학의 총체상을 그릴 수 없는 까닭이다. 예컨대 1900년으로부터 1920년에 이르는 시기에 이해조(李海朝) · 안국선(安國善) 등 신소설 작가들과 최남선 · 이광수 등 계몽주의 작가들의 작품이 대단히 진보적인 것으로 간주된 사실이 바로 그렇다. 그 시기에 자유연애론을 중심으로 한 이광수의 새로운 인간 선언('新種族' 선언)은 전통적인 윤리관에 대한 혁명적 도전으로 간주되었던 것이다. 또한 4 · 19 세대의 문학사상은 70년대에 '실천적 문학'을 내세우는 『창작과비평』 중심의 민중주의와 '문학적 실천'을 내세우는 『문학과지성』 중심의 자유주의로 갈라지지만 그럼에도 양자 모두가 여전히 당대 사회 속에서 진보적이었다.

따라서 필자는 여기에서 진보라는 말의 한국적 의미에 지나치게 얽매이지 않으려 한다. 그 대신 진보라는 말을 이 세상 속에서 아직 이루어져 있지 않은 어떤 상태, 말하자면 착함의 상태, 정의로움의 상태, 아름다움의 상태 등을 위해 진지하게 힘쓴 모든 것으로 파악하고자 한다. 그리고 한국문학이 그 같은 미래의 상태를 위해 현재적인 여러 모순들과 정직하게 대결하고 해결을 모색해나간 모든 의미 있는 자취들을 진보적인 것으로 간주하면서 그 가운데 뚜렷한 줄기를 형성한 것들만을 다음에서 간략하게 서술해 보고자 한다.

한국 근대 문학의 진보성은 '사회(혹은 국가)'와의 관계로부터 시작되었고 지금 역시 그렇다. 한국문학은 1920년대에 들어와 '개인'의 의미를 비로소 조금씩 깨닫기 시작했으나 사회와 대립되는, 또는 사회와 버금가는 무게를 지닌 '개인'의 의미에 대해서는 별로 관심을 가지지 않았다. 아니 가질 수 없었다. 가족과 국가를 중심으로 이루어진 전통적인 윤리관은 개인에 대한 성찰을 가로막았으며, 곧이어 마르크시즘이 또한 그러한 작용을 했다. 그리고 경술국치(庚戌國恥), 3・1 운동, 8・15 해방, 한국전쟁, 4・19 혁명, 광주 시민항쟁 등 끊임없이 되풀이된 민족적인 문제들이 또한 개인적 문제들을 뛰어넘는 사회적 문제로 작가들을 불러들였다. 그렇기 때문에 한국의 문학인들 곁에는 언제나 사회가 함께하고 있었다.

그래서 한국문학 속에서는 김동인의 「광화사」나 「광염 소나타」와 같이 개인의 의미를 극대화시킨 탐미적 태도가, 작품의 수준 문제를 떠나서, 뿌리내릴 자리가 별로 없었다. 어떻게 보면 김동인의 그런 작품 역시 한 중요한 개인이 어떤 일에서 절대적인 경지에 도달하기 위해서는 불가피하게 주변의 다른 것들을 희생시킬 수밖에 없으며, 거기에는 가족・사회・제도까지 포함될 수 있다는, 종래에 볼 수 없었던 혁명적 발상의 소산이었지만 한국 문학사 속에서는 별다른 영향력을 발휘할 수 없었던 것이다. 이 점은 일본의 오카모도 키도(岡本綺堂)의 「수선사 이야기(修禪寺物語)」나 아꾸다가와 류노스께(芥川龍之介)의 「지옥변(地獄變)」이 일본 문학사 속에서 중요하게 평가받는 것과 비교할 때 한국문학의 뚜렷한 특징을 말해주는 것으로 볼 수 있다. 김동인의 그 같은 작품은 개인의 의미나 행복보다는 사회적 책임과 정의가 월등히 중요했던 한국에서 당시나 지금이나 어쩌다 불거져나온 이질적인 것쯤으로 간주되고 있을 따름인 것이다. 이 점은 개인의 내면 세계를 누구보다 적나라하게 까뒤집어 보여준 이상(李箱)이나 자신의 고독한 실존적 자세를 부끄러워하면서도 정직하게 펼쳐보인 윤동주조차도 당대 사회의 어두운 그림자와 가족에 대한 책임 의식으로부터 전혀 자유롭지 못했다는 사실에서도 충분히 확인할 수 있다.

반면에 이광수의 『무정』은 독자들로부터 열렬한 지지를 받았는데, 그 이유는 『무정』 속에 지사적인 자세로 엄숙하게 새로운 사회와 국가를 이야기하는 모습이 들어 있었기 때문이다. 소설 속에서 이형식은 대단히 심각하게 자유 연애 사상을 이야기하지만 그것은 개인의 차원에서가 아니라 타인들의 눈치 속에서이며, 사회적인 관계 속에서이다. 항상 선각자인 누구누구라면 어떻게 생각했을까라는 강박관념에 시달리며 개인적 결단의 문제를 사회적 윤리 규범의 문제로 뒤바꾸어 놓은 후 비장한 자세로 그것에 대해 지사적 도전을 감행해 나가는 주인공의 모습은 개인의 행복과 의미를 추구하는 모습이 전혀 아닌 것이다. 독자들은 이 같은 『무정』에서 인물이나 이야기 자체에 흥미를 느꼈던 것이 아니라 자신들을 속박하고 있는 전통적인 유교적 윤리관 속에서 허우적거리고 있는 자신들의 모습을 읽고 흥미를 느꼈다고 할 수 있다. 의식의 표면에는 신교육을 통해 근대적인 인간관·윤리관이 이제 막 들어서기 시작했지만 실제 생활을 규정하는 것은 여전히 전통적인 인간관과 윤리관이었던 당대 독자들로부터 『무정』은 열광적인 환호를 받았던 것이다. 이 같은 점에서 우리는 염상섭의 『만세전』에서 '나'가 아내를 버리지 못하는 모습을 『무정』의 또 다른 뒷면이라고 이해할 수 있다. 그것은 애정 없는 결혼을 거부한 이형식이나 애정 없는 결혼을 지속해 나간 '나'의 행위 모두가 당대의 풍속 한가운데서 어느 것이 진정한 인간의 도리인가를 깊이 있게 고뇌한 결과이기 때문이다.

이런 점에서 볼 때 전통적인 유교 사회와는 또 다른 의미에서, 그렇지만 본질적으로는 유교와 상당한 공통점을 지니면서 사회적 인간을 내세운, 마르크시즘이 20년대 이후 한국 사회를 휩쓴 것은 조금도 이상한 일이 아니다. 지사적인 자세로서의 글쓰기, 사회적인 정의에 대한 적극적 관심, 선악에 대한 분명한 태도, 제국주의 세력과의 단호한 투쟁 등 여러 가지 점에서 마르크시즘은 유교적인 지식인들과 쉽게 결합할 수 있는 측면을 지니고 있었다. 지사적인 글쓰기의 전통을 지닌－이 전통은 엄숙한 표정을 지닌 지금의 민중문학자들에게까지 계속되는 전통이다－ 한국의 문학인들, 특히 양반 집안에서 태어난 상당수의 문학인들이 마르크시즘에 경도된 것은 바로 그 때문이었다. 그들은 자신들의 글쓰기가 풍류적인, 혹은 도락적(道樂的)인 의미밖에 띨 수 없는 식민지 사회를 뛰어넘어 지사적 글쓰기의 역할이 보장되는 새로운 사회로 곧바로 나가고자 했던 것이다.

따라서 2, 30년대 한국의 프롤레타리아 문학은 일본과 밀접한 관계를 맺고 있었으면서도 한국적인 특수한 상황의 소산이었다. 헤게모니를 위한 이론 투쟁, 새로운 강경파의 되풀이되는 대두, 끊임없는 분파주의 등 표면적으로 나타난 점에서 볼 때 한국의 프롤레타리아 문학은 일본과 대단히 유사하지만 이면을 지배하는 심리적인 모티프의 측면에서는 분명히 달랐던 것이다. 그 점은 다른 무엇보다도 한국프롤레타리아 문학이 지닌 민족 해방 투쟁의 성격에서 찾을 수 있으며, 이 명분으로 프롤레타리아 문학은 여타의 문학을 압도할 수 있었다.

당시 프롤레타리아 문학 운동에 참가했던 사람들의 상당수는 심리적 근저에 이 문학 운동은 계급 해방 운동에 선행하는 민족 해방적인 운동이라는 의미를 은연중에 부여하고 있었다. 이 사실은 여러 곳에서 확인할 수 있는데, 이를테면 프롤레타리아 문학을 처음 시작한 팔봉 김기진과 같은 사람은 전혀 비과학적인 말임에도 일본은 부르조아고 조선은 프롤레타리아라는 식의 관점에서 프롤레타리아 문학을 시작했다고 말하고 있다. 그리고, 초기 카프 구성원들은 그들이 존경했던 나카니시 이노스께(中西伊之助)가 조선 사람들을 두고 사용한 '토인(土人)'이란 용어가 '야만인'의 의미가 있다고 시비를 벌였었다. 또, 한국 프롤레타리아 문학 진영에서의 비중과 역할에 있어서, 일본의 구라하라 고레히토(藏原惟人)에 방불한 인물이라 할 수 있는 임화 역시 김기진과 차원은 다르지만 '현해탄' 시편들을 통해 자신의 의식을 지배하는 가장 중요한 것이 일본과의 관계임을 은연중에 드러내 보이고 있다. 예컨대 그는 「현해탄」이란 시에서 한국 청년에 대해서는 "첫번 항로(航路)에 담배를 배우고, / 둘째번 항로(航路)에 연애(戀愛)를 배우고, / 그 다음 항로(航路)에 돈 맛을 익힌 것은, / 하나도 우리 청년(靑年)이 아니었다"는 식으로 강변에 가깝게 두둔하는 한편, 일본 사람에 대해서는 "나는(어린 아이의 : 필자 주) 울음 소리를 무찌른 / 외방 말(일본 말 : 필자 주)을 역력(歷歷)히 기억하고 있다"라고 쓰고 있기 때문이다. 요컨대 이들은 논리적으로는 프롤레타리아 계급의 국제적 연대를 강조했으나 심리적으로는 민족 해방을 더 염원했던 것이다. 이와 같은 점에서 볼 때 한국의 프롤레타리아 문학은 내부적 계급 모순과의 투쟁에 선행하는, 유교적 전통을 잇는 애국적 · 지사적 자세를 그 밑바닥에 지니고 있는 셈이며, 그 같은 정신은 해방 후에도 유달리 '애국'을 강조하고 있는 북한문학은 물론 반외세를 외치는 남한의 민중문학 속에서도 계속 이어지고 있는 셈이다.

앞에서 이야기한 측면과 함께 2, 30년대의 프롤레타리아 문학은 사람들에게 사회에 대한 새로운 인식을 일깨운 측면이 있다. 그 이전까지 막연하게 하나로만 생각해온 사회가 사실은 단순한 하나의 통일된 사회가 아니라 그 속에서 대립과 갈등을 일으키고 있는 여러 이익 사회들의 집합이며, 우리 모두는 그중의 한 사회에 소속되어 존재 구속을 받고 있다는 사실을 프롤레타리아 문학은 가르쳐 주었다. 당시의 프롤레타리아 문학은, 많은 점에서 잘 형상화된 작품이라기보다는 사회과학적 지식의 열거였으며, 또 그러한 지식의 열거가 대부분을 차지하는 평론들이 구심점에 놓여 있었지만, 사람들은 바로 그러한 비문학적인 계몽적 측면을 통해 우리 사회의 모습에 대한 새로운 논리적 인식을 획득했던 것이다.

프롤레타리아 문학을 중심으로 한 이러한 진보적 문학사상에 대해 치명적인 타격을 준 것은 한반도의 분단과 한국 전쟁이었다. 한국의 진보적 문학은 전후 일본의 프로 문학처럼 경직화된 공식주의를 휘두름으로 말미암아, 다시 말해 히라노 낑(平野謙)과 아라 마사히또(荒正人) 등 '근대문학'을 두고 보수 반동이니 반혁명이니 하고 비판 배제함으로 말미암아, 결과적으로 스스로에게 타격을 가하게 되는, 그 같은 행복한 길을 걸을 수 있는 상황 속에 전혀 있지 못했다. 한반도의 분단과 한국 전쟁은 진보적 문학 진영에 대해 그 같은 자생적 결론에 이를 수 있는 넉넉한 상황을 허용해주지 않았다. 그게 아니라 전주 사건을 조작해서 1935년 카프(KAPF)를 강제로 해체시킨 일제의 가혹한 탄압보다 오히려 훨씬 더 심각하고 치명적인 타격을 가했다.

한반도의 분단과 한국 전쟁은 먼저 작가들을 두 차례에 걸쳐 거의 완전히 재편성시켰다. 홍명희 · 임화 · 김남천 · 이기영 · 한설야 · 이태준 · 박태원 · 오장환 · 김사량 · 이용악 등의 월북과 황순원 · 구상 · 안수길 · 김이석 등의 월남으로 이어지는 작가들의 재편성은 작가 개개인의 성향에 관계없이 이데올로기의 선택으로 귀결될 수밖에 없었다. 작가들의 상당수는 특정 이데올로기에 대한 철저한 신념에서라기보다는 양심 · 명분 · 의리 · 친소 관계 · 친일 등의 과거 행적 때문에 월남과 월북을 감행했지만 결과는 이데올로기의 선택이 되었던 것이다.

다음으로 분단과 한국 전쟁은 작가들로 하여금 자신들이 살고 있는 현실에 대한 비판적 성찰을 오랫동안 불가능하게 만들었다. 분단과 한국 전쟁은 해방 직후 유동적이었던 이데올로기 선택을 절대적인 것으로 만들고, 불안했던 양쪽 체제를 공고한 것으로 만들면서 작가들이 쓸 수 있는 영역을 제한하는 결과를 낳은 것이다. 이 제약이 얼마만한 것이었는지는 남한의 경우 1960년 4·19혁명 이후 최인훈의 『광장』이 발표될 때까지 양쪽의 체제나 이데올로기 문제에 대해 객관적으로 접근한 작품이 한 편도 발표되지 않았다—아니 발표될 수 없었다—는 사실로 미루어, 그리고 70년대에 이르기까지 무시간의 세계 속으로 침잠해 들어가서 정한(情恨)의 세계를 다룬 작품들이 대거 씌어졌다는 사실로 미루어 충분히 짐작할 수 있다.

마지막으로 분단과 한국 전쟁은 그때까지 한국 '근대 문학'이 걸어온 도정, 특히 진보적 '근대 문학'이 걸어온 도정을 전적으로 무화시켰다는 사실을 지적할 수 있다. 해방 직후 식민지 시대 문학을 비판적으로 계승하면서 동시에 "한 민족을 통일된 민족으로 형성하는 민주주의적 개혁과 그것을 토대로 한 근대 국가의 건설"을 바탕으로 수립하고자 했던 '민족문학'이란 이념은 분단으로 말미암아 잠시 동안의 꿈에 지나지 않게 되었다. 분단과 한국 전쟁은 해방 후 '문학가동맹'의 '민족문학' 이념을 일시적 주장에 지나지 않는 것으로 만들어버렸을 뿐만 아니라, 그 이전의 과거 사실들마저도 존재하지 않은 것으로 만들어버렸다. 그것은 과거의 진보적인 프롤레타리아 문학에 대한 모든 논의를 철저히 차단함으로 말미암아 프롤레타리아 문학과 관계된 과거의 문학 전체가 설명할 수 없는 비논리적 세계에 감금되어 버린 까닭이다. 절대적인 현실에 의해 앞에 있었던 사실들마저도 없었던 것으로 되어버리거나 "그때 정말 그런 일이 있었던가?" 정도의 상상적인 것으로 바뀌어버린 것이다. 그 결과 50년대에 문학 활동을 시작한 신예들은 자신들 앞에 존경할 만한 선배도 이어받을 전통도 없는 난감한 상황에 처하게 되었고, 이 상황 속에서 “우리는 애비 없는 자식이다” 혹은 “우리는 화전민이다”라고 절규하게 된 것이다.

한국문학이 아득한 무시간의 심연 속으로부터 빠져나와 개인과 사회, 세계와 민족, 언어와 삶에 대해 본격적인 성찰을 다시 시작할 수 있게 된 것은 4·19 세대들에 의해서였다. 그리고 문학에서 그 같은 과제를 수행해나가는 데 결정적인 역할을 한 것은 이들이 주축이 된『문학과지성』과『창작과비평』두 그룹이었다. 스스로 한글 세대임을 자부하면서 70년대부터 한국문학을 주도해 나가기 시작한 이 두 진보적 그룹은 전통적인 인간 관계에 얽매여 있던 기왕의 문단 풍토를 함께 혁파해 나가면서, 문학과 사회의 관계에 대해 서로 대립적인, 그러면서도 상호 보완적인 길을 걸음으로써 이후의 세대들에게 지대한 영향을 미쳤다.

기존의 문단과 구별되는『문학과지성』그룹과『창작과비평』그룹의 진보성은 각각 현실에 대한 방법적 접근과 민중적 실천으로 나타났다. 그리고 현실 개혁 의지를 문학을 통해 실천하고자 하는『창작과비평』쪽과 문학의 끊임없는 자유로움으로 경직화된 현실과 맞서고자 한『문학과지성』쪽은 유신 체제라는 폭력적인 상황 속에서도 충실하게 자신들의 입장을 지켜 나갔다. 현실을 비판하거나 거부하기만 하면 무조건 정의로운 사람과 글이 될 수 있었던 유신 체제하에서도『문학과지성』그룹은 지사적 실천에의 유혹을 뿌리치고 언어를 통해 삶에 이르려고 하는 방법적 자세를 견지했으며, 끊임없이 되풀이되는 물리적 탄압 속에서도『창작과비평』그룹은 ‘삶의 현장 속에’ 문학을 위치시키려는 지사적인 노력을 포기하지 않았던 것이다.

그 결과『문학과지성』그룹과『창작과비평』그룹은 70년대의 현실에 대한 이 같은 문학적 대응을 통해 자연스럽게 문학과 사회의 관계에 대한 자신들의 태도를 드러냈다. '정신의 리버럴리즘'을 내세운 전자는 "문학은 그 속성에서 영원히 비체제적"이라는 태도를 보여주었으며, '민족·민중문학'을 내세운 후자는 "문학은 분단 모순과 계급 모순의 해결을 위한 부단한 실천"이라는 태도를 보여준 것이다. 자신들이 옹호하는 작가와 작품을 통해, 또한 두 그룹을 이끈 평론가들의 글을 통해 나타난 이 같은 입장의 차이는 그러나 일부에서 곡해하듯이 모더니즘과 리얼리즘의 차이나 엘리트주의와 민중주의의 차이가 아니다. 그 차이는 그런 차이가 아니라 현실에 대한 해석의 차이이며, 해석된 현실에 대처하는 방법상의 차이라고 하는 것이 옳을 것이다. 좀더 구체적으로 말해 전자는 부단히 변화하는 현실에 대응하는 방법은 한 가지일 수가 없다는 태도이며, 후자는 지금의 현실에 대응하는 가장 과학적인 태도는 여러 가지 일 수가 없다는 태도의 차이인 것이다. 그리하여 전자는 어떤 경우건 유일한 방법을 내세우는 것은 경직된 태도의 소산이며, 그 태도는 바로 지배 권력의 모습과 닮은꼴이 될 수 있다는 입장에서 '문학은 영원히 비체제적'인 것이 되어야 한다고 주장했고, 후자는 지금 우리 민족과 민중이 처해있는 객관적 현실에 따라 현 단계 우리 문학의 당면 과제는 설정되는 것이며, 그 과제는 바로 민주회복·분단극복·계급모순의 해결이라는 입장에서 그것들의 해결을 위한 '실천적 문학'과 '문학인의 실천'을 강조했다.

『문학과지성』 그룹과 『창작과비평』 그룹의 이 같은 시각 차이는 70년대 중반에 들어서면서 두 진영이 옹호하는 작품과 작가들을 통해, 그리고 이 두 그룹을 추종하는 후배 세대들에 의해 점차 증폭되었다. 더구나 유신 체제하의 문학적 분위기는 우리에게 '이다'와 '아니다'의 선택만을 강요하는 상황이었기 때문에 더욱 그러했다. 이 같은 상황을 두고 김현은 "반체제가 상당수의 지식인들의 목표이었을 때, 문학비평이 무엇이냐는 질문은 사치스럽기 짝이 없는 질문처럼 생각되었다"라고 쓴 바가 있다.

『창작과비평』 그룹과 『문학과지성』 그룹은 그러한 상황 속에서 한편으로 '문학이란 무엇인가?'에 대한 자신의 입장을 분명하게 드러내지 못하게 만드는 유신 체제란 억압적 분위기를 감지하면서 다른 한편으로 점차 벌어져가는 서로 간의 시각 차이를 느끼고 있었던 것이다. 그것은 『창작과비평』 쪽에서 볼 때 유신 체제와 같은 열악한 현실적 조건 속에서 정신의 자유스러움을 주장한다는 것은 일종의 사치이거나 순응주의라고 생각되었기 때문일 것이며, 『문학과지성』 쪽에서 볼 때 현실의 경직화와 폭력에 대해 문학의 경직화와 언어의 폭력으로 맞선다는 것은 모순을 피하기 위해 또 다른 모순을 선택하는 것으로 생각되었기 때문일 것이다.

70년대를 지배했던 양대 계간지가 폐간된 후 80년대에 활발하게 전개된 무크지 운동은 긍정적인 의미에서 볼 때 탈중심화 현상을 초래했다. 권력에 비판적인 문학의 심장을 제거하겠다는 의도하에 취해진 『문학과지성』과 『창작과비평』의 강제 폐간 조치는, 그러나 현실적으로 볼 때 권력의 적절한 대응을 불가능하게 만드는 각종 소집단 운동의 분출을 가져오면서 80년대 문학의 흐름을 단일 중심부가 없는 상태로 변화시켰다. 최원식(崔元植)이 "요컨대 『창작과비평』의 강제 폐간은 이 정권이 전혀 의도하지 않았지만 70년대 민족문학 운동의 대중적 확산에 기여했던 것"이라고 말하는 것처럼 80년대 문학 운동은 두 계간지가 길러낸 젊은 세대들이 두 계간지의 구심력에서 벗어남으로 말미암아 이런저런 모습으로 분가해서 독립된 살림을 차린 측면이 분명히 있다.

양대 계간지의 폐간에 의해 이루어진 80년대 문학운동의 탈중심화 현상은 80년대의 문학에서, 특히 『창작과비평』 중심의 민중문학권에서 상당한 이론적 분화를 야기했다. 박노해의 시를 중심으로 행해진 노동문학에 대한 다양한 견해들, 특히 계급적 입장을 강조하면서 나타난 전문성과 소인성에 대한 논의와 지식인 문학에 대한 비판적 목소리의 대두는 그러한 이론적 분화의 특징적 측면을 뚜렷하게 드러내보이는 대표적 예이다. 그리고 80년대 후반에 이루어진 민중문학권의 이 같은 분화는 87년 이후 민주화의 진전에 따라 합법적이고 정기적인 발표매체를 확보하게 되면서 독자적인 노선으로 나타나기 시작했다. 80년대 초에 '자유실천문인협의회'의 기관지로 출발해서 『창작과비평』과 비슷한 민중문학의 길을 걷고 있는 『실천문학』, 87년 이후의 노동운동에 고무받으면서 노동자 계급의 혁명적 당파성을 투철하게 강조한 『노동해방문학』, 노동자 계급의 당파성을 강조하면서 민중문학의 전통을 탈지식인적인 것으로 이어나가려 한 『사상문예운동』, 주체사상적인 입장을 견지하면서 통일과 반제국주의 노선을 강조한 『노둣돌』 등이 그것들이다.

80년대 후반 민중문학권의 분화와 이론 투쟁에서 가장 핵심적인 것은 민중문학이 지금 어떤 단계에 있는가 하는 문제이다. 이 문제에 대해 백낙청은 "종전의 몇몇 선구적 투쟁 사례를 바탕으로 본격적인 민중 운동이 이미 자리잡았다거나 심지어 노동 계급의 주도성이 현실로 주어진 것처럼 이야기하는 (……) 성급한 행위"를 비판하면서 우리의 민중문학은 아직 그러한 "새 단계를 확보한 것이 아니라는" 견해를 피력했다. 여기에 대해 김명인을 비롯한 소장파들은 반발했다. 그러면서 노동운동의 확산과 "80년대 들어와서 노동자들이 글을 쓰기 시작했다는 사실, 그리고 그 글이 자기들 내부에서 유통 구조를 건설하고 그 결과가 기존의 문학 유통 구조로까지 들어오고" 있다는 사실을 그 근거로 제시했다. 그러면서 "여태까지의 틀을 대폭적으로 수정"하지 않으면 "이론적·실천적으로 분리가 되고 각기 다른 사회 집단을 배경으로 하는 양립할 수 없는 배타적 범주로 분화될 수밖에 없다"고 선언했다.

그러나 결과적으로 볼 때 80년대 후반 이후에 일어난 민중문화권의 분화는 현 단계에 대한 잘못된 판단에 기초함으로 말미암아, 그리고 하루가 다르게 급진적이 되어간 운동권의 논리를 지나치게 추종함으로 말미암아 쇠퇴의 길을 자초한 감이 없지 않다. 그들의 성급한 판단과는 달리 대내적으로는 노동운동이 임금투쟁의 차원으로 타락해가고 대외적으로는 소련을 비롯한 사회주의 국가들이 붕괴하면서 급진적인 민중문학권은 독자를 상실하고 잡지를 폐간하거나, 노선을 수정하는 곤경을 겪게 되었기 때문이다. 급진적 민중문학권이 처한 이 같은 어려운 상황은 80년대 최고의 노동자 시인으로 각광을 받았으며 『노동해방문학』을 이끌었던 박노해의 최근 시집에 나오는 다음과 같은 구절에서 분명하게 느낄 수 있다. 그는 이 시집에서 "세계를 뒤흔들며 모스크바에서 몰아친 삭풍은 / 팔락이던 이파리도 새들도 노랫소리도 순식간에 떠나보냈다 / (……) / 그해 겨울, / 나의 시작은 나의 패배였다 // 후회는 없었다 가면 갈수록 부끄러움 뿐"이라고 쓰고 있는 것이다.

80년대 후반의 급진적 열기가 어느 정도 가라앉은 현재, 한국의 진보적 문학은 이전과 다른 새로운 국면을 맞이하고 있다. 이 국면은 한편으로는 『창작과비평』 그룹과 새로운 세대를 흡입한 『문학과지성』 그룹이 다시 구심력을 강화하는 국면이며, 다른 한편으로는 문학 상업주의와 첨단 대중 문화로부터 심각한 위협을 받는 국면이다. 이 국면이 70년대처럼, 재창간을 한 『문학과사회』와 복간을 한 『창작과비평』, 이 두 계간지 중심의 발전을 가져올지 그렇지 않으면 새로운 진보적 그룹의 성장을 가능하게 만들지 필자는 예단할 수 없다. 그러나 분명한 것은 7, 80년대를 통해 한국의 진보적 문학은 이데올로기 콤플렉스를 극복했다는 사실이며, 이제 비로소 외압과는 관계없이 자생적으로 스스로의 진로를 개척해야 하는 상황을 맞이하고 있다는 사실이다.

—『문학과사회』 24호, 1993. 겨울

민족문학 개념에 대한 역사적 검토

1.

자명한 이야기이지만, 우리가 지나온 과거를 되돌아보는 것은 과거를 반성함으로써 지금 우리가 살고 있는 현재를 이해하고, 앞으로 살아가야 할 미래를 전망하기 위해서이다. 그렇지 않다면 과거를 돌이켜 보는 일은 단순한 지적 호사취미 이상의 다른 무엇이 될 수 없을 것이다. 필자가 여기에서 '민족문학'이란 용어가 역사적으로 겪어온 개념의 변화를 우리 근대 문학의 흐름 속에서 더듬어보려 하는 것도 바로 그 같은 반성을 통해 이해와 전망의 척도를 기대하기 때문이다.

80년대 초에 노동문학을 중심으로 한 민중문학 논의에 밀려 한동안 뒷전으로 물러난 것처럼 보이던 민족문학 논의가 80년대 후반에 들어오면서 민중적 민족문학론의 제기와 함께 다시 세간의 화제가 되고 있다. 그리고 80년대 전반기에 사회 민주화 운동에서 중요한 몫을 했던 '자유실천문인협의회'가 87년 6월의 범국민적 민주 항쟁 이후 '민족문학 작가회의'로 그 명칭을 바꾸어 재출범했다. 이 같은 일련의 90년대 문학계의 움직임은 민족문학의 개념이 70년대에 백낙청이 주도했던 의미의 틀에서 조금씩 다른 방향으로 바뀌고 있는 저간의 사정과 서로 얽혀 있다. 민족문학 자체 내의 이론적 심화 혹은 갈등이라 말할 수 있는 현재의 이러한 움직임을 바라보면서 필자는 이 시점에서 '민족문학'이란 용어가 수반했던 의미의 변천을 개괄적으로나마 재점검해볼 필요를 느낀다. 그 필요는 앞에서 말했다시피 현재에 대한 이해와 미래에 대한 전망의 근거를 마련하는 데 도움이 되고 싶다는 욕망에서 나온 것이다.

민족문학이란 용어는 세계 문학의 보편성 속에서 볼 때 우리나라만 정반대에 가까운 의미체계를 형성하고 있는 용어이다. 물론 우리나라의 민족문학 논의에서도 세계 문학의 보편성에 접근해 있는 방식으로 용어를 사용한 역사가 더 깊은 뿌리를 가지고 있지만, 70년대 이후 지금에 이르는 민족문학 논의는 그것들과는 전혀 다르다. 예컨대 백낙청에 의해 '관변측'이라고 규정된 70년대 중반 이전의 '문인협회' 쪽의 민족문학 논의와 70년대 이후 '창비'를 중심으로 전개된 민족문학 논의는 거의 180도 다르기 때문이다. 김현이 1970년에 「민족문학의 의미」라는 글에서 고백해 놓은 다음과 같은 이야기를 읽으면 우리는 지금 우리가 만나고 있는 민족문학과 70년대 이전의 민족문학이 전혀 다른 내용이었다는 것을 간명하게 인식할 수 있다. 그리고 김현이 혐오하는 그 민족문학이 오히려 세계 문학의 보편성에 지금 우리가 목도할 수 있는 민족문학보다 가까운 형태라는 것도 알 수 있다.

> 민족문학은 그러므로 정치적으로는 우파적 성격을 띠며, 문학적으로는 복고조를 내용으로 한다. 그것은 국민문학(민족문학)이 계몽주의와 밀접한 관련을 맺고 있는 것과 무관하지 않다. (……)

> 나 자신의 개인적인 의견을 밝혀본다면, 나는 민족문학이라는 용어를 좋아하지 않는다. 그것은 지나치게 국수주의적인 냄새를 풍기며, 지나치게 복고적이며, 지나치게 교조적이다. 그것이 포함하는 권력 지향적 특성이 또한 나에게는 싫다.

외국어에 능숙하지 못한 필자로서는 속단하기 어려운 말이긴 하지만 백낙청을 중심으로 한 일단의 이론가들이 발전시킨 70년대 이후의 민족문학을 예컨대 'National Literature'와 같은 식으로 번역해 놓는다면 외국인들은 우리와 정반대의 의미로 민족문학을 이해하게 될 것이다. 한국인의 고유한 정서와 토착성에 기반을 둔 보수적인 문학이란 의미로 그들은 '민족문학'을 받아들일 것이기 때문이다. 이런 점에서 70년대 이후 우리나라에서 전개된 민족문학 논의는 세계 문학의 보편성에서 볼 때 독특한 논리의 체계를 구축하고 있는 셈이다. 오직 여기에 근접한 어떤 것을 찾는다면 그것은 해방 직후에 '문학가동맹'에서 제기한 민족문학론이 있을 따름이다.

따라서 우리는 민족문학이란 용어가 근래에 와서 우리나라에만 통용되는 독자적인 의미체계를 형성하게 된 이유에 대해 관심을 가질 필요가 있다. 이 관심은 바꾸어 말하면 보다 중성적인 의미로 사용될 수 있는 '한국문학'이란 용어 대신에 왜 굳이 역사적 얼룩이 덕지덕지 묻어 있는 '민족문학'이란 용어를 사용하는가라는 물음이기도 하다.

이 글은 그렇지만 이 용어가 지니고 있는 의미의 내포를 치밀하게 따져봄으로써 얻어질 수 있는 그 같은 관심에 대한 대답을 일차적인 목표로 삼아서 씌어지는 것은 아니다. 이 글은 그렇다기보다는 민족문학 개념의 역사적 변천에 대한 객관적 이해를 일차적인 목표로 삼고 있다. 그러나 개념의 변천에 대한 필자 나름의 설명을 통해 앞에서의 물음에 대한 대답도 어느 정도 자연스럽게 이루어지기를 필자는 기대한다.

2.

민족문학이란 용어가 처음으로 사용되기 시작한 정확한 연대를 추적하는 과정은 20년대 후반기 평론 전체에 대한 정밀한 탐색과정과 거의 일치하다. 왜냐하면 이 작업은 이 시기에 동시적으로 사용된 민족주의 문학이란 용어와, 국민문학이란 용어와, 민족문학이란 용어가 어떤 동질성과 이질성을 가지고 사용되었는가에 대한 섬세한 감각을 함께 요구하기 때문이다. 필자의 관견으로는 이때의 민족문학과 민족주의 문학은 '주의'라는 말이 있고 없음이란 차이 이외에는 사실상 아무런 차이도 없는 용어였지만, 그것들과 국민문학이란 용어 사이에는 약간의 의미차가 있었다. 이를테면 국민문학을 주장한 사람들의 경우 시조 부흥이나 가갸날 문제와 같은 좀 더 복고성이 강한 주제에 주로 집착했었기 때문이다. 물론 이 점 역시 일률적으로 재단해서 말할 수 있는 것은 아니지만 민족주의 문학이란 용어가 국민문학이란 용어에 비해 고전 문학과 근대문학 전반에 걸쳐 훨씬 폭넓은 의미로 사용되었던 것만은 분명하다. 따라서 필자는 다음에서 민족문학이란 용어의 사용 문제를 검토하면서 앞에서 거론한 민족주의 문학과 민족문학과의 관계도 가볍게 따져볼 생각이다.

민족문학이란 용어는 필자가 얼핏 살핀 바로는 1929년 6월의 『삼천리』 창간호와 『문예공론』 2호에 처음 나란히 나타나고 있다. 『삼천리』 창간호가 「민족문학과 무산문학의 합치점과 차이점」이란 제목으로 이광수를 비롯한 좌・우익 여러 문인들의 견해를 묻고 있는 것과 『문예공론』 2호가 「민족문학의 수립」이란 제목하에 문일평의 글을 싣고 있는 것이 바로 그것이다. 그런데 이 사실은 전자의 경우 민족문학이란 용어가 이 용어보다 앞서 사용되기 시작한 민족주의 문학이란 말과 아무런 차이도 없이 사용되고 있다는 점에서, 그리고 후자의 경우는 앞서 사용된 국민문학 용어의 내포에 일치하는 논지를 펼치고 있다는 점에서 사실상 민족문학이란 용어가 처음 사용된 1929년이란 시기 문제는 거의 무의미하다고 볼 수 있다. 예컨대 문일평의 다음과 같은 이야기를 보자.

> 조선의 문학이니만큼 '조선의 말'에 대한 지극한 애상(愛尙), 충분한 연구 그리하여 조선말을 문인의 손으로 씻고, 갈고, 빛내지 않으면 안 될 것이라든지 또한 그것이 문학적인 충분한 흥취를 가지어 먼저 독자 자신이 그 작품 속에서 영원히 살고 다음에 조선 민족 전체의 생명이 그 속에서 신선함을 느끼게 하여야 한다든지 그리하여 그 사상 내용이 웅건하여 이 민족 이 사회를 선구하여야 할 것이라는 것입니다. 다시 말하면 조선 문단의 장래는 조선 민족의 정조를 특색으로 한 이 사회를 참으로 향기롭게 해주는 민족문학이어야 할 것이라는 말입니다.

위의 이야기는 결국 국민문학의 중심 구호인 "조선적인 것을 찾자"는 말에 본질적으로 일치한 내용이며 색다른 민족문학의 내용을 다시 펼치고 있는 것은 아니다. 그렇다기보다는 최남선 · 정인보 · 이병기 등과 함께 이 시대 국민문학파의 중요한 일원으로 조선의 역사에 대한 각별한 관심과 조선인의 삶과 정서에 대한 탐구로 자신의 생애를 채웠던 호암 문일평인만큼 위의 글 역시 국민문학파의 맥락에서 이해하는 것이 오히려 마땅한 것이다. 따라서 우리는 민족문학이란 용어의 문제를 검토하기 위해서는 '민족문학'과 '민족주의 문학'이라는 단어 차이에 구애될 필요 없이 시간을 좀 더 소급해 올라가서 민족주의 문학이란 용어와 국민문학이란 용어가 사용되는 당대적 방식에 관심을 가져볼 필요가 있다.

3 · 1 독립만세운동이라는 민족사적 대사건 이후 우리 사회는 정치 · 사회 · 문화의 전 부면에 걸쳐서 민족을 강조하는 입장과 계급을 강조하는 입장의 팽팽한 대립을 노정하기 시작했다. 1922년에 춘원 이광수가

발표한 「민족 개조론」이 일대 파문을 일으키면서 계급이론가들로부터 맹공을 받게 되는 사건은 바로 그러한 대립의 상징적 신호탄이었다. 이광수는 일제에 대해 타협적 노선을 취하는 부르주아 세력의 대표로 간주되었고, 이후 민족 운동과 계급 운동은 적대적 노선을 달리기 시작한 것이다. 이 당시 민족 개량주의 노선의 강력한 기반으로서, 이광수를 기용하여 「민족 개조론」의 제 2탄격인 「민족적 경륜」을 펼치게 한 『동아일보』가 1925년 신년 벽두에 '사회 운동과 민족운동—차이점과 일치점' 이란 특집을 마련하고 있는 사실은 계급 운동의 성장과 두 운동 세력 간의 적대 관계를 실증해 보인 것이라 할 수 있다.

그런데 20년대 우리 문학계의 동향 역시 이러한 사회적 움직임에서 조금도 벗어나 있지 않았다. 20년대 초기 문단을 형성하고 주도했던 동인지 문학 세대들이 김기진·박영희 등 프로문학 이론가들로부터 부르주아 문학자로 규정받으면서 그들 자신도 모르는 사이에 부르주아 세력의 옹호자로 인식된 맥락과 마찬가지로, 민족주의 문학의 옹호자로 인식되기 시작한 것이다. 이를테면 1926년에 이광수는 「문학과 '부르'와 '프로'」란 글을 쓰고, 춘파는 「'프로'의 봄과 '부르'의 봄」을 쓰며, 동아일보는 「민족 의식과 계급 의식과의 논점」이란 사설을 싣게 되는데 이와 같은 추세가 되풀이되면서 그러한 구분을 만들어내게 된 것이다. 그리하여 비교적 이념적 성향이 뚜렷한 프로문학 쪽과 이념과 노선이 다기하면서도 프로문학 쪽에 서지 않음으로 말미암아 자신도 모르게 부르주아 민족주의 문학자가 된 사람들로 20년대 문단은 갈라지게 된다. 이때의 사정을 두고 염상섭이 "민족주의 문학이란 무산계급 문학과의 대립 용어인데 프로문학 쪽이 없어졌으니까 자연히 그 용어가 폐기되어야 한다"고 카프 해체 후에 이야기하고 있는 것은 이 점을 잘 드러내주는 말이다. 민족주의 문학이란 김윤식의 말대로 상대방을 의식함으로 말미암아 성립될 수 있는 용어이지 홀로 독자적인 논리 체계를 구축하고 있는 이념적 형태는 아니었던 셈이다.

다시 말하지만 민족주의 문학이나 국민문학이란 용어는 이와 같은 20년대 사회의 일반적 흐름, 다시 말해 이념의 분화와 대립의 과정을 거치면서 그 뜻을 자연스럽게 형성한 용어이지 어떤 논리 체계를 확고하게 구축하고 있던 용어는 아니었다. 그렇기 때문에 우리는 이 시기의 민족문학 개념을 추출하기 위해서는 당연히 당대적 상황 속에서 용어들이 거느리게 된 의미와 이 말이 사용된 방식을 귀납적으로 추적해 보아야 할 필요가 있다.

그러나 민족문학의 개념을 1920년대의 맥락에서 귀납적으로 추출하는 작업은 몇 가지 점에서 문제를 안고 있다. 그 문제들은 지금 현재 사용되고 있는 민족문학이란 용어가 거느리고 있는 논리 체계 때문에 파생된다. 그 첫째는 우리가 순수하게 실증적인 태도를 취할 때 부딪힐 수 있는 문제로서 민족주의 문학이나 국민문학이란 용어를 일단 우리가 지금 사용하는 민족문학이란 용어의 모어로 인정하게 될 때 과연 20년대에 그 용어들이 지녔던 문학적 이념이 지금의 민족문학 이념과 어떤 연속성을 이루면서 그 용어들을 뒷받침해줄 수 있게 될 것인가 하는 것이다. 이 점은 민족문학의 개념을 용어 중심으로 추출할 때 프로문학 쪽이 전적으로 배제된 채 작업이 이루어지게 된다는 사실을 상기한다면 충분히 이해할 수 있다. 지금의 문학운동 논리로 보아 프로문학 쪽에 훨씬 가까운 80년대의 민족문학이 그 같은 실증적 태도를 받아들이기는 무척 어려울 것이다. 보수적이고, 복고적이며, 국수주의적인 냄새까지 풍기는 20년대의 국민문학이나 민족주의 문학을 지금 민족문학의 정통 원조로 받아들이는 결과를 야기할 어원론적 실증주의는 따라서 수행하기에 몹시 껄끄러운 작업이 아닐 수 없다.

두 번째 문제는 첫 번째의 방법이 지닌 문제점을 인식하고 어원론적 실증주의를 폐기했을 때 나타난다. 이 때 민족문학의 범주를 설정하고 개념을 추출해내는 설득력 있는 방법의 하나는 현재의 시점에서 과거의 사실을 재구성하면서 민족문학의 원류를 찾는 것이다. 이 경우 사실을 재구성하는 시각에 의해 모든 것이 결정되기 때문에 서술자가 속해 있는 집단의 세계관에 의한 과거의 전면적 재구성, 혹은 자의적 선택이 이루어질 위험이 많다. 예컨대 요즈음 자주 목도하는 것처럼 일제시대 우리 민족의 지상 과제는 민족해방 투쟁이었다는 명제 아래 일제에 대해 얼마나 투쟁적이었는가 하는 것으로 민족문학이냐 아니냐를 결정하는 일이 벌어질 가능성이 있다. 이런 척도에 의해 프로문학을 중심으로 민족문학 개념을 입맛에 맞게 재구성하는 결과가 빚어질 수도 있는 것이다. 그러므로 이 같은 두 가지 문제점을 회피하면서 민족문학의 개념을 귀납적으로 추출해내는 일은 필자에게는 무척 어려운 작업이다. 필자는 단순하게 어원론적 실증주의를 채택하는 방식이 내포한 문제점과 후대에 행해진 다음과 같은 발언이 지니고 있는, 해석의 자의성이란 문제점을 동시에 인식하고 있기 때문에 더욱 그렇다.

> 첫째 1925년대는 부르주아지로서 조정된 민족이 프롤레타리아트로 반조정되는 프롤레타리아트의 자기 조정기란 것이다. 그러므로 이 때에 프롤레타리아트는 부르주아지로 조정되어 있는 '민족'의 이름으로 등장하는 것이 아니라 그 반조정된 '계급'의 이름으로 등장하는 것이다. (……) 따라서 이 때에는 자기 조정인 계급의 구호를 쓰고 민족의 구호를 쓰지 않은 것이다.

1948년에 청량산인이 펼친 위와 같은 민족문학의 논리는 해방 후에 '문학가동맹' 측에서 내건 민족문학이란 슬로건을 옹호하기 위해 20년대 문학을 자의적으로 재해석하는 모습을 보여주고 있다. 위의 이야기는 진정한 의미에서의 1920년대 민족문학은 형식적인 명칭에 관계없이 프로문학이었다는 것을 이야기하고 있기 때문이다. 그러므로 이와 같은 후대의 의미 부여는, 어원론적 실증주의가 노정하는 본질의 비연속성이란 문제에 못지않게, 있었던 사실의 왜곡이란 문제를 노정하는 것이 된다. 20년대의 프로문학이 민족의 특수성보다 계급의 국제성 쪽에 현저히 기울어져 있었으며, 민족 문제에 별 관심이 없었던 것은 분명한 역사적 사실이니까 말이다.

한참 동안 이야기가 빗나갔지만 필자는 앞에서 거론한 그러한 문제들을 충분히 인식하면서도 이 글에서는 용어에 수반된 의미의 변천을 추적하는 실증적 방법을 축으로 하여 개념의 역사를 탐구하려 한다. 그것은 이 방법이 여러 가지 문제를 안고 있음에도 불구하고 지금의 민족문학이란 용어가 이어받거나 청산해야 할 많은 문제들을 가르쳐주기 때문이다.

그러면 이제 1926년경부터 우리 문단에 오르내리기 시작해서 1927년에 프로문학자들로부터 집중 공격을 받게 되는 국민문학이란 용어는 어떤 의미를 띠고 사용된 것인가, 이런 점들을 당대 문헌을 통해 검토해보는 단계로 들어가 보자. 먼저 「국민문학의 의의」라는 글을 통해 국민문학의 의미를 극력 주장하는 김영진은 국민문학을 다음과 같은 것으로 이야기한다.

> 국민문학이란 나는 별것을 의미함이 아니다. 누구네들의 조소한 말과 같이 시조와 민요만을 가리킴이 물론 아닌 동시에 그것이야 비록 시이건 소설이건 또는 극이건 고전적이건 현대적이건 또는 '부르'적이건 '프로'적이건 그 작품이 진실한 조선 사람의 개성으로 창작된 조선의 문학 다시 말하면 그 작품이 진실한 의미로써 현대 조선 민중의 심금을 울려

주며 또한 미래 조선 민중의 심금을 울려주는—조선 민중이 아니면 가질 수 없는 것이면 그 작품은 의심할 것 없이 조선의 국민문학으로 추천될 것이다. 텐느씨의 말과 같이 우리는 문학의 구성 요소에서 그 어느 부분을 특별히 고조하거나 말살하려고 할 필요는 없다. 똑같은 깊이와 넓이로써 유출된 작품이면 그 작품은 가장 잘 민족성을 나타낸 것일지요, 가장 잘 환경이 표현되었을 것이며, 가장 잘 시대 의식이 삼투되었을 것이다. 그 작품은 가장 잘 현대의 휴머니티를 표출한 것이 되는 동시에 가장 좋은 국민문학이 될 것이다. 그러나 여기에 만약 그 요소의 어느 부분만을 고조하고 다른 부분은 말살된 작품이 있다 하면 그 고조된 부분이야 비록 어떻게 잘 표현되었더라도 그것은 벌써 한 개의 문예 작품으로는 보지 못할 것이다. 이것은 오직 광고문과 선전문으로서만 그 가치를 물을 것이다.

위의 인용문에서 김영진은 국민문학을 "진실한 조선 사람의 개성으로 창작된 조선의 문학"이라고 규정한다. 그리고 이 말은 "다시 말하면 그 작품이 진실한 의미로써 현대 조선 민중의 심금을 울려주며 또한 미래 조선 민중의 심금을 울려주는—조선 민중이 아니면 가질 수 없는 것이면 그 작품은 의심할 것 없이 조선의 국민문학"이 될 수 있다는 식으로 부연 설명되고 있다. 그런데 이 같은 이야기에서 우리가 주목해야 할 것은 위와 같은 국민문학의 개념은 사실상 국민문학에 대한 추상적 설명이지 본질적인 정의는 아니라는 사실이다. '진실한 조선 사람의 개성'이 무엇인지, 또 '조선 민중이 아니면 가질 수 없는 것'이 무엇인지에 대해 김영진은 조금도 설명하지 않고 있으며, 그러한 위의 이야기는 김기진이 국민문학을 비판하기 위해 다음과 같이 그 본질을 설명해놓은 것보다 훨씬 알맹이 없는 글이 되고 있는 까닭이다.

"조선으로 돌아오자!" "진정한 국민문학을 건설하자!" 이것은 똑같은 말인 동시에 문단상 조선주의라고 명명할 수 있는 것이다. 그리고 문단

> 상의 조선주의는 1927년 벽두에 나타난 문제삼을 만한 현상의 하나가 아니면 안 된다. 그러면 이른바 국민문학이라는 것은 어떠한 개념의 물건이냐? 일언으로 말하면 타국민, 타국 문학에 비하여 내용과 형식에 있어서 특성이 현저한 전국민—전민족이 향유하는 일정한 국어에 의한 일민족적 전통의 문학이다. (……)
>
> '조선주의'는 다시 말하면 조선 민족 정신의 발현, 문학 고전의 부활, 민족적 예술 형식의 창조, 외래 사조 추종의 배척 등이 그 중심 골자인 듯하다. 한 입으로 말하면 민족주의의 문단 침윤이다. 그것은 사회주의 사상을 근거로 하는 프롤레타리아 문학 운동에 대항하는 무기로서의 재래 문단인의 시만(時晩)한 자아 발전이요, 시기 적응한 방향 전환이요 전술이다.

국민문학은 최남선 · 이병기 · 손진태 · 정인보 · 염상섭 · 양주동 · 김억 등의 글에서 알 수 있듯이, 시조 양식을 현대적으로 부흥시키는 문제와, 우리의 고전 작품을 보전 전수하는 문제와, 우리의 한글이 지닌 우수함을 계몽하고 그것을 사랑하도록 하는 문제와 앞에 열거한 것들을 통해 우리의 민족정기를 앙양시키는 일에 그 관심을 집중했었고, 또 그러한 실천적 활동에서 상당한 성과를 올렸다. 이 같은 사실은, 국민문학이 어떤 이념이나 목표 아래 결집된 그룹이 내건 슬로건이 아니라 각자의 전문 분야에서 실천적인 작업을 해나가는 동안 막연하게 횡적인 연대감을 느낀 사람들이 일종의 심정적인 최대 공약수로 내건 용어라는 사실과도 관계가 있을 것이다. 그렇기 때문에 위에 인용된 김기진의 규정은 국민문학의 당대적 실체를 비교적 정확히 파악한 기반 위에서 내려진 것이다. 이에 비해 앞의 김영진의 말은, 텐느의 환경론을 빌어 국민문학의 의미를 드러냄과 동시에 프로문학의 문제점을 비판하겠다는 일석이조의 목표를 가지고 있음에도 불구하고, 실제로는 그 어느 쪽도 성공시키지 못하는 추상적 주장이 되고 있다. 그것은 그 글이 종족과 환경과 시대와 같은 문학의 구성요소를－프로문학처럼 어느 한 가지 구성 요소를 부각시키는 것이 아니라－균형 있게 조화시키는 방식으로 표현하여야 한다는 주장을 펼치고, 그렇게 하는 모든 작품은 국민문학이라는 태도를 보이고 있기 때문이다. 그래서 기껏해야 그저 좋은 작품은 국민문학이란 정도의 주장과 프로문학은 민족을 망각하고 계급만을 부각시킨 나쁜 작품이라는 식의 비판이 되고 만 것이다.

1926년 동안 국민문학에 관계된 사람들은 정면으로 프로문학에 대해 시비를 건 것이 아니라 우리 고유의 언어와 문학에 대해 애정을 드러내는 방식으로, 민족의식과 계급의식의 대립이 점차 선명해지던 이 시기에, 전자의 편을 들었다. 가갸날(한글날)의 제정이 이루어지고, 최남선의 「조선 국민문학으로서의 시조」와 「시조 태반으로서의 조선민성(朝鮮民性)」이란 글을 비롯해서, 손진태의 「시조와 시조에 표현된 조선 사람」, 염상섭의 「시조에 관하여」, 그리고 이병기의 「시조란 무엇인가」 등이 씌어지는 게 모두 1926년의 일이다. 그리고 이러한 움직임을 민족성의 문제를 옹호하여 계급성을 위협하려는 것으로 인식한 프로문학 쪽에서 시비를 걸고 나옴으로써 필자가 앞에서 20년대 문학계의 동향에서 이야기했던 것처럼 분화된 두 세력이 처음으로 논쟁을 벌이게 된다. 이것이 국민문학이란 명칭과 실체가 우리 문학사에 자리 잡는 모습인 것이다.

다음으로 민족주의 문학이란 용어는 어떤 의미로 사용되었는지를 살펴보자. 국민문학이란 용어와 상당부분 겹치면서도 어떤 차이를 가지고 사용된 이 용어가 당대인들에게 어떻게 이해되고 있었는지를 우리는 먼저 알아볼 필요가 있는 것이다.

> 조선에서 민족주의 문학이라면 퍽 광범한 범위를 포함하고 있다. 곧 무엇이나 조선의 과거 및 현재를 연구하는 문학은 전부를 민족주의 문

> 학이라고 하고, 또한 조선 문자를 정리하는 것도 민족주의 문학으로 여기며, 또한 역사소설은 그 전부가 민족주의 문학의 소설과 같이 일반이 시인하며, 시조는 민족주의 문학시가의 전용 시형과 같이 사유하고 있으며, 심지어 사향회억(思鄕回憶)의 시가 같은 것까지도 민족주의 문학의 시가와 같이 여기는 경향이 있다. 이와 같이 조선의 민족주의 문학은 아직까지 아무런 규범도 나오지 않았고, 문학인으로서 이러한 규범을 규정할 역량도 아직까지 보이지 않는다. 그러므로 조선 문단에서 엄정하게 민족주의 문학을 규범한다면 그 범위가 퍽 협소하여질 것이다.

1932년에 씌어진 정래동의 위와 같은 이야기로 미루어 보건대 민족주의 문학이란 말은 국민문학이란 말보다도 더 확산된 범주를 포괄하는 용어이다. 그리고 이 용어가 수반해야 할 이론 체계는 홍효민이 지적한 것처럼 프로문학의 공격을 받으면서 차츰 모색되고 갖추어진 것이다. 홍효민은 "프롤레타리아 문학은 민족문학과 병행하면서 민족문학이 새로운 길을 여는데 자극이 되고 도움이 되었"다고 말하면서, 그 이유로 "민족문학은 3·1운동 이후에 그다지 확호한 노선을 잡지 못하였던 것이 프롤레타리아 문학이 일어남으로 인하여 확호한 노선을 가지게 되었"다는 사실을 들고 있다.

민족주의 문학은 프로문학처럼 이념과 조직을 통해 결속력을 보여준 문학이 아니다. 당시에 민족주의 문학자로 규정받고, 또 지금 우리가 민족주의 문학 진영의 인물로 생각하는 사람들도 실상은 그 당시에 자신이 민족주의 문학자인지 아닌지를 모르거나 아니면 그 같은 사실에 대해 아예 무감각한 경우가 허다했기 때문이다. 예컨대 1929년에 『삼천리』지에서 실시했던 '민족문학과 무산문학의 합치점과 차이점'이란 설문조사에 대해 김동인은 이렇게 답하고 있다. "민족문학과 무산문학은 모두 다 변변치 않은 문제로 이렇다 저렇다 다투는 점에서 합치점을 발견할 뿐, 그 차이점은 마치 까마귀의 자웅과 같아서 알 수가 없읍니다"라고 김동인의 이와 같은 태도는 민족주의 문학자임을 자임하면서 자신의 견해를 적극적으로 개진하는 이광수와 좋은 대비가 되고 있다. 그럼에도 불구하고 우리는 이들 두 사람 모두를 같은 민족주의 진영의 문학자로 간주하고 있다. 그러면 이러한 일들은 어떻게 해서 일어난 것인가. 이 점을 잠시 생각해보자.

20년대의 민족주의 문학은 민족주의 이데올로기에 바탕을 둔 문학이 아니다. 프로문학 쪽의 공격을 받으면서 양주동 같은 사람처럼 뒤늦게 민족주의에 대해 관심을 가지게 되는 경우도 있지만 그렇다고 그것이 공식화되거나 체계화되지는 못했다. 민족주의 문학은 스스로 민족주의 문학임을 자임하면서 나타난 것이 아니라, 민족의식과 계급의식의 차이를 강조하면서 전자 쪽을 부르주아 의식으로 몰아간 당대의 사회적 분위기가 산출시킨 것이다. 그렇기 때문에 민족주의 문학의 구성원들은 스스로의 정체성을 주체적으로 모색하지 못한 채 "프로문학 쪽과 나는 무엇이 다른가?"라는 물음을 강요받음으로써 비로소 정체성을 만들어보려 했다. 따라서 그들을 특징짓는 것은 뚜렷한 어떤 동질성보다 프로문학에 대해 반대한다는 사실에 의해 느슨하게 형성된 횡적 연대감이었다. 정래동이 앞에서 민족주의 문학의 범위가 종잡을 수 없을 정도로 확산되어 있다고 불평한 것도 바로 이러한 사실에 기인한 것이다.

국민문학과 민족주의 문학이란 용어는 거의 같은 시기에 나타났고 거의 같은 의미로 사용되었지만 여기에서 필자는 그것들이 사용된 시간과 의미의 폭을 고려해서 어느 정도 차이점을 의도적으로 부각시켜 보겠다. 그 차이점으로는 첫째 국민문학 문제가 논의된 시기는 1926, 27년의 아주 짧은 시기였다는 점, 둘째 국민문학은 국학 분야를 주축으로 하고 있었다는 점에서 민족주의 문학보다 근대 문학에 대해 개방적이지 못하다는 사실, 셋째 프로문학에 대응되는 용어로서는 일제시대 전 기간에 적용될 수 있는 민족주의 문학이 더 적당하다는 점 등을 일단 지적할 수 있다. 또한 프로문학자들이 민족의식과 계급의식의 차이를 강조하며, 문단의 이념적 대립을 준비해나간 20년대 전반기와 같은 시기를 다룰 때 비록 특정한 명칭이 그 시기에 사용되지 않았다 할지라도 우리는 그 시기를 민족주의 문학과 프로문학의 잠재적 대립기로 보아야 한다는 사실을 여기에 덧보탤 수도 있다. 그리고 우리가 발견할 수 있는 이와 같은 차이점들을 통해 우리는 국민문학을 민족주의 문학에 포괄되는 일종의 종개념, 혹은 민족주의 문학의 한 핵심적인 부분으로 위치시켜 놓을 필요가 있다. 그것이 용어 사용의 혼란을 방지하고 비평사를 정리하는 데에 도움이 될 것이기 때문이다.

오늘날의 민족문학 문제와 관련하여 볼 때 이 시기의 민족의식에 대한 논의나 계급의식에 대한 논의는 지나치게 추상적이거나 전투적이어서 그대로 답습하기에 어려운 점이 많다. 그러나 정노풍이 제기한 '계급적 민족의식'과 같은 문제는 나름대로 의의 있는 것이 아닌가 생각한다. 그는 "우리의 건설할 조선 문학은 계급적 민족의식에 거립(據立)한 문학일 수밖에 없다"고 말하면서 그러한 "조선 문학의 건설은 결코 실제 운동으로 관철될 것이 아니라 작가 활동으로만이 가능한 것"이라고 결론짓고 있는데 이 같은 이야기는 80년대의 민족문학에도 상당한 유효성을 가지고 있는 말이 아닐까 생각한다. 또한 그는 마르크스주의의 세계적 보편성이란 명제에 지나치게 끌려들어가고 있는 프로문학을 두고 "땅 위에다 발을 대고서 땅을 파먹고 공기를 마시며 살아가는 민족일지라면 불가능한 동시에 그러한 뼈 없는 평화는 (……) 원하지도 않는 바"라고 비판하면서 역사적 전통에서 형성된 민족의식을 충분히 고려한 계급 문학, 다시 말해 계급적 민족의식에 기초한 문학을 펼쳐야 한다고 주장했는데 이 주장 역시 지금의 일부 민족문학에 대한 비판으로 받아들이기에 손색이 없는 내용이라고 생각한다.

해방 직후의 민족문학 논의는 먼저 좌익 쪽에 의해 다음과 같은 방식으로 제기되었다는 점에서 일제 치하에서 사용된 민족주의 문학의 개념을 완전히 다른 방향으로 뒤바꾸는 첫 계기가 된다. 그러면서 민족문학론에 대한 비교적 정치한 논리가 그들에 의해 만들어진다.

> (……) 민족문학은 한 민족을 통일된 민족으로 형성하는 민주주의적 개혁과 그것을 토대로 한 근대 국가의 건설 없이는 수립되지 아니할 뿐 아니라 조선과 같이 모어의 문학이 외국어-한문 문학에 대하여 특수한 열등 지위에 있었던 나라에서는 정신에 있어 민족에 대한 자각과 용어에 있어 모어로 돌아가는 르네상스 없이 민족문학은 건설되지 아니하는 것이다. (……)
>
> 그러므로 부당한 지위에 있는 국어문학을 정당한 지위로 회복시키고 그것을 질적으로 근대적인 민족문학에까지 발전시키자면 조선 민족 생활 전반에 관해서 민주주의적 개혁이 수행되어야 하는 것이다.
>
> 이 개혁은 주지와 같이 역사적으로 조선 시민 계급의 손으로 실천될 것이었다.

임화는 문학가동맹 창립총회에서 행한 기조 발제를 통해 위와 같이 이야기했다. 그의 논리는 근대적인 의미의 민족문학은 봉건 사회를 해체시키고 근대 국가를 형성할 책임을 지고 있는 시민 계급에 의해 만들어져야 한다는 것이다. 그런데 그러한 역할을 담당해야 할 시민 계급이 채 성숙하기 이전에 우리나라는 일제에 예속됨으로써 그렇게 될 수 있는 기회를 상실해버렸다는 것이다. 그가 위에서 "민족문학은 한 민족을 통일된 민족으로 형성하는 민주주의적 개혁과 그것을 토대로 한 근대 국가의 건설 없이는 수립되지 아니한다"는 전제를 붙이고 있는 것은 바로 그 같은 맥락에서이며, 따라서 그는 그때까지 미해결된 봉건적 문화유산의 청산과 정상적인 근대 시민국가로의 발전을 오염시킨 일제 잔재의 청산을 주장하게 된다. 그렇다면 서구 시민 사회의 발전 과정을 모델로 상정하고 있는 임화의 이와 같은 논리는 해방 직후의 우리 사회를 서구 시민 사회와 같은 형태로 만들 절호의 기회로 간주하고 있는 것일까? 그리고 그러한 목표하에서 민족문학의 논리를 펼치고 있는 것일까? 만약 그렇다면 그는 사회주의 국가의 건설과 프롤레타리아 문학의 수립을 일단 뒤로 미룰 수밖에 없었을 것이다. 그러나 이 시기에 임화를 비롯한 좌익 쪽의 이론가들은 그렇게 한 것이 아니라 시민성과 계급성의 절충을 꾀하는 방식을 택했다. 우리 문학은 파행적이기는 하지만 "봉건 사회의 문학으로부터 일약하여 제국주의 치하 식민지 민족의 근대로서의 비약"을 거쳤다는 주장이 이 사실을 말해준다. 그렇기 때문에 프롤레타리아 계급의 주도성을 인정하면서 시민 계급의 역할을 유보하는 다음과 같은 이야기가 가능해진다.

> 민족 운동의 혁명성의 상실은 말할 것도 없이 조선 민족 해방 운동에 있어 시민 계급의 진보성의 상실이다. 그와 반대로 노동자 운동이 민족 해방 운동 가운데서 영도적 위치에 서게 되었다는 것은 사회주의 사상이 수업된 때문이 아니라 조선의 노동자 계급은 시민 계급이 탈락한 뒤 민족 해방 운동 가운데서 불가피적으로 중심적 역할을 놀지 아니할 수 없었기 때문이다.
>
> 그러므로 1924~25년대로부터 십년간 프롤레타리아 문학이 이론적 창조적으로 문학계의 주류를 이룬 것은 단순히 외래 사조나 문학적 유행의 결과도 아니며 조선 문학이 이미 역사상에서 민족문학 수립의 과제가 해결되었거나 과거의 일로 화했기 때문도 아니다.
>
> 조선의 시민이 힘으로 미약하고 그 진보성이 역사적으로 단명하였다 하더라도 근대적인 민족문학 수립 과제는 의연히 전민족 앞에 놓여 있

는 것이다.

그런데 임화는 우리가 프롤레타리아 계급의 주도성이 발휘된 시대를 이미 겪어왔다고 말하면서도 여전히 시민 계급의 역할이 기대되는 민족문학의 수립이란 과제를 우리 앞에 제출해 놓고 있다. 그는 "계급적인 문학이냐? 민족적인 문학이냐?"라는 방식으로 싸웠던 20년대 중반 이후의 문학을 두고 "우리는 솔직히 문제를 이러한 방식에서 주관적으로 세웠던 사실이 있음을 인정하지 않으면 안 된다"는 식으로 자아비판을 하고 있는 것이다. 그리고 앞으로 일제 잔재와 봉건 잔재를 청산하는 투쟁을 통해 건설될 문학은 '완전히 근대적인 의미의 민족문학'일 따름이라고 결론짓고 있다.

이와 같은 임화의 논리에서 우리가 알 수 있는 것은 그는 철저하게 서구의 역사 발전 법칙을 신뢰하면서 이 땅의 민족문학 역시 그러한 발전 과정을 따르는 개념으로 성립될 것을 희망하고 있다는 사실이다. 그가 열심히 일제 치하의 민족주의 문학과 프로문학을 절충적으로 봉합하여 민족문학의 흐름 속으로 이끌어 들이려 노력하는 것도 실상은 서구적인 역사의 흐름으로는 잘 납득되지 않는 우리 문학의 흐름을 서구적인 법칙성 속으로 이끌어 들이려는 몸부림이라고 이해할 수 있다.

어쨌건 임화가 설정하는 것과 같은 이러한 민족문학의 개념에 의해 민족주의 문학이나 국민문학이 지녔던 추상적인 복고성이나 국수적인 애국심은 새로운 방향으로 재조정된다. 그리고 당대적 모순을 제거하는, '모든 영역에 있어서의 민주주의적 개혁'이라는 실천적 과제를 떠안는 것으로서의 민족문학 개념이 성립된다. 그러나 이처럼 초기에 비교적 유연성을 획득하고 있던 문학가동맹 쪽의 민족문학 개념은 좌·우 문학단체 간의 조직적 대립이 첨예화하면서 점차 협소해지고 이념화하기 시작해서 1947년에 이르면 임화로부터 다음과 같은 발언이 나오는 단계로까지 나아간다.

> (……) 그때(근대 서구 문학의 형성기를 가리킴—필자 주)에 있어서는 시민 계급의 이념을 기초로 한 민족문학이었던 데 반하여 현대에 있어서는 노동 계급의 이념을 기초로 한 문학이 민족문학이 될 따름이다. (……) 상이한 두 가지의 민족문학을 혼동하여서 전 시대의 민족문학이 건설되던 방법으로 현대의 민족문학을 건설하여 보려는 무모한 기도에 우리는 특별한 관심을 기울이지 않으면 아니 된다. 그것은 노동 계급의 이념 대신에 토착 자본 계급의 이념을 기초로 하여 식민지의 민족문학을 건설하려 들기 때문이다.

임화의 이 논리는 요즈음 기세를 올리고 있는 민중적 민족문학론에 방불할 정도로 노동 계급의 이념을 강조하고 있다. 이러한 변화는 아마도 당대의 정치적 정세, 이를테면 친일파와 토착 지주 세력이 서서히 헤게모니 장악을 위해 움직이고 우익 쪽의 문인들이 거기에 따라 기력을 회복하기 시작한 것과 같은 일련의 움직임을 목도하면서 공격의 칼날을 세웠기 때문에 나타난 현상일 것이다. 그러나 민족문학 개념의 이 같은 변화가 최원식의 지적처럼 공격의 "첨예성을 획득한 대가로 대중적 기반을 스스로 축소시켰다"는 사실은 마땅히 기억되어야 할 일이다.

한편 우익 쪽의 민족문학 개념은 민족정신의 보존을 내세우면서도 현실적으로는 비정치적이고자 했던 민족주의 문학의 전통과 30년대의 순수 문학의 이념을 비교적 충실히 답습하는 것으로 나타났다. 예컨대 조지훈이 쓴 「순수시의 지향—민족시를 위하여」라는 제목의 글은 그러한 정신 자세를 잘 보여준다.

> 시인은 민족시를 말하기 전에 그냥 시 자체를 알지 않으면 안 된다. 먼저 시가 된 다음 그것이 민족시도 되고 세계시도 될 수 있는 것이므로 시의 전통이 확립되지 못한 이 땅의 시가 민족시로서 세계시에 가담하기 위해서는 먼저 일어날 것은 순수시 운동이 아닐 수 없다. 순수시 운동은 곧 시의 본질적 계몽 운동인 동시에 그의 발전이 그대로 민족시의 수립이기 때문이다. 시가 시로서 가진 바 그 본래의 가치와 사명을 몰각하고 시의 일부 인자요 오히려 그 부수성인 공리성을 추출 확대함으로써 시의 전체로 삼고 자신의 문학적 창조와 개성의 무력함을 엄폐하고 정치에의 예속, 정당과의 야합의 당위성을 부르짖는 수다한 시인은 기실 시인이 아님으로써 민족문학의 지류는커녕 정치 부동 세력 밑으로 추방될 성질의 것이다.

위의 인용문에서 '시'란 단어를 '문학'이란 단어로 바꾸어 놓는다면 조지훈이 생각하는 민족문학이 어떤 것인지를 우리는 충분히 짐작할 수 있다. 그가 생각하는 민족문학은 아마도 먼저 문학다운 문학이 되는 것일 것이며, 문학이 문학으로서 가진 바 그 본래의 가치와 사명을 다하는 문학일 터이다. 그렇다면 우리는 조지훈에게 질문을 던질 수 있다. 문학다운 문학이 도대체 어떤 것이며 문학 본래의 가치와 사명은 어떤 것이냐고, 이 질문에 대해 조지훈이 다시 대답해보일 수 있는 것은 '정치나 정당에 야합하거나 예속되지 않는 문학이 바로 그것'이라는 정도일 것이다. 그러나 우리는 또다시 물을 수 있다. 그 대답에 의해 문학 본래의 가치와 사명이 설명된 게 하나도 없지 않느냐고 말이다.

조지훈의 민족문학 개념이 지닌 이와 같은 추상성은 '인간성의 옹호'를 기반으로 이루어지는 김동리의 경우에도 마찬가지로 나타난다.

> 우리는 민족적으로 과거 반세기 동안 이민족의 억압과 모멸 속에 허덕이다가 오랜 역사에서 배양된 호매한 민족 정신이 그 해방을 초래하

> 여 오늘날의 민족 정신 신장의 역사적 실현을 보게 되었거니와 이것은 곧 데모크라시로서 표방되는 세계사적 휴머니즘의 연쇄적 필연성에서 오는 민족 단위의 휴머니즘으로 규정할 수 있는 것이다. 이와 같이 민족 정신을 민족 단위의 휴머니즘으로 볼 때, 휴머니즘을 그 기본 내용으로 하는 순수문학의 관계란 벌써 본질적으로 별개의 것일 수 없다는 것을 알 수 있다. 우리가 목적하는 민족문학이 세계 문학의 일환으로서의 민족문학인 것처럼, 우리의 민족 정신이란 것도 세계사적 휴머니즘의 일환인 민족 단위의 휴머니즘으로서 규정될 것이며, 이러한 민족 단위의 휴머니즘을 세계사적 각도에서 내포하고 있는 것이 오늘날 순수문학인 것이다.

위의 인용문에서 김동리는 다음과 같은 주장을 펴고 있다. 문학의 본질적 속성은 인간성의 옹호 내지 개성 향유를 전제로 한 인간성의 창조 의식의 신장이다. 그리고 바로 그러한 정신은 휴머니즘이라 간주할 수 있는 것이기 때문에 휴머니즘에 바탕을 둔 순수문학이 민족문학의 실체이다. 이 점을 김동리는 강조하고 있는 것이다. 그렇다면 필자는 김동리에게 물을 수 있다. 인간성의 옹호라는 것이 추상적 관념이 아니라 구체적이고 실체적인 명제라면 순수문학만이 인간성을 옹호한다고 주장할 근거는 어디에 있는가? 그리고 세계사적 발전 법칙 속에서 이야기를 끌어온다면 순수문학 역시 휴머니즘의 어떤 발전 법칙을 따라왔다는 이야기인데 그러한 문학을 어떻게 순수문학이라고 부를 수 있는가? 여기에 김동리는 더욱 알 수 없는 거대한 철학의 체계를 제시함으로써 대답한다. "자본주의적 기구의 결함과 유물사관적 세계관의 획일주의적 공식성을 함께 지양하여 새로운 보다 더 고차원적 제 3세계관을 지향하는 것이 현대 문학 정신의 세계사적 본령이며 이것을 가장 정계적(正系的)으로 실천하려는 것이 오늘날 필자가 말하는 소위 순수문학 혹은 본격문학이라 일컫는 것"이라고 말이다. 이야기가 이쯤 되면 김동리의 민족문학 개념은 자본주의와 마르크시즘의 문제점을 그야말로 초월한 '고차원적 제3세계관'이 되어서 이해할 수 없는 저 높은 경지로 날아가 버린다. 순수문학과 민족문학을 나름대로 연결시키려는 그의 노력은 지나치게 야심적이 되어서 환상적 철학의 세계로 넘어가버린 것이다.

민족문학 문제에 대한 이야기는 1950년대에 들어오면서부터 거의 사라지다시피 했다가 1970년대에 들어오면서부터 다시 활기를 띠기 시작한다. 1956년에 나온 정태용의 「민족문학론」이 임화의 이론 체계를 이어받고 있어서 주목되는 정도를 제외한다면 이 시기에 씌어진 몇 편의 민족문학 관계 글들은 거의 고려할 가치가 없는 것들이다. 이 시기 소수의 민족문학 주창자들은 1970년 『월간문학』 특집을 두고 '민족문학 박멸 작전'이라고 말할 정도로 반공 이데올로기로부터 위기감을 느끼고 있었으나 이 논의에 참가하는 사람들이 차츰 늘어나면서, 특히 『창작과 비평』과 『상황』 그룹이 이 논의를 주도하게 되면서 민족문학 개념도 새롭게 의미를 형성하기 시작한다.

김현은 이 시기에 민족문학이라는 용어 대신에 '한국문학'이라는 객관적인 용어를 사용하자는 주장을 펼쳐 우리의 주목을 끄는데 그 근거는 이런 것이다. 한국문학이라는 말에는 민족문학이라는 말이 풍기는 폐쇄적인 어감이 없다. 그리고 문학 앞에 '한국'이라는 관형사가 붙음으로써 우리가 한국어로 작업하지 않으면 안 된다는 것을 말해주게 된다. 그러한 열린 언어를 통해 우리는 예정된 해답 없이 우리의 의미와 사회의 의미를 물을 수 있다는 것이 한국문학이란 중성적 용어 사용을 주장하는 이유이다. 김현의 이와 같은 주장은 필자가 보기에 어떤 정해진 결론을 가진 문학, 사람들을 억압하는 문학에 대한 혐오감에서 비롯한 것이다. 현실이 이러니까라든가 이런 요구가 어떤 계급에서 있으니까라는 것을 가지고 작품을 해석하거나 평가하는 경향이 왕왕 일어나고 있는 작금의 현실을 생각하면 김현의 한국문학이란 용어는 그것이 비록 민족문학론을 앞장서 끌어가는 사람의 주장은 아닐지라도 중요한 반성적 문제 제기임에 틀림없다.

백낙청의 「민족문학 개념의 정립을 위해」는 그가 사실상 70년대 이후의 민족문학론을 주도적으로 이끌면서 오늘에까지 이르렀다는 점에서 세심하게 관심을 가져보아야 할 글이다. 백낙청에 의하면 민족문학의 개념은 첫째 '철저히 역사적인 성격을 띠'고 있는 것이다. 다시 말해 민족문학이란 개념은 그것에 "내실을 부여하는 역사적 상황이 존재하는 한에서 의의 있는 개념이고, 상황이 변하는 경우 그것은 부정되거나 보다 차원 높은 개념 속에 흡수될 운명 속에 놓여 있는 것"이다. 따라서 백낙청이 주장하는 민족문학 개념은 어떤 영구불변의 실체가 아니라 한시적 개념의 용어이다. 따라서 우리는 분단의 극복과 같은 민족사적인 사건이 주체적으로 이루어졌을 때 이 개념은 바뀔 것이라는 것을 예상해 볼 수 있다. 둘째, 백낙청이 주장하는 민족문학은 "민족의 주체적 생존과 그 대다수 구성원의 복지가 심각한 위협에 직면해 있다는 위기의식의 소산"이기 때문에 "정치 · 경제 · 사회 · 문화 각 부문의 실생활에서 '민족'이라는 단위로 묶여져 있는 인간들의 전부 또는 그 대다수의 진정으로 인간다운 삶을 위한 문학이 '민족문학'이" 된다. 그의 이러한 이야기는 민중문학의 논리를 민족문학에 접맥시킨 것으로 볼 수 있다.

백낙청의 이와 같은 민족문학 개념은 근대성과 시민성, 반봉건 의식과 반식민 의식을 깔고서 만들어진 대단히 치밀한 논리이다. 그러나 개념의 역사성을 인정하고 그 개념의 실질적 내용을 구성하는 인자, 다시 말해 민족이라는 단위로 묶여 있는 구성원들의 다양한 성향 문제를 고려한다면 민족문학론의 실질적 내용은 식민지 시대와 해방 후가 다르고 해방 직후와 지금이 또 다른 게 아니냐는 비판을 받을 수 있다. 다시 말해 농촌 경제를 기반으로 하던 식민지 시대와 산업화를 기반으로 수출 주도의 경제를 운용하는 지금은 "민족의 주체적 생존과 그 대다수 구성원의 복지가 심각한 위협에 직면해 있는" 상황이란 점에서 상당한 유사성이 있겠지만 성원들의 의식과 계급적 이해는 판이하게 다르기 때문이다. 항일 근대화 운동 이후의 문학을 민족문학으로 잡아서 지금에까지 이르고 있는 것으로 보는 백낙청의 민족문학 개념은 민족문학의 하위 개념으로 특정한 시기를 대표할 수 있는 여러 가지 개념들을 새롭게 만들어내지 않는 한 이런 점에서 김명인의 민중적 민족문학론과 같은 당대적 이론의 도전을 계속 받게 될 것이다.

3.

민족문학이란 개념은 우리나라 특유의 복잡한 역사적 굴곡을 겪으며 형성된 개념이다. 일제 치하에서 좌·우익의 대립과 갈등을 통해 서로 다른 문학적 의미를 형성하기 시작한 민족문학 개념은 해방 후 다시 반전된 개념 형성을 거쳐서 지금에까지 이르고 있다. 더구나 분단에 의해 민족 국가의 건설이란 명제를 윤리적 당위성으로 느껴야 하는 우리에게 민족문학이란 단어의 어감은 낡았지만 매력적인 것으로 지금까지 작동하고 있는 것이다.

그러나 민족문학이란 개념은 이 개념의 역사적 변천 과정을 더듬어볼 때 좋은 인상만을 가지고 있는 개념도 아니며, 그렇다고 의도적으로 거부해야 할 개념도 아니다. 그것은 그것들이 그러한 개념을 거느릴 수밖에 없었던 당대인들의 인식 수준과 상황의 표현이었을 따름이다. 우리가 지난날의 민족문학 개념이 지닌 의미와 논리 체계를 더듬어보는 것에는 그러한 저간의 사정들을 이해함으로써 지금의 민족문학론을 좀 더 겸허하게 펼칠 필요성을 배운다는 이유도 포함되어 있다.

필자가 이 글을 끝내면서 미흡하게 생각하는 것은 해방 직후에 임화를 비롯한 문학가동맹 쪽의 인사들이 펼친 민족문학론과 백낙청이 전개한 민족문학론의 관계를 시간적인 촉박함 때문에 전혀 검토하지 못한 것이다. 직접적인 전수나 모방의 관계는 분명히 없었지만 그것들이 내건 실천적 명제 사이에는 상당한 이론적 동질성이 있는 까닭이다. 또한 80년대에 젊은 평론가들이 제기한 '민중적 민족문학'과 '민주주의 민족문학'의 개념 역시 유사한 개념을 가지고 이론을 펼친 전대의 평론가들이 있었음에도 전혀 이야기할 여유를 갖지 못해 유감으로 생각한다. 언젠가 이 글의 문제점들을 보완하면서 다시 고찰해볼 기회가 있을 것을 기대해 본다.

—『문학과사회』, 1988. 가을

민중문학의 흐름과 발전적 전개

1. 논의의 방향과 문제점

한국 민중문학의 흐름을 개괄적으로 정리·고찰해 보는 작업은 개괄적이라는 어의상 쉬운 작업처럼 보이지만 실제에 있어서는 그렇지 않다. 그것은 첫째 이러한 종류의 글은 고립된 개별적 사상들을 통시적으로 연결시키는 작업이어서 중심이 되는 일관된 어떤 기준이 필요한데, 그 기준을 정립하기가 쉽지 않다. 예컨대 고전문학의 경우 어떤 기준으로 오늘날의 민중문학에 해당될 수 있는 문학적 형태들을 분리해 내며, 또 그것을 현대문학에까지 접맥시킬 수 있는가 하는 문제가 간단치 않은 것이다. 다음으로 민중문학계열의 개별 작가와 그 작가가 소속된 특정한 시기에 대한 권위 있는 정설들이 고르게 확립되어 있지 않다는 문제가 있다. 이 점은 특히 우리나라처럼 상층 지식인 중심의 부르주아 문학에 대한 연구가 주류를 이루는 경우 더욱 그렇다. 따라서 자칫하면 개괄적으로 문학사적 정리를 기도하는 이런 종류의 글은 근거 없는 연역적 이야기에 함몰할 가능성이 많다.

그래서 필자는 일단 이 글에서 우리 현대 문학상의 민중문학 문제만을 통시적으로 개관해 보고자 한다. 1920년대 이후 우리 문학의 흐름 속에서 민중문학이라는 의미를 부여할 수 있는 문학적 형태들은 어떤 발생적 근거를 가지고 나타났는가, 또 그것들끼리는 어떤 관계를 맺고 있는가 하는 것을 개략적으로 살펴보려는 것이다. 그렇다고 해서 앞에서 말한 문제점들이 완전히 배제되는 것은 아니다. 다만 논의의 주관심사를 현대문학 분야로 한정함으로써 혼란을 최소화 하려는 것이다.

2. 70년대 이전의 민중문학

(1) 민중문학이란 용어

현재 우리가 이야기하고 있는 형태의 민중문학은 70년대에 들어와 급속한 발전을 이룩한 문학적 흐름이다. 현재의 민중문학은 60년대에 있었던 신동엽과 김수영의 작업을 효시로 70년대에 들어와 빠른 속도로 확산되기 시작했으며, 그러한 확산의 중심부에 『창작과 비평』이 놓여 있었다. 이처럼 70년대는 민중문학 발전에 획기적인 시기였다. 그렇지만 발생의 모든 원인이 70년대에 놓여 있었던 것은 아니다. 민중문학이 70년대에 그처럼 뚜렷한 흐름으로 부각될 수 있었던 배경에는 70년대가 지닌 특수한 정치·경제적 이유 이외에도 가깝게는 4·19정신의 문학적 확산과 60년대 후반기의 치열한 순수·참여 논쟁(이어령 대 김수영의 불온성 시비를 포함한)이 놓여 있었고, 멀게는 20년대 이후의 한국 근대문학사에 내재된 정치와 문학의 갈등이 피할 수 없는 심리적 부채로 놓여 있었기 때문이다. 그러므로 민중문학의 발생과 성장과정을 정확하게 이해하기 위해서는 먼저 70년대 이전의 한국 근대문학사에 대한 약간의 이해가 필요하다.

민중문학이란 용어가 우리 근대문학에 처음으로 등장한 것은 1921년 경이다 이 시기에 비평에서 사용된 '민중극', '민중예술' 등의 용어는 어떤 일정한 내포를 지녔다기보다는 막연한 다수, 즉 평등한 모든 국민을 위한 연극이나 예술이라는 정도의 의미를 가지고 있었다. 그리고 이러한 용어들의 사용에는 휘트먼, 톨스토이, 로망롤랑 등의 인도주의적 문학에 대한 관심이 상당한 영향을 미치고 있었다.

그런데 우리가 기억해야할 것은 이미 이때 "문학은 다수의 고통받는 사람들을 위해 무엇을 할 수 있는가? 혹은 "부조리한 삶의 개선에 문학 역시 어떻게든 기여해야만 하지 않는가?라는 생각이 싹트고 있었다는 사실이다. 비록 방법적 물음이 되기에는 뒷받침 해주는 논리성이 부족했지만, 이런 질문들은 궁핍한 식민지 현실로부터 직감적으로 연역되어 직감적으로 당위성을 인정받으며 민중예술의 의미규정에 영향을 미치고 있었다. 1922년에 한 저널리스트가 쓴 다음 글은 이 점을 잘 보여준다.

> 이런 말은 좀 탈선 같지마는 군(이광수를 가리킴－필자 주)은 민중예술도 말하고 어떤 논문에는 로망롤랑의 말도 인증하였음을 보았다, 군이 만일 심장적구배(尋章摘句輩)가 아니요. 적어도 학자적 양심을 가진 사람이라면 '로망롤랑'의 예술을 착실히 완미하였으리라. 따라서 오늘날 민중이 요구하는 예술이 무엇인가를 이해하였을 터인데? 군이여 경건한 양심에 관조하여 보라.
>
> 군이여 오직 자중하여 문예만이라도 침착한 태도로써 진지한 이해를 얻는다면 결코 이러한 자가모순 시대착오의 사상, 즉 물에 술탄 듯, 술에 물탄듯한 두루뭉성이 사상은 가지지 아니할지며 우리 사회적 묘굴에서 부활의 시기가 있을 줄 안다.

이광수의 「민족개조론」을 비판하기 위해 쓴 윗글에서 우리가 읽을 수 있는 것은 이 글이 식민지 치하에서 고통받는 조선 사람들을 막연하게나마 민중으로 상정하고 있다는 점과, 문학은 이러한 민중들의 요구에 부응해야 한다고 주장하고 있는 점이다. 이 같은 사실은 이 글이 당대 사회를 '묘굴'로 표현하고 있는 것과 '오늘날 민중이 요구하는 예술이 무엇인지'를 정확히 이해해야 한다고 주장한 것에서 확인할 수 있다.

이와 같은 문학적 측면과 함께 우리가 기억해야 할 또 다른 사실은 이때 '민중'이라는 용어가 잡지 신문 등의 사회평론란에서 이미 빈번하게 사용되고 있었다는 점이다. 예를 들면 신상우와 같은 저널리스트는 3・1운동을 '민중봉기'로 파악하여 글을 쓰고 있는데, 이런 사실은 '민중'이라는 말이 계급적 의미 이전에, 다시 말해 계급사상의 본격적 유입 이전에 식민지 상태에 놓인 우리 국민 대다수를 지칭하는 말로 폭넓게 사용되고 있었다는 것을 말해 준다.

(2) 프로문학과 민중문학

1923년경부터 거세게 불기 시작한 프로문학의 열풍은 앞서 소박하게 제기된 민중문학 논의를 새로운 차원으로 전환시킨다. 프로문학은 초기에 인도주의적 발상을 깔고 있었다는 점에서 앞의 소박한 민중문학 논의와 상통점이 있지만, 그 발전 방향은 전혀 새로운 것이었다. 초기의 프로문학, 다시 말해 1926년 말에 이르기까지의 프로문학은 민족의 수난에 대한 문학인의 윤리적 책임감이 밑바닥에 짙게 깔려 있었다는 점에서 인도주의적이었다. 그러나 현실의 모순을 타개하는 방법에 있어서는 분명히 마르크시즘적 요소를 상당부분 지니고 있었다. 예컨대 김기진, 박영희, 송영 등 초기 프로문학인들은 자신들이 발 딛고 있는 식민지 현실에 대해 고뇌하면서 이를 마르크시즘의 과학주의로써 해결하려 했던 것이다.

그러나 이러한 계급적 인식에도 불구하고 프로문학 초기에는 민족현실에 대한 정서적 반응이 계급적 인식보다 훨씬 강했기 때문에 이 시기의 문학을 마르크시즘문학으로 단정하기는 어렵다. '눈물로써 파악되는 조선의 현실'을 앞에 두고 초기 프로문학인들은 이성보다는 감성을, 계급보다는 민족을 앞세웠었다. 이 점은 무엇보다 초기 프로문학에 있어서 주도적 위치를 차지했던 팔봉 김기진의 감상적 비평이 잘 보여준다.

> 예술가의 할 의무가 있다 하면 이것이다. 세계의 한편 작은 구석인, 콩껍질만한 반도에 오물오물한 백성들의 살림을 오늘에 부활시킬 문제이다. 결코 내일의 문제가 아니니다. …… 남산이 우리의 것이 아닌 것과 마찬가지로. …… 그렇다고 '나는 예술가다' 하고 바이올린 쥐고서 독일로 달아나지는 말아라.

위의 글은 1923년에 발표된 것으로 초기 프로문학에 가담한 사람들의 심리상태를 잘 보여준다. 뿐만 아니라 이러한 감상적 수필 형태의 비평이 순식간에 한국 문단에 커다란 영향력을 미칠 수 있었던 이유도 짐작할 수 있게 해준다. 그것은 시대의 열망, 당대 모순의 본질에 조금이나마 접근해 보려는 그 막연한 추상적 열정이 독자들을 사로잡았기 때문이라 말할 수 있다.

1927년 이후 프로문학 비평은 사회과학 논문과 거의 구별할 수 없는 단계로까지 나아간다. 그러나 1926년에 이르기까지는 지금 전개되고 있는 민중문학 논의의 초기 형태쯤으로 보아도 좋을 수준에 머물러 있었다.

> 문학은 그 시대에 처한 민족의 진화적 의의를 무의식중에 포함하여 가지고 그 이상을 욕구하려는 한 수단이며, 그 생활에 대한 감정과 정서를 순화케 하려는 기능을 소유하였다. 그런고로 그 시대 사람들의 생

> 활상태가 자유스럽고 풍부할 때는 문학은 그들의 정서향락의 한 기능을 발휘할 것이며, 민중의 생활이 유린을 당하고 부자유하고, 불완전한 제도에서 압박을 받고 신음할 때 그들의 문학은 폭우와 같이 강렬하고 발랄한 활동을 그 가치에서 보게 되는 것이다.

60년대에 나온, 참여문학론의 당위성을 설명하는 글 정도로 읽어도 무방하게 보이는 앞의 인용문은 박영희가 1925년에 쓴 것이다. 프로 문학중기에 접어드는 시기, 즉 카프 결성기에 박영희는 프로문학의 당위성을 앞의 논지로 설명했던 것이다. 앞의 글에서 볼 수 있듯이 그는 "민중의 생활이 유린을 당하고 부장하고, 불완전한 제도에서 압박을 받고 신음할 때" 문학은 거기에 대하여 격렬한 저항을 하여야 하고, 또 그러한 문학만이 진정한 의미를 갖는다고 주장한다. 그런데 우리가 여기서 주목해야 할 점은 박영희에 의하면 문학의 의미는 시대상황에 의하여 결정된다는 문맥내용이다. 이 내용은 문학의 독자성 자율성을 주장하는 사람들에 의해 언제든지 비판받을 소지를 안고 있다. 그리고 실제로 이런 점은 해방 후 우리 쪽에서 프로문학을 비판하는 사람들이 꼬집기 좋아하는 내용이 되었다.

그러나 필자는 박영희의 이 같은 주장이 당시로는 상당한 정당성을 지니고 있다고 생각하는데, 그것은 20년대 초의 문단 분위기가 문학이란 현실과는 동떨어진 어떤 것이라는 방향으로 흘러가고 있었으며, 대부분의 문학청년들이 자발적 비자발적으로 이 분위기에 감염되어 있었고, 그렇지 않은 몇몇 문학인의 활동은 기껏해야 개별화된 양심선언 이상이 못되고 있었기 때문이다. 이러한 때에 나온 위의 주장을 문학인들의 문자행위라는 것도 결국 사회·역사적 변화의 능동적 주체이자 피동적 객체가 될 수밖에 없다는 인식의 출발점으로 볼 수 있는 것이다.

1927년 이후의 프로문학은 프롤레타리아 계급을 문학운동의 핵심에 놓았다는 점에서 분명히 70년대 이후의 민중문학과는 구별된다. 이 시기의 프로문학은 사회과학적 이론에 기초하여 프롤레타리아 계급의 중요성을 일방적으로 강조함으로 말미암아 초기의 민족적 색채로부터 점차 벗어난다.

> 나는 현단계의 조선운동이 국내적으로나 국제적으로나 그 본질에 있어서 프롤레타리아트의 운동이라고 하였다. 씨는 조선민족과 무산계급과를 혼동하여 가지고 광의로 보면 민족주의운동이요, 협의로 보면 무산계급운동이라 한다. 어떻게 돌아가는 말인지 알기도 어렵거니와 양자의 의견은 끝없이 배치하고 있다.

양주동을 비판한 앞의 글에서 보는 것처럼 프로문학은 초기단계에서 벗어날수록 민족에 대한 본능적 애정을 계급에 대한 이론적 신념으로 변모시켰으며, 애정을 신념으로 끌고 가는 밑바닥에는 식민지 현실에 대한 개혁의지가 마르크시즘과 결합하여 과학주의라는 이름으로 작용하고 있었다. 그리고 식민지라는 특수한 상황 때문에 마르크시즘의 투쟁적 성격과 현실개혁의 논리는 그 누구에 의해서도 손쉽게 부정될 수 없었다. 그 이유는 잘못되고 모순된 사회에서 문학은 마땅히 그 잘못과 모순을 정직하게 드러내고, 또 그러한 사회가 변혁가능하다는 것을 보여주어야 할 의무를 가지고 있기 때문이다.

문학이 세상을 왜곡시키고 호도하는 어떤 양식이 아니라면, 또 문학이 단순한 형이상학이 아니라 일정한 사회적 기능을 분명히 가지고 있는 언어예술이라면 문학은 언어의 대상인 사회를 변화시키는 데 일정한 역할을 해야 한다. 이런 점에서 볼 때 식민지 치하에서 프롤레타리아 계급의 투쟁적 성격을 부추긴 프로문학의 역할은 반대쪽에 서 있던 보수적 민족주의문학의 현실 기만적 성향에 의해 역설적으로 그 정당성을 확인받은 측면이 많다. 그리고 이 점은 70년대 유신치하에서 민중문학이 정당성을 확보해 나가는 과정과도 유사한 측면이 있다.

1927년 이후의 프로문학운동은 노동자와 함께 하려는 여러 가지 실천적 이론의 제시에도 불구하고 이론의 독주로 말미암아 첨예한(혹은 전위적) 의식을 지닌 지식인에 의한 지식인 운동의 하나로 전락한 측면이 없지 않다. 또 이론적으로는 프롤레타리아를 이 운동의 주체이자 객체로 설정했다는 점에서 70년대의 민중문학과는 구별되는 반면, 80년대 후반의 민중문학과는 공통점이 많다. 그리고 프로문학운동이 실험했던 몇몇 성공적 시도와 실패한 시도들은, 계승이 아니라 다시 시작하는 방식으로 오늘날의 민중문학 속에서 되살아나고 있다. 농민문학의 문제, 노동자문학의 문제와 같은 현장문학운동과, 르뽀·수기 등과 관계된 대중화의 문제, 문학운동의 주체문제 등은 프로문학에서 이미 어떤 정도로건 거론되었던 테마에 속하는 것이다.

이처럼 공통의 테마가 문학사적 연속성을 갖지 못하고 몇 십 년의 세월을 격해서 백지상태에서 새롭게 되풀이 될 수밖에 없었던 것은 분단의 비극 때문이다. 문학은 이데올로기의 하수인이 되어서는 안 된다고 생각한 정치인과 문학인들이 해방 후 주도권을 장악하면서 한국문학은 그러한 생각 자체가 어떤 이데올로기의 반영인가에 대한 반성은 생각조차 않은 채 응고된 순수주의의 함정 속에 오랫동안 매몰되었던 것이다.

(3) 30년대 이후의 민중문학

해방 후부터 70년대에 이르기까지의 가장 큰 문학적 쟁점은 순수·참여 문제였으며, 양자 중 김수영으로 대표되는 참여문학론이 민중문학과 상관관계가 있다고 할 수 있다. 단독정부수립과 6·25를 거치면서 반공이데올로기는 우리사회 전체를 무겁게 짓눌렀고, 이 분위기로부터 자유롭게 글을 쓸 수 있었던 사람은 아무도 없었다. 공리적 기능과 쾌락적 기능이라는 문학의 본질적 두 기능과 단선적으로 관계된, 그러면서도 문학의 본질을 드러내기보다는 왜곡시키는 데 기여해 온 순수・참여라는 용어의 횡행은 바로 이러한 분위기의 반영이다.

'순수문학'이란 용어는 한국 문학사에서 이미 30년대에 자주 사용 되었으며, 순수・참여 논쟁의 원형이라고 할 수 있는 세대논쟁 역시 이 시기에 벌어졌었다. 이 논쟁의 경위는 간략히 말해 다음과 같다. 30년대에 들어오면서 일제의 문학탄압은 20년대와는 비교가 되지 않을 정도로 가혹해졌고, 그 대표적인 예가 강압에 의한 카프의 해체이다. 그럼에도 이 같은 분위기와 무관하게 작품활동을 하는 것처럼 보이는 신세대들에 대해 구세대들은 시대적 고민에 대해 초연하고, 각종 주의와 사상을 거부하며, 제대로 아는 것도 없이 기교에만 집착한다고 비판했다. 여기에 대해 김동리로 대표되는 신세대는 "수삼년래의 자기들의 문학적 거취를 살펴"보면 "서푼어치 신념도 보여주지 않은 자기네의 문학정신"만 있다고 반박하면서 다음처럼 자신들의 입장을 내세웠다.

> …… 다음 기회에(지면관계) 일일이 구체적으로 지적해 가며 설명하겠지만, 이것을 이른바 '30대'(구세대를 가리킴－필자 주)의 작품세계에 비추어 볼 때 첫째 제일 현저한 특징은 '30대'의 작품세계가 그 전 작품세계를 압도하고 흐르는 어떤 사조적인 우상적 이념에 지배되어 있음에 반하여 신진의 작품세계는 그러한 어떤 사조적인 우상적 이념에 지배되는 대신 각자의 생명 내지 생명의 구경(究竟)이 문제되어 있다. 이것이 모든 신진작가의 공통된 성격이기도 하려니와 필자의 전 작품도 역시 그러하다.

김동리는 이렇게 '생명의 구경'을 내세워 신세대를 변호했다. 임화, 김남천, 김오성, 유진오 등 프로문학과 직접 간접으로 연결된 사람들이

30년대라는 악조건 하에서 문학은 마치 그러한 악조건과는 관계없는 것처럼 행동하는 신세대를 향해 불만을 토로하고, 신세대들은 이에 맞서서 순수란 "모든 비문학적 야심과 정치적 책모를 떠나 오로지 빛나는 문학정신만을 옹호하려는 의연한 태도"이며, "이 '순수'야말로 이미 진실한 신인작가들이 확연히 획득한 자기들의 세계"라고 주장한 것이다.

우리는 이러한 공방전과 유사한 논리의 전개를 이후 60년대 말까지의 순수·참여 논쟁에서 계속 보게 된다. 예컨대 김수영과 이어령의 논쟁에서 김수영이 마음대로 쓸 수 없는 상황을 이야기할 때, 이어령은 작가란 어떤 시대 어떤 상황에서든 문학의 고유한 테두리 안에서 쓸 수 있는 것을 써내야 한다고 주장하는 모습이 바로 그렇다.

해방 후의 순수·참여 논쟁은 좌우익 간의 이념적 대립을 밑바닥에 깔고 진행되었다는 점에서 한국문학의 어두운 앞날을 예고하는 사건이었다. 논쟁 자체는 대가들을 배후에 두고 좌익 쪽의 김동석과 정진석, 우익 쪽의 김동리와 조지훈 등 소장파들이 벌인 국지전 양상이었지만, 여기에는 찬탁·반탁 등 여러 가지 복잡한 정치적 문제가 깔려 있었기 때문에 분단 이후 이 땅에서 전개될 문학풍토를 예고하는 전주곡으로 읽을 수 있다.

한국문학은 좌우대립과 분단을 겪으면서 현실 정치 문제를 터부시하는 방향으로 오랫동안 고착되었다. 순수·참여 논쟁은 왜 그처럼 어렵게 이데올로기의 주변을 맴돌기만 하는가, 반공을 앞세운 논리 앞에서 문학인들은 왜 언제나 무력해지는가 등의 의문은 해방 이후 문학인들의 이념적 재편성을 이해해야 풀릴 수 있다. 6·25를 거치고 분단이 고착화되면서 다른 한쪽 이데올로기에 대한 절대적 거부와 자신이 속해 있는 이데올로기의 무조건적 정당성을 이야기 할 수밖에 없는 풍토 속에서 문학인들은 살게 된 것이다. 따라서 70년대 이후의 민중문학이 문학의 정치성과 사회성, 선전성과 선동성을 다시금 확보하고자 했을 때 이 땅의 현실과 날카롭게 부딪친 것은 당연한 일이었다.

4・19는 반공이데올로기의 획일적 지배하에 경직화되어 있었던 문학계에 어느 정도 숨통을 틔워주는 한 전환점이었다. 60년대에 순수・참여 논쟁이 활발하게 전개된 것은 4・19에 의해 극우적인 이데올로기가 다소간 완화되고, 또 새로운 한글세대가 성장해 있었기 때문이다. 한글세대는 대학시절에 4・19를 겪고, 문단에 얼굴을 내밀자마자 문학의 사회적 비판기능과 관계된 어설픈 논쟁에 휘말리면서 자기들을 키워 나갔다. 그럼에도 이들은 70년대에 『창작과 비평』 및 『문학과지성』을 중심으로 정력적인 활동을 전개하여 그때까지의 어설픈 순수・참여 논쟁을 극복하고 기존 보수문단과는 전혀 다른 새로운 문학적 분위기를 조성했다. 80년대의 민중문학이 70년대의 민중문학에 크게 빚진 것이 있다면, 그것은 80년대에 활동한 젊은 세대들이 4・19세대가 이룩한 문학풍토 위에서 자라났다는 그 사실이다.

이와 같은 4・19세대의 성장과 관련지어 우리는 60년대에 전개된 김수영과 이어령 사이의 논쟁을 정치와 문학의 관계에 대한 구세대의 콤플렉스가 마지막 고비에 도달했음을 보여주는 한 예로 생각할 수 있다. 김수영이 "오늘날의 문화적 침묵은 문화인의 소심증과 무능"에서 오기보다는 "유상무상의 정치권력의 탄압에 더 큰 원인"이 있다고 강조하는 것이나, 이어령이 어떤 시대와 상황이든 오직 개인의 실존적 결단만이 의미 있고 모든 궁극적 책임은 여기로 귀착되어야 한다는 논지로 은근슬쩍 작가의 사회적 책무 문제를 비켜가는 것은 모두 그러한 콤플렉스의 발로이다. 반면에 4・19세대는 적어도 순수・참여를 자본주의와 공산주의의 대결처럼 이해하거나 '사르트르'식의 참여론까지도 공산주의자와 다름없다고 생각하는 태도로부터 멀리 떨어져 있다.

3. 70, 80년대 민중문학의 양상

(1) 민중문학의 주체 문제

지금까지 필자는 다소 장황하게 70년대 이전의 동향 중 민중문학과 관계된 70년대 이전의 동향을 살펴보았다. 필자가 이처럼 민중문학의 전사를 검토한 것은 70년대 이전의 논의가 어떤 문학적 풍토를 배경으로, 어떤 방식으로 전개되어 왔는지를 이해함으로써 오늘의 민중문학을 이해하는 데 도움을 받기 위해서였다. 그러면 이제부터는 본격적인 민중문학이라 부를 수 있는 70년대 이후의 민중문학 문제를 점검해 보기로 하겠다.

민중문학에서 주체의 문제는 민중의 개념 문제와 직결된 것으로 민중문학론의 가장 핵심적 논란대상 중 하나이다. 80년대의 민중문학론이 작품생산자의 신원문제에 대해 그처럼 관심을 집중한 것이 이 문제의 심각성과 중요함을 입증해 준다. 그렇다면 도대체 민중은 누구인가? 민중문학의 주체가 민중이 될 것은 당연한 일인데 왜 사람들은 이 문제와 어렵게 씨름하는가?

김지하는 민중의 개념 문제에 대해 직접적으로 언급한 적은 없지만 1970년에 본격적 민중문학론의 효시를 이루는 「풍자냐, 자살이냐」에서 다음과 같은 민중관을 피력한 바 있다.

> (……) 저항적 풍자의 올바른 형식은 암흑시에 투항한 풍자시여서는 안 되며 풍자시를 위장한 암흑시여서도 안 된다. 그것은 민중 가운데에 있는 우매성 속물성 비겁성과 같은 부정적 요소에 대해서는 매서운 공격을 아끼지 않았지만, 민중 가운데에 있는 지혜로움, 그 무궁한 힘과 대담성과 같은 긍정적 요소에 대해서는 찬사와 애정을 아끼지 않는 탄력성을 그 표현에 있어서의 다양성의 토대로 삼아야 하는 것이다. 저항

적 풍자의 밑바닥에는 올바른 민중관이 자리 잡고 있어야 한다. 민중 속에 있는 부정적 요소도 단순히 일률적인 것만은 아니다. 올바르지는 않지만 결코 밉지 않은 요소도 있고, 무식하지만 경멸할 수 없는 요소도 있다.

이상과 같은 김지하의 민중관은 판소리 민요 등 그가 대학시절에 깊은 관심을 가졌던 전통예술과 관련이 있다. 그렇기 때문에 그의 위 글은 민중에 대한 과학적 분석이라기보다는 자신의 작품세계를 설명한 글처럼 보인다. 같은 해에 발표한 담시 「오적」과 같은 실천적 글쓰기와 관계된 창작 방법론의 하나라는 인상을 주는 것은 바로 그 때문이다. 그러나 그의 폭넓고 유연성 있는 민중관은, 피해자이면서도 너그럽고, 고통 받으면서도 정의롭고, 억압받으면서도 꿋꿋하다는 식으로 고정관념화한, 일방적 민중숭배 태도를 일찌감치 벗어나 있다는 점에서 주목할 만하다.

그는 이러한 민중관을 기반으로 하여 민중개념에 대해서도 상당히 탄력적인 범주를 설정하고 있었다. 그것은 소시민을 민중의 일부로 끌어들이는 데에서 잘 드러난다. "소시민은 비록 그것이 다수라 하더라도 거대한 민중 속의 일부"라고 말하는 대목이나, "소시민은 하나의 계층이나 계급이 아니라 하나의 의식형태로 집약되고 상징되는 민중 자신이어야만 한다"는 대목에서 우리는 그의 민중개념이 협소하지 않다는 것을 알 수 있다.

그렇지만 김지하의 이러한 민중개념은 소시민과 민중 사이의 거리를 너무 손쉽게 없애버림으로써 오히려 비현실적인 요소도 담고 있다. 예컨대 김수영을 가리켜 "그 자신이 태어나고 또 그 자신이 몸담아 숨 쉬고 헤엄치던 자궁이자 집이요 공기이며 바다인 민중"과 함께한 시인이라 하는 것이 바로 그렇다. 그는 소시민 지식인으로서의 김수영에 대해 거리낌 없이 민중의 자격을 부여했고, 동시에 민중을 계몽시키고 각성시키는 교사의 자격도 부여했다. 그는 현실적으로 존재하는 계층 혹은 계급적 의미로서의 민중보다 '의식형태로 집약되고 상징되는 민중 자신'을 선행시켰다. 그럼으로 말미암아 민중적 지식인을 민중과 동일시하는 데에는 성공했으나, 민중문학의 주체는 결국 지식인이 아니냐는 후배들의 비판 앞에 스스로를 내놓게 된다.

70년대를 거치는 동안 민중문학의 창작주체에 변화가 일기 시작했다. 지식인들이 노동자·농민을 위해 쓴 작품 외에 노동자들이 스스로의 괄목할 만한 의식성장을 토대로 현장체험을 작품화하기 시작한 것이다. 예컨대 시에 있어서 김지하의 「오적」, 「비어」, 소설에 있어서 황석영의 「객지」, 「한씨연대기」, 그리고 노동자들이 현장체험을 기록한 석정남의 「불타는 눈물」, 유동우의 「어느 돌멩이의 외침」 등이 그러한 변화의 모습이다. 그러나 이론적 측면에서 민중의 개념 문제는 여전히 답보상태를 면치 못했다. 이 점은 백낙청의 다음 말에 솔직히 고백되어 있다.

> (……) 민중이 구체적으로 어떤 사람들이며 그들의 소외극복은 어떻게 이루어져야 할 것인가 하는 문제는 아직껏 애매하게 밖에 인식되어 있지 않다. 여기서야말로 우리의 과학적 탐구가 아쉬움을 뼈저리게 느끼거니와 (……) 우리에게 필요한 것은 '민중'이 곧 노동계급이라는 말이 아니냐 하는 식의 다그침이 아니라, 주어진 시대와 장소에서 민중으로 총괄되는 사람 가운데 노동자는 얼마나 되고 어떻게 살고 있는가, 농민이나 그밖의 사람들은 또 얼마나 되며 어떤 성격을 띠었는가, 그들 각자의 역사적 기능은 무엇인가, 이런 문제를 과학적으로 풀어 나가는 일이다.

민중개념에 대한 과학적 탐구의 필요성을 역설한 위의 글은, '과학적'이라는 말에서 알 수 있듯, 결국 구체성 있는 민중상을 탐구하기 위해서는 필수불가결하게 사회과학적 접근과 해명이 있어야만 한다는 주장으로 귀결된다. 70년대에 양적으로 엄청난 팽창을 거듭한 도시 노동자, 도시빈민, 소시민 등과 전통적 취락사회의 테두리에 머물면서도 의식만 소비풍조에 물든 농민 등 이 모든 사람들을 어떻게 분류해서 민중의 테두리 속에 거두어 넣고, 제외시키느냐 하는 문제는 결코 간단한 일이 아니다. 현실적으로 절대다수를 차지하는 사람이 도시 노동자들이니까 계급개념으로서의 프롤레타리아를 민중의 주도적 주체로 인정해 버리면 간단하겠지만, 그렇게 하는 것도 그렇게 하지 않는 것도, 분단모순이 심각하게 사회 전부면에 작용하는 우리사회에서는 모두 선택하기 어려운 일인 것이다.

이와 같은 어려움 앞에서 과학적 탐구의 필요성을 역설한 백낙청에게 비교적 선명하게 대답을 해준 사람은 박현채이다. 성민엽이 「민중문학의 논리」에서 "백낙청이 그 필요성을 제기하는 데에 그치고 유보해 버린 작업에 대한 정면으로의 부딪침"이라고 평한 박현채의 민중개념은 다음과 같다.

> 역사적으로 민중의 실체는 달라질 수밖에 없도록 되어 있다. 그리고 우리가 살고 있는 역사적 시대로 되는 근대 자본주의사회에 있어서 민중구성은 노동자 계급을 기본구성으로 하면서 소생산자로서의 농민, 소상공업자와 도시빈민, 그리고 일부 진보적 지식인이 주요 구성으로 된다. 이 가운데서 큰 부분을 이루는 노동자 농민 도시빈민은 자본주의 경제제도의 재생산과정의 소산이다.

이와 같은 박현채의 민중개념에 의해 민중에 대한 형식 논리적 정의는 비교적 분명하게 이루어졌지만, 그렇다고 그것이 민중구성원들 사이의 유기적 일체감까지 보장해 준 것은 아니다. 진보적 지식인과 도시빈민, 노동자, 농민 사이에는 과연 민중으로서의 동질성이 어디까지 보장

될 수 있는 것인가? 노동자가 역사에서 보다 진보적이라면 보다 낙후된 자연상태에 있는 농민은 결국 민중의 주체가 되기에 무언가 미흡한 존재는 아닌가? 민중문학은 지금까지 주로 진보적 지식인들의 손에 의해 이루어져 온 만큼 민중운동의 차원으로 시각을 바꾸어 생각한다면 결국 민중문학도 노동자, 농민, 도시빈민으로의 주체 전이를 이룩하기 위한 과도기적 단계를 밟고 있는 것이 아닌가? 이런 문제를 박현채의 논문은 던져 주고 있는 셈이고, 여기에 대한 대답이 80년대 민중문학이 해결해야 할 주요과제로 떠오른다. 80년대의 민중문학이 농민시인 김용택과 노동자 시인 박노해에 대해 상당한 찬사를 보낸 것은 이러한 사정과 깊은 관계가 있다.

80년대 민중문학 이론가들은 박현채가 제시한 민중의 개념을 앞에 두고 두 가지의 태도를 보인다. 그 하나는 민중의 주체는 분명히 노동자 농민이므로 지식인은 먼저 자신의 한계를 명백히 고백하고 존재전이를 해야 민중문학의 주체로 재탄생할 수 있다는 입장이며, 다른 하나는 집필자의 신원에 관계없이 우수한 민중문학을 생산할 수 있다는 입장이다. 이러한 입장 중 전자 쪽에 서 있는 사람들은 대체로 80년대에 들어와 활발하게 활동을 펼친 젊은 문학인들이며, 후자 쪽의 입장에 서 있는 사람은 대체로 70년대부터 민중문학을 이끌어 온 관록있는 문학인들이다. 이 같은 점에서 우리는 양쪽의 깊이 있는 상호비판에 의한 창조적 발전을 기대할 수도, 신세대와 구세대의 대립과 투쟁을 예상할 수도 있다. 그러면 다음에서 간략하게 젊은 세대의 입장을 먼저 살펴보기로 하자.

> (……) 그 가능성의 성취는 그러나 지식인 사회의 경우처럼 단순히 전문화된 글쓰기 훈련에 의해 몇몇 탁월한 노동자 작가가 나타남으로 해서 되는 것은 아니다. 왜냐하면 현장생활의 모순을 보다 지혜롭게 극

복하려는 노동자들에게 있어서 글쓰기 혹은 이야기판이란 특별한 작가가 주는 문학적 감동을 획득하기 위한 것이 아니라, 생활현장의 모순을 구체적인 움직임으로 극복하기 위한 중요한 방법이라는 성격을 갖기 때문이다.

위의 글은 분명히 지식인 주체의 민중문학과 노동자 주체의 민중문학을 일정하게 구분 지으며 시작하고 있다. 삶의 현장에서 획득된 의식만이 진정하게 삶의 현장에 기여할 수 있다는 생각을 위의 글은 보여 준다. 민중문학의 주체인 노동자들에게 필요한 문학은 전문적이고 세련된 형태가 아니라 "노동자 자신의 언어로써 노동생활을 보다 손쉽게 드러내며, 생활모순을 집단적으로 극복하는 데" 필요한 형태여야 한다고 주장하는 것이 그렇다. 그리하여 이러한 요청에 올바르게 부응할 수 있는 민중문학은 오직 노동자에 의한 노동문학일 따름이라고 위의 글은 주장한다.

젊은 세대의 이 같은 주장에 대응해서 백낙청은 다음과 같은 논리로 지식인 중심의 민중문학을 옹호한다.

다음으로 직접 생산자인 민중에 의해 씌어진 글만이 민중문학이라는 이론을 생각해 보기로 하지요. 이것은 우선 민중과 민중지향적 지식인을 분명히 구별하고 있다는 점에—일단 바람직한 방향으로 나아갔다고 여겨집니다. 그러나 다른 한편 문학의 성격을 상당히 단순화시키고, 민족문학론에서 획득했던 변증법적인 인식을 후퇴시킬 우려도 있다고 생각합니다. (……) 집필자의 신원에 너무 집착하는 것은 오히려 작품을 저자 개인의 제품으로 보는 자본주의 사회의 논리를 그대로 받아들이는 꼴이 될 수도 있습니다. (……) 그러므로 주어진 역사의 대목에서 직접 간접으로 민중의 참여를 극대화시키는 작품은 실제로 그것이 누구의 손에서 씌어졌건 간에, 당대의 민중문학이요, 가장 우수한 문학이라는 것이 좀 더 타당한 논리가 아닐까 생각합니다.

루카치에 의하면 "현실의 총체적 인식은 프롤레타리아의 계급적 입장으로부터" 발생한다. 프롤레타리아트는 사회 현실 전체에 대해 스스로를 인식의 주체이자 객체로 만들면서 능동적으로 발전해 간다. 다시 말해 그들은 자신들을 방어하는 자연발생적 무의식적 행위로부터 시작하여 끊임없는 사회적 투쟁을 통해 스스로를 계몽시킴으로써 점차 현실을 총체적으로 인식할 수 있는 계급으로 발전해 간다는 것이다. 그래서 루카치의 관점에서는 계급적 입장이야말로 다른 무엇보다 중요하다. 지식인이 지식인의 입장에 있는 한 현실의 총체적 파악은 원초적으로 봉쇄되어 있다고 말할 수 있기 때문이다.

그렇다면 백낙청의 말에 나오는 민중지향적 지식인은 어떤 존재인가? 그들은 의식에서는 민중과 함께하는 사람이며, 능력에서는 민중보다 능숙하게 현실을 체계적으로 분석할 수 있는 사람들이다. 우리는 이점을 어떻게 이해할 것인가. 백낙청은 이점에 대해 앞서의 루카치처럼 역사적 역할을 강조한다. 민중지향적 지식인은 민중적 인식과 민중적 실천 사이에 일정한 한계를 필연적으로 노정할 수밖에 없는 사람이란 점을 인정하면서도 양자의 거리가 좁혀질 수 없는 관계라고는 생각하지 않는다. 인식과 실천의 변증법적 관계를 상정하면서 지식인 역시 민중적 실천을 통해 인식과의 거리를 좁힐 수 있다고 생각한다. 다시 말해 민중적 지식인은, 민중을 향한 또는 위한 실천자이지만, 그러한 작업의 과정에서 민중과의 거리를 좁힐 수 있다는 것이다. 민중적 지식인 역시 의식과 행위 사이의 부단한 변증법적 자기발전을 통해 민중과 함께 역사의 주체가 될 수 있다고 생각하는 것이다.

민중문학의 주체문제는 이렇듯 단순하지 않아서 80년대 민중문학론은 상당한 자기진통을 겪을 수밖에 없었으며, 그 진통은 결국 신구세대 사이에 민중문학 주체논쟁을 야기했다. 그런데 필자의 생각으로는 민중문학의 주체문제에서는 원론적 이론을 고수하는 것도 중요하지만, 우리의 역사와 현실에 대응할 수 있는 탄력성 또한 충분히 고려할 필요가 있다고 본다. 그것은 단순하게 일시적 전략 차원에서가 아니라, 현 단계 민중문학의 전체 역량과 타개해 나가야 할 현실적 국면의 정확한 평가 위에서 민중문학의 이론이 정립되고 실천되어야 하기 때문이다. 민중문학의 주체 문제를 해결하기 어려운 데에는 문학자체의 문제에 못지않게 분단과 정치체제에 따른 이데올로기의 경직성이란 문제가 크게 작용하고 있는 만큼 이 문제는 특정한 계급에 대한 편견 없는 시선의 확보, 실천적 이론의 풍부한 계발, 기층사회운동의 대중적 성장 등이 함께 고루 갖춰져야만 완전한 해결이 가능하다. 이런 점에서 민중문학의 전사(前史) 속에 담긴 성공과 실패를 올바르게 이해하고 교훈을 얻는 것이 문제해결에 많은 도움이 될 수 있는 것이다.

(2) 민중문학의 형식문제

80년대 민중문학론 중에서 가장 충격적인 글의 하나는 김도연의 「장르확산을 위하여」일 것이다. 이 글은, 문학적 전통의 소산이 아니라 민중문화운동권 내에서 진행되어 온, 현장문화운동과 관련된 다양한 작업의 소산이지만, 그 산물이 기왕의 민중문학을 향해 이론으로 정리되어 발사되었기 대문에 주목의 대상이 될 수밖에 없었다. 그는 이 글을 통해 그때까지 민중문학이 이용해 온 기존 문학장르들에 대해 상당한 불신을 표명하면서 급변하는 현실에 신축성 있게 대응할 수 있는 르뽀, 수기 등 주변 장르를 더 중요시하는 태도를 보였다.

> (……) 선언적 기능이거나 아니면 있는 그대로의 사실적 기능이 전환기의 문학에서는 효과적 공감대를 얻는다, 전자가 시라면 후자의 그것

> 은 르뽀 수기 등이 해당된다. 이 양자의 사이에서 소설은 방황하고 있다. 창작을 위해서 일정한 시공간을 준비해야 하는 조건에서 시보다 기동성이 더디며 한편 허구성 장르라는 요소는 사실성의 결여로 현장성 르뽀 수기에 미치지 못한다. 소설 독자의 상당부분을 사회과학 서적과 더불어 르뽀 수기에 넘겨 주고 있음은 허구적 구조로서의 소설이 현 실정에서 효과적인 공감을 주지 못함에서 비롯된다.

김도연은 우리가 살고 있는 이 시대를 전환기로 규정하고 이 전환기에 있어서는 "한 시기의 문학 질서가 전면적인 재편의 상태"에 놓일 수밖에 없으며, 따라서 "이제까지 문학의 범주에 소속되기 어렵다고 생각되던 장르들이 대중성 획득의 주요한 전술단위로 부각"되는 것은 당연하다고 말한다. 그가 르뽀와 수기를 의미 있는 것으로 취급하는 것은 그것들이 인간들의 삶을 정련된 형태로 담을 수 있는 완성된 모양을 갖지 않고 기동성있게 민중들의 요구에 대처할 수 있기 때문이다. 그는 전환기에는 시, 소설 등의 기존 장르는 이미 고정된 틀을 지니고 있기 때문에 "경우에 따라 (……) 운동장르, 일상장르로서의 문학을 문제 삼을 때 오히려 장애요인으로까지 작용한다"고 이야기하는 것이다.

그렇다면 기존 문인들에게 충격적 발언으로 들릴 이러한 주장은 어디에 그 핵심이 있는가. 그가 주장하는 핵심은 지금이 '전환기'라는 시대규정과 이 전환기에 적절히 대처하는 '방법'으로서의 문학을 모색하는 데 놓여 있다. 그런데 필자는 여기에서 지금이 어떤 정도의 전환기인가 하는 문제에 대해서는 검토할 필요를 못 느끼지만, 전환기에 적절히 대응하는 방법으로서의 문학에 대해서는 몇 가지 각도에서 검토할 필요를 느낀다.

위의 인용문에서도 분명히 느꼈겠지만 김도연은 문학을 전환기를 이끌어 나가는 '운동'에 종속적인 것으로 생각한다. 「장르 확산을 위하여」

가 의존하고 있는 상당부분의 논리가 다음과 같은 주장을 펴고 있는 현장문화운동으로부터 왔다는 점에서도 우리는 그 사실을 알 수 있다.

> 민중문화운동의 근본적인 장은 어디에 따로 있는 것이 아니라, 일하는 사람들의 생존의 터전 그곳이다. 그 안에서는 시네, 소설입네, 연극입네, 무슨 마당극, 대동놀음, 판소리, 농악, 탈춤, 회화, 조각하는 따위의 예술의 종별개념도 와해되고, 전문성은 더더욱 타파되며, 매체의 구분도 때와 장소에 따라 다른 전달방식을 찾게 될 것이다.

민중문화운동에 대한 이 글에서 중요한 것은 예술이 아니라 '일하는 사람들의 생존의 터전'이다. 이 생존의 터전에서는 작가의 전문성보다 민중의 소인성이 더욱 의미있고, 일정한 제도적 틀에 갇혀 있는 공식적 출판매체보다 팸플릿이나 전단 같은 것이 더욱 유용하다. 그래서 장르는 일과 놀이가 어우러진 현장에서 필요로 하는 방식에 따라 자의적으로 선택된다. 김도연이 "우리 문학이 요구하는 바람직한 생활문학은 운동성을 바탕으로 하는 실천문학의 개념과 함께 어우러져야 한다"고 말하는 것과, "생활문학의 본령은 장르마다의 독자적인 구조 속에서보다 장르 사이를 자유롭게 넘어드는 가운데 많은 자원을 보유하고 있다"고 말하는 것은 바로 이 맥락에서인 것이다.

그러나 이와 같은 그의 주장들이 타당성을 지니기 위해서는 다음과 같은 문제들에 대한 설득력 있는 해명이 필요하다. 그것은 첫째, 장르가 지닌 효율성의 문제이다. 예컨대 김도연은 사실성의 측면에 있어서 소설은 르뽀에 비해서 효율성이 적은 것으로 파악하고 있지만 반드시 그런 것만은 아니다. 소설은 그 나름대로 인간들의 다양한 경험에 효율적으로 대처할 수 있는 여러 형식을 가지고 있다. 길이, 주제, 소재, 내용 등에 따라 다양하게 분류되는 소설 형식이 그것을 말해준다. 이런 형식은 이런 형식은 인간들이 오랫동안의 땅파기를 통해 괭이, 호미, 삽 등을 만들어낸 것처럼, 경험의 다양성을 효율적으로 형상화해 내기 위해 만들어진 소설형식인 것이다. 그 뿐만 아니라 모든 기존장르는 여러 세대가 오랜 시간을 두고 힘들여 획득한 사회적 경험의 축적과 전달이라는 속성도 지니고 있다. 따라서 장르의 효율성 문제는 우리가 단시간에 사회적 필요에 따라 판단할 성질의 것이 아니라 어떤 장르를 삶의 양식화에 적절하다고 생각하여 지속적으로 이용하는 과정 속에서 그것을 이용해 나가는 결정될 성질의 것이라고 생각한다.

다음으로 운동의 필요성에 의해 장르의 가치가 일방적으로 결정될 수 있는가 하는 점이다. 문학은 본질적으로 선전성과 선동성을 지니고 있지만, 이 본질적인 속성을 현장운동에 있어서의 선전성 및 선동성과 곧 바로 동일시하는 것은 상당한 문제가 있다고 생각한다. 물론 양자가 무관한 것이 아니라는 사실은 필자 역시 인정하면서도 양자를 동일시할 때 생길 문학의 일방적 정치종속성을 우려하지 않을 수 없다. 그렇게 되면 현실의 모순을 훌륭하게 전형화한 작품보다 그 모순을 생생하게 고발한 현장백서가 훨씬 가치 있는 것으로 평가될 수밖에 없는 결과를 야기하는 까닭이다.

마지막으로 전문성과 소인성의 관계에 대한 의미부여가 분명하게 행해져야 한다는 점이다. 김도연이 민중지향적 지식인 작가들에 대해 "유감스럽게도 70년대 후반에 이르면 전문작가들의 작업이 더 이상 발전되지 못하고 한계에 다다른 인상을 준다"고 말한 것은, 당시 현장노동자 출신 작가들의 르뽀와 수기류 창작이 활기를 띠던 모습을 두고, 지식인 작가의 전문성보다 현장출신 작가의 소인성을 더 의미있게 평가했기 때문이다. 그러나 소인성에 대한 지나친 의미부여는 좋은 작품과 나쁜 작품 사이의 구별을 불가능하게 만들고, 창작작품과 사실보고 사이의 경계를 지워버려서 문학을 혼란에 빠트릴 우려가 있다.

장르와 장르를 자유스럽게 넘나든다든가 그때그때의 필요에 따라 적절한 장르를 선택하는 등의 일은 민중문화운동의 전략적 차원에서는 유효할지 몰라도 민중문학의 형식을 모색하는 입장에서 생각한다면 최선의 방책은 아니다. 민중문학의 새로운 형식을 모색하는 입장이라면, 그러한 전략적 차원보다는 민중이 지속적으로 이용할 수 있으면서도 자신들을 드러내기에 적합한 장르의 창안이 얼마나 어려운 일인가를 인식하고, 기존의 장르가 지닌 문제점을 조금씩 깎아내고 거기에 전체민중의 열망을 양식화하여 덧붙이는 작업을, 이론과 실제의 양면에서 끊임없이 되풀이하는 것이 오히려 바람직한 방향일 것이다.

(3) 노동문학의 수준

70년대에 씌어진 황석영의 『객지』와 조세희의 『난장이가 쏘아 올린 작은 공』은 60년대 이후 급속하게 진전된 산업에 대응하여 한국문학의 새로운 지평을 여는 것으로 평가받았다. 그러나 80년대의 노동문학은 이러한 작품을 지식인 주체 노동문학의 한계에 갇혀 있는 것으로 규정하고, 현장에서 직접 생산에 종사하는 작가의 작품보다 생동감이 없다고 있다고 비판했다. 그러면서 80년대에 지식인의 양심에 의존한 작품을 벗어나 명실상부하게 노동자가 창작 주체가 된 작품활동이 활발하게 이루어질 것처럼 예견했었다.

80년대 노동문학이 이와 같은 성급한 예상을 할 수 있었던 데에는 다른 무엇보다 박노해라는 현장 노동자가 펴낸 시집 『노동의 새벽』이 커다란 작용을 하고 있었다. 이 시집은 출간 당시 80년대 민중문학의 새로운 전환점으로 간주되었는데 이러한 판단의 근저에는 70년대에 나온 유동우의 『어느 돌멩이의 외침』이나 석정남의 『불타는 눈물』과 같은 체험

수기류가 80년대에는 더욱 왕성하게 창작되었다는 점과, 지식인들이 이런 작품 앞에서 겸손하게 자기한계를 고백하는 상황이 작용하고 있었다. 그리하여 박노해의 시는 70년대적 민중문학의 한계를 단번에 뛰어넘어 버린 노동문학 작품으로 찬양되었다.

> 평생토록 죄진 적 없이
> 이 손으로 우리 식구 먹여 살리고
> 수출품을 생산해 온
> 검고 투박한 자랑스런 손을 들어
> 지문을 찍는다
> 아
> 없어, 선명하게
> 없어,
> 노동 속에 문드러져

박노해의 이 같은 작품을 두고 많은 사람들이 '이것은 노동자만이 쓸 수 있는 훌륭한 시'라는 견해를 표명했다. 그의 시에 나타난 체험의 생생함, 표현의 솔직성, 정서의 투박함 같은 점들이 오히려 세련된 지식인들의 시보다 훨씬 강하고 역동성 있게 독자를 감동시킨다고 이야기되었던 것이다.

그러나 80년대도 거의 다 지나간 지금 『노동의 새벽』이 야기한 충격적인 들뜸이 어느 정도 가라앉은 만큼 우리는 새롭게 노동문학 문제를 바라보아야 할 때가 된 것 같다. 그것은 다음과 같은 이유 때문이다.

첫째, 노동문학은 예술성에 대응하는 운동성과, 전문성에 대응하는 소인성과, 세련성에 대응하는 투박성을 그 본질로 삼는 것처럼 오해될 소지를 다분히 가지고 있다는 점이다. 노동자 작가들의 장점을 칭찬하는 데 인식해서는 안 되지만, 마치 그들이 가지고 있는 장점만이 진짜 장점이고, 지식인 작가들이 지닌 장점은 가짜에 지나지 않는 것처럼 이야기하는 것은 올바르지 못하다고 생각한다. 이와 같은 생각은 노동문학의 입장에서 보더라도 지식인 문학으로부터 전이받을 수 있는 여러 유익한 요소를 박탈당하는 것이 된다.

둘째, 노동문학의 집필자에 대한 신원문제가 작품의 가치평가에 지나칠 정도의 비중으로 작용하는 것은 바람직하지 않다고 생각한다. 필자는 박노해와 김용택을 생각하며 지금도 종종 왜 김용택의 농민시가 박노해의 노동시만큼 충분히 주목받지 못했는가에 대해 의아심을 가질 때가 있다. 노동문학 쪽의 입장에서는 김용택의 현 위치가 지식인에 속하는 국민학교 선생이라는 것이 다소 마음에 걸렸을 것이다. 그리고 그가 사용하는 시어들이 고도로 세련되어 있고, 정서를 통제하여 표출하는 수법이 탁월해서 그를 노동자 시인의 전범으로 내세우기에 부적당하다고 판단했을 것이다.

그러나 필자는 노동자는 왜 지식인어서는 안되는지 거꾸로 생각해 보고 싶다. 노동자는 자기 자신의 노동분야에 있어서는 어떤 사람보다 전문가이며, 지식인의 사고를 뛰어넘는 조직적 사고를 하고 있다. 그리고 노동자도 교육과 자발적인 계몽을 통해 자신의 일터와 바깥의 세계를 정확하게 판단하고 비판하는 지식인으로 성장할 수 있다. 그러므로 오늘날의 노동문학은 집필자의 전력이나 현재 신분에 대한 지나친 강박관념으로부터 벗어나 유연한 틀을 갖추는 것이 바람직하다. 그리하여 김용택의 다음과 같은 시를 노동자들의 감정을 부드럽고 따뜻하게 일깨우는 시로 이해하고 표현의 전문성이란 것이 노동문학에도 필수적이란 사실을 이해해야 한다.

저렇게도 불빛들은 살아나는구나.
생솔연기 눈물 글썽이며
검은 치마폭 같은 산자락에
몇 가옥 집들은 어둠 속으로 사라지고
불빛은 살아나며
산은 눈뜨는구나.
어둘수록 눈 비벼 부릅뜬 눈빛만 남아
섬진강물 위에 불송이로 뜨는구나.

셋째, 노동문학은 노동문학 나름으로 상투성의 문제에 눈길을 돌려야 한다고 생각한다. 예컨대 노동자들의 체험수기류는 대체로 악덕 기업주가 경영하는 사업장에서 벌어지는 노동자들의 정의로운 투쟁과 성과들을 기록하고 있는데, 이것은 자칫하면 패턴화할 우려를 안고 있다. 임헌영이 지적한 것처럼 "가난한 집안의 출생－고생－취업－학대－항거－다시 학대－다시 항거－의식화라는 줄거리"를 가짐으로 말미암아 정형화된 도식으로 응고될 가능성이 있는 것이다. 그러므로 노동문학은 주로 노동조합결성을 통해 악덕 기업주와 투쟁하여 노동자의 권리를 쟁취하는 이야기에 집중되어 있는 주제와 소재의 폭을 더 다양하게 확장하는 것이 좋을 것이다. 예컨대 노동자의 가정 문제나 애정관계 같은 것도 노동현장의 부정적 측면으로부터 상당한 피해를 입을 수 있는 영역이므로 중요하게 다룰 필요가 있다. 일상생활의 터전인 가정이 왜곡된 모습을 통해 노동현장을 실감있게 비판할 수도 있기 때문이다.

4. 민중문학의 창조적 지평을 기대하며

필자는 이 글을 끝맺으면서 민중문학에 대한 관변측의 부정적 시각에 대해 한두 마디 언급하고 싶다. 민중문학의 발생 원인을 문공부장관은 지난해 경주에서 마치 일부 문인들의 경제적 궁핍상태 때문인 것처럼 이야기하면서, 민중문학자들을 "일부 투쟁인사들의 구호처럼 자신을 권력의 억압과 착취를 받아서 헐벗고 굶주리는 민중과 동일시하여 반정부·반체제운동에 정신적으로 또는 문화 예술적으로 지원 동조"하는 사람들이라고 규정했다. 그러면서 우리 사회에 존재하는 헐벗고 굶주리는 현상과 같은 부정적 측면은 극히 '우발적이고 부수적인' 것이라고 주장했다.

문공부 장관의 말을 액면 그대로 받아들여 헐벗고 굶주리는 현상이 우발적이고 부수적인 현상이라 하자. 그렇다면 이 문제에 관심을 가지는 문학은 나쁜가? 빈곤과 궁핍이 인간들에게 끼친 부정적 측면은 언제든지, 그리고 마땅히 문학작품을 통해 이야기될 수 있어야 더 나은 미래 사회는 이루어질 수 있다. 문학은 현실을 형상화 하면서도 현실에서 이루어지지 않은 문제들을 끊임없이 가능태로 만들어 보이기 때문에 그렇다.

사회가 부패하고 타락하면, 그러한 사회로부터 가장 극심한 피해를 입은 사람들을 대변하는 것이 전체사회를 대변하는 것처럼 보이기 마련이다. 그러므로 극심한 피해를 입은 사람이 아무리 소수일지라도 문학은 문학 자신의 본질에 충실하기 위해 그것이 우리 모두의 문제라고 분명히 말해야 한다. 그리고 그것을 민중문학 혹은 노동문학이라는 어떤 이름으로 드러내며 현실을 부정하는 역할을 하지 않을 수 없다. 그것은 언제 어느 때나 문학이 짊어져야 할 몫이며, 민중문학만이 불온하게 나서서 떠맡은 몫은 아니다.

—『예술과 비평』, 1989. 봄

오늘의 민족문학운동과 그 진로

지금 우리는 역사적 전환기에 처해 있으며 문학 역시 이런 사정에서 예외가 아니다. 그동안 누적되어 온 비민주적 관행과 제도적 모순들을 제거하면서 우리 문학 역시 새 출발의 장을 열어야 할 시기에 도달해 있다. 이러한 시기에 다수 문인들을 설득력 있게 이끌 수 있는 문학적 이념의 하나가 바로 '민족문학'이다. 국내의 정치적 억압이 어느 정도 제거될 때 우리에게 당면한 목표로 절실하게 제기될 것은 남북의 긴장완화 문제와 계층 간의 갈등 극복이 될 것이며, 이 문제를 지금 현재의 우리문학 수준에서 껴안을 수 있는 명제가 민족문학이기 때문이다.

민족문학이란 명제는 우리 문학사에서 비교적 낯익은 용어이다. 이 용어만큼 이데올로기적 편향성에 관계없이 좌우의 모든 사람들이 폭넓게 사용했던 말을 찾아내기는 힘들 것이다. 예컨대 20년대 문학에서 사용된 민족주의 문학이란 말과, 해방 직후에 제기된 민족문학이란 이념과, 50년대에 김동리 등이 사용한 민족문학이란 명칭을 보아도 그렇다. 그리고 몇 해 전 노산 이은상에게 붙인 민족시인이란 말과 최근 채광석에게 붙인 민족시인이란 말을 생각해 보아도 그렇다. 따라서 민족문학이란 용어 그 자체는 별다른 거부감 없이 사람들에게 널리 수용될 수 있는 역사적 기반을 갖추고 있다고 볼 수 있다. 그러나 이 명제를 지탱해 줄 이념적 지주의 문제에 있어서는 견해차가 심각할 것이다. 70년대 이후 백낙청이 끈질기게 주장해 온 민족문학의 이념과 '자유실천문인협의회'에서 내건 민족문학이란 슬로건은 기존의 문협측에게 분명히 달갑지 않을 것이기 때문이다. 정치성 기피의 정치문학을 해 온 사람들과 문학의 정치성을 명백하게 전제하고 출발한 사람들 사이의 간극은 어떤 의미에서는 분단의 역사만큼이나 넓고 깊은 것이다.

민족문학과 관계된 이 같은 문제들을 상기하면서 이제 발표자는 발표자에게 주어진 '오늘의 민족문학운동과 그 진로'의 문제를 이야기해 보겠다. 그러자면 먼저 방법상 시기적으로 70년대와 80년대를 중심으로 한 이 시기 민족문학운동의 중요한 문제들을 검토해 보는 것이 앞으로의 진로와 문제점을 모색하는 데 도움이 될 것이다.

이 시기 민족문학운동의 문제를 이해하기 위해서는 무엇보다도 민족문학과 민중문학의 관계에 대한 분명한 인식이 필요하다. 민족문학과 민중문학의 관계에 대해서 1980년에 백낙청은 「민족문학의 새로운 과제」라는 글에서 다음처럼 이야기한 바 있다.

> '민족문학'이란 단어는 관변측의 문인들도 자주 써왔다. 그러나 우리의 민족문학론에서는 '민족'이란 무슨 형이상학적인 실체도 아니요. 과거의 역사에 의해 이미 고정되어 버려 몇몇 사람들이 제멋대로 관리할 수 있는 그런 것도 아니라는 점을 처음부터 강조해왔다. 어디까지나 민족성원 대다수의 삶에 의해 규정되고 그와 더불어 역사 속에서 그 의미가 변전하는 것이 민족이며, 그 점에서 진정한 민족문학은 민중문학의 성격을 띠지 않을 수 없는 것이다. 그렇다고 '민족'과 '민중'이 같은 말

> 이 아니듯이 '민족문학'과 '민중문학'이 동일 개념일 수는 없다. 민족문학론과 민중문학론이 줄 것을 주고받을 것을 받으며 각기 더 높은 차원으로 발전하는 작업이야말로 80년대 우리 문단의 주요과제의 하나가 될 것이다.

그리고 1985년에 「민족문학과 민중문학」이라는 글에서 백낙청은 다음처럼 이야기한 바가 있다.

> 또 70년대에 이미 노동현장에서 여러 가지 참으로 중요한 발언들이 글로 쏟아져 나오고 있었는데, 거기에 대한 충실하고 정확한 평가를 비평적 논의로써 다루지 못했음을 지적할 수 있습니다. (……) 70년대 민족문학론을 넘어설 새로운 민중문학론에 대한 요구가 지금 느껴지고 있는데, 그것은 민족문학론 자체의 논리가 관철되는 과정의 일환으로서 대두된 것이지, 지금 시점에서 민족문학론을 포기하고 민중문학론을 해야 된다는 것은 아닙니다.

위의 두 인용문에서 나타난 민족문학과 민중문학의 관계는 다음 두 가지로 정리할 수 있다고 생각한다.

첫째 민중문학은 민족문학에 비해 보다 상대적이며 가변적인 것이다. 지금 이 단계에서 민족문학을 규정하는 민족 성원 대다수의 삶, 그것이 바로 민중적 삶이기 때문에 현재로서는 민족문학이 민중문학의 모습을 띠고 있으며 그래서 민중문학이 문제가 된다는 논리를 위의 글은 담고 있다. 그런데 이 논리는 민족문학과 민중문학의 상대적 가변성에 대한 문제와 그래서 양자의 상하위 개념관계에 대한 문제를 야기시킨다.

둘째, 민족문학과 민중문학은 동일한 것이 아니라 상보적 관계라는 주장이다. 이 주장은 향가, 여요와 같은 고전적 문화유산 처리 문제에서 유연한 입장이 될 수 있다. 그러나 지금까지의 민족문학을 민중이 주도

해온 것으로 파악하는 입장에 선다면(예컨대 '한국민중사'처럼) 문제가 달라질 수도 있다. 과거, 현재, 미래에 걸친 민족문학의 주체가 민중이라면 민족문학이란 어떤 의미에서는 단순한 이념적 차원에 그치고 실질은 민중문학으로 생각할 수도 있는 것이다. 여기에 바로 80년대 민중문학론과 백낙청의 민족문학론 사이의 미묘한 갈등이 있다고 할 수 있다.

다음으로 우리가 7, 80년대 민족문학 논의와 관련시켜 반드시 기억해야 할 것은 성민엽이 '시민적 전망/민중적 전망'이라고 부른 지적 경향이다. 이 두 가지 지적 경향은 지금의 우리에게 민족문학이 당면하고 있는 이론과 실천의 문제와 문화의 다양성에 대한 태도 문제를 반성적으로 검토하게 만든다. 먼저 전자부터 간략하게 이야기한다면 이렇다. 어떤 지적인 태도든지, 그것의 정당성에 관계없이 그것이 반드시 옳다는 확신 하에 이루어지는 모든 태도는 시간이 지남에 따라 경직화되기 마련이며, 이 경직화를 방지해 주는 것은 문화의 다양성이라고 전자는 주장한다. 반면에 지금 현재 필요한 것은 그러한 다양성이 아니라 모순을 해결하는 실천적 문학이며 그러한 다양성이야말로 일종의 지적 허무주의거나 정신의 사치라고 후자는 주장한다. 70년대에 『문지』와 『창비』를 중심으로 견지되어온, 이러한 대립적인 지적 태도의 구체적 예는 80년대 황지우의 시에 대한 평가에 잘 나타나 있다.

후자의 문제가 문학권에 등장한 뚜렷한 계기를 든다면 김지하의 구속과 '자유실천문인협의회'의 출범일 것이다. 이 문제는 이로 말미암아 가속화된 것이라고 할 수 있지만 그보다는 이론과 실천의 변증법적 통일을 주장하는 학문풍토가 70년대 대학가를 휩쓴 사정과 더 깊은 관계가 있다. 이런 풍토에서 성장한 세대들이 문학권에 진입하면서 점점 뚜렷한 모습으로 드러나기 시작한 문학인의 실천문제는 작품적 실천과 행동적 실천 사이의 부조화 문제를 제기하게 되었다. 그리하여 소시민적 삶에 젖은 사람이 과연 소시민적 전망을 넘어선 작품을 쓸 수 있느냐 하는 의문과 문학인에게 있어서 최고의 실천은 곧 창작행위가 아니냐 하는 대답이 불협화음을 이루는 상황이 만들어진 것이다. 이 문제가 가장 첨예하게 노출된 것이 노동문학의 주체문제와 관련된 논의였다고 할 수 있다.

마지막으로 7, 80년대의 민족문학과 관련하여 필자가 들고 싶은 것은 양식에 관한 것이다. 80년대 초에 한때 장르해체 문제가 대두된 적도 있었지만 기존의 문학양식이 전문적이고 보수적인 문인들에게 점유되어 있다는 비판을 겸허하게 받아들이면서 우리는 비전문적인 사람들의 문자행위와 운동권의 문화운동에 대해서도 적극적인 시선을 던질 필요가 있다고 발표자는 생각한다. 우리의 구체적 현실 문제를 해결하기 위한 노력에서 나타난 현장의 문학양식은 기존의 어떤 양식에 못지않게 민족문학의 양식일 수 있을 것이기 때문이다. 이런 의미에서 현장에서 공연된 여러 가지 연희적인 것들의 대본과 행위를 검토해 볼 필요가 있으며, 비전문적 문학인들의 작품들 역시 주목해 볼 필요가 있다.

이상의 문제를 상기하면서 발표자 나름으로 앞으로 민족문학이 나아가는 길에서 부딪칠 문제와 해야 할 과제를 진단해 보면 다음과 같다.

첫째, 민족문학 이념이 민주적이고 개방된 사회에서 마주칠 가장 큰 문제는 분단현실을 극복할 수 있는 문학적 실천의 방법이 될 것이다. 최인훈의 표현을 빌리면 남북조 시대라고 할 수 있는 지금의 분단현실을 어떤 방향으로 타개해 나가느냐 하는 과제가 민족문학을 생각하는 사람들을 다른 어떤 주제보다도 무겁게 짓누를 것이다. 따라서 지금까지의 문학작품 중 어떤 것들이 과연 진정한 의미의 민족문학에 값하는 것이냐 하는 자체적인 정리 작업과 무엇을 당면의 민족문학 이념으로 내세워야 남북 간의 과계를 개선할 수 있을까 하는 문제가 속속 대두되리라 생각한다. 그렇지만 이 주제는 정치적인 문제와 복잡미묘하게 얽혀 있는 만큼 대단히 조심스러운 문제이다.

둘째, 미래지향적인 민족문학을 올바르게 정립하기 위해, 그리고 당면의 정치적 여건이 그다지 자유롭지 못할 경우에 과거의 문학적 유산을 정리하는 방식이다. 예컨대 2, 30년대의 프로 문학과 해방 후의 좌익문학 등을 우리의 역사 속에서 온당하게 평가하고 정리함으로써 민족문학의 대도를 닦아 나가는 일이다. 이러한 작업은 80년대 국문학계에서 소장층을 중심으로 활발해지기 시작했는데 앞으로 훨씬 진전된 측면을 보이게 될 것이다.

셋째 민족문학 문제가, 개방된 사회체제에서 중요한 문학적 관심사로 부각된다면, 반드시 민족문학 주체 문제가 조직의 차원에서건 그 밖의 차원에서건 논란거리가 될 것이다. 계층적인 문제와 얽혀 있는 주도세력의 문제는 현재 사회과학계의 중요관심사인 사회구성체 논의의 영향을 받으면서 진행될 소지가 뚜렷하다. 그럼에도 개방된 민주사회에서 민족문학 이념에 대한 민중적 지지자는 대중문화 지지자로 변신하여 이탈하고 중산층 지식인이 남아 논의를 이끄는 모순에 봉착할 것이다. 따라서 이 문제는 더 이상 거론하지 않는 게 바람직하다.

지금까지 발표자가 이야기한 것들이 올바르게 민족문학문제를 검토한 것이 될 수 있을지 모르겠다. 지나치게 현실문제에 얽매여 있다는 느낌과 문제 제기적인 소략함을 면하지 못했다는 생각을 발표자 역시 분명하게 가지고 있다. 그러나 공개된 자리에서 한정된 시간 속에 해야 하는 이와 같은 검토가 우리 민족문학의 발전을 위해 유익한 것이 되기를 바라며 발표자의 이야기를 맺는다.

—『문학과 비평』, 1988. 봄

노동문학과 생산주체

지금 '노동문학과 생산주체'란 글을 쓰는 필자 앞에는 다음과 같은 몇 가지의 어려운 과제들이 제출되어 있다. 그 과제는 첫째 김명인이 『전환기의 민족문학』에서 선언한 '지식인 문학의 위기'와 '노동하는 생산대중'에 기초한 '새로운 민족문학의 구상'이라는 것을 어떻게 받아들이며 이 글을 써나갈 것인가 하는 것이고, 둘째 지난 7, 8월에 있었던 전국적인 노동쟁의와 이것을 일시적으로 잠재우는 데 기여한 여러 지배 세력들이 앞으로의 노동문학에 어떤 요인으로 작용할 것인가 하는 것이며, 셋째 조만간 그 실체를 드러낼 개편된 정국이—보수대연합의 승리가 되느냐 온건 개혁노선의 승리가 되느냐에 따라—노동운동 전반에 어떤 영향을 미칠 것인가 하는 것이다. 이 중 첫째 문제는 직접적이건 간접적이건 이 글을 통해 따져보게 되겠지만 나머지 두 가지 문제를 전면적으로 다루는 것은 앞으로 노동문학의 발전에 미칠 영향의 크기에도 불구하고 필자로서는 보류할 수밖에 없다. 그것은 현 단계의 정세 분석이 필자의 능력 밖에 있기 때문이다.

그러나 이야기를 꺼낸 처지에서 한두 마디로 간략하게 이 두 문제에 대해 미리 언급한다면, 두 번째 문제는 필자가 보기에 노동문학과 관련된 차원에서, 노동의 윤리 문제에 대한 격렬한 논란을 야기시킬 가능성이 있어 보인다. 그 이유는 7, 8월의 노동쟁의에 대한 정치권력 체제 내 지식인들의 비판은 주로 소박한 인륜적 관점에서 행해진 것으로, 아무리 문제가 있다 해도 어떻게 그처럼 폭력을 휘두를 수 있느냐 하는 식이었기 때문이다. 따라서 노동자들의 쟁의가 과연 그들이 언론의 힘을 빌려 비판했던 것처럼 그렇게 비윤리적인 행위였는가 하는 물음을 이성적으로 던져볼 수 있는 시기가 오면 우리는 자본주의 사회에서의 노동의 윤리 문제를 근원적으로 다시 따져보아야 할 것이다.

다음으로 세 번째 문제는 당면의 선거에서 어떤 노선이 승리하느냐에 따라 현재의 자본주의 체제를 운용하는 방식에 다소나마 차이가 있으리라는(그렇지 않으리란 전망도 물론 가능하지만) 가정 위에서 해본 이야기이다. 즉 강대한 국가권력과 재벌이 임의로 노동력의 가격을 실제가치 이하로 평가하고, 거기에서 파생된 잉여가치를 제멋대로 분배하는 현재의 자본주의 노선을 고수할 것인가 아니면 이를 변형시킬 것인가에 따라 노동자들의 투쟁양상에 상당한 차이가 생길 수 있을 것이며, 이 차이는 계급분화에 미치는 영향에 비례해서 노동문학에도 영향을 주게 될 것이라 예견해 볼 수 있는 것이다.

그렇다고 필자는 우리 앞에 놓여 있는 이와 같은 직접적·간접적 요인들로부터 받는 심리적 부담을 고의적으로 회피할 생각은 없다. 필자가 지닌 능력에도 불구하고 주어진 주제에 부합하는 글을 쓰기 위해 위의 두 문제를 언급하는 것이 필요하다면 직접적 현실과는 다소의 거리를 둔 일반적 문제들로 환원해서 논의의 대상으로 삼을 생각이다.

다시 구태의연한 이야기를 꺼내는 것이 될지도 모르겠지만 필자는 먼저 80년대 민중문학에서 가장 시끄러운 논란거리였고, 또 앞으로도 그럴 소지가 있어 보이는 생산주체의 문제를 다시 거론하는 것으로부터 논의를 시작하고 싶다. 백낙청은 최근의 한 연구 모임에서 발표한 「민족문학론과 분단문제」라는 발표문에서 "적어도 작품의 민중성 여부를 집필자의 신원에 따라 판가름하려는 단순논리는 이제 찾아보기 어렵게" 되었을 뿐만 아니라 "80년대 초 이래의 많은 민중문학론·노동문학론이 진정한 의미에서 노동계급의 주도성 확립이라는 과제와도 상당한 거리가 있는, 일종의 노동자주의적 편향을 드러낸 논의라는 인식이 자리를 잡아가고 있다"고 말함으로써 상당히 낙관적인 견해를 피력했다. 그러나 필자는 이러한 낙관적인 견해에 동의하지 않는데, 그것은 민족문학의 주변을 맴돌며 정면대결을 기피하던 젊은 세대들의 급진적 논리가 이제 공개화된 활자로 도전을 시작했기 때문이다. 이들의 도전은 이제 시작인 만큼 필자가 예상했던 것처럼 노자간의 계급모순을 문학적인 어떤 것보다 우선시키는 이들의 논리와 백낙청을 비롯한 기성세대 이론의 대결은 오히려 출발의 단계에 서 있다고 보는 것이 타당할 것이다. 그리고 여기에 대해 필자는 닐스 보어가 "서로 반대되는 것은 모순이 아니며 보완적이다. 이 둘을 같이 보지 않고서는 진리를 논할 수 없다"고 했던 것처럼 양자는 대립되는 견해를 보완적인 것으로 파악하며 편견 없이 발전의 도정으로 삼아주기를 기대한다.

필자가 최근에 읽은 두 편의 글은 노동문학의 생산주체 문제에 대해 다음과 같은 견해를 피력해 놓고 있다.

> 거듭 확인하는 바이지만, 이제 소시민 계급의 시각으로는 더 이상 눈앞에 펼쳐지는 세계와 진리의 총체상을 보는 것이 불가능하다. 역사주체에서 밀려난 계급의 손에 역사는 다시 열쇠를 쥐어주지 않는 것이다.

그러면 어떻게 할 것인가? 소시민 계급으로 그대로 남으면서 문학을 포기할 것인가? (……) 아직도 많은 소시민 지식인 문학인들은 이러한 명백한 위기상황을 인정하지 않고 소시민으로서의 계급적 위치도 지키고, 문학인으로서의 기득권도 그대로 유지하겠다는 태도를 바꾸려 하지 않고 있다.

—김명인, 「지식인 문학의 위기와 새로운 민족문학의 구상」에서

80년대의 젊은 논자들은 70년대의 민족문학론이 노동계급의 헤게모니 문제를 소홀히 함으로써 분명한 변혁적 시각을 획득하고 있지 못하다는 소시민적 한계를 지적하고 노동계급의 헤게모니 문제를 제시함으로써 민족문학의 변혁적 성격을 분명히 하고자 한 것이다. 따라서 백낙청의 민족문학론/민중문학론=계급 문학론이라는 문제들은 소시민적 민족문학론/민중적 민족문학론으로 바뀌어야 올바르다.

—김진경, 「민중적 민족문학의 정립을 위하여」에서

최근에 나온 『전환기의 민족문학』에 실려 있는 이상과 같은 요지의 글들은 "70년대의 민족문학론에 대한 비판이 다시 '민족문학'의 이름으로 제기되는 것은 반가운 일"이라는 백낙청의 동질성 확인에도 불구하고 그 이상의 태도 수정을 분명히 기성문인들에게 요구하고 있다. 황지우의 수사적 표현을 빌면 위의 글들은 우리에게 "자, 번민 많은 자들아, 수고하고 짐진 자들아, 이 열차를 빨리 빨리 타라! 당 열차는 민중이 주체가 되어 있기 때문에 더 이상 정치투쟁이 없는, 정치가 최종적으로 완성된 '피.티 독재'의 열반으로 가고 있다. 그러나 무임승차는 아니 되느니, 그대들의 소시민적 근성의 청산을 선불하고 오라"고 외치고 있으며, 따라서 일종의 '종말론적 협박'처럼 기성문인들을 압박하고 있는 셈이다. 그러므로 우리는 노동자 계급의 눈으로 세계를 볼 때에만 비로소 세계와 진리의 총체상을 올바르게 파악할 수 있다는 위의 논지가 먼저 어

떤 논리 위에서 구축된 것인지를 검토할 필요가 있다.

필자가 보기에 위의 글들은 근래에 사회과학계의 초점이 되어 있는 사회구성체 논의와 진보적 젊은이들의 관심사인 노동운동론의 영향을 크게 받으며 씌어진 것이다. 예컨대 이 점은 다음과 같은 내용과 대비해 봄으로써 분명히 알 수 있다.

> (……) "이념의 내용이 민중·민족·민주의 문제를 포괄하는 것이기는 하지만 민족문제에 대한 지나친 강조는 운동의 목표를 흐리게 할 수도 있다. 노동운동의 이념은 노동운동에 있어 본원적인 성격의 토대 위에서 역사적 임무를 수행해낼 수 있는 기초 위에서 설정되어야 할 것"이라는 구절로부터 일정하게 미루어 짐작할 수 있으리라 보인다. 그리고 이러한 이념으로 무장한 주체가 당면한 선결문제는 노동자가 사회변혁의 중심계층이라는 점에서 여타 계층 및 운동과의 연대를 주도하고 관철시킴으로써 자기역량을 강화하는 것과 아울러, 노동조합과 경제투쟁의 한계를 체계적으로 인식하고—물론 그 가능성과 의의를 활용해야 함을 배제하지 않지만—정치투쟁에서 자기요구의 실현 가능성을 모색해나가야 한다는 것이 본서의 총괄적인 논리라고 할 수 있다.
>
> —김남, 「80년대 노동운동론의 평가」에서

바로 위의 인용문에서 확인할 수 있듯이 민족문제에 대한 지나친 강조는 노동운동의 목표를 흐리게 할 수 있다는 점과, 노동자가 사회변혁의 중심계층이 되어 정치투쟁을 해야 한다는 점과, 소수 엘리트 주도의 조합주의적 경제투쟁은 한계를 지닐 수밖에 없다는 점 등은 거의 그대로 김명인과 김진경에게 차용되어 지식인문학을 비판하는 준거로 사용된다. 민족문제에 대한 지나친 강조는 오히려 노자간의 계급모순이라는 우리사회의 기본모순을 흐리게 만들어 백낙청의 경우 '노동계급의 헤게모니 문제를 소홀히' 취급하게 만드는 결과를 낳았다고 비판한다든가,

노동운동에 자기 몸을 던져 스스로가 지닌 인식의 한계를 극복해 나가려고 애쓰지 않는 지식인들의 경우 더 이상 역사의 주체가 될 수 없다고 단정한다든가 하는 것들이 바로 그 구체적 예이다. 그런데 필자가 보기에 이러한 종류의 사회과학적 논의들을 80년대의 지식인 문학 비판에 직선적으로 사용하기 위해서는 먼저 명쾌하게 해명되어야 할 몇 가지 문제가 있다. 그것은 첫째, 김명인을 비롯한 일부 논자들이 자신들의 글을 출발시키는 중요한 입지점으로 삼고 있는 소시민 계급의 몰락이라는 것이 충분한 설득력이 있는 것인가 하는 점이다. 나중에 다시 자세하게 검토하겠지만 객관적 근거를 결여한 예상이거나 단순한 희망사항으로서 그러한 가정을 세우고 있는 것이 아닌가 하는 의심을 우리는 일단 가져볼 수 있다. 둘째, 소시민 계급의 몰락을 지식인 문학의 위기로 단정하는 논리의 근저에 깔려 있는 것은 "소시민 계급의 시각으로는 더 이상 눈앞에 펼쳐지는 세계와 진리의 총체상을 보는 것이 불가능"하기 때문이란 판단인데, 이 판단은 생산주체의 계급성과 예술성의 관계를 지나치게 도식적으로 파악한 결과가 아닌가 하는 의문을 우리는 제기할 수 있다(우리는 이 점을 김명인이 지식인 작가의 문제로 지적하는 작품과, 노동자 작가의 우수함을 내세우는 예로 든 작품에서 충분히 엿볼 수 있다). 예술작품의 타당성 문제를 사회경제적 공식으로 성급히 결정짓는 태도에 대한 경고는 이미 마르크스, 엥겔스, 트로츠키 등의 언급에서 여러 번 나타났었음에도 불구하고, 우리는 여기에서 또 다시 예술작품과 생산주체의 세계관을 획일적으로 일치시키려는 20년대 러시아적 오류와 마주치는 셈이다. 이점 역시 나중에 다시 거론하겠지만 작가의 세계관과 관련하여 '세계와 진리의 총체성'이란 계급적 의미를 잘못 강조하면, 그러한 내용과 그것을 전달하는 방법 사이에, 강조점에 따른 차이를 야기하면서 작품과 이론 모두에서 내용과 형식의 괴리를 비롯한 여러 가지 문제를 노정할 위험성이 없지 않다. 셋째, 우리가 예컨대 소시민 계급의 몰락에 대해 다음과 같은 단정을 승인한다 하더라도 노동자 주체의 새로운 민중적 민족문학의 단계라는 것이 과연 목전의 문제로 다가왔는가에 대해 숙고해볼 필요가 있다. 문화의 변화라는 것은 사회구성체의 변화와는 다른 측면에서 독자성과 연속성을 지니고 있으므로 새로운 민족문학의 단계는 가능태로 상정해보는 것에 지나지 않을 수 있는 까닭이다.

> 소시민 계급의 박탈감과 위기의식은 70년대 후반을 거쳐 80년대를 지나는 동안 그들의 계급적 몰락이 마무리됨에 다라 거의 소멸해버린다. 그들은 한편으로는 독점자본에 기생하여 이른바 '성장의 과실'을 나누어 먹는데 만족하거나(상향분배) 다른 한편으로 몰락하여 기층민중의 범주 속으로 편입되어 갔다(하향분배). 물론 그에 따라 그들의 세계관도 분열되어가고 말았다 (……) 이런 맥락에서 기존의 지식인 문학이 갈 길도 마찬가지로 휘청거릴 수밖에 없는 것이다.
>
> —김명인, 「지식인 문학의 위기와 새로운 민족문학의 구상」에서

위의 글을 쓴 김명인이 주장한 것처럼 기층민중(사실상 노동자를 가리키는 말이겠는데) 주도의 문학이 이미 성립된 것으로 이야기하기 위해서는 앞에서 살펴본 것처럼 소시민 계급을 역사에서 완전히 밀려난 계급으로 단정하는 것이 필요했을 것이다. 그렇다면 우리는 먼저 사실의 측면에서 "70년대 후반을 거쳐 80년대를 지나는 동안 그들의 계급적 몰락이 마무리"되었다는 주장을 확인할 필요와 함께 그렇지 않을 경우에 대해서도 살펴볼 필요가 있다.

필자가 읽어볼 수 있었던 현대 한국의 계급구성 관계를 분석한 몇 편의 논문들은 60년대에서 80년대 사이에 일어난 변화의 가장 뚜렷한 특징으로 노동자계급과 신중간계급(신중산층)의 증가를 들고 있었다. 전통

적인 농업사회가 붕괴되면서 이 인구가 양쪽으로 분산되어 노동자와 신중산층의 급격한 증가를 가져왔다는 것이다. 즉 소지주, 자작농, 소작농, 자영업 등의 형태가 한편으로는 노동자, 도시빈민 등의 계급으로 전화하고, 다른 한편으로는 관리직 회사원, 공무원, 서비스업, 자유업 등의 신중산층으로 전화한다는 것을 이 시기의 통계들은 보여준다고 설명한다. 조사한 사람들에 따라 차이는 있었지만 이 논문들은 예컨대 신중산층의 경우 20년 사이에 6~7%에서 17~18%까지 증가했다고 말한다. 따라서 우리는 소시민 계급의 몰락이라는 주장은(물론 계급 구조의 양극분화를 주장하며 전면적으로 중간계층의 성립 자체를 거부할 수도 있겠지만) 완전하게 객관적으로 입증된 사실이 아니라, 겸손하게 말해, 가설의 단계에 있다고 보는 것이 옳다.

김명인은 소시민 계급의 몰락, 즉 양극분해가 지식인들의 양극분해를 가져오며 그것이 곧 지식인 문학의 위기를 가져온다고 단정지었다. 그렇다면 이 경우 소시민 계급이란 쁘띠 부르주아의 우리말 번역일 터인데, 이 때 쁘띠 부르주아가 신·구 중간계급 전체를 통칭하는 말인지 그렇지 않은 다른 말인지 필자로서는 짐작할 길이 없지만, 어쨌건 소시민 계급이라는 것이 지식인보다 큰 범주로 설정되어 있는 것으로 보아 중간계급(혹은 중산층)의 몰락이라는 것으로 이해해도 별 무리는 없을 듯하다. 그렇다면 신중산층을 구성하는 관리직, 공무원, 자유업 등은 그의 표현을 빌면 "독점자본에 기생하여 이른바 '성장의 과실'을 나누어 먹는" 사람들일 테고, 좁은 의미의 지식인들은 양극분해를 일으키는 이중적 성향의 모임일 것이다. 그러나 이 경우, 지식인의 몰락에까지 이르는 연역적 가설이 설사 경험적으로 입증된다 할지라도 필자는 그람치의 말처럼 지식인을 다른 집단에서 구별해서 공격하는 태도는 바람직하지 않다고 생각한다. 지식인이란 노동자처럼 일반화하여 계급적 속성을 부여할 수 있는 집단이 아니며, 자본의 논리에 일방적으로 종속되어 있는 집단도 아니다. 지식인과 노동자의 거리는 소시민 계급이라는 계급적 규정에 의해 일방적으로 규정되는 그런 거리가 아니라, 지식인이 이데올로기를 생산하고 전파함으로써 나타나는 거리라고 말하는 것이 더 옳을 것이다. 모든 계급으로부터 충원되면서도 출신계급과 상관없이 모든 계급으로 되돌아갈 수 있는 속성을 지니고 있는 지식인들은 그만큼 문제점과 함께 장점도 지니고 있기 때문에 지식인들을 조야한 논리로 섣부르게 기층민중의 더부살이로 편입시키려는 시도는 현실에 걸맞지 않는 시도인 것이다. 예컨대 이 점은 레닌이 톨스토이의 작품에서 러시아 농민의 모습을 생생하게 느낄 수 있다고 말했을 때 분명하다. 그것은 톨스토이가 농민이 아니라 묘사 능력이 있는 지식인이었기 때문에 그렇게 형상화할 수 있었던 것이다. 지식인은 특정한 계급에 아부함으로써가 아니라 거리를 둠으로써, 특정한 계급에 귀속됨으로써가 아니라 벗어남으로써 오히려 현실의 총체적 모습을 객관적으로 포착할 수 있는 능력을 확보하는 사람인 것이다.

다음으로 우리는 지식인들이 노동자들의 세계관을 받아들일 때에만 세계의 총체상을 올바르게 파악할 수 있다는 문제를 검토해보기로 하자. 그러기 위해 먼저 다음과 같은 주장을 잠시 살펴보자.

> 지금 소시민 계급의 몰락과 함께 위기에 다다른 지식인 문학인들이 새롭게 선택해야 할 준거집단은 노동하는 생산대중이다. 노동하는 생산대중의 세계관을 받아들여 그 전망 아래 세계인식의 질서를 재편성해야 한다. 그것은 역사의 주체로 성장하는 생산대중에 대한 단순한 의존이나 신뢰의 표현과는 본질적으로 성격이 다른, 노동하는 생산대중의 고통 속에서 획득된 세계관을 비타협적으로 스스로에 내화(內化)시키는 뼈를 깎는 작업이다.
>
> ―김명인, 같은 글에서

여기에서 우리가 먼저 물을 수 있는 것은 노동하는 생산대중의 세계관이란 무엇인가의 문제이다. 그것이 만약 선험적으로 주어지는 것이 아니라 상황 속에서 형성되는 것이라고 한다면 이때의 세계관은, 헤겔이나 마르크스가 말하는 노동의 창조성이란 추상적 차원을 벗어나, 분단된 우리 현실의 특수성을 일정하게 반영하고 있는 세계관일 것이다. 그렇다면 산업사회의 단순화된 분업에 종사하는 노동자들은 어떻게 그러한 노동에 제약받으면서 스스로의 세계관을 창조적으로 계발하는가? 이 경우 G. 카이저가 고립된 행위로서의 예술을 두고 "단지 시를 쓰거나 해석하는 자는 손발을 움직임으로써 제몫의 기계를 움직일 따름인 노동자와 마찬가지로 총체성을 획득하는데 실패한다"고 말한 것이 오히려 설득력있게 적용되지 않을까 하는 의문을 우리는 가질 수 있는 것이다. 자본주의 사회가 노동의 본질을 왜곡시키고 있다면 왜곡된 노동에 의해 노동자의 세계관 역시 왜곡되어 있다는 점, 그리고 거기에는 정치적·사회적 문제들이 복잡하게 얽혀 있는 우리의 현실이 작용하고 있다는 점 등을 전혀 고려하지 않은 채 위의 인용문은 노동자의 세계관을 그 자체로 지순한 것으로 설정하며 논의를 출발시키고 있다.

따라서 필자 생각으로는 지금 우리가 '민중의 전면적 대두'를 객관적 현실로 받아들일 수 있는 단계에 도달해 있다면 독점자본의 문제를 분석함으로써 상대적으로 민중의 수난을 드러내는 것보다 당당한 실체로 드러내는 것이 필요하다고 생각한다. 현 단계에서 이미 자립적인 민중은 정치적인 문제에 대해 어떤 수준에 도달해 있으며, 주요 모순으로 지적하는 분단, 국가독점자본주의, 대외 종속 등의 문제는 어떤 시각으로 바라보고 있는지를 전혀 해명하지 않은 채 노동하는 생산 대중의 세계관을 무조건 받아들이라고 하는 것은 지식인들로 하여금 노동자에게 무조건 항복하라는 요구인지 어떤 관계를 정립하라는 요구인지 몰라 몹시 당황하게 만들 게 틀림없다. 그렇지 못하면 단지 소수의 의식화된 노동자들이 생산해낸 르뽀, 수기, 시 등의 작품에 경탄하면서 의례적으로 지식인 문학의 위기를 입에 올리는 정도, 혹은 노동자들의 인간다운 삶을 위한 투쟁에 함께하는 정도 이상으로 양자의 관계는 발전하기 어려울 것이다. 이 문제를 다음과 같은 시를 예로 삼아 한 번 생각해 보자.

> 선생님보다도 낯선 말들을 잘 외우는 수란이는
> 노가다란 말을 모른다.
> 하루 하루 하루살이가 되는 아빠 일을 모른다.
> 비오는 날 끙끙 앓는 아빠의 넓은 등을
> 엄마와 함께 두드려주며
> 아빠, 하늘만큼 돈 벌어서 대학까지 보내줘요.
> …… …… ……
> 그래 보내주마.
> 내 뼈 내 피가 다 부서지고 닳아서 없어지더라도
> 우리 수란이는 공무원 되고 기자 되고 사장 되어야지
> 암 그래야지.
>
> —김기홍, 「수란이」에서

위의 시에서 보듯 김기홍은 노동자의 왜곡된 자기부정 의식과 그 의식이 만들어내는 꿈을 정직하게 드러내지만 그럼에도, 그 자체로 순수한, 노동자만이 가질 수 있는 어떤 세계관의 모습을 보여주지 못한다. 이 시의 화자는 자신이 살고 있는 삶보다 더 나은 삶에 대한 갈망을 평범한 세속적 가치를 따라 공무원, 기자, 사장 등으로 제시하고 있으며, 따라서 이 꿈 역시 일상적 소시민의 왜곡된 의식에서 크게 벗어나 있지 않다. 교환가치에 의한 타락과 사회의 왜곡된 가치관에서 그 역시 자유롭지 못한 것이다. 이처럼 노동자의 세계관이 단순하지 않다는 데에서

우리는 지식인이 노동자에게 무조건 복무할 것이 아니라 함께 문제를 검토하며 나아갈 여지를 찾을 수 있다. 그렇다면 노동자의 자존심과 투쟁정신을 드높이 고취하는 일련의 성공적인 작품들은 어떠한가? 예컨대 다음과 같은 경우를 보자.

> 노동자라고 다 노동자가 아니제
> 동료와 어깨를 꼭 끼고 성큼성큼 나아가
> 불도자 밀어제껴 우리 것 찾아 담는
> 포크레인 삽날 정도는 되어야
> 진짜 노동자지
>
> —박노해, 「진짜 노동자」에서

이 같은 노동자의 주체적 모습은 백진기에 의해 투철한 '계급의식'의 발로라고 찬양받지만 필자의 생각으로는 그러한 일방적 칭찬에는 노동의 도구화 문제에 대한 근원적인 질문이 결여되어 있다. 노동자 계급만이 세계의 총체상을 올바르게 파악할 수 있다고 믿는 데에는 노동의 창조성, 노동을 통한 자기계발, 생산물에 대한 주인의식 등이 전제되어 있다. 그런데 위의 시에서 노동자는 그런 의미를 가진 노동과 노동에 의한 창조물을 도구적 수단으로 삼아 자본가에 맞서고 있다. 이것은 자본가가 노동을 도구시하는 것처럼 노동자 또한 스스로의 정체성을 확보해주는 노동을 도구로 사용한다는 사실을 보여준다. 따라서 필자는 진정한 의미에서의 노동자의 세계관이란 고양된 정치의식에 못지않게 자신의 일과 자신이 만든 물건에 대해 사랑의 윤리를 확보하는 데에서 찾아져야 한다고 생각한다. 투쟁의 목표 앞에서 모든 것이 수단화되는 노동자의 세계관이 아니라 투쟁의 방법 속에서도, '콰이강의 다리'에 대한 니콜슨 소령의 애정처럼, 노동과 상품의 진정한 의미를 확보하려는 세계관이 필요한 것이다. 필자가 최근에 접한 노동문학관계 글들 속에는 '운동론적 관점에서 보자면'이나 '전략 전술의 차원에서 보자면'이란 가정하에 투쟁의 정치적 의미를 과대평가하거나 곧바로 문학적 성공으로 결론짓는 경향이 많다. 이 같은 경향은 당면의 목표를 위해 모든 것을 희생해도 좋다는 전제적 논리의 변형된 형태로 70년대의 일방적 고도성장 논리에 우리가 거꾸로 닮아 있다는 것을 입증해 보일 우려가 있다. 그런 만큼 앞으로 노동문학에서 거론되는 노동자의 세계관 문제는 노동의 윤리문제까지를 고려하는, 충분히 민주적인 것이었으면 하는 것이 필자의 바람이다.

리얼리즘의 문제, 특히 사회주의 리얼리즘의 문제에 대해 필자는 정통하지 못하다. 그러나 내용과 형식의 관계, 민중성과 예술성의 관계, 그리고 특히 노동자 계급의 세계관과 그것의 형상화 문제는 쉽게 이야기할 성질의 것은 아니라고 생각한다. 작가가 노동자 계급에 대해 노골적인 충성심을 드러내는 작품은 사회주의 리얼리즘에서도 조야한 작품이다. 물론 스탈린이 작가들에게 '인간의 영혼을 다루는 기술자'가 될 것을 요구한 이후 소비에트 사회에서 안드레이 즈다노프처럼 "계급투쟁의 시대에는 계급문학이 아니고 경향성이 없으며 비정치적이라고 주장하는 문학이란 없으며 또 있을 수도 없다"고 말한 사람도 있었다. 그러나 그러한 소비에트 사회에서조차 리얼리즘이란 계급에 대한 일방적 동조를 뛰어넘는 것으로 생각하는 경향이 컸었다는 것을 우리는 기억할 필요가 있다. 상식화된 엥겔스의 발언을 빌리면 작가는 "이미 만들어진 역사적 해결책을 독자에게 제공해주어야 할 의무가" 없다.

지나치게 노동자주의에 사로잡힌 사람들은 그때그때 노동운동의 필요에 따라 예술적 형식은 임의로 선택될 수 있는 것처럼 이야기한다. 노동자의 현장적인 삶보다 더 예술적인 것은 없다고 그들은 생각하는 것이다. 중요한 것은 지금 당장 생산주체가 무엇을 필요로 하는가이며, 즉각적인 효과를 기대할 수 있는 것이면 어떤 종류건 의미 있는 문학작품으로 간주될 수 있다는 태도를 보이는데 이 역시 옳지 않다.

> 이러한 생산대중의 문학에 대한 소시민 비평가들의 계급적 편향성은 흔히 "좋은 작품이 있으면 어디 내놔 봐라"는 식으로 표출된다. 문자로 씌어지고 책으로 묶여지고 필자가 명확한 것만을 작품으로 보기로 한다면 현재 생산되고 있는 생산대중의 문학적 산물들은 빈약하단 소리를 들을 수밖에 없고 새로운 민중주체 민중문학시대의 도래 운운하는 것은 한갓 조급주의의 표현에 불과할 것이다. 그러나 그것은 어디까지나 문학을 개인의 문자행위, 그것도 시·소설·희곡 등의 비좁은 양식적 제한을 기꺼이 감수하는 문자행위로 파악하는 시민적 문학관에 매달릴 때만 그러하다. 극단적으로 말한다면 '좋은 작품의 기준이란 무엇이며 왜 그대들에게 작품을 내놔야 하는가' 하고 되물을 수도 있는 것이다.
>
> —김명인, 같은 글에서

이 같은 태도는 특히 논자들이 자신들의 시대를 전환기나 혁명기로 파악하는 경우에 두드러지게 나타나는 현상인데, 그 이유는 억압의 사슬을 끊고 새롭게 전개될 미래보다 더 아름다운 예술형식은 없다는 낭만적 관념을 사람들이 가지기 때문일 것이다. 그러나 실제에 있어서, 예컨대 러시아의 경우, 혁명이 성공한 후 작가들은 부르주아적 잔재를 없애려고 지나치게 애썼기 때문에 오히려 프롤레타리아 독자들에게 이전의 상징주의 작품보다 더 알아보기 힘든 작품을 제공했었다는 사례를 기억할 필요가 있다. 또 그래서 혁명 이전의 예술양식이 여전히 유력하게 살아남았다는 사실을 기억할 필요가 있다. 우리나라의 경우 김지하가 70년대 초에 뛰어난 판소리 계열 담시들을 쓸 수 있었던 것은 그가 민중의 입장을 선택했다는 것 못지않게 판소리의 양식적 특성에 대해 오랫동안 깊이 있는 관심을 가져온 결과였다.

생산대중의 필요에 의한 것이라면 어떤 문학적 양식이라도 기꺼이 폐기하거나 선택할 수 있다는 주장은 전적으로 타당한 것은 아니다. 절박한 삶의 현장이 양식을 자의적으로 선택할 때 일어날 수 있는 것은 대체로 내용이 형식을 일방적으로 압도하는 현상이며 이 현상은 우리나라에서는 일찍이 애국계몽기에 두드러지게 나타났었다. 이 시기에 기존의 모든 양식과 새롭게 대두된 양식들은 절박한 삶의 요청에 따라 자의적으로 사용되었다. 그러나 그러한 현상이 곧 훌륭한 문학작품을 만들어내는 충분한 조건은 아니었다. 시대와 삶은 양식을 뒤흔들 수는 있어도 훌륭한 작품을 보장해주지는 못했던 것이다.

필자는 노동문학을 지나치게 계급적 편향성에 입각하여 이야기하려는 시도에 반대한다. 노동계급의 모순된 삶이 현재 우리 사회의 주요모순이고 이 모순의 해결을 관철하는 데 초점을 흐리게 할 우려가 있는 여타의 문제는 일단 도외시해야 한다는 태도는 지나친 것이다. 마찬가지로 70년대의 지식인 계급이 몰락하고, 그 때에 못다 이룬 과제를 80년대의 주도적 계급인 노동계급이 이어받았다는 진단과 함께 드디어 모든 난제를 해결할 보편화된 계급, 즉 노동자 계급이 우리 역사의 주인이 되었다고 선포하는 것은 일시적으로 노동계급에게 기분 좋은 일이 될지 모르지만 현실 속에서는 그다지 바람직한 일이 아니다. 현실적으로 이러한 발언이, 예컨대 독점 자본가와 기층민중과의 전면전을 유발하겠다는 계산된 의도하에 행해지는 것인지는 모르겠으나, 설사 그렇다 하더라도 필자의 생각으로는 잘 조직화된 노조도, 그러한 노조의 지원을 받는 정당도 없이 노동자의 힘이 아직까지 미확인 상태에 있는 단계에서 이 같은 이야기를 하는 것은 운동론적인 관점에서도 비판받을 여지가 있어 보인다. 이 같은 발상이야말로 노동자 대중을 중심으로 사고하는 데에서 나온 것이 아니라 운동을 주도하는 소시민 엘리트 중심으로 사고하는 데에서 나온 조급함이기 때문이다.

현 단계에서 생산주체로서의 노동자 계급과 진보적 지식인은 노동문학을 함께 이끌어가는 두 견인차이다. 지식인들은 70년대에 했던 선도적 역할의 의미를 여전히 유효하게 지니고 있으며, 노동자들은 스스로 주체화되는 단계를 이제 밟아가고 있다. 이 단계에서 필요한 것은 양자의 차이를 서로를 보완하는 유용한 장점으로 사용하는 일이다.

필자는 마지막으로 지식인들의 사적 창작과 노동자들의 집단창작 문제에 대해 간략하게 필자의 소견을 피력하는 것으로 이 글을 끝맺고자 한다. 최근에 문학 행위가 분산된 개인들의 주관적 영역에서 끝날 경우 그러한 문학은 "운동으로서 아무런 의미를 지니지 못 한다"는 진단과 함께 거기에 대해 일정한 지도를 가할 필요가 있다는 주장이 있었다. 그러나 이러한 주장은 창작의 과정이 지니는 창조적 의미를 고려할 때 옳은 것이 아니다. 예술작품의 창작과정은 자본주의 사회에서 상품생산의 원리에 오염되지 않고 남아 있는 거의 유일한 영역이라고 골드만은 말했다. 작가들은 작품의 구상에서부터 종결에 이르기까지 생산의 전 과정에 참여함으로 말미암아 자신이 만든 생산물에 대해 주인의 자리를 누리고 있다. 이 점은 분업화된 노동에서 만들어진 상품에 대해 노동자들이 전혀 애정을 갖지 못하는 모습과 비교해볼 때 잘 알 수 있다. 창작의 과정 역시 일종의 노동이라 한다면 이 노동은 비교적 소외되지 않은 노동에 속하는 것이다. 따라서 우리는 사적 창작을 반드시 나쁜 것이라고 매도할 이유가 없다. 그리고 집단창작이 야기할 수 있는 위험성, 말하자면 또 다른 의미에서 창작이 효율성을 높이려는 분업이 됨으로 말미암아, 자본주의 사회의 사적 창작을 거부하는 방식으로 채택된 집단창작이 반대로 자본주의 사회의 방법 속으로 빠져드는 위험성 같은 문제 역시 진지하게 고려해야만 한다.

따라서 필자로서는 집단창작의 문제는, 그것이 무의미하다는 입장에서가 아니라, 사적 창작을 대체하는 방법으로 상정되어서는 안 된다고 생각한다. 노동자들 역시 집단적인 의견교환과 함께 스스로가 한편의 작품을 온전하게 완성해 봄으로써 노동에서 맛보지 못한 생산품에 대한 주인의식을 가질 수 있을 것이며, 그렇게 함으로써 집단창작에 못지않게 스스로를 계몽하는 효과도 있을 것이다.

인간이란 존재는 나와 타자의 상호관계에 의해 영위되는 삶을 살고 있다. 그런데 집단창작처럼 객관화된 몫만 지나치게 주장하는 것은 민주적일 가능성보다 전체주의적으로 개인을 억압할 우려가 크고, 이 점은 이미 사회주의 문학이 입증한 것이다. 노동문학이 개인과 사회의 참된 민주적 관계, 생산물과 생산자 간의 소외되지 않은 관계를 지향해나가는 것이라면 이 모든 문제에 대해 진지하고 사려 깊은 성찰을 해야 한다.

—『노동문학』, 1998.

삶의 무게와 비평의 논리

-염무웅론-

1.

70년대의 민중문학 논의에서 주도적 역할을 담당했으며, 백낙청과 더불어 『창비』를 이끌어온 대표적 이론가 중의 하나인 염무웅은 많은 사람들에게 비판과 찬사의 대상이었다. 어떤 사람에게 그는 삶의 무게를 비평의 논리보다 앞세우는 평론가로 간주되었고, 다른 어떤 사람에게 그는 이론과 실천을 진정하게 통일시키고 있는 사람으로 간주되었다. 그의 평론은 그리하여 지나치게 결정론적이라는 비난과 함께 실천적 글쓰기의 모범이라는 찬양을 받았다.

염무웅은 4·19세대의 다른 평론가들에 비하면 많은 글을 쓴 사람이 아니다. 10여 년간에 걸친 평론활동 후에 그는 비로소 『민중시대의 문학』이라는 한 권의 평론집을 세간에 내놓았을 뿐이다. 그럼에도 불구하고 그가 당대의 다른 평론가들보다 오히려 더 크게 문제시된 것은 무슨 이유 때문일까? 그것은 그의 비평이 우리 시대가 직면하고 있는 삶의 무게와 부피를 온전하게 전달했기 때문일까? 아니면 70년대의 '민중'이론이 일종의 저널리즘적 상품성을 띠고 있었기 때문일까? 우리는 이러한 문제들을 새삼스럽게 반성해 봄으로써 80년대 비평의 방향에 보탬이 되는 어떤 단초를 찾아낼 수도 있을 것이다.

필자는 다음에서 염무웅 비평의 몇 가지 측면들을 검토하기 위해, 첫째 그의 비평방법은 어떠한가, 둘째 그의 비평방법은 어떤 이념에 근거를 두고 있는가, 셋째 그의 비평이 지닌 시대적 의미는 무엇인가 등을 살펴보고자 한다. 이 작업을 수행하기 위해 필자는 비평방법의 문제를 해명하는 부분에서는 삶과 문학의 관계를 염무웅이 어떻게 논리화하는지 따져 볼 것이며, 이념적 근거를 해부하는 부분에서는 그가 주장하는 민중문학 이론을 주로 따져 볼 것이다. 그리고 마지막으로 시대적 의미를 살펴보는 부분에서는 그의 비평이 독자들로부터 받은 호응의 의미를 생각해 보려 한다.

2.

염무웅의 비평 방법이 유연하지 못하고 경직되어 있다거나 결정론적이라는 일부의 비판에 대해 최원식은 그러한 생각이 잘못된 오해임을 다음처럼 지적한 바 있다.

> 그러나 자기 존재의 제약성을 투철하게 자각할수록 더욱 자기의 자유의지를 실현할 수 있다고 생각하는 진정한 결정론은 인간의 자유의지를 전적으로 부정하는 숙명론과 날카롭게 차별된다. 숙명론과 자유의지는 서로 용납할 수 없지만, 결정론과 자유의지는 근원적으로 일치한다. 결정론자는 심각한 검토와 고민 끝에 주체적으로 역사의 필연성에 몸을 내맡기는 자이다. 이 때문에 진정한 결정론자는, 주어진 세계를 수동적

> 으로 받아들이는 숙명론자와는 달리, 세계를 변혁시키는 일에 나서게 되는 것이다. 이것이야말로 염무웅씨의 비평의 근원적 기초이다
>
> —『창작과 비평』, 1979년 겨울호

염무웅은 다른 비평가들에 비해 비교적 선명하게 가치판단을 내리는 비평행위를 해왔으며, 그러한 가치판단은 주로 당대의 사회 · 역사적인 의미와 관련되어 있었다. 예컨대 그가 서정주의 「학(鶴)」이라는 시를 두고 "시 속에서의 그의 신라가 역사적 실제일 수 없음은 너무나 명백하다. 현재의 역사적 현실에 둔감한 사람이 어찌 천 년 전의 역사에 민감할 수 있겠는가"라고 통박하고 있는 것이 바로 그러하다. 이와 같은 염무웅의 평론에 대해 어떤 사람들은 경직되어 있다거나 결정론적이라는 비판적 어사를 사용했고, 최원식은 그러한 비판을 맞받아서 위와 같은 논리로 그를 옹호했다.

그렇다면 우리는 여기에서 다음과 같은 점들을 검토해 볼 필요를 느낀다. 염무웅의 비평은 진정한 의미에서 최원식의 지적처럼 "심각한 검토와 고민 끝에 주체적으로 역사의 필연성에 몸을 내맡기는" 방식을 취하고 있는가. 또 우리가 원칙적으로 일단 결정론 자체는 비평가 나름의 고유한 세계관의 표출일 따름이라고 이해한다면, 염무웅이 결정론을 사용하는 방식에서는 문제점을 발견할 수 없는가 하는 것이다.

우리는 이 문제를 풀기 위해 염무웅 비평의 기본적 틀을 구성하고 있는 것으로 판단되는 다음 구절을 깊이 있게 음미해 볼 필요가 있다.

> 압박받는 민중 속으로 몸뚱이를 던져넣어 탄압자에 대한 민중적 투쟁의 대열에 참가하는 것만이 식민지 시대에 있어 지식인의 자기존재를 가능케 하며, 이러한 절실한 삶만이 위대한 작품을 태어나게 한다는 것을 그것은 가르쳐 준다. 물론 위대한 삶이 자동적으로 위대한 작품을,

> 또 위대한 작품만을 낳는 것은 아니다. 위대한 삶으로부터 위대한 작품에 이르는 길에는 그 나름의 만만치 않은 절차가 놓여 있으나, 그것은 위대함을 결정짓는 것과는 다른 차원의 문학내적(文學內的) 문제에 속한다. 그것은 문학만의 문제임에는 틀림없으나 문학의 가장 중요한 문제라고 볼 수는 없을 것이다. 위대한 삶은 위대한 문학만을 낳는 것이 아니고 위대한 사상을 낳을 수 있고 위대한 웅변을 낳을 수도 있다. 그러나 위대하지 않은 삶이 위대한 문학을 낳을 수는 없다. 요컨대 본질적인 것은 어떤 삶을 사느냐 하는 것이며, 이 삶의 무게가 작품 속에 올바르게 운반될 때 그것은 작품 자체의 무게로 전화(轉化)되는 것이다

위의 글을 통해 우리는 삶과 문학을 관계 짓는 염무웅의 관점을 어느 정도 선명하게 읽을 수 있다. 그는 프란쯔 파농의 "민중적 투쟁과 별개로 그와 병행하여 전개되는 '문화투쟁'이란 존재하지 않는다"는 말에 힘입어 위와 같은 논지를 전개하면서 삶의 무게를 비평의 논리보다 더욱 강조했다. 그의 이러한 입장은 일단 이 땅에 만연되어 있는 기괴한 문학주의를 단호하게 배격하기 위한 것이라 생각할 수 있다. 그는 자신의 평론집 도처에서 "객관적인 사회적 현실에서 떠난, 문학만의 고유한 존재는 원천적으로 성립되지 않는다는 사실"을 힘주어 강조한 바 있다. 이처럼 당연한 사실을 그가 되풀이 하여 강조해 온 것은 당연한 사실을 당연하지 않게 생각하는 사람들과 그러한 사람들이 조성해 놓은 분위기가 커다란 세력으로 존속하고 있었기 때문이다. 이런 현실 때문에 곽광수는 염무웅의 평론집에 대해 아마도 "실천은 여전히 어렵고, 문학작품에 나타나 있는 창조적 자아는 필경 그것만으로 가치를 요구할 수 있는 것이다. 그러나 염무웅의 실천에의 강조는 나로서는 현금 우리나라 문단, 지식인계에 방법적인 것으로 반드시 있어야 할 것으로 생각한다"고 말했을 것이다. 곽광수가 문학작품에 나타나 있는 창조적 자아의 독자적 의미를 인정하면서도 염무웅의 실천우위론을 의미 있게 받아들이는 데에

는 '현금 우리나라 문단, 지식인계'의 풍토개선을 위해 그의 평론이 유익하기 때문이라는 단서가 들어가 있다. 곽광수가 방법적인 것이란 말 위해 굳이 상점을 찍어 강조해 놓은 것도 그러한 사정과 관련하여 조건적 지지를 표명한 것으로 읽을 수 있다.

그러나 앞에서 인용한 염무웅의 글은 작금의 문학풍토에 대한 비판적 안목의 제시나 문학주의에 반대하는 문학관의 개진이라는 한정된 의미 부여로 끝날 성질의 것이 아니다. 그것은 앞의 글이 염무웅이 문학작품을 읽고 판단하는 척도, 다시 말해 그의 비평방법의 핵심을 담고 있기 때문에 그렇다. 그는 앞의 글에서 말한다. "위대한 삶으로부터 위대한 작품에 이르는 길에는 그 나름의 만만치 않은 절차가 놓여 있으나, 그것은 위대함을 결정짓는 것과는 다른 차원의 문학내적(文學內的) 문제에 속한" 것이라고. 여기에 대해 최원식은 "그가 강조하는 '위대한 삶'을 내용으로 보아도 무방하다면 또 하나의 문제는 형식에 대한 자각이 불철저하다는 점이다. 형식을 단순히 '문학 내적' 문제로 보는 것이 그것이다. 형식을 수동적 계기로만 파악할 때, 그것은 형식주의만큼이나 문학에 대한 올바른 인식을 해칠 수 있다"고 비판했다. 최원식의 이러한 비판은 체험의 문학화과정과 형식의 사회적 의미를 염무웅이 비교적 가볍게 넘겨 버리려 하고 있다는 사실을 지적한 것이며, 문학을 문학이게끔 만드는 특수성에 대한 배려를 요구하고 있는 발언이기도 하다.

삶으로부터 작품에 이르는 만만치 않은 절차는 단순하게 문학 내적 차원의 문제에 그치는 과정만은 아니다. 형식은 그 자체가 이미 사회적 목적과 관련된 응고화된 집단적 경험일 뿐만 아니라, 개별 작가가 자신의 이야기를 더욱 분명하게, 혹은 모호하게 보여주려는 노력의 결집체이다. 그러므로 삶이 작품화되는 과정은 곧 역사화의 과정을 포함한 사회화의 과정이다. 그리고 이 과정은 순수하게 개인적인 작업의 과정이 아니라 과거경험의 총합인 기존형식과 개인의 새로운 표현욕구가 맞닥뜨리는 과정이기도 하다. 만만치 않은 절차 속에서는 또 다른 의미에서 개인과 삶이 뒤엉켜 사회화되고 있는 것이다.

이와 같은 측면을 감안하면서 '위대한 삶'과 '위대한 작품'의 관계에 대한 염무웅의 발언을 검토해 보면 우리는 그가 삶의 무게에 지나치리만치 편중된 경향을 보여주고 있음을 읽을 수 있다. 삶의 무게가 문학에 있어서 가장 본질적이며 중요한 것이라는 그의 주장은 타당한 것이긴 하지만 실천비평과 관련지어 볼 때 그 구체적 적용의 방법은 그렇게 단순하게 규정되지만은 않는다. 위대한 삶이 위대한 작품을 규정하는 일방적 조건이라면 위대한 걸작을 남긴 사람들의 삶은 어떤 의미에서건 위대한 삶이 되지 않을 수 없다. 이때 작품을 평가하는 가치판단의 본질적 조건은 작가의 위대한 삶이 되는데 과연 우리가 한국 문학사에서 다루는 작가들의 삶은 대다수가 위대한 삶일까, 또 위대한 삶과 위대한 작품은 반드시 일치하는 것일까? (염무웅의 주장에 의하면 어쨌건 위대한 삶 없이는 위대한 작품은 불가능한 것으로 되어 있다.) 그리고 현실의 위대한 삶과 문학의 위대함을 우리는 동일한 척도로 읽어 낼 수 있는 것일까? 여기에 대해 염무웅은 다음처럼 대답한다.

> 그리하여 위대한 작품은 작가가 의도했든 의도하지 않았든 간에 일상생활의 기성화된 관념에 길든 범인들에게 계몽적·해방적인 작용을 하게 되는 것이며, 이것이야말로 문학과 예술이 인간의 소외를 극복하고 삶을 짓누르는 온갖 부조리와 질곡을 타파하여 삶의 풍부화와 사회적 건강을 이룩하는데 봉사하는 그 본연의 기능을 다하는 것으로 된다.

염무웅은 "작가가 의도했든 의도하지 않았든 간에" "계몽적·해방적인 작용"을 하는 작품을 위대하다고 이야기했다. 엥겔스의 '리얼리즘의 승리'를 이어받은 것으로 보이는 이러한 주장은 우리가 앞에서 본 위대한 삶 없이 위대한 문학이란 없다라는 주장과는 상당히 어긋나 있다. 이 말은 사회·역사적인 현실에의 투철한 몸담음 없이도, 다시 말해 주체적인 자각적 의도나 실천 없이도 당대의 현실을 정직하게 드러내 보여주면 위대한 작품이 될 수 있다는 이야기이기 때문이다. 그러므로 그는 실제 비평에 있어서 다음과 같은 두 가지 서로 어긋나는 비평태도를 보이게 된다.

그 순환의 고리를 깨는 것은 의식이나 상념 속에서는 가능할 수 없으며 민중 속으로 몸뚱이를 밀어 넣는데서 가능성이 열린다. 역사에서 폭력과 불의를 몰아내고자 하는 사람들에게 있어서 윤동주는 그 성과에 있어서 뿐만이 아니라 그 한계에 있어서도 많은 교훈을 주는 인물임이 분명하다.

여기서 (윤동주의 「자화상」을 가리킴—필자 주) 우리는 이른바 시의 예술적 효과를 압도하는 뜨겁고 강열한 육성(肉聲)을 돋는 듯하다. 그러나 이 시에서 중요한 것은 단순히 개인적 체험의 강도(强度)만이 아니고 그 강열한 발성이 다수 민중의 목소리와 연결되어 있다는 사실이다. 생각해 보라. 1930년대 후반은 일제 군국주의가 식민지 한국에 대해서 더욱 악랄하고 가혹한 탄압을 자행하던 시기로서, ……

위의 첫 번째 인용문은 위대한 삶 없이는 위대한 문학은 없다라는 논리에 비교적 충실한 경우이다. 그렇기 때문에 윤동주의 경우 상당한 한계를 지닐 수밖에 없었다고 평가된다. 두 번째의 인용문은 윤동주 자신이 1930년대의 식민지적 현실에 대해 투철한 자각을 가지고 실천적 행위에 나섰던 것은 아니지만 「자화상」이란 작품은 30년대 민중들의 생활을 무의식중에 대변하고 있기 때문에 훌륭한 작품이 될 수 있었다는 논지이다. 「자화상」이 실존적 고뇌를 보여주는 작품이냐, 민중들의 생활상을 밀도 있게 형상화한 작품이냐에 대해서도 석연치 않은 점이 많지만 염무웅의 위와 같은 설명은 어딘가 일관성이 없어 보인다.

현실세계에서 위대한 삶이 어떤 것인지, 또는 실제작품의 위대함이 어떤 것인지에 대해 염무웅은 구체적 예시를 해보이지 않고 있다. 다소 추상적 방식으로 위대한 작가란 "어떤 시대에 있어서나 자기 양심의 실체를 자기가 속한 공동체의 운명 속에서 발견하는 사람"이며, 위대한 작품은 일상생활에 길든 범인들에게 '계몽적 · 해방적인 작용'을 하는 것이란 설명이 전부이다. 그러므로 대부분의 작가들이 보여주는, 예컨대 윤동주가 대표적이지만, 시대 앞에서의 자기양심의 실체, 즉 실존적 번민을 어떻게 평가해야 하는가 하는 문제가 야기된다. 이 실존적 번민은 지식인 작가가 대부분을 차지하는 우리나라의 경우 왕왕 개인의 실천적 삶으로 확장되지 못하고 내면세계에 그치는 것이어서 구체적 삶보다도 작품 속에서 포착되는 경우가 더 많다. 작품 속의 번민, 내면의 번민을 곧 실제 삶의 번민이라고 읽기는 어려운 경우에 자주 부딪히게 되는 셈이다.

염무웅은 물론 이러한 생애는 위대하지 못한 것이고 한계를 지닌 것이라고 분명히 말했다. 그러나 실천비평의 장에서 볼 때 작품에서 포착된 자기 양심의 실체, 즉 실존적 번민을 실제 생애에 있어서의 작가의 번민과 동일시하는 오류가 간혹 발견되는 것은 이 원칙을 끝까지 고수하기가 대단히 어려웠음을 말해주는 것이다. 민중적 실천이 빈약한 작가의 우수한 작품과 민중적 실천이 뚜렷한 작가의 빈약한 작품 사이에서 일어나는 이와 같은 사소한 문제점은 자칫하면 그를 비난하기 좋아하는 사람들로부터 그의 비평이 위대한 삶과 관계없이 위대한 작품은 곧 위대한 삶이 된다는 역의 논리를 드러냈다고 비판받을 소지가 있다. 이처럼 이 땅의 민중 현실에 튼튼히 뿌리내리고자 하는 염무웅의 실천비평은 여러 가지 훌륭한 점에도 불구하고 때때로 삶으로 작품을 곧바로 규정하거나 작품에서 곧바로 현실적 삶을 읽어 내는 방식을 취함으로 말미암아 문제를 노출하고 있다. 예컨대 다음과 같은 경우를 보자.

> 나는 너의 침묵을 잘 안다.
> 너는 철모르는 아이들에게 종작 없는 찬미(讚美)를 받으면서 사뿐 웃음을 참고 고요히 있는 줄을 나는 안다.
>
> —「금강산」, 제3연

> 연애가 자유라면 님도 자유일 것이다. 그러나 너희는 이름좋은 자유의 알뜰한 구속을 받지 않느냐, 너에게도 님이 있느냐, 있다면 님이 아니라 너희 그림자니라.
>
> —서문, 「군말」 중에서

> 여기서 우리는 당시의 문단과 문학에 대한 만해의 더없이 신랄한 비판을 읽을 수 있다. 민족이 자유를 잃은 식민지에 있어서 참으로 자유로운 개인은 있을 수 없으며 나라가 남의 지배를 받는 시대에 있어서 눈에 보이는 어느 것 하나 한스럽지 않을 수 없다. 자연의 예찬이니 연애의 자유니 예술지상주의니 하고 떠드는 것은 그러므로 '철모르는 아이들'의 '종작 없는' 짓이요, '이름좋은 자유'에 기만되는 것이며 자기 '그림자'에 도취하는 것이다.

한용운이 다른 시인들에 비해 유별나게 위대한 삶을 살았다는 사실을 인정하더라도 그의 시에 대한 염무웅의 이러한 해석에는 상당한 무리가 있다. 문학과 삶을 연결하는 시라는 양식의 성격을 무시하며 곧바로 삶으로 달려간 염무웅의 해석은 일견 명쾌하고 힘 있는 것이지만 완전한 타당성을 지니기는 어려워 보인다. 금강산의 모습을 묘사한 부분에서 전원주의자나 예술지상주의자에 대한 현실적 비판을 읽어낸 염무웅의 안목은 날카롭긴 하지만, 비약적이라는 인상을 떨치기가 힘들기 때문이다. 한용운이 구사하는 시어와 삶의 관계에 대한 충분한 객관적 설명 없이 이처럼 해석해 버리는 것은 한용운의 다른 시들 앞에서 타당성을 잃어버릴 우려가 있고, 또 염무웅이 비판했던 다른 작가의 전원적인 시들은 왜 한용운의 시처럼 좋게 읽어줄 수 없느냐는 항의에 부딪칠 수도 있다.

이러한 점들을 볼 때 염무웅의 비평은 다소간 나쁜 의미에 있어서의, 결정론적 요소를 지니고 있는 것이 사실이다. 그렇다고 해서 결정론 그 자체가 반드시 나쁜 것만이 아님은 최원식의 주장에서 이미 충분히 읽었다. 문제는 힘 있는 문체와 분명한 목소리에 힘입어 독자에게 빠르게 성큼 육박하는 그의 결정론에 있는 것이다. 그의 비평 도처에서 발견되는 삶의 무게는 우리 시대 앞에서 진지하게 고뇌하는 모습을 뚜렷하게 보여주지만, 그것이 그의 삶의 고뇌만으로 그치지 않고 비평의 고뇌로까지 옮겨오기 위해서는 그가 말한 대로 '만만치 않은 절차'가 필요하다. 그는 이 사실을 몰라서가 아니라 삶의 절박함을 드러내기 위해 의도적으로 이 만만치 않은 절차를 생략해버리는 것처럼 보이는데, 그 점이 잘못하면 논리에 충실하려는 독자들에게 불필요한 오해를 일으킬 수도 있다는 사실을 기억할 필요가 있다.

우리는 삶의 무게가 결박하게 우리를 짓눌러 오면 올수록 문화의 모든 방향에서 이 무게를 함께 나누어 짊어지고 떠밀어 올려야 한다. 그렇게 해야만 무너짐 없이 온전하게 그 절박함을 이겨낼 수 있다. 이런 측면에서 문학은 문학 나름의 방식으로 이 무게를 짊어지는 것이지 다른 어떤 분야보다 영웅적으로 짊어지는 것이 아니다. 우리를 짓누르면 삶의 무게는 동일하지만 이 삶의 무게를 짊어지고 떠밀어 올리는 한 방법이 다를 따름이며, 그 방법의 하나로 비평이 선택된다는 사실에 대해서도 충분하게 고려해 줄 것을 바라는 것은 바로 이 때문이다.

3.

염무웅을 '민중문학'의 대표적 이론가로 간주하는 것은 이미 일반화된 인식에 속한다. 그의 책 제목이 '민중시대의 문학'이라는 것도 이러한 인식에 한몫을 했겠지만 무엇보다 중요한 이유는 그의 글 속에 빈번하게 사용되는 '민중'이라는 어휘와 관련이 있을 것이다. 그러면 민중문학 이론가로서의 염무웅의 면모를 좀 더 자세하게 알아보기 위해서 그가 어떤 의미 혹은 이념적 근거로 민중을 거론하는지 살펴볼 필요가 있다. 그는 『민중시대의 문학』 서문에서 민중에 대해 다음처럼 이야기한 바 있다.

> 그러나 어떤 말이 뚜렷한 개념적 내용을 갖게 되는 것은 추상적 관념 속에서가 아니라 구체적인 역사적 실천 속에서라고 나는 생각한다. 다시 말해서 '민중'은 그 현실적 실체가 자신을 민중으로 각성하는 정도에 따라, 그리고 그들이 역사발전의 주체적 역량으로 성장하는 정도에 따라 내용이 주어지게 될 말이 아닐까 생각한다. 이 말에 대한 이해의 깊이 역시 민중적 현실과 민중적 실천에 대한 참여의 정도에 따라 결정될 것이다. 그러니까 민중이란 말을 모르겠다고 하는 것은 바로 민중적 현실을 모른다는 고백 이외의 다른 것일 수 없다.

민중을 추상적 관념으로서가 아니라 역사를 움직이는 실천적 주체로서 파악해야 한다는 것은 민중논의의 가장 기본이 되는 시각으로서 이미 일반화된 것이지만, 그 파악의 정도가 "민중적 현실과 민중적 실천에 대한 참여의 정도에 따라 결정"된다는 발언은 주목을 요하는 신선한 이야기이다. 이론가 실천의 관계에서 이론에 대한 이해의 깊이는 이론을 만드는 사람 자신이 구체적 현실에서 그 이론의 주체로서 행위해보지 않고서는 획득할 수 없다는 이야기를 염무웅은 하고 있는 것이다. 그렇다면 민중에 대한 이와 같은 그의 생각은 실천비평과 어떤 관계를 가지고 있으며, 이 생각을 실천하는 행위주체로서 그가 도달한 이해의 깊이는 어느 정도인지 검토해 보기로 하자.

염무웅이 자신의 평론에서 "민중적 현실과 민중적 실천에 대한 참여의 정도"를 강조하는 부분은 그가 쓴 글의 곳곳에서 발견된다. 그리고 앞서 '위대한 삶'과 '위대한 작품'의 관계에서 보았듯이 이 참여의 정도는 작품의 훌륭함을 결정짓는 기본조건이 될 뿐만 아니라 평가하는 척도로도 사용된다. 다음의 예는 이 점을 구체적으로 보여 준다.

> (……) 관념성의 탈피 뒤에 도사린 이산의 인간적 변모, 즉 폐쇄적이고 우울했던 식민지 시대의 지식인 그리고 헛되이 분주했던 자유당 시절의 사회활동가로부터 서민적 시인으로의 변신이 육신의 병 아닌 진실한 자기극복을 통해 이루어지지 못했음을 못내 아쉽게 생각한다. (……) 이산의 시가 여러 가지 친근한 요소에도 불구하고 어딘가 멀고 아득한 느낌을 주는 것은 이 때문일 것이다.

> 먼저 그의 출세작 「사하촌」(1936)을 살펴보자. 김정한은 이미 스무살 남짓한 나이에 학생의 몸으로 양산(梁山) 농민봉기사건에 연루되어 잠시 옥고를 치른 바 있거니와, 이 작품은 그가 식민지적 상황 하의 처절한 농민현실을 얼마나 깊이 이해하고 있는가를 감동적으로 증언해 주고 있다. (……) 그리하여 이 작품은 식민지적 조건 하의 농촌현실이 농민적 모순의 농민적 반영임을 정확히 드러내는 것이다. 그러나 이 작가는 바로 그들 농민의 편에 굳게 섬으로써 모순의 극복에 대한 전망을 제시할 수 있었다. 작품의 마지막 대목에 성동리 소작농들이 차압취소와 소작료 면제를 탄원하기 위해 행렬을 지어 마을을 떠나는 장면은 농민적 각성의 감동적 객관화이며 사회적·민족적 해방을 위해 궐기한 이 시대 민중의 우렁찬 발걸음이다.

염무웅에 의하면 이산 김광섭의 시는 "여러 가지 친근한 요소에도 불구하고 어딘가 멀고 아득한 느낌"을 주는데 그것은 스스로 투철한 민중적 실천을 통해 서민적 시인으로 변신한 것이 아니기 때문이다. 다시 말해 우연하게 주어진 육신의 병에 의해 그는 비로소 관념의 세계를 떨쳐버릴 수 있었고, 그럼으로 말미암아, 비록 그의 시가 '빛나는 예술적 승리'의 하나이긴 하지만, "사회적이고 역사적인 넓이와 깊이로써 파악된 구체적 현실"을 포괄하지 못하고 있다는 것이다. 반면에 김정한의 소설은 작가 자신의 민중적 실천과 튼튼하게 연결되어 있기 때문에 당대의 핵심적 모순을 정확히 파악하여 객관적으로 드러내는 훌륭한 작품이 될 수 있었다고 말한다.

그러나 생애와 작품을 연결 짓는 위와 같은 논지에는 적지 않은 문제가 있다. 민중문제를 문학작품의 우수성을 가름하는 잣대로 사용하기 위해서는 구체적으로 민중적 현실이란 어떤 것이며 민중적 실천이란 당시에 무슨 일을 한 것인지가 분명하게 드러나야 한다. 그런 다음 이 같은 점들이 어떻게 작품으로 형상화되었는지, 혹은 거꾸로 작품으로 형상화된 세계가 실제 삶의 모습이 이 같은 점들을 현실적 삶의 모습을 보는 것보다 더 생생하게 구체적으로 느껴지는 이유가 무엇인지를 염무웅은 따져보아야 했을 것이다. 그런데도 그의 평론은 이 작업을 확실하고 튼튼하게 수행하기 보다는 조급하게 결론으로 달려가고 있다. 그 이유는 필자가 보기에 첫째 그가 민중적 현실을 추상적이고 일반화된 사실로 파악함으로 말미암아 특정한 작가를 둘러싼 살아 있는 현실을 재구성하는 데 문제가 있다는 점과 관련이 있고, 둘째 민중적 실천의 모습을 이야기하면서 사실은 비범한 지식인의 실천을 이야기함으로 말미암아 범인이 할 수 없는 영웅적 실천을 요구하게 되었다는 점과 관련이 있다.

그러면 먼저 첫 번째 이유를 다시 좀 더 살펴보자. 염무웅은 민중적 현실과 작품의 관계를 다음처럼 말한 바가 있다.

> 1930년대의 후반은 일제 군주주의가 식민지 한국에 대해서 더욱 악랄하고 가혹한 탄압을 자행하던 시기로서, 소수의 친일파를 제외한 절대다수의 우리민중은 생활의 근거를 잃거나 위협받으면서 악몽같은 세월을 지속하고 있었다. 이 막히고 억눌린 상황 속에서 가능한 진실한 문학이 균형 있고 조화된 문학일 수 없음은 너무나 명백한 것이다. '바다' 같은 작품은 그러한 시대에 있어서의 시인의 고통이 거의 어떤 예언자적 경지에까지 이르고 있음을 보여준다.

위에서 염무웅은 '소수의 친일파를 제외한 절대다수의 우리 민중'이라고 말하는데 이러한 범위설정은 지나치게 포괄적이고 막연한 범주의 민중현실이어서 사실상 민중적 현실의 의미를 지니기가 어려워 보인다. 그렇기 때문에 위의 글은 마치 윤동주가 그러한 막연한 우리 민중의 한 사람으로서 30년대라는 가혹한 현실을 앞에 두고 "가능한 진실한 문학은 균형 있고 조화된 문학일 수 없다"는 깨달음을 느낀 인물이었던 것처럼 보이게 만들고 있다. 이렇게 되면 염무웅이 말한 30년대의 민중현실은 윤동주의 문학작품을 분명히 이해하게 하는데 더 이상 별다른 도움을 주지 못하고, 문학평론의 차원을 떠나 일반적인 역사서술의 차원으로 옮겨간 듯한 인상을 주게 된다. 동일한 민중적 현실도 어떤 작가에게는 밀도 있게, 또 다른 작가에게는 느슨하게 받아들여지는 경우가 있다. 비평가는 이 경우 작가를 둘러싸고 있는 민중적 현실의 객관적 모습과 함께 작가가 이 현실을 받아들이는 주관적 모습도 놓치지 않아야 하는 것이다.

다음으로 민중적 실천과 관계된 염무웅의 시각을 간략히 살펴보자. 그가 당대의 민중적 현실을 설명하거나 작품이 그려낸 민중적 현실을 분석하면서 작가에게 요구하는 민중적 실천의 방법에는 일반 사람이 범접하기 어려운 요소가 들어 있다. 필자가 보기에 그런 그의 장엄한 목소리에는 신채호적인 지사의 기개와 엘리트의 사명감이 밑바닥에 깔려 있다. "압박받는 민중 속으로 몸뚱이를 던져 넣어 탄압자에 대한 민중적 투쟁의 대열에 참가하는 것만이 식민지 시대에 있어 지식인의 자기 존재를 가능케 하며"라든가, 작가가 내면화된 자의식의 악순환을 "깨는 것은 의식이나 상념 속에서는 가능할 수 없으며 민중 속으로 몸뚱이를 밀어넣는 데서 가능성이 열린다"거나 "지식인은 어떤 시대에 있어서나 자기 양심의 실체를 지가기 속한 공동체의 운명 속에서 발견하는 사람의 이름"이라고 말하는 것들이 모두 그러한 예에 속할 것이다. 염무웅의 이와 같은 발언들은 그 자체로는 전혀 잘못되지 않았고, 또 그가 걸어온 인생역정에 비추어 볼 때 전혀 잘못되지 않았다. 그러나 염무웅의 입장을 벗어나 만약 우리가 작가 혹은 비평가는 누구를 향해 발언하는가 하는 문제를 민중을 향해 발언한다라는 대답과 결부시키려고 한다면 위와 같은 이야기는 적지 않은 문제성을 띠게 될 것이다. 왜냐하면 염무웅은 민중보다는 민중을 향한 지식인을 이야기했으며, 어떤 면에서는 이 지식인의 의미와 역할을 민중보다 훨씬 더 두드러지게 강조했었기 때문이다. 따라서 위의 발언들은 수동적 · 무의식적 상태에 있는 민중 속에 자신의 몸뚱이를 밀어 넣어 거기에서 자기역할을 찾아내는 지식인만이 진정한 지식인이란 말이 될 수 있고, 결국 민중이 아니라 지식인이 중요하다는 이야기가 될 우려가 있다.

이런 점들을 고려할 때 그가 자신의 비평에서 구체적으로 민중의 모습이 어떤 것인가에 대해 한 번도 이야기한 점이 없다는 사실 역시 우연처럼 보이지 않는다. 구체적인 민중의 모습과 속성을 파악하지 않은 채 고통 받는 가난한 사람들을 향해 나아가려는 태도는 소박한 휴머니즘의 발로이기 쉽고, 이 소박한 휴머니즘 속에 두드러져 보이는 것은 자괴감에 시달리고 있는 지식인의 모습이기가 쉽다. 그러므로 염무웅은 다음 글처럼 민중의 모습과 속성에 대해 좀 더 구체적인 파악을 할 필요가 있었다고 생각한다.

> 저항적 풍자의 올바른 형식은 암흑시에 투항한 풍자시여서는 안 되며 풍자시를 위장한 암흑시여서도 안 된다. 그것은 민중 가운데에 있는 우매성 · 속물성 · 비겁성과 같은 요소에 대해서는 매서운 공격을 아끼지 않았지만, 민중 가운데에 있는 지혜로움, 그 무궁한 힘과 대담성과 같은 긍정적 요소에 대해서는 찬사와 애정을 아끼지 않는 탄력성을 그 표현에 있어서의 다양성의 토대로 삼아야 하는 것이다. 저항적 풍자의 밑바닥에는 올바른 민중관이 자리 잡고 있어야 한다. 민중 속에 있는 부정적 요소도 단순히 일률적인 것만은 아니다. 올바르지 않지만 결코 밉지 않은 요소도 있고, 무식하지만 경멸할 수 없는 요소도 있다. 그리고 겁은 많지만 사랑스러운 요소도, 때 묻고 더럽지만 구수하고 터분해서 마음을 끄는 요소도, 몹시 이기적이긴 하나 무척 익살스러운 요소도 있는 것이다.

김지하가 보여주는 이와 같은 민중관은 작품을 폭넓게 수용할 수 있는 너그러운 자세를 담고 있다. 염무웅의 비평이 장엄하게 민중적 실천을 촉구하고 있음에도 불구하고 어떤 부분에서 그 범위가 협소하고 엘리트적 목소리로 느껴지는 것은 위의 인용문처럼 민중적 체취와 포용력을 담지하는 데 실패하고 있기 때문은 아닐까. 그의 비평이 촉구하는 민중적 실천이 '위대한 삶'과 관계되어 일반적인 민중이 감히 범접하기 어려운 지식인의 과제로 남겨진다면 그가 주장한 민중문학은 결국 민중에 대한 지식인의 우월성을 입증해 주는 논리를 충실하게 개진한 것에 지나지 않을 수도 있다는 한계를 안게 되는 셈이다.

4.

염무웅은 작품에서 민중적 삶의 전형적인 모습을 읽기보다는 민중적 투쟁의 위대함을 읽으려 했고, 현실적인 민중의 모습을 드러내려 하기보다는 이상적인 민중의 모습을 드러내려 했다. 그의 비평이 지닌 이 같은 측면은 유신체제의 극복이라는 지상과제가 모든 지식인들을 무의식중에 억누르고 있던 7,80년대 의미 있는 위력을 발휘할 수 있었다. 지식인이건, 노동자건, 소시민 중산층이건 모두가 강압적 통치체제로부터 피해의식을 염무웅의 글을 읽으면서 스스로 속에서 다소간의 민중적 요소를 발견할 수 있었다. 다시 말해 자신이 누리고 있는 현실적인 사회 · 경제적 위치에 관계없이 스스로를 민중과 동일시할 수 있는 기반이 있었던 시기에 염무웅의 비평은 다른 비평가들의 글보다 용기 있게 받아들여질 수 있었다. 그리고 지금의 현실 역시 70년대의 그 같은 요인이 어느 정도까지는 여전히 살아 있음으로 인해 그를 다른 비평가들보다 의미 있게 만드는 데 기여하고 있다.

그러나 일단의 80년대 신진평론가들의 글에서 느낄 수 있듯이 염무웅이 지닌 포괄적이고 추상적인 민중관은 사회과학적 이론에 입각한 보다 선명한 민중관에 의해 여러 가지로 심각한 도전을 받고 있다. 억압받고, 억눌리고, 소외되고, 버림받은 사람들이라는 식의 심정적 공감대에 의한 염무웅의 민중관은, 민중의 핵심주체를 프롤레타리아 계급에 두고 지식인의 의미와 역할을 한정된 영역으로 축소시키려는 젊은 세대의 민중관과 여러 가지로 마찰을 일으키면서 어떤 방식으로건 수정되지 않을 수 없게 된 것이다. 그리고 이 문제는 범지식인적인 연대감과 이 연대감에 입각한 정치개혁운동이 어디까지 가능할 것인가 하는 80년대의 민주화 문제와 직접 간접으로 관련되어 염무웅의 비평에 대한 도전의 정도를 강화시키거나 완화시킬 것이라 생각된다. 갈라설 대상과는 선명히 갈라서야 하며, 자체 내의 타협적 요소에 대해서는 과감한 이론투쟁이 필요하다는 강경노선이 문학 쪽에서 부각되기 시작하면 지식인 위주의 염무웅의 민중관은 시련기에 들어서게 될 것이 분명하다.

마지막으로, 앞에서 이미 했던 이야기이지만 염무웅의 비평에 대해 되풀이해 말하고 싶은 것은 문학은 현실의 강렬한 체험으로부터 솟아나와야 하는 것이지만, 그것은 직접적으로 표출되는 것이 아니라 사회화된 형식으로 구성되어야 하고, 작가의 창의적인 노력에 의하여 객관적인 형식을 획득해야 한다는 점이다. 작가에게는 삶이 전부가 아니며 문학적 전통, 예컨대 작품을 만드는 데 필요한 규칙, 기술, 형식, 관습 또한 중요한 것이다. 작가란 후자를 통해 삶을 제어하고 길들여서 우리 앞에 보여주는 존재이기 때문이다. 신라시대의 향가가 그 시대의 삶에 대해 거의 알지 못하는 우리에게 지금까지 감동을 주는 것은 그것이 감정을 절제하고 길들여서 우리에게 제시해 주고 있다는 점과 관계가 있다. 물론 거기에는 삶의 연속성이나 인간이 지닌 본질적 감정의 영원성 같은 점이 본질적 이유의 하나로 작용하고 있겠지만, 감정을 통어하여 형상화했다는 점이 다른 무엇보다 큰 이유임에는 틀림없는 것이다.

—『문학의 시대』, 1986. 6.

제2부

민족 · 민중문학에 대한 반성과 전망

문화통제와 저항문화의 확산

1. 유신시대와 다를 게 없는 문화정책

우리들에게 '문화'라는 말은 이제 아주 익숙한 용어가 되었다. 청바지문화, TV문화, 라면문화, 대학문화, 지하철문화 등 문화라는 용어가 어디에나 광범하게 사용되고 있다. 생활과 관계된 것에, 예컨대 라면문화나 마이카문화라는 말처럼, 문화라는 말을 붙이는 것을 우리는 습관처럼 자연스럽게 받아들일 정도가 된 것이다.

그러나 이처럼 생활과 관계된 대중화된 습관이나 패턴이 문화라는 이름을 달고 만연하게 되었지만 문화의 진정한 핵심을 이루는 출판문화와 예술문화는 80년대 전반기 동안 비민주적인 틀에 묶여서 올바르게 발전하지 못했다. 그것은 법과 제도가 문화에 대한 대중들의 욕구를 정당하게 반영하는 방향으로 개선되어 간 것이 아니라 그러한 욕구를 통제하는 방향으로 작용했기 때문이다.

5·17 이후에 물리적인 힘을 배경으로 권력을 장악한 현 정권은 88

올림픽을 일종의 문화올림픽으로 만들겠다고 공언했음에도 불구하고, 문화정책의 실상은 유신시대와 그다지 다른 차이를 보여주지 못했다. 국제사회의 여론을 의식한 김지하 석방을 제외한다면 80년대가 70년대보다 더 나아졌다고 말할 수 있는 뚜렷한 근거는 찾기 힘들다. 반체제 문화예술인들에 대한 구속과 석방의 되풀이, 민중문화에 대한 정부당국의 왜곡된 선전과 탄압, 출판사 등록취소, 이데올로기 서적의 판금과 압수 등 70년대에 우리가 숱하게 목도했던 일들은 80년대에도 여전히 되풀이 되었다. 단지 긴급조치에 의해 준계엄 상태를 유지했던 70년대에 비해 80년대는 그래도 형식적이나마 법적인 절차를 밟는 듯한 인상을 주었다는 것이 차이라면 차이라고 할 수 있고, 각종 문화운동단체들이 괄목할 만한 성장을 보여 그러한 조치에 조직적으로 항거했다는 것을 차이라면 차이라 할 수 있다.

80년대에 들어와 가해진 문화에 대한 탄압조치 중 가장 두드러진 것은 각종 도서와 출판물에 대한 판금 및 출판사 등록취소 조치일 것이다. 현정권은 유신정권과 마찬가지로 이념서적에 대해 민감한 반응을 보이면서 관계서적에 대한 판금과 해금을 되풀이했을 뿐만 아니라 현정권의 정통성시비와 관계되는 일체의 출판을 금지했다. 그 구체적인 예가 이념서적의 경우 85년 5월 4일에 문공부가 발표한 2백 98종의 간행물 및 유인물에 대한 무기한 단속방침이며, 85년 5월 11일에 취해진 33개 출판사에 대한 무더기 소송이다. 그리고 체제의 정통성문제와 관계된 것으로는 광주사태를 다룬 『죽음을 넘어 시대의 어둠을 넘어』에 가해진 압수조치와 저자의 구금이다.

현정권은 출범 당시 잠시나마 이념정당을 육성하고 이데올로기 논의를 개방적으로 대하려는 듯한 포즈를 취한 적이 있다. 실제는 전혀 그럴 생각이 전혀 없으면서도 표면적으로는 70년대 이후 광범하게 확산된 민중이데올로기를 정면으로 돌파해 보겠다는 자세를 잠시 보인 것이다. 그래서 82년 2월 20일에 처음으로 이사야 벌린의 『칼 마르크스-그의 생애 그의 시대』라는 책에 대해 문공부는 납본필증을 내주면서 시판을 허용했다. 이 때 문공부측은 대체로 다음 두 가지 정도의 목표를 예상했던 것으로 볼 수 있다. 그 첫째는 비슷한 시기에 있었던 '국풍(國風)'이라 이름붙인 대규모의 민중문화 잔치를 정부가 의도적으로 마련했던 사실에서 알 수 있듯이 지하화해 있는 이데올로기 문제를 제도권내의 논의로 이끌어 올려 관리해 보겠다는 발상이고, 둘째는 70년대 이후 물리적인 힘으로 도서를 단속하는 데에는 한계가 있다는 것을 자각했기 때문에 보이지 않는 유통경로를 가시화시켜서 필요에 따라 선별적으로 철퇴를 내리겠다는 생각이다.

2. 판금, 압수, 출판사 등록취소, 구속

그러나 이러한 목표는 고수되지 못하고 조만간 수정된다. 70년대 유신정권이 취했던 판금, 압수, 출판사 등록취소, 저자 및 편집인 구속 등의 형태로 곧 되돌아가버린 것이다. 그 결과 지난 10월 19일에 문공부가 선별해금을 발표할 당시의 판금도서 종수는 공식적으로 심사대상이 된 것만도 4백 31종에 이르게 되며, 아예 심사대상에도 오르지 못한 도서까지 합하면 그 숫자는 1천 1백 60여 종에 달하게 된다.

출판문화운동은 70년대에 이어 80년대에도 각종 민중문화운동을 매개하고 전파하는 중요한 역할을 담당했다. 현장운동의 결과를 인쇄된 매체로 수렴하여 다시 전파하는 역할과 함께 선도적인 이론과 이념을 생산하여 현장으로 내려 보내는 역할을 담당한 것이다. 문학 분야는 말할 것도 없거니와 판화운동을 중심으로 한 민중미술분야, 노래운동을 중심으로 한 음악분야에 이르기까지 출판문화운동은 반체제 저항문화의 아킬레스건 역할을 담당하고 있었다. 이런 의미에서 계간지 『실천문학』의 등록취소와 출판사 '이삭'의 등록취소, 그리고 마침내 70년대 민중문화운동의 구심점이었던 『창작과비평사』의 등록취소로 이어지는 일련의 강압적 탄압조치는 현정권의 유화적 포즈가 한계에 부딪혔음을 여실히 보여주는 사건들이다.

여기에서 잠시 각각의 등록취소가 뜻하는 바를 간략히 살펴보자. 계간지 『실천문학』은 80년대 무크지 문화운동의 선두주자로서 80년 5·17 이후 『창작과비평』이 강제 폐간된 자리를 메워 온 '유일한 정기간행물이었다. 자유실천문인협의회(이하 '자실'로 약칭함—필자 주)의 기관지로 발행부수 2만 부를 상회할 정부로 독자들의 호응이 컸던 이 잡지를 허가하고 폐간시킨 1년여의 시간 동안에 현정권은 점차 유화적인 포즈를 포기하고 본래의 얼굴로 되돌아가기 시작했다.

그리고 그 시작은 85년 7월 2일에 문공부장관이 경주에서 보수적인 문화·예술인들을 모아놓고 민중문화에 종사하는 사람들이란 자신의 궁핍상 때문에 소수의 헐벗고 굶주린 사람들과 자신의 처지를 동일시한 사람들이며, 결과적으로 북쪽의 논리에 동조하는 사람들이란 요지의 발언을 한 것으로부터 비롯되었다. 따라서 『실천문학』의 정기간행물 허가가 민중문화를 제도권 내로 수렴해 보겠다는 의욕을 보인 것이라면, 등록취소는 그 의욕을 이제는 포기하겠다는 구체적 사례가 되는 셈이다. 과연 그 이후의 정책이 그러했다.

다음으로 이삭 출판사에 대한 등록취소는 자유실천문인협의회와 상당한 관계가 있다. 85년도에 70년대의 '자실'운동을 계승한다는 취지로 재창립한 80년대 '자실'은 기관지로 『민족문학』이란 부정기간행물을 간행했는데, 이 책을 도맡아서 출판했던 곳이 바로 이삭출판사였다. 그렇기 때문에 이삭출판사에 대한 등록취소는 출판사 그 자체에 대한 탄압의 의미보다는 재야단체의 하나로 반체제운동을 시작한 '자실'이란 단체에 대한 탄압이라고 말하는 것이 더 옳을 것이다.

3. 창작과 비평사 등록취소의 의미

창작과 비평사에 대한 등록취소 조치는 민중문화운동에 대한 현정권 최대의 야심적 공격이자 참담한 실패작으로 기억될 수 있는 문화탄압 사건이다. 주지하다시피 80년대의 민중문화운동은 크건 작건 70년대의 『창작과 비평』에 빚지지 않은 것이 없었고, 80년대 문화운동에 의욕적으로 종사한 사람들도 대부분 『창비』를 통해 얼굴을 내민 사람들이었다.

따라서 창작과비평사를 제거한다는 것은 민중문화운동의 심장부를 제거한다는 것과 마찬가지라는 판단이 섰을 것이다. 그러나 실제는 그렇지 못했다. 80년대의 반체제 운동과 민중문화운동은 그 범위가 이미 창작과비평사의 주도적 위치를 인정하지 않을 정도로 깊고 넓어져 있었으며, 어떤 의미에서 창작과비평사의 성격은 오히려 급진적 민중문화운동을 조절하고 제어해주는 역할을 하고 있었다. 그래서 민중문화운동의 심장을 제거하겠다는 정부당국의 조치는 실제에 있어서 거의 효과를 보지 못했으며, 오히려 이후의 광범한 지식인 연대투쟁에 정당성을 부여하는 결과만을 빚었다. 3천여 명의 각계 저명인사와 시민들이 연대 서명한 복간촉구운동이 그것을 입증해준다.

80년대의 민중문화운동과 관련된 각 예술단체의 활동역사는 권력측의 압수, 수색, 구속과 그에 대응하는 성명서 발표, 농성, 가두시위로 온통 점철되어 있다. 예컨대 이 시기 '자실'은 거의 매일처럼 '자실' 자체 혹은 유관단체 탄압에 대한 대처로 늘 부산하게 움직이고 있었다. 오늘

몇 시 어디에서 항의투쟁을 한다는 연락 업무에 사무국의 전기능이 집중되는 것처럼 보일 정도였다. 예컨대 이 시기 '자실'의 일지를 보면 그 상황을 충분히 짐작할 수 있다.

- 85년 7월 24일 이원홍 문공부장관의 경주발언과 관련, 공개질의서 발표
- 7월 26일 「민중문학」 회보 압수에 항의하는 성명 발표 농성
- 8월 1일 경주발언에 대하여 「창작과 표현의 자유에 대한 문학인 401인 선언」 발표
- 8월 9일 『민중교육』지 사건으로 시인 김진경, 윤재철 안기부에 연행
- 8월 10일 고광헌을 비롯한 문인 다수 경찰에 자진 출두
- 8월 11일 소설가 송기원 안기부 연행
- 8월 12일 「출판 · 표현 · 비판의 자유를 보장하라」 성명 발표
- 8월 15일 실천문학사 압수수색
- 8월 23일 『실천문학』 폐간

4. 80년대 문화예술운동은 곧 민주화운동

이와 같은 상황 속에서 80년대의 문화 · 예술운동은 운동과 예술, 개인과 조직 출판과 문인의 경계선을 구별할 수 없을 정도로 바쁘게 민주화운동의 외길을 숨가쁘게 달려 왔다. 문학 · 미술 · 연극 분야는 일찍부터 상통성이 있었지만, 그렇지 않은 분야까지와도 문학이 경계선 없이 한 가족처럼 몰려다니며 함께 울고 웃으며 싸운 시기가 바로 이 시기인 것이다.

어느 재야 운동단체나 마찬가지겠지만 80년대 '자실'의 특성은 70, 80년대에 대학생활을 한, 그것도 상당수가 운동권과 관계가 있었던 젊은 세대들이 대거 등장한 데에 있다. 채광석, 황지우, 김정환, 김진경, 김

사인, 현준만, 이재현, 백진기, 김명인 등의 등장은 80년대의 민주화운동에 '자실'이 좀 더 역동적으로 참여하게끔 만든다. 이들은 문인들의 구속과 연행 혹은 사회적인 이슈들에 대해 항의성명 정도의 점잖은 반응이 아니라 가두진출, 단식투쟁과 같은 훨씬 강도 높은 대응을 하게끔 만들었던 것이다. 그리고 80년대의 자실이 '민통련' 산하의 한 단체로 가입하여 본격적인 재야 운동단체로 활동하게 되는 것도 이들의 성향과 밀접한 관계가 있다. 지난 6·10대회에서 '자실'이 '민통련'의 지도를 받아가며 적극적으로 문인들을 동원했던 기억을 필자는 가지고 있는데, 그 때 역시 전위적으로 활동한 사람들이 이 젊은 세대들이었다.

80년대는 남민전사건과 관련된 김남주, 오송회 사건과 관련된 이광웅을 제외하고는 장기간 구속된 문인들이 별로 없었다는 점에서 70년대와 현상적으로는 차이를 드러낸다. 송기원, 김진경, 윤재철이 『민중교육』지 사건으로 2년 가까이 구속되어 있었던 사실 이외에는 대체로 단기간의 구속과 석방이 되풀이된 시기가 80년대였다. 또 70년대의 김지하, 김병걸, 고은, 양성우처럼 비중있는 문인들의 구속 사례가 많지 않았다는 점도 기억할 만하다. 그런 사람들이 아니라 채광석, 김정환, 이영진, 고규태, 박진관, 유시춘 등 젊은 행동가들의 일시적 구속과 석방의 되풀이가 이 시기 탄압의 주류를 이루고 있었던 것이다.

이 점은 아마도 70년대 유신체제 하에서의 반체제운동의 양상과 80년대 반체제운동의 양상이 크게 달라진 점에 기인할 것이다. 70년대의 반체제 문학운동이 용기와 실존적 결단을 요구하는 것이었다면 80년대의 반체제운동은 다 같이 함께 참여하는 연대투쟁의 성격을 지닌 것이었다. 따라서 개인의 지명도나 영향력이 작용하는 측면보다 집단의 의미가 더 중요시되었고, 그런 만큼 특정 개인이 집중적으로 피해를 감수해야 하는 부분이 줄어들었던 셈이다.

5. 미술의 영역 넓혀준 민중미술에 대한 탄압

앞에서도 간략하게 언급한 바가 있지만 85년 7월 20일에 행해진 이원홍문공부장관의 '민중문화의 반체제 도구화 우려' 발언은 민중예술 및 민중문화운동 전체에 대한 탄압의 신호탄이었다. 이 발언을 기점으로 해서 『실천문학』 폐간, '창비사' 등록취소 등 일련의 문화에 대한 긴급조치들이 속출하게 되는데 미술 분야도 여기서 예외가 아니었다. 발언이 있었던 당일 경찰은 아람문화회관에서 열리고 있던 '1985년 한국미술 20대의 힘전' 전시회를 중단시키고 1백 20여 점의 전시작품 중 소위 문제작이라고 찍어 놓은 30여 점을 압수해 간 것이다.

그리고 이 사건을 시발로 해서 판화, 벽화 등의 민중미술에 대한 탄압이 연달아 나오게 되며, 민중미술단체는 이에 맞서 자신들의 정당성을 주장하는 투쟁을 본격적으로 활성화시키기 시작한다. 문학단체에 비해 운동적 성격이 비교적 박약했던 미술단체가 현정권의 조치에 의해 정치적 운동성을 뚜렷하게 띠기 시작한 것이다.

민중미술의 출발점은 시간적으로 그리 오래된 것이 아니다. 79년 11월 29일에 창립된 '현실과 발언' 그룹이 뚜렷한 색채를 지닌 것으로는 그 효시라 할 수 있다. "돌아보건대 기존의 미술은 보수적이고 전통적인 것이든, 전위적이고 실험적인 것이든 유한층의 속물적인 취향에 아첨하고 있거나 밖으로부터의 예술 공간을 차단하여 …… 진정한 자기와 이웃의 현실을 소외·격리시켜 왔고……"라는 창립취지문에서 볼 수 있듯이 삶과 유리되어 무역사적 세계를 부유하던 기존미술에 대한 거부감으로부터 민중미술은 출발했다. 그리고 이러한 제자리 찾기 위한 운동으로서 민중미술은 85년에 이르기까지 6년 동안에 '삶의 미술'전, '임술년 구만팔천구백구십이에서'전, '서울의 봄'전, '두렁'전, '일과 놀이'전, '해방 40년 역사'전 등 1백 50여 건의 전시회를 열면서 빠른 속도로 그 세를 확장해 왔다.

그러면 민중미술이 그리는 작품세계는 어떤 것인가. 일부 미술관계 인사들이 '선동목적의 포스터'라고 주장하는 근거는 과연 타당한 것인가. 이런 점을 간단히 생각해 볼 필요가 있을 것이다.

젊은 작가들이 그려내는 새로운 민중미술 작품에는 대체로 우리가 이해하기 쉬운 제목이 붙어 있다. 예컨대 「우리 아빠는 하루 종일 공장에서 산다」, 「노동조합의 의미」, 「고향에서는」 등이 그 예이다. 이들은 최근의 노조문제, 분단극복과 관련된 통일문제, 역사적 사건에서 선택한 소재 등을 사용하여 우리들의 현재적 삶에 밀착된 그림을 그린다. 따라서 우리는 어려운 추상화에서 느끼지 못했던 친근감과 함께 선명하게 그 작품이 전달하려는 의미를 쉽게 깨닫는다. 이 점을 두고 기존의 보수적 미술인들은 "정치·사회적인 소재, 극렬한 표현, 그리고 계급의식적·국수주의적 표현에 치중하고 있다"라고 비판하지만, 그런 비판은 현재 별로 설득력이 없어 보인다. 그러한 비판이 설득력을 가지기 위해서는 소재가 될 수 있는 것과 없는 것, 다시 말해 미술적인 가치를 지닌 소재와 그렇지 못한 소재가 선험적으로 구분되어야 할 터인데 그런 구분은 사실 없기 때문이다. 이점은 꾸르베의 「돌깨는 사람」과 같은 그림이 지니고 있는 정치적 의미, 노동의 세계에 대한 작가의 관심이 불란서의 경우 미술사의 중요한 소득으로 평가된다는 사실에 비추어볼 때 설득력이 없다는 것을 알 수 있다.

80년대 민중미술의 특징은 문학 쪽과 마찬가지로 기존의 미술장르가 지니고 있는 미술적인 것의 경계선을 넘어 여타의 예술 혹은 정치적 사건 등으로 그 영역을 과감히 확장한 데서 찾을 수 있다. 노동자 시인 박노해의 시를 소재로 해서 그린 「이불을 꿰매면서」의 경우가 전자의 예라면, 각종 고문과 관련된 「미술사에 나타난 고문사례」의 경우는 후자의 예이다.

각종 시집이나 잡지의 표지로 사용되는 판화, 정치집회에 사용되는 강렬한 메시지의 그림, 담장을 장식한 민족생활도 등은 미술은 미술일 따름이다 식의 기존논리를 깨트리고 생활과 함께 하는 세계로 그 영역을 확장한 민중미술운동의 소산인 것이다. 그러나 86년 8월 2일에 정릉에서 벌어진 민중벽화를 둘러싼 충돌(이른바 「상생도」 사건)의 경우처럼 생활 속에 함께 하는 이런 그림에 대한 시비는 앞으로도 상당 기간 계속될 것이다.

6. 권력의 간섭 극심한 연극

연극분야는 대중을 동원한 공연이라는 점에서 권력의 간섭이 다른 어떤 예술분야보다 극심한 분야이다. 대학가에서 이루어지는 마당극 종류의 공연은 비교적 폭넓은 자유를 누리면서 이루어질 수 있는 것이지만 일반시민들을 대상으로 이루어지는 공연은 작품 하나하나의 대본이 공연윤리위원회의 사전 심의를 거치기 때문에 상당한 제약을 받을 수밖에 없는 처지에 놓여 있다. 그리고 또 이 분야는 극장 유지와 공연의 준비과정에 엄청난 비용이 소요된다는 점에서 문예진흥원의 자금 지원 없이는 버텨 나가기가 힘들다. 따라서 권력의 간섭에 대한 조직적 저항은 그다지 활발하게 이루어지지 못하고 있다. 이 점은 문학 쪽과 미술 쪽의 조직체에 비견할 수 있는 조직체가 연극분야에는 존재하지 않는다는 사실에서도 확인할 수 있다.

연극분야에 대한 탄압으로 대표적인 것은 84년 8월에 극단 연우무대에 가해진 6개월 공연정지 처분이다. 당시 제 8회 대한민국연극제 참가

작품으로 준비된 연우무대의 「나의 살던 고향은」이란 작품은 현실을 비판했다는 이유 때문에(명목상으로는 공연윤리위원회에 제출한 대본과 실제공연 속의 대사가 차이가 난다는 것이었지만) 참가가 금지되었고 6개월 공연정지라는 극형을 선고받았다. 이 때 문제가 된 대사는 「아, 대한민국」을 개사한 "하늘엔 유독가스 떠 있고 강물엔 중금속이 떠가고"와 같은 가사이다. 현실을 부정적으로 비방한 것으로 간주된 이런 부분은 그러나 마당극의 양식적 특성(관객의 호응도에 따라 가감이 즉석에서 행해지는 성격)과 풍자적 기능에 비추어본다면 사실상 그다지 문제될 일이 못된다. 문제가 있다면 오히려 권력의 비위를 건드리기보다는 극단을 제재하는 것이 인생을 사는 지혜라고 생각하는 공연윤리위원들의 안이한 자세일 것이다.

연우무대에 가해진 이러한 탄압을 필두로 85년 2월에는 극단 시민극장에 대해 선거풍자극인 「서울홍길동」을 공연하지 못하도록 압력을 넣었고, 86년에는 「품바」, 「개뿔」, 「운수대통이요」, 「금지된 장난」, 「파수꾼」, 「지진」 등의 공연을 허가하지 않았으며, 87년 5월에는 극단 시민에 대해 대사 중에 「남영동」을 집어넣어 세태를 풍자했다는 이유로 1개월 공연정지 처분을 내렸다.

7. 민중문화에 대한 왜곡된 시선 교정돼야

권력과 문화예술인들 사이에 벌어진 80년대의 이 같은 억압과 저항의 역사를 되돌아보며 필자는 정책당국자들에게 프랑시스 장송의 다음과 같은 말을 들려주는 것으로 이 글을 맺겠다.

"혜택받는 자에게 더 많은 혜택을 주고, 교양 있는 자에게 더 많은 교양을 갖추게 하며, 이들에게 교양과 돈의 이중적 특권을 안겨다 주는 현실에 직면하여 현세계의 도전—노동의 세분화, 밀집된 주거생활, 시청각의 포화—앞에 무방비 상태로 노출되어 있는 대중, 배움의 과정에 들어서게 할 수 있는 수단이 거의 결핍되어 있는 대중을 대상으로 하는 문화적 활동은 어떻게 창안되어야만 하는가?"

전 국민으로부터 거둔 세금을 가장 혜택받는 소수 계층을 향해 쏟아 넣는 문화정책은 문화적 불평등을 더욱 심화시킨다. 참된 문화의 민주주의는 이제 우리사회에서도 일반 국민을 도외시하고는 이루어질 수 없으며 이들을 가장 주요한 관심사로 둘 때에만 비로소 올바르게 개화할 수 있다. 이런 의미에서 민중문화에 대해 정부는 도와주지는 못할망정 불온시하지는 않는 방향으로 시급히 시각을 교정해야 한다.

—『신동아』, 1987. 12.

현 단계 민중문학의 반성

필자는 지금까지 민중문학에 대한 지지를 표명하면서도 몇 편의 어설픈 비판적 글을 썼다. 예컨대 「삶의 무게와 비평의 논리」(『문학의 시대』 3집, 1986)라든가 「민중문학의 '민중'과 작가」(『신동아』 1986. 10)와 같은 글이 그것이다. 그런데 필자가 이런 종류의 글을 쓸 때마다 느끼는 감정은 일종의 착잡함이었다. 80년 5월 이후 민중문학을 둘러싼 정치적 분위기는 더욱 경직된 방향으로 흘러갔으며 이러한 분위기 속에서 공적인 출판물에 민중문학에 대한 비판적 글을 쓴다는 것 자체가 일종의 미안함으로 느껴지는 측면이 있었다. 그러나 그 같은 분위기에도 불구하고 필자가 몇 편의 글을 쓴 것은 민중문학을 지극히 불온스런 것으로 왜곡시키는 관제여론이 문화계의 표면에서 비등하면 비등할수록, 그러한 모순된 감정을 넘어서 떳떳하게 자신의 소신을 밝히고, 왜곡된 여론의 왜곡됨을 지적함으로써, 민중문학을 지지하는 독자들에게나 다소나마 도움이 되고자 했기 때문이었다. 그리고 민중문학에 대해 반성적인 글을 쓴다는 것 자체가 정치적인 우여곡절에 따른 보호색의 발동이라기보다는 오히려 이미 스스로의 힘으로 도도히 흘러갈 수 있는 넓이와 깊이를 확보한 민중문학을 입증하는 것이라 자위했었다.

그렇지만 『실천문학』을 무크지로 다시 내는 이 마당에 민중문학의 반성이란 테마로 글을 쓰는 필자의 심정은 또 다시 착잡하다. 필자는 민중문학의 선봉에 서서 이론을 개진해 온 사람도 아니며, 지금의 축적된 민중문학 역량에 커다란 몫으로 기여한 사람도 아니다. 그렇다기보다는 문학의 본질이 도대체 무엇인가 하는 것을 끊임없이 반성하면서 민중문학의 존립 근거와 정당성을 개인적으로 확인해 온 사람의 하나에 지나지 않는다. 그렇기 때문에 이번 『실천문학』에 이 글을 쓰면서 느끼는 착잡함은 한국 현대문학을 전공하고 가르치는 사람으로서 느껴야 하는, 정치와 문학의 기이한 숨바꼭질에 대한 분노와 자괴감의 발로라고 하는 것이 오히려 정당할 것이다. 말하자면 문학이 정치적이어서는 안 된다고 말하는 것과 같은 유치한 금기사항이 우리 시대에도 들먹여지고 있다는 사실이 주는 착잡함이라 할 수 있는 것이다. 그것은 『실천문학』이 문학의 본령을 넘어 정치적인 행위를 했다는 이유로 폐간된 만큼 이 유치한 금기사항의 피해자에 해당하는 까닭이다.

필자는 문학이 정치적이어서는 안 된다는 이야기는 근원적으로 잘못된 것이라 생각하고 있다. 이 이야기는 마땅히 문학은 어떻게 정치적이어야 하는가라는 질문으로 바뀌어야 옳다고 생각한다. 최근에 간행된 주목할 만한 소설인 조정래의 『태백산맥』에는 다음과 같은 대목이 있다.

"참말로 순사가 들었다 하면 몽딩이 찜질 당헐 소리지만 서방님 앞이니께 허는데, 사람덜이 워째서 공산당 허는지 아시오? 나라에서는 농지개혁 헌다고 말대포만 펑펑 쏴질렀지 차일피일 밀치기만 허지, 지주는 지주대로 고런 짓거리 허지, 가난허고 무식헌 것들이 믿고 의지헐 디 읎는 판에 빨갱이 시상 되면 지주 다 쳐 읎애고 그 전답 노놔준다는디 공산당 안헐 사람이 워디 있겄는가요. 못헐 말로 나라가 공산당 맹

글고, 지주들이 빨갱이 맹근당께요."

이 대목을 두고 소설이 아니라고 말하는 것도, 정치적이 아니라고 말하는 것도 있을 수 없는 일이다. 이 대목은 분명히 소설의 일부이며 정치성을 띠고 있다. 또한 해방 후 행해졌던 미군정의 토지개혁정책 및 이승만 정권의 토지개혁정책에 대한 작가의 비판적 시각이 관계되어 있다. 그러나 소설에서 이 대목이 보여주는 의미는 당대의 객관적 현실, 즉 토지정책이 진정 어떠하였는가의 증언에 한정되는 것이 아니다. 이 대목의 의미는 그러한 역사적 현실이 문서방이라는 무식한 한 농민의 입을 통해 이야기됨으로써, 그리고 사투리의 생생함을 빌림으로써 아주 자연스럽게 민중의 감정으로 드러나고 있다는 점에 있다. 이 점은 문학이 정치적이어서는 안 된다라는 말의 잘못됨과 어떻게 정치적이 되어야 하는가의 정당함을 보여준다. 문학은 본질적으로 정치적 속성을 가지고 있으며 역사나 정치와는 다른 방법으로 정치적일 따름인 것이다.

80년대에 발표된, 민중문학에 대해 비판적 애정을 토로한 글 중 가장 의미 있었던 것은 김병익의 「민중문학론의 실천적 과제」(『민족문학』 5호, 1985)와 백낙청의 「민족문학과 민중문학」(『민족문학』 2호, 1985) 그리고 최원식의 「노동자와 농민」이 아니었나 싶다. 이들의 글을 통해 민중문학에 대한 주요한 문제점들은 이미 심도 있게 한 차례의 논의를 거친 것이 되었다. 민중의 개념 문제, 민중문학의 형식문제, 작가의 신원문제, 운동성과 예술성의 변증법적 통일문제 등 민중문학의 모든 핵심적 테마는 이들의 글 속에서 일정한 반성적 검토를 거쳤다고 볼 수 있다. 그러므로 필자는 여기에서 새로운 이야기를 시작한다기보다는 기왕의 반성적 검토를 체계적으로 정리한다는 자세로, 그러면서도 기존의 글과는 다소 다르게 이 글을 전개해 보겠다.

70년대 이후의 민중문학에 획기적 전환을 일으킨 계기는 문학과 사회과학의 만남이라 해도 별로 틀린 말이 아닐 것이다. 70년대 대학가에 불어 닥친 사회과학의 열풍은 학생운동권 출신자들의 출판사 경영과 상호 상승작용을 일으키면서 민중문학의 토대를 구축하는데 커다란 기여를 해왔다. 그러면 문학에 대한 사회과학적 인식의 도입이 민중문학의 변화에 어떤 양상으로 작용했으며 문제점은 무엇이었는지 구체적으로 검토해 보자.

70년대에 이르기까지 우리나라의 문학이론을 지배한 것은 신비평과 원형이론이었으며, 이 이론들은 식민지 치하와 해방 후의 좌우익 대립 그리고 동족상잔의 비극을 겪으면서 역사적 삶에 염증을 느끼거나 실존적 세계를 선호한 문학인들에게 안온한 자족처를 제공해줄 수 있었다. 프라이의 원형이론은 언뜻 보기에 신비평과 달라 보이지만 테리 이글튼의 지적에 의하면 '신비평보다 한술 더 뜬 형식주의'이다. 그것은 이글튼에 의하면 프라이는 "외부에 대한 어떠한 지시행위로부터도 완전히 절연된 '자율적인 언어구조', '삶과 현실을 언어적 관계의 체계 속에 포함시키는' 내면을 향한 밀봉된 영역"이 곧 문학이라고 주장하기 때문에 그렇다는 것이다. 또한 그에 의하면 "프라이의 저작은 문학의 유토피아적 근원을 대단히 강조하는데, 그 까닭은 현실세계에 대한 깊은 두려움과 역사 자체에 대한 혐오"를 지니고 있기 때문이다.

그리하여 예술적인 아름다움을 효율적으로 분류해낼 수 있는 체계를 훈련시키는 신비평과 원형이론은 그것에 종사하는 문학인들에게 현실적인 삶과 동떨어진 세계에서 작업하는 논리적 정당성을 느끼게 만들어 줄 수 있었다. 그러나 그 같은 문학이론이 이 땅을 지배하는 동안에도 우리의 역사는 거칠게 소용돌이치며 흘러갔고 그럴수록 문학과 삶의 거리는 더욱더 멀어졌다. 70년대의 절박한 역사적 삶은 그러한 안온한 문학적 세계에 대한 회의와 도전을 되풀이하고 있었음에도 말이다. 사회과학적 인식이 문학에 도입된 것은 바로 이러한 배경 하에서이다. 그러므로 문학에 사회과학적 인식 도입되었을 때 이 이론이 참신한 매력을 풍긴 것은 당연했다.

그러나 사회과학적 인식의 도입이 만하임의 지식사회학, 프랑크푸르트학파의 비판이론, 루카치와 골드만의 세계관 이론의 범주를 벗어나 계층문제와 관련된 사회구성체의 문제로 치달리면서 문학에 꼭 그러한 분석의 틀까지 필요할 것인가 하는 의구심을 자아내는 측면도 적지 않게 나타났다고 생각한다. 적절한 예라고 할 수 있을지 모르지만 다음과 같은 경우가 그에 해당되지 않을까 생각한다.

> 80년대의 부정적 문화현상으로 주목받는 소위 '소설의 부진'이라는 것도 같은 맥락에서 이해할 수가 있다. 우리 사회구성체의 집단적인 문제의 구체적 해결방법을 포함한 전망이 작가에게 마련되지 못하고 있으므로 민중의 관점에서 볼 때 좋은 작품이 나오지 않고 있다. 황석영의 『장길산』이나 김주영의 『객주』(이들은 정확히 말해 80년대에 속하는 것이 아니라고 본다) 또 김원일의 『불의 제전』이나 이문열의 『영웅시대』 등 비교적 성공적이라 할 수 있는 장편소설이 거의 역사적 관심의 소산이라는 것이 이를 뒷받침한다. 즉 현실에의 전망이 뚜렷하지 않기 때문에 작가는 가깝든 멀든 우리 역사에 의지함으로써 그 전망을 대신하려는 의식적·무의식적 노력을 하게 된다. 서구 자본주의 이행기에서 구중산층인 시민 계급의 활기와 관련된 소설의 발생 및 발전과 우리 사회구성체 내부에서 현상유지의 큰 안전판인 신중산층의 무기력함과 관련된 소설의 부진은 능히 비교적으로 설명될 수 있다.
>
> —이재현, 「민중문학운동의 과제」

황석영, 김주영, 김원일, 이문열을 신중산층과 관련된 작가로 규정하고, 신중산층의 미래 전망이 불투명함으로 말미암아 역사소설의 영역으로 도피한 경우가 바로 이들이라고 설명하는 이 이론은 몇 가지 위험성을 지니고 있다.

그것은 첫째, 사회과학 이론에 의거하여 작가의 계층적 성향이 작품의 좋고 나쁨을 결정하는 가장 중요한 객관적 요건임을 주장하는 위의 이야기가 발상 자체에 있어서 별다른 오류가 없다는 점을 승인하더라도 중산층의 문제는 그리 간단하지만은 않은 것이라고 생각한다. 우리나라의 중산층은 외견상으로 양적인 확대를 거듭해 왔지만 경제적・사회적 기반에 있어서는 대단히 취약하다. 중산층의 구성원 대부분이 봉급생활자로서 정치기류의 변화에 대해서는 다른 어떤 나라 사람들보다 민감한데 그것은 정치판도의 변화가 손쉽게 그들이 일하고 있는 경제적・사회적 기반까지 뒤흔들어 놓기 때문이다. 전문직・사무직・관리직・기술직 등 주로 직업에 의해 규정되는 우리나라의 중산층이 반드시 '현상유지의 안전판'으로만 작용한다고 판단하는 것은 지나친 속단이 아닐까? 이 점은 우리나라 중산층의 대다수가 집결되어 있는 서울의 투표성향이 상대적으로 빈민층이 훨씬 많이 분포되어 있는 농촌보다 더 진보적으로 나타난다는 사실에서도 확인할 수 있다. 그러므로 우리나라의 중산층을 안정된 사회에서 일정한 저축액을 가지고 안정된 생활을 유지하며 보수적 성향을 구축하고 있는 중산층으로 규정하는 데에는 무리가 따른다. 우리나라의 중산층을 민중의 적대자, 현상유지의 옹호자로 간주해 버리는 것은 지금의 우리 현실과 잘 맞지 않는다는 생각이 든다.

둘째, 우리나라 작가들 상당수는 중산층에서 성장하여 중산층의 위치에서 작품활동을 하는 작가들이라기보다는 대체로 빈곤을 체험하면서 성장하여 이제 어느 정도 먹고 살 수 있게 된 사람들이다. 이런 우리나라의 작가들에게 일정한 보수적 세계관, 즉 기존의 체제를 비호하는 현상유지적인 성향이 형성되어 있다고 말하는 데에는 무리가 있다. 토지의 봉건적 세습과 관계된 식민지 시대의 지주계층 출신 작가들과 지금 이 시대의 작가들 사이에는 상당한 차이가 있으며, 그 차이의 하나는 후자의 부동성이라 할 수 있다. 위 인용문의 필자는 신중산층의 성격을 “민중과 반민중 세력 사이의 역동적 사회관계는 외면하고 단지 현 체제를 주어진 것으로, 거의 선험적으로 수락하는” 데에 있다고 말하고, 그러한 ‘신중산층 인텔리의 예술적 소외’가 실제로 황석영을 비롯한 일단의 소설가들에게 발견되는 징후인 것처럼 글의 논지를 전개했다. 이러한 논리 전개는 한국 사회를 알게 모르게 자본주의의 장구한 역사를 가진 서구 사회와 동일시하면서 우리 나름의 특수한 사정을 묵살하는 오류를 범하고 있다. 이 논리의 궁극적 귀결이 민중과 반민중의 구분이고, 거기에서 대다수의 비판적 지식인이 소속되어 있는 신중산층을 반민중적 부류로 갈라놓는다면 이 논리는 상당한 위험성을 지닌 것이라 하지 않을 수 없다.

필자가 제기한 이상과 같은 요지의 맥락에서 사회과학적 인식에 기초한 다음과 같은 주장 역시 현 단계 민중문학의 진정한 발전을 위해서는 바람직한 이야기가 아니라고 생각한다.

(……) ‘전문성’이라는 문제에만 국한시키더라도 그 논의는 적지 않은 복합구조를 그 자체로서 지니고 있다. 그 이유는 종속적 독점자본주의가 고전적이지 않고 거의 파행적으로 이 땅의 문화형을 잠식하고 있기 때문이다. 따라서 만일 이 전문성이 극복되어야 할 그 무엇이라고 한다면 이것은 단순히 지식계층들의 고유한 기능을 배타적으로 지향하자는 의미가 아니라, 이 전문성 속에 지식계층들의 그 어떤 물신적인 이데올로기가 간섭하고 있지 않겠느냐 라는 바로 그 부분, 즉 헤게모니적인 기득권을 극복하고 민족해방의 차원에서 민중세력과 운동론적인 동맹관계로 나가야 한다는 의미로서 받아들여야 할 것이다. 따라서 이러한 전문성의 논의를 분명히 하기 위해서 이 전문성을 민중적 계급의식의

> 전체적인 관점에서 이해하되, 끊임없이 논의해야 할 사실은 ① 상이한 계급의 위치를 자기의 물적 토대로 하더라도 정치·경제·문화적 이데올로기의 지향점이 같으면 동일한 사회계급으로 볼 수 있는가. 즉 중간계급으로서의 기존 전문집단이 계급갈등적 실천 인식에 입각하여 정직한 자기비판을 통해 기층민중과 그 지향점이 같기만 하면, 동일한 사회계급으로 볼 수 있겠는가. ② 만일 동일한 사회계급이라면 그 정치·경제·문화적 이데올로기의 지향점은 무엇이며, 어떠한 실천적 성격을 지녀야 하는가? 다시 말해서 70년대를 거치면서 민중문학의 그 이론적 규명이 어느 정도 확인된 셈인데 그랬을 때 지식인 중심의 문학 유통구조라는 자폐적 차원을 벗어나 이제는 어떠한 방법으로, 어떤 사회적 존재에 의해서 민중문학은 운동론적으로 실천되어야 하는가라는 문제가 그것이다.
>
> —백진기, 「노동문학, 그 실천적 가능성을 향하여」

위의 글은 전문적인 문학인이 지니고 있는 계급적 속성의 한계를 밝히고, 그들이 지닌 전문성을 '극복되어야 할 그 무엇'으로 규정한다. 그리고 민중 주체의 민중문학은 기층민중을 중심축으로 하여 '운동론적으로 실천'될 때만 진정한 발전을 이룩할 수 있다고 위의 인용문은 주장하고 있다. 이러한 주장은 그러나 "단순히 지식계층들의 고유한 기능을 배타적으로 지양하자는 의미가 아니라"는 전제를 달고 있음에도 불구하고, 변증법적 상호관계에 의해서가 아니라, 지식계급이 과오를 반성하며 계급적 전환을 할 때 살아남을 수 있을 것이라는 인상을 강하게 풍기고 있다. 예컨대 "정직한 자기비판을 통해 기층민중과 그 지향점이 같기만 하면 동일한 사회계급으로 볼 수 있겠는가"라고 말하는 부분이 그렇다. 이런 이야기는 어떻게 보면 민중문학을 선도하고 지지해온 기존 작가들을 쓸데없이 자극하여 민중문학에 대해 애정과 관심을 가져도 결국은 나중에 제거 대상이 될 일밖에 없다는 회의론을 일으킬 우려가 있다. 또 이데올로기와 계급문제에 대한 콤플렉스를 의도적으로 조장해 가며 민중문학의 몰락을 기다리는 사람들의 함정에 자발적으로 말려들어가는 결과를 초래할 가능성도 있다.

전문성과 소인성의 문제를 인간은 모두 평등하니까 작품도 평등하다는 식의 단순한 평등론이나 계층문제의 사회과학적 구명에 따른 지식계급과 노동계급의 일반적 속성으로 판단하는 데에도 문제가 있다. 백낙청의 말처럼 사이비 전문성은 매판적인 것으로 비난받아 마땅하지만 창조적인 전문성은 당연히 옹호되어야 한다. 문학에서 소수의 창조적 능력은 타기의 대상이 아니라 민중문학의 발전을 위한 의미 있는 자극으로서 간주되어야 한다. 노동의 창조성에 맞먹는 창조성의 구현으로서 문학작품이 인정될 때 비로소 작품창작의 보람도 생길 것이며, 문학에 대한 지속적 관심도 보장될 수 있다. 그렇지 않고 김병익의 지적처럼 "전문문필가의 작품을 반민중주의적 문학이라고 타기할 때" "그것은 보다 높은 가치에로 정진하려는 인간의 자연스런 창조의욕을 부인"하는 것이 될 것이다.

문학의 전문성 문제를 지식계급의 헤게모니 문제로 이해하는 것은 적절하지 않다. 김동인류의 왜곡된 예술지상주의는 비판되어야 할 전문성의 발로일 것이나 정지용류의 전문성은 경우가 다르다. 실천적인 사회운동에 종사하는 사람들이 역사현실에 대한 책임감과 자부심을 가질 때 비로소 자신의 일을 떳떳하게 수행해 나갈 수 있듯이 글을 쓰는 사람 역시 건전한 의미에서 글쓰기에 대한 자부심을 확보할 수 있어야 그렇게 할 수 있다. 전문성과 소인성에 대한 시비가 행여라도 이러한 글쓰기의 떳떳함과 자부심을 훼손하는 방향으로 나아간다면 그것은 결코 바람직한 일이 아니라고 생각한다. 물론 나만이 진짜 문학을 한다는 식의 오만한 의식이 우리나라의 극소수 보수적 문학인들 사이에 있었던 게 사실이고 또 그러한 발상이 문학에 대한 유아독존식의 권력욕으로 발전하여 상대방을 비난하거나 거세하는데 사용된 예도 물론 있었다. 그러므로 이 같은 종류의 전문성을 헤게모니 문제로 이해하는 데에는 나름대로의 타당성이 있다. 그러나 문학인들 전부를 향하여 보수적/반동적 지식계급이란 좋지 않은 의미가 부여된 말을 사용하고, 일반화된 사회과학 이론을 적용하여 그들을 적대자로 취급해 나가는 전문성 시비는 민중문학의 발전에 이익보다는 손해가 많을 것이다.

지금까지의 이야기와는 약간 다른 차원이 다르지만 사회과학적 발상에 지나치게 의거한 편내용주의적 작품 해설이 야기할 수 있는 문제점에 대해서도 한두 가지 지적하고 싶다. 필자가 보기에 이러한 작품 해설은 문학이 지닌 독특한 심미적 의미를 없애버리거나 간과함으로써 우리 현실에 대한 문학의 유연한 탄력성을 상쇄시켜 버릴 우려가 있다고 생각한다. 필자는 최근 몇 편의 소설을 읽으면서 면책특권을 지닌 국회의원도 할 수 없는 이야기를 소설은 이처럼 자연스럽게 독자들에게 할 수 있구나라는 생각을 한 적이 있다. 그러면서 그것이 작가의 용기와 무관한 것은 아니겠지만 그보다는 소설이 가지고 있는 장르적 성격, 문학적 장치들이 그러한 이야기를 가능하게 해준다는 생각을 하게 되었다. 사회과학적인 글에서처럼 선명한 논지가 드러나는 글에서는 불가능한 이야기가 소설에서는 가능하며 이를 통해 소설은 사회과학적인 글보다 훨씬 강도 높은 현실비판의 효과를 달성할 수 있는 것이다. 그리고 그러한 비판을 가능하게 만들어 주는 것은 소설을 구성하는 인물, 플롯, 사건, 문체 등에 의해서이며, 이것들은 계층문제로 설명되지 않는 문학적 장치의 전통을 이어받고 있다.

민중문학에 있어서 사회과학적 인식의 도입은 작가의 속성과 정체를 폭로하고 가식적 예술성에 얽매어 있는 작가들을 비판하는 데에는 비교적 유용했지만 작품을 정확하게 읽도록 만드는 데에는 상당한 무리가 있었다. 최근 엄청나게 쏟아져 나오고 있는 시집들의 뒤에 붙어 있는 발문과 해설을 읽으면서 필자가 느낀 당혹스러움은 그것들이 대부분 시에 담겨 있는 시인의 사상이나 이념을 읽어내기에 급급하고 있다는 사실이었다. 예컨대 다음의 경우를 보자.

> (……) 전투경찰이 되어 옛 은사인 자기를 검문하는 제자, 노동자가 되어 싸우는 제자와의 비극적 만남 등을 통해 분단의 철조망이 사회적으로 구조화된 여러 측면을 드러내면서 분단의 고통이 가장 집중적으로 부과되고 잇는 민중의 해방이 분단극복의 기본적 관건임을 인식하고 이를 위해 교육부분에서 수행되어야 할 실천적 몫을 고통스럽게 확인한다.
> 그는 또 이러한 과제의 해결을 가로막아 온 것이 외세와 반민주, 반민중 세력과 냉전이데올로기임을 극명하게 밝히면서 이에 대한 가열한 비판과 더불어 민중 주체의 민족자주화, 사회민주화를 통해서만이 분단극복은 가능해지는 것이며 바로 여기서 올바른 교육운동의 구체적 실천의 몫 또한 주어지는 것임을 뜨겁게 노래한다.
>
> —채광석, 「민족자주와 민주화에의 뜨거운 열정」

이와 같은 해설은 시인이 지니고 있는 사상이나 신념의 투철함 혹은 올바름을 설명하는데 있어서는 훌륭할지 모른다. 그러나 이 세상에서 그러한 좋은 생각을 가지고 있는 사람이 모두 시인은 아니므로, 그 중 몇 사람만이 왜 좋은 시인이 되었는지를 설명해야 하는데 위의 글은 그것을 설명하지 못하고 있다. 위의 해설처럼 그러한 생각이 있다는 것을 확인하는 것으로 곧 시를 이야기했다고 말할 수는 없다.

시인이 지니고 있는 사상이나 이념은 물론 중요하다. 그렇지만 그것들을 어떻게 드러내는가 하는 것은 시인이 되기 위해서 더욱 중요하다. 예컨대 한 평론가의 다음과 같은 설명은 그 두 가지를 정확하게 포착하면서 작품을 설명하고 있다.

> (……) 하여튼 박노해는 기존 서정시의 유장한 리듬을 벗어나서 거대한 산업사회의 굉음 속에서 "눈빛도 미소도 생각조차/속도 속에 빼앗겨 버린" 노동자의 생활을 빠른 리듬에 실어 드러냄으로써 악명 높은 노동조건 속에서 고통받는 일터의 현실을 생생하게 증언하고 있다.
>
> —최원식, 「노동자와 농민」

이 같은 설명은 시 읽기를 훨씬 부담스럽게 않게 마들어준다. 여기서 필자는 시가 반드시 즐겁게 읽혀져야 한다는 것을 주장하려는 것이 아니다. 시는 고통스럽게도, 끈끈하게도 읽힐 수 있다. 그러나 즐거움을, 고통스러움을, 끈끈함을, 즐겁게, 고통스럽게, 끈끈하게 드러내는 방법, 혹은 그렇지 않게 드러내는 방법을 찾아서 시를 읽는 것은 감정의 즐거움과 고통스러움과 끈끈함을 넘어서 시를 읽는 즐거움을 준다. 혹자는 필자의 이러한 생각이 전문성과 모더니즘에 대한 옹호에서 나온 것이 아니냐고 생각할지 모른다. 무엇인가 시인이 숨겨놓은 신기한 표현방법에 대해서만 오로지 눈초리를 빛내며 달려드는 문학전문가의 포즈를 필자가 유감없이 드러내고 있다고 비난할 수도 있을 것이다. 그러한 생각을 할지도 모르는 사람을 위해 필자는 다음 시를 예로 들어 몇 마디 더 첨가하고 싶다.

> 전라도나 경상도
> 여기저기 이곳저곳
> 산굽이 돌고 논밭두렁 돌아
> 헤어지고 만나면 아하,
> 그 그리운 얼굴들이
> 그리움에 목말라
> 애타는 손짓으로 불러
> 저렇게 다 만나고 모여들어

굽이쳐 흘러
이렇게 시퍼런 그리움으로
어라 둥둥 만나
얼싸절싸 어우러지며
가슴 벅찬 출렁임으로 차오르나니
어화 어화 숨차
어화 숨막히는 저 물결
어화 어기여차
저 시퍼런 하동포구

—김용택, 「섬진강 10」

위의 시는 난해한 시도 특별히 기교를 부린 시도 아니다. 그렇지만 이 시에서는 오랜 세월을 견디며 살아온 민중들의 삶이 시의 가락을 타고 흥겹게 강물처럼 굽이치며 모여서 집단적 움직임으로 변하는 모습이 생생하게 느껴진다. 그것은 이 시에 담겨있는 전통적 율조가 잘 어우러진, 탈춤판의 광대와 관객의 호흡처럼 힘 있게 꿈틀거리며 의미를 이끌어주고 있기 때문이다. 줄기줄기 조그만 강물이 모여서 하동포구에 이르러서는 드디어 저 시퍼런 대하의 출렁거림으로 흘러가는 모양을 민중의 생동하는 힘의 집결처럼 느낄 수 있게 시의 가락으로 만든 방식이 그렇다. "어라 둥둥 만나/얼싸절싸 어우러지며"에서 느낄 수 있는, 민중들이 벌이는 놀이판의 흥겨움, 그리고 그것이 드디어 "어화 어화 숨차"에서 보듯 역동적인 꿈틀거림으로 변해 난관을 돌파해 가는 모양—이런 것들이 자연스럽게 전통적인 민중적 리듬 속에 살아 있다. 그러므로 우리는 이 시에서 "전라도나 경상도/여기저기 이곳저곳"에서 "산굽이 돌고 논밭두렁 돌아/헤어지고 만나며" 살 수밖에 없었던 "저 시퍼런" 삶을 고통스러운 절망으로가 아니라, 오히려 정겨운 흥겨움으로 받아들일 수 있는 것이다.

필자는 이상과 같은 맥락에서 민중시들을 읽고 설명하는 방식이 시가 드러내 보이는 사상과 이념, 혹은 시인이 지니고 있는 사상과 신념을 보여주는 데에 몰두하지 말고, 그것들이 시로 씌어졌기 때문에 더욱 절실하게 우리의 가슴을 파고드는 이유가 무엇인지를 밝혀주는 방식으로 전개되기를 기대한다. 사회과학적 인식의 도입은 우리가 당면하고 있는 현실적 문제의 핵심을 포착하는 데에는 유용하지만 문학을 풍요롭게 받아들이는 방법에 있어서는 한계를 지니고 있기 때문이다. 사상과 이념에만 지나치게 치중하는 비평은 일상적 삶을 망각하게 만들거나 문학을 메마르게 만들 위험성이 있다.

사회과학적 인식이 민중문학 비평가들을 지배하면서 문학의 현장성을 강조하는 사람은 많지만 문체와 리듬을 이야기하는 사람은 거의 없다. 예컨대 이들이 간과하고 넘어가는 리듬이야 말로 사실은 다른 어떤 것보다 실천적 장을 굳건하게 확보하는 데에 필요한 요소이다. 일의 효율성을 높이면서도 일하는 것을 유쾌하게 만들기 위해 생겨난 시의 리듬은 오늘날의 민중시가 깊이 관심을 가져야 할 요소임에 틀림없다. 최근의 민중시들은 주로 서사적 사건의 산문적 전달에 주력하고 있는데 앞에 예로 든 김용택의 시와 관련하여 이 문제도 한번쯤 새롭게 생각해 보는 것이 좋지 않을까 싶다.

민중문학 문제와 관련된 사회과학적 인식에 대한 몇 가지의 비판을 필자는 지금까지 해왔다. 이제 이 글을 마무리 짓는 단계에서 민중문학의 조직문제를 거론하고 싶다. 민중문학운동의 조직문제는 '자유실천문인협의회'와 관련하여 백낙청이 간략하게 언급한 것 이외에는 거의 찾아보기 어려운데, 이 점은 사회과학 이론에 기초한 실천적 운동이 누누이 강조되어 온 저간의 사정에 비추어 본다면 일견 손쉽게 이해되지 않는 부분이기도 하다. 먼저 백낙청의 말을 간단히 살펴보고 조직문제에 대한 필자의 견해를 간략하게 덧붙이겠다.

> 앞으로 이 '자유실천문인협의회'의 구체적인 조직이라든지 진로는 실무를 담당한 주역들과 또 많은 회원들이 참여하는 가운데에 그때 그때 결정해 나갈 일이라고 봅니다. 운동의 조직이 이론에 근거해야 한다고 해서 현장의 구체적인 조직활동을 이론으로 할 수 있다는 것은 아닐 테니까요. 다만 이제까지의 논의에 비추어 한두 가지 일반론을 말씀드린다면, 우선 우리는 아무래도 민중지향적인 지식인 집단이라는 겸허한 자각 아래 민중운동과 여타의 민중지향적 운동에 연대하려는 노력을 계속해야 하고, 성원 각자가 민중에게 조금이라도 더 가까워지려는 자기 비판과 자기 극복의 노력을 계속해야 한다고 믿습니다. 또 제가 주장하기를 작품의 민중성이라는 것이 곧 작가의 신원에 달린 것은 아니라고 했지만, 그것은 어디까지나 원론적인 이야기이고, 개개인의 민중성이나 민중지향성이 어느 정도인가 하는 것이 그의 손을 거쳐 만들어진 작품의 민중성과 밀접한 관련이 있는 것만은 어쩔 수 없는 사실입니다. 이런 의미에서도 성원들 각자의 노력과, 우리가 하나의 조직으로서의 민중운동에 연대하려는 노력이 절실히 요청된다고 생각합니다.
>
> —백낙청, 「민족문학과 민중문학」

백낙청의 주장은 스스로 밝힌 것처럼 조직문제에 대한 일반적 이야기이다. 지식인 집단이라는 점에 대한 겸허한 자각을 기반으로 하여 민중운동에 연대하려는 노력을 하자는 일반적 이야기인 것이다. 필자가 보기에 백낙청의 이 같은 주장은 '자유실천문인의협의회'라는 단체의 독특한 속성과 여타의 광범한 운동단체들과의 관계를 고려하여 이루어진 것으로 민중운동의 일반적 원칙은 되겠지만 민중문학운동의 원칙이 되기에는 적당하지 않은 것 같다. 민중문학운동이 그러면 구체적으로 어떤 조직의 형태를 향하여 나아가야 할지에 대한 필자의 소견을 말해보면 다음과 같다. 민중문학운동의 지속적 발전과 성장은 그것을 이끌어가는 사람과 그것을 뒷받침해 주는 사람들의 질적·양적 성장 없이는 불가능하다. 그런데 지금의 민중문학운동을 이끌고 뒷받침해주는 토대는 저간에 약간의 변화가 있기는 했지만 여전히 대학생들이라고 하지 않을 수 없는 것이 우리의 사정이다. 그 결과 사회적 분위기가 자유화되면 될수록 민중운동은 강해지는데 민중문학운동은 무관심의 영역으로 밀려나고, 그렇지 않으면 그 반대의 현상이 일어나는 것이 우리의 현실이다. 이 현상은 민중문학운동이 그 인적 구성원을 확충하는 데에 있어서 거의 대학생 위주의 자연발생적 지원자에 의존하고 있다는 사실을 말해준다. 구라하라는 일본 프로문학의 조직문제를 비판하면서 다음과 같은 요지의 이야기를 했다. "프로문학운동의 조직을 『전기』(기관지 이름—필자주) 독자와 같은 의식 있는 독자층에게만 한정한 것은 잘못이다. 일반적으로 문화단체 특히 예술단체는 좌익 노동조합 이상으로 대중적인 것이 되지 않으면 안 된다. 바꾸어 말해 좌익 노동조합의 지지자뿐만이 아니라, 널리 미조직 된 사람 혹은 우익 중간파의 사람들까지 조직의 대상으로 포함시켜야 한다"라고. 우리나라의 경우도 민중문학운동에 관심을 가진 자연발생적 지원자에 의거해서 민중문학을 꾸려가는 데에는 지금처럼 매체와 교육기관과 이데올로기가 불리하게 작용하는 풍토에서는 한계가 있을 수밖에 없다. 이 문제를 극복하기 위해서는 구라하라의 지적처럼 자발적으로 관심을 갖지 않는 사람들을 향한 적극적 실천을 행해 나가야 하며 그러기 위해서 조직이 필요한 것이다.

얼마 전 '자유실천문인협의회'에서 주관한 민족문학교실은 이런 의미에서 상당히 유익한 것이라고 필자는 생각한다. 대학에서 행하는 강연이나 출판물에 의지한 민중문학의 대중적 확산운동은 잠재적 지지자를 양성하는 데에 효과가 있을 따름이다. 그러므로 그것은 그것대로 지속되어야 하겠지만, 그보다 능동적인 확산책의 강구가 필요하며 그 단초를 우리는 민족문학교실에서 찾을 수 있는 것이다. 필자가 보기에 민족문학교실의 운영은 다음과 같은 장점을 지닐 수 있다. 첫째, 대중적인 강연이나 출판과는 달리 대상을 정확하게 포착할 수 있기 때문에 거기에 참여하는 사람들에게 알맞은 프로그램을 제공할 수 있다. 둘째, 일정한 기간 동안 집중적으로 행해지는 문학교육이기 때문에 상호간의 의견교환을 통해 잠재적 지지자를 적극적 지지자로 바꿀 수 있다.

문학운동은 사회운동의 동반자는 될 수 있을지 모르지만 사회운동 그 자체가 되기에는 언제나 일정한 한계를 가지고 있다. 다시 말해 문학운동은 사회운동을 위해 토양을 일구고 씨앗을 뿌리는 작업은 할 수 있지만 사회운동처럼 되기를 기대하는 데에는 무리가 있다는 말이다. 일제 때의 카프가 강렬한 정치성을 띠고 있었음에도 불구하고 언제나 합법적 문학단체로 남아 있을 수밖에 없었던 데에는 나름대로 이유가 있었던 것이다. 독자와 유리된, 혹은 사회적 관심만을 목표로 한 문학단체를 상정한다는 것은 생각하기 어려운 일이다. 그런 만큼 민중문학운동은 사회운동과 보조를 맞추면서도 일반적인 사회운동이 하기 어려운, 대중의 확보와 현실을 바라보는 독자의 시각교정을 목표로 삼아야 한다. 직접적인 이념의 선전이나 투쟁보다 문학이 언제나 덜 위험하다는 것을 부끄러움으로 생각할 것이 아니라 그것을 의미 있는 장점으로 삼으면서 민중문학운동이 폭넓게 확산되고 심화되기를 기대해 본다.

—『실천문학』, 1987. 1.

계간지 시대의 부활과 민중문학 논쟁

1980년에 『창작과 비평』과 『문학과지성』이 강제 폐간된 후 어언 8년여의 세월이 지났다. 복간된 『창작과 비평』과 새로이 재창간된 『문학과 사회』를 보면서 지난 8년여의 세월을 되돌아보는 필자에겐 여러 가지 감회가 새삼스럽게 떠오른다. 권력의 폭력성에 대한 공포와 분노, 서명과 단식과 성명서로 점철된 나날들, 문인들의 가두진출—이런 기억들의 한편에 그래도 문학이 민주화를 향한 도정에 다른 어떤 분야의 예술운동보다도 많은 기여를 했다는 자부심이 있다. 80년대 초 엄청난 물리적 힘으로 어떤 비판의 언어도 용납지 않을 태세를 보이고 있던 절대권력을 향해 파상적으로 도전의 화살을 날리기 시작했던 것은 바로 문학이었다. 형상적 인식의 언어가 이때처럼 삶의 무게를 싣고 독자들을 향해 달려갔던 시기는 어쩌면 다시 만나기 어려울 정도로 이때의 문학은 비판적 정보전달의 매체였었다. 지금 우리가 다시 만나게 된 이 계간지들은 이런 의미에서 지난 세월 문학이 담당했던 역할에 대한 향수를 일으키면서 미래를 기대하게 만든다.

70년대를 지배했던 양대 계간지가 폐간된 후 80년대에 활발하게 전개된 무크지 운동은 긍정적인 의미에서 일종의 탈중심화 현상이었다. 권력에 비판적인 문학의 심장을 제거하겠다는 의도하에 취해진 강제 폐간조치는, 그러나 권력의 적절한 대응을 불가능하게 만드는 각종 소집단운동의 분출을 가져오면서 80년대 문학의 흐름을 단일 중심부가 없는 상태로 변화시켰다. 『창장과비평』 복간호 권두좌담에서 최원식이 "요컨대 『창비』의 강제 폐간은 이 정권이 전혀 의도하지 않았지만 70년대 민족문학운동의 대중적 확산에 기여했던 것"이라고 말하는 것은 80년대 문학운동의 이 같은 측면을 적절하게 지적한 것이라고 생각한다.

양대 계간지의 폐간에 의해 이루어진 80년대 문학운동의 탈중심화 현상은 80년대의 문학, 특히 민중문학의 영역에 상당한 이론적 분화를 가져왔다. 박노해의 시를 중심으로 행해진 노동문학에 대한 다양한 견해들, 특히 전문성과 소인성의 문제에 대한 논의와 지식인 문학에 대한 비판적 목소리의 대두는 그러한 이론적 분화의 특징적 측면을 드러내 보이는 대표적인 예다. 그리고 80년대에 이루어진 이 같은 이론적 분화는 지금 속속 나타나는 여러 계간지들 속에 뚜렷하게 반영되면서 최근에 화젯거리가 되고 있는 민중문학에 대한 시각의 차이를 낳고 있다. 그래서 필자는 이번 호에서 『창작과 비평』과 『문학과사회』에 실린 민중문학 관계의 글들을 중심으로 현금의 민중문학 논의에서 제기된 주요 논점들을 간략하게 정리해 볼까 한다.

최근 매스컴들이 마치 치열한 논쟁이 벌어질 것처럼 보도한, 현 단계 민중문학의 수준과 방향 문제를 둘러싼 논란은 대체로 다음과 같이 정리해볼 수 있다. 화제가 되어 있는 민중문학 논쟁에서 우리가 먼저 주목할 것은 민중문학(필자는 민중문학이라는 명칭보다는 민족문학이라는 명칭 쪽을 내면적으로 선호하고 있지만, 여기서는 일반적으로 널리 사용되는 민중문학이라는 명칭으로 통일해서 사용한다)이 지금 어떤 단계에 있는가에 대한 견해의 차이다. 이 문제에 대해 백낙청은 "종전의 몇몇 선구적 투쟁사례를 바탕으로 본격적인 민중운동이 이미 자리 잡았다거나 심지어 노동계급의 주도성이 현실로 주어진 것처럼 이야기하는 (……) 성급한 행위"를 비판하면서 우리의 민중문학은 아직 그러한 "새 단계를 확보한 것이 아니라는" 견해를 보인다. 여기에 대해 김명인은 "80년대 들어와서 노동자들이 글을 쓰기 시작했다는 사실, 그리고 그 글이 자기들 내부에서 유통구조를 건설하고 그 결과가 기존의 문학유통구조로까지 들어오고" 있다는 사실은 "기왕의 민족문학론에서 설정해 온 민중문학의 범주와도 성격이 다르며 여태까지의 이론들로서는 담기 힘든 부분이라고 생각"하기 때문에 "민족문학이 새 단계에 왔다고" 본다는 것이다. 그러면서 김명인은 노동자의 헤게모니를 은연중에 암시하는 다음과 같은 말, "여태까지의 틀을 대폭적으로 수정"하지 않으면, 이 새로운 노동자들의 움직임은 "이론적・실천적으로 분리가 되고 각기 다른 사회집단을 배경으로 하는 양립할 수 없는 배타적 범주로 분화될 수밖에 없다"는 말을 덧붙이고 있다.

그렇다면 이 같은 견해차는 어떤 근거를 기반으로 나타난 것인가? 이 번호 『창작과비평』에 개진된 두 사람의 이야기를 따라가 보면 백낙청은 지난 7, 8월 노동투쟁이란 것이 자신의 생각대로 "역시 그 조직성이나 정치의식에 있어 전체 민중・민족운동을 주도할 만한 수준에는 현저히 미달했다"는 것을 구체적 근거로 제시하고 있고, 김명인은 "독점자본 체제가 전일적으로 이 사회를 지배"하는 오늘의 한국사회에서 신중간층의 이해관계는 '궁극적으로 독점자본과 일치'하기 때문에 '역사적으로 의미 있는 계급으로서의 소시민계급'은 이제는 사라져 버렸다는 '일종의 선언적 의미'를 그 근거로 제시하고 있다. 그래서 백낙청은 "『노동의 새벽』 한 권으로 민족문학의 단계적 비약이 이루어진 것처럼 보는 과장된 평가"를 경계하며, 김명인은 "새 단계라는 것을 객관적인 조건의 변화뿐만 이 아니라 객관적인 조건의 흐름에 따라서 (……) 충분히 (……) 설정" 될 수 있다고 주장한다.

이상의 논리 전개에서 우리가 알 수 있는 것은 표면적으로는 두 사람이 하는 이야기가 민중문학이 걷고 있는 노선에 대한 본질적인 시각차이가 아니라 현 단계 민중문학이 어떤 수준의 단계에 도달해 있느냐를 진단하고 판정하는 데에서 야기되는 지엽적인 견해차처럼 이야기한다는 사실이다. 그런데 표면적으로 느껴지는 이러한 사소한 지엽적인 차이는 과연 지엽적인 차이에 그치고 마는 것으로 손쉽게 해소될 수 있는 성질의 것일까. 필자는 그렇게 만은 생각지 않는다. 필자의 생각으로는 현 단계에 대한 그같은 진단의 근저에는 사회과학적 인식의 차이와 민중문학의 미학적 성취 문제에 대한 시각차가 동시에 작용하고 있기 때문이다. 이 문제에 대한 검토는 민중문학의 현 단계에 대한 진단으로부터 한 차원 다르게 방향을 바꾸는 것이 될 수도 있지만 민중문학의 분화된 여러 논리를 이해하는 중요한 관건의 하나이므로 살펴볼 필요가 있다. 먼저 미학적 성취 문제부터 생각해 보자.

80년대 민중문학은 70년대와는 다르게 여러 운동으로부터 커다란 영향을 받았다. 특히 최근에 분출되는 노동운동과 자신들의 요구를 관철할 수 있는 효율적인 조직 정비를 위해 상정된 운동론과 조직론으로부터 그러했다. 현장의 논리에 문학이 부응해야 한다는 논리가 그래서 성립했다. 채광석을 비롯해서 김명인, 백진기 등의 글에서 우리가 이번『창비』에서 김명인이 주장한 "박노해 · 박영근 같은 이는 리듬의 선택에 있어서도 활동상의 필요를 우선"시키며 "내용도 자기가 가지는 운동 속에서의 입장에 의해서 철저하게 규정을 받는다"는 이야기를 자주 목도하게 되는 것도 그같은 맥락에서다. 여기에 반해 기존의 민중문학을 이끌어

온 백낙청・최원식 등의 견해는 이와 다르다. 운동의 필요성에 의해 문학작품의 예술성이 임의로 변개되거나 규정될 수 있다고 그들은 생각지 않는 것이다. 여러 차례에 걸쳐 제시된 민중성과 예술성의 문제에 대한 백낙청의 의견개진은 현장의 논리에 충실한 것이 아니라 역사적으로 축적된 학문적 이론적 토대에 충실한 것이며, 그런 만큼 운동의 요청에 쉽사리 이끌리지 않는 완강함을 가지고 있다.

그렇기 때문에 이번 『창작과비평』에서도 김명인과 백낙청은 현재 씌어지고 있는 노동문학 계열의 작품에 대한 평가에서 상당한 차이를 드러냈다. 예컨대 백낙청이 "시 분야에서는 『노동의 새벽』을 능가할 노동문학의 성과가 박노해 자신에 의해서건 다른 시인에 의해서건 (……) 아직껏 안나오고"있고, 따라서 "노동문제・노동현장을 다루는 문학도 정작 이제부터" 좋은 작품이 씌어져야 할 때라고 말하는 것은 이미 노동문학이 상당 수준의 궤도에 진입했다고 생각하는 김명인의 견해와 분명히 다른 것이다. 백낙청의 그러한 견해는 김명인이 말하는 "정명자의 시집 『동지여 가슴 맞대고』가 막상 노동자들 내부에서는 『노동의 새벽』과 거의 같은 정도의 평가를 받았다는 사실은 모두가 깊이 음미해 볼 만한 일"이라는 주장과 분명한 차이를 야기하고 있기 때문이다. 이런 점에서 볼 때 작품의 미학적 성취도를 판단하는 기준에 있어서 백낙청은 김명인이 지나치게 운동론에 매몰되어 있다고 생각하며 김명인은 백낙청이 지나치게 전문성과 예술성에 매몰되어 있다고 생각한다. 그리고 이러한 불만이 있는 한 그들은 현 단계의 노동문학만이 얼마만한 성취를 이룩하고 있는가에 대해서 원만한 합의점을 찾기 어려울 것이다.

다음으로 사회과학적 인식의 차이를 생각해보자. 이번 호의 『창비』 좌담에서 김명인은 자신이 얼마 전에 「지식인 문학의 위기와 새로운 민족문학의 구상」에서 피력했던 소시민계급의 몰락이라는 가설을 '일종의 선언적 의미'에서 설정한 것이라고 이야기함으로써 사실상 자신의 현 단계에 대한 진단이 객관적 과학성을 결여한 개인적 희망사항에 불과한 것이었다는 실토를 하고 말았다. 그가 지식인 문학의 위기를 입증하는 가장 중요한 근거로 삼았던(거꾸로 말하면 노동자의 헤게모니가 목전에 와있다고 말함으로써 노동문학의 전면적 대두를 합리화하는 가장 중요한 근거로 삼았던) 소시민계급의 몰락을, 아무리 좌담 상대자들의 집중공격이 있었다 할지라도 왜 그처럼 쉽사리 포기했는지 필자로서는 잘 이해가 되지 않는다. 현 단계를 어떤 단계로 이해하느냐, 다시 말해 소시민계급에 대해 선진적 역할을 일정하게 인정해 주어야 하는 단계냐 그렇지 않으면 완전히 반동화된 낙후계급으로 규정해 버려야 하는 단계냐의 문제는 그가 얼마 전에 쓴 글에서 아킬레스건의 역할을 하고 있었기 때문이다. 따라서 그가 소시민계급의 몰락은 아직 '객관적 조건'으로 이루어진 것이 아닌 '일종의 선언적 의미'에 지나지 않는다고 자인한 마당에 새삼스럽게 여기에서 이 문제를 걸고 넘어지기는 찝찝한 구석이 없지 않지만 『문학과 사회』에서 정과리가 제기해 놓은 비판적 견해를 전달하는 방식으로 잠깐 살펴보기로 한다.

정과리에 의하면 첫째, 소시민계급의 몰락이란 소생산자를 주축으로 한 구중간계급의 몰락을 뜻하는 말이다. 그런데 화이트 칼라를 주축으로 하는 신중간계급까지 포함해서 하는 이야기라면 이 말은 객관적 사실을 근거로 하고 있지 않다. 신중간계급은 과학의 발달에 따라 "육체노동자보다 오히려 빠른 속도로 확대되어 간다고" 볼 수 있는 것이 현대사회이기 때문이다. 그리고 그들은 "지식 · 기술 · 제도 등을 생산해 내면서 육체노동자를 관리하고 통제"하지만 "그들이 생산한 지배이데올로기 체제에 자승자박되어 끊임없이 사물화 되어간다"는 점에서는 노동자와 본질적인 차이가 없다.

둘째, 김명인과 같은 민중문학론자들은 노동자의 세계관에 대한 이야기를 자주 하면서도 실제로는 세계관이 아니라 헤게모니 문제를 초점으로 삼고 있는 오류를 보인다고 정과리는 말한다. "헤게모니를 쥔다는 것은 헤게모니를 의도하는 쪽의 세계관 자체가 밝혀지지 않으면, 지배체제와 똑같은 질서의 수립을 꾀하고 있다는 비판을 면하기 어렵기" 때문이다. 그리고 노동계급의 전면적 대두를 기정사실화하더라도 "노동계급의 등장이 어떤 가치의식 · 행동의식 · 감정구조를 형성하고 있는지"를 규명하지 못하고 있는 현금의 민중문학론은 '이론적 미완'과 함께 '세계에 대한 인식구조'의 단순함을 드러낸다.

셋째, 민중적 민족문학론을 내세우는 민중문학은 현재 앞에서 비판한 논리를 기반으로 "민중의 세계관을 구성하려 하기"보다는, 그들의 싸움의식을 고취하는데 중점을 두고 있으며, "지식 · 언어가 중립적이라는 환상에 젖어 있다"고 정과리는 말한다. 즉 그들은 현 단계에서 지식인의 위기를 거론함으로써 노동자계급의 해방을 위한 투쟁에 효율적 동원을 하고자 하는 전략적 의도와 함께, 지식은 중립적이니까 지식인의 '존재론적 결단'을 통해 노동자 편에 서기만 하면 과거의 죄과는 용서받을 수 있다는 식의 생각을 보인다는 것이다. 그러나 이 같은 이야기는 우리나라 계급구조와 지배체제의 이데올로기에 물든 지식의 양 측면을 고려한다면 일종의 환상에 지나지 않는 주장이라고 정과리는 말한다.

민중문학의 담론구조를 나름대로 치밀하게 분석하면서 제시된 정과리의 이 같은 주장에 대해 필자는 이 자리에서 다시 근거를 제시하며 소견을 밝힐 필요를 느끼지 못한다. 다만 덧붙이고 싶은 것은 정과리의 비판이 민중문학의 의의를 부정하는 시각에서 행해진 것이 아니라 건강하고 튼튼한 발전을 바라는 시각에서 다소 모질게 이야기되었다는 점이다. 모처럼 마련된 이러한 진지한 논의의 기회가 변화된 정치적 국면에서 민중문학의 의미 있는 자생력을 북돋우는 방향으로 작용하기를 기대한다.

—『월간중앙』, 1988. 4.

문학이념 논쟁의 새로운 방향

91년 여름호 『실천문학』에는 유중하의 「백낙청을 새로이 고쳐 읽으면서」라는, 재미있는 제목을 붙인 글이 실렸다. 「백낙청을 새로이 고쳐 읽으면서」라니? 백낙청은 이미 끊임없이 재해석을 요구하는 민중문학의 고전인가? 그럴지도 모른다. 왜냐하면 최근 10여 년 동안에 민중・민족문학권에서 벌어진 중요한 이념논쟁들은 백낙청을 부정하는 것으로 시작해서 백낙청으로 되돌아오는 것으로 한 장을 마감하고 있으니 말이다. 채광석의 문제 제기를 이어 받은 김진경, 김명인, 조정환, 백진기, 이재현 등의 비평가들이 민중적 민족문학, 민주주의 민족문학 등 가지각색의 이념적 깃발 아래 파상적으로 펼쳤던 백낙청 비판이 이재현의 고백을 빌리면 '돌아온 탕자의 심정에서' 그들 '자신의 반성'으로 끝나가고 있는 것이다. 그렇다면 '민족문학주체논쟁'을 비롯한 일련의 논쟁들은 이들이 철모르고 부린 응석에 불과한 것이 되고 마는 것일까? 결과만을 두고 보면 이들이 나름대로의 확신에 찬 이론을 기반으로 백낙청으로 대표되는 기왕의 민족문학 그룹을 '소시민 계급', '소시민 민족문학자' 등의 용어로 규정하던 때와는 달리 한 장의 전향선언서도 없이 슬그머니 백기를 들어올리고 말았기 때문에 그렇게 간주당할 소지가 충분히 있다.

80년대 문학논쟁을 주도해 나간 젊은 층들은 그들을 키워준, 백낙청으로 대표되는 민족문학의 품 속을 너무 빨리 벗어났다. 그들은 80년대의 민중, 민족운동의 성과와 박노해 현상으로 나타난, 노동문학에 대한 세상 사람들의 주목을 발판으로 하루 빨리 분가하기를 원했다. 그것은 그들이 보기에 '자유실천문인협의회'의 구성원들을 주축으로 하는 기존의 민족문학진영은 다른 부문운동의 성장 속도를 도저히 따라가지 못하고 있는 것으로 보였기 때문이다.

그래서 그들은 당시에 백낙청이 노동문학을 두고 한 이야기, 이를테면 80년대의 노동문학이라는 것이 70년대의 노동문학에 비해 엄청난 질적 비약을 이룩한 단계는 아니며, 이 점은 분단의 총체적인 제 조건을 형상화했다고 볼 수 있는 작품이 아직까지 나타나지 않은 사실에서도 입증된다는 주장 같은 것을 현실과 동떨어진 이야기로 간주했다. 그들의 눈에는 박노해, 백무산, 정도상, 정화진, 김인숙, 김형수, 오봉옥 등의 작품들이 백낙청으로부터 과소평가되고 있는 것처럼 보였다. 따라서 그들은 새로운 작가들의 진출에도 불구하고 70년대에 뚜렷한 성과를 거둔 기존 작가들의 역할이 여전히 유효할 뿐만 아니라 더 중요하다고 생각하는 백낙청의 태도를 민중, 민족운동의 발전을 정확하게 파악하지 못한, 헤게모니 유지의 욕망이 빚어낸 논리의 곡해로 이해했다.

그리하여 그들은 김명인의 「지식인 문학의 위기와 새로운 민족문학의 구상」이라는 글을 신호탄으로 삼아 잠재적이었던 분가의지를 공식화하기 시작했다. 김명인, 신승엽 등을 중심으로 하는 『사상문예운동』 그룹, 백진기, 김형수, 정도상 등을 중심으로 하는 『녹두꽃』 그룹, 박노해, 조정환, 김사인 등을 중심으로 하는 『노동해방문학』 그룹 등의 분가가 바로 그것이다. 그리고 이 각각의 그룹들은 이념적 차원에서 점점 더 전투적이고 혁명적이 되기 시작한, 그러면서 노선의 분화를 거듭하고 있는 NL(National Liberation, 일명 주사파), PD(Proletariat Democracy, 노동해방그룹) 등의 운동노선과의 관계 속에서 자신들의 정체성을 찾기 시작했다. 80년대 문학의 이념논쟁에서 가장 뚜렷한 족적을 남기고 있는 '민족문학 주체 논쟁'과 자유주의 논쟁 등은 이러한 배경 하에서 나온 것이었다. 김명인이 소시민 지식인 문학의 위기를 선언하고 민중 세력에 의해 주도되는 새로운 민족문학에 대한 구상을 내놓았을 때 그에게는 이제 민중들이 스스로를 역사의 주인으로 내세울 자질과 역량을 확실하게 갖추고 있다는 확신이 있었다. 적어도 그가 파악한 현실 속에서 소시민 계급은 "70년대 후반을 거쳐 80년대를 지나는 동안 계급적 몰락"을 했고, 더 이상 역사의 전면에서 활동할 능력을 상실한 것으로 간주되었다. 그래서 그는 이렇게 주장했다.

> 민족운동의 주체로서 서서히 대두하기 시작한 민중세력은 80년대가 되면, 많은 지식인들이 대망한 대로 관념의 세계에서 현실의 구체적 실체로 살아오게 된다. 그러나 노동자, 농민, 도시빈민 운동 등의 급속한 발전과 더불어 역사의 전면에 나서게 된 현실의 민중은 감상적 온정주의나 낭만적 급진주의의 대상이었던 관념 속의 민중과는 사뭇 달랐다. 그들은 그들의 방식으로 현실을 인식하기 시작했고 그들의 방식으로 그 인식을 실천에 옮겨 나갔다. 그에 따라 그들은 반성적 거리감을 가지고 기존 지식인 문학의 산물들을 대하게 되었고 더 이상 소시민 지식인의 미망으로 채색된 작품들에 의한 대리만족에 있지만은 못하게 된 것이다.

그러나 그가 확신에 찬 어조로 제시해 보인 이 같은 역사의 흐름도 김명인이라는 프리즘을 통과한 현실일 따름이었다. 물론 당시는 6월 항쟁을 이은 7, 8월의 노동자 대투쟁이 전국을 휩쓸고 있던 때여서 김명인의 주장이 상황으로부터 상당한 지원을 받고 있었지만, 그럼에도 불구하고 많은 사람들은 그의 주장에 쉽게 동의하지 않았다. 현실은 어떤 시각에서 어떻게 파악하느냐에 따라 그 모습을 다르게 드러내는 요술상자이다. 아무리 과학적인 이론으로 검증을 하더라도 현실은 그 이론의 과학성을 허망하게 부정해 버린다. 노동자들은 김명인의 주장처럼 스스로의 정체성을 확립해서 "반성적 거리를 가지고 기존 지식인 문학의 산물들을 대하게" 되는 자리로 전이해 오는 대신 생존과 관계된 임금의 문제에 훨씬 더 강한 집착을 보임으로써 오히려 자본주의 체제 속으로 더 분명하게 편입되는 모습으로 변모하기 시작했다. 그리고 전국적인 파업투쟁 과정에서 김명인이 몰락을 선언했던 소시민계급은 여론을 주도하는 위치를 십분 활용하여 오히려 그 이전보다 더 강화된 중간계급의 위치를 확보했다. "역사 주체에서 밀려난 계급의 손에 역사는 다시 열쇠를 쥐어주지 않는 것"이라는 그의 주장이 정반대의 모습으로 입증된 것이다.

80년대의 문학이념 논쟁들이 다 그렇듯이 민족문학 주체 논쟁 역시 이념이 현실을 앞선 논쟁이었다. 김명인을 비롯한 젊은 비평가들은 그들의 이념이 재구성해 놓은 이론의 세계를 현실로 상정하며 논쟁을 이끌어 나갔다. 그들은 자신들의 선언을, 그 선언을 만들어 내는 과정을 통해 현실로 생각해 버리는 자기암시의 틀 속에 빠졌다. 그들은 자신들이 지닌 이념의 정당함을 입증해 주는 것처럼 보이는 몇가지 징후들을 발견하는 순간 역사가 바뀔 것이라고 생각한 것이 아니라 바뀌었다고 생각했다. 김명인은 그 모습을 다음처럼 보여준다.

> 거듭 확인하는 바이지만, 이제 소시민 계급의 시각으로는 더 이상 눈앞에 펼쳐지는 세계와 진리의 총체상을 보는 것이 불가능하다. 역사주

> 체에서 밀려난 계급의 손에 역사는 다시 열쇠를 쥐어주지 않는 것이다. 그러면 어떻게 할 것인가? 소시민 계급으로 그대로 남으면서 문학을 포기할 것인가? (……) 아직도 많은 소시민 지식인 문학인들은 이러한 명백한 위기 상황을 인정하지 않고 소시민으로서의 계급적 위치도 지키고, 문학인으로서의 기득권도 그대로 유지하겠다는 태도를 바꾸려하지 않고 있다.

그런데 주체의 전이를 이런 방식으로 주장하기 위해서는 먼저 김명인을 비롯한 일부 논자들이 자신들의 글을 출발시키는 중요한 발판으로 삼고 있는 소시민 계급의 몰락이 충분한 설득력이 있는 주장인가 하는 점부터 검증되어야 한다. 이 점에 대해서는 이 논쟁에 참여한 많은 사람들의 주장과 분석이 있었기 때문에 여기에서는 그냥 넘어가기로 하자. 다음으로 소시민 계급의 몰락을 지식인 문학의 위기로 단정하는 논리의 근저에는 "소시민 계급의 시각으로는 더 이상 눈 앞에 펼쳐지는 세계와 진리의 총체상을 보는 것이 불가능"하기 때문이란 마르크시즘적인 판단이 깔려 있는데, 이 판단은 생산주체의 계급성과 예술성의 관계에 대해 마르크시즘을 지나치게 도식적으로 적용하고 있는게 아닌가 하는 의문을 우리는 가져 볼 수 있다. 우리는 예술작품의 의미를 사회경제적 공식으로 결정짓는 태도에 대해 마르크스, 엥겔스 등이 말했던 고전적인 경고들을 잘 알고 있다. 그럼에도 우리는 여기에서 예술작품과 생산주체의 세계관을 획일적으로 일치시키려는 20년대 러시아식 오류와 다시 만나고 있는 셈이다. 마지막으로 노동자 주체의 새로운 민중적 민족문학의 단계라는 것이 지금 현재 목전의 문제로 다가왔는가 아니면 문학의 변화는 사회구성체의 변화와는 달리 독자성과 연속성을 지니고 있으므로 새로운 민족문학의 단계는 가능태로 상정해 본 것에 지나지 않는 것인가가 김명인의 글에서는 불분명하다는 점이다. 그의 글은 어떻게 보면 확신에 찬 어조로 이미 새로운 세계가 도래한 것처럼 이야기하고 있는 것 같고, 또 어떻게 보면 새로운 세계의 도래를 미리 예비하는 사람만이 살아남을 수 있을 것이라는 예언처럼 읽히는 까닭이다.

김영현의 소설집 『깊은 강은 멀리 흐른다』를 두고 벌어진 자유주의 논쟁은 비평가의 이념적인 입지점과 소설가의 문학관을 두고 벌어진 논쟁이다. 따라서 이 논쟁은 주장하는 논리 그 자체의 옳고 그름을 따지는 일에 못지않게 비평가의 이념과 작가의 문학관에 대해 우리가 어떤 식으로 개입해야 하는가에 대한 문제를 제기해 주고 있다. 정남영은 권성우의 글을 두고 다음처럼 이야기 한다.

> (……) 그에게는 80년대에 들어와 이루어진 민중의 진출 그리고 그 중에서도 노동자계급의 진출에 즈음하여 문학영역에서 달성한 진전—즉 70년대 민족문학론으로 대표되던 민중진영의 문학이 새로운 차원으로 올라섰고 드디어는 민중문학의 주도적인 부분으로서 '노동해방문학'이 자리잡기에 이르렀던 것이 80년대 '우리문학'의 결정적인 요소가 아니다. 오히려 그것은—'광주 콤플렉스'와 '박노해 콤플렉스' 운운으로 보아—80년대를 결정적이게 한 요소를 유발시킨 재료 정도 밖에는 안 된다. 노동자와 민중의 입장에서 보아 본질적인 것은 '콤플렉스'라는 정신병리학적 현상의 저 너머로 숨어버렸다. 이는 반동부르주아와 민중의 대립이라는 역사적 과정에서 양측 어디에도 안주하지 못하고 동요하는 집단의 입장을 잘 반영한다.

정남영 역시 김명인과 유사하게 "민중의 진출 그리고 그중에서도 노동계급의 진출"을 강조한다. 차이가 있다면 김명인보다 더 높은 강도로 노동자의 진출과 그에 상응하는 '노동해방문학'을 강조한다는 점일 것이다. 그러면서 그는 권성우를 이러한 역사적 필연을 방해하는, 아니 아직도 정신을 못 차리고 민중과 부르주아 어느 쪽이 역사의 주인이 될지 몰라 우왕좌왕하고 있는 자유주의자라고 매도한다. 정남영의 이 같은 태도에는 자신과 같은 당파적 견해를 가진 사람과 그렇지 않은 사람에 대한 구분이 이미 전제되어 있다. 비록 자신과 견해가 다르다 해도 상대의 글이 지닌 어떤 뛰어난 점을 인정하려는 생각은 여기에 나타나 있지 않다. 자유주의든, 신비평이든, 정신분석적 비평이든 다른 어떤 하나가 설명하지 못하는 것을 다른 하나가 잘 설명해주는 것을 인정하는 미덕을 우리는 지녀야 한다. 그렇지 않으면 이 세상은 자기 혼자 사는 세상이 되거나 자신과 같은 생각을 가진 사람들만 사는 세상이 되지 않는 한 불편하기 짝이 없는 곳일 것이다. 필자는 그런 전제적인 발상을 좋아하지 않는다.

그래서 필자는 권성우의 글을 그렇게 읽지 않는다. 필자가 읽기에 권성우의 글은 잘못된 역사에 대한 개인의 죄의식과, 역사의 필연을 주장하는 사람들로부터 오는 억압의 문제를 거론한 것이다. 80년의 광주사건과 노동자들이 처한 열악한 제조건은 그것들을 되돌아보는 양심적인 지식인 누구에게나 원죄처럼 껄끄러운 주제이다. 그래서 그것들은 비평가들이 그 주제와 관계된 작품들을 다룰 경우 마치 70년대나 80년대 전반기에 독재정권과 투쟁할 때처럼 싸우는 방식이 마음에 들지 않아도 그 방식을 비판할 수 없었던 그런 양심의 머뭇거림을 야기시킨다. 그런데 권성우는 민중주의자인 김영현의 소설세계에서 그런 억압으로부터 자유로워질 수 있는 가능성을 발견했고, 그 점을 두고 높게 평한 것이다. 따라서 이 논쟁이 올바로 이루어지기 위해서는 정남영은 자신의 이념을 내세워 권성우를 규정하려 들기 이전에 권성우가 제기한 그런 억압의 문제, 김영현의 소설이 보여준 새로운 가능성의 문제를 먼저 진지하게 성찰해 보여줬어야 한다. 그것이 논쟁의 기본적인 가나다이다. 서로가 자신의 주장만을 나란히 평행으로 놓는 것은 올바른 의미에서의 논쟁이 아니다. 90년대에 포스트모더니즘과 이론이 득세한 데에는 80년대의 이 같은 이념지향적인 비평들에 대한 사람들의 피해의식이 상당히 작용하고 있다. 우리나라에서 포스트모더니즘이 주로 탈중심적인 사고, 인간의 다원적인 삶과 정신활동의 옹호 등으로 이해되고 있는 것이 그 점을 말해주고 있다. 필연적인 역사의 흐름을 따를 것을 요구하는 글들이 주는 억압, 경직화된 이성이 감성에 가하는 억압, 진리를 말하는 엄숙한 얼굴과 태도에서 느끼는 억압-이런 것들로부터 자유로워지고 싶은 지식인들이 포스트모더니즘에서 숨 쉴 구멍을 찾아낸 것이다.

그러나 포스트모더니즘은 우리 식의 이런 숨구멍을 찾아내는 한 방법으로 사용될 수는 있을지 몰라도 그것 자체가 우리들이 처한 문제들을 해결해 줄 수 있는 대안은 아니다. 우리에게는 이어받아야 할 모더니즘의 위대한 유산도, 우리 모두가 숭배함으로 말미암아 점차 우리를 억압하는 단계로 발전한 어떤 빛나는 이념도 없다. 문학의 경우를 예로 들어 말한다면, 우리에게 남아 있는 것은 합의되지 않은 자신만의 문학적 주장들이며, 그것들끼리의 상호 억압이다. 이 같은 처지에서의 포스트모더니즘은 합의되지 않은 하나의 주장을 새로 추가해 놓는 결과 밖에 낳지 못할 것이다.

80년대 이후 지금까지는 비평의 시대였다. 비평의 시대라는 말은 달리 바꾸면 주장들만 난무한 시대였다는 말이 된다. 양보 없는 팽팽한 이념적 주장들이 숱하게 난무했고 비평의 언어는 죽여야 할 대상을 찾아 화살처럼 이리저리 날아 다녔다. 이런 풍토에서 비평은 즐겁게 읽을 수 있는 비평이 아니다. 이런 풍토에서 비평은 사람을 해방시키는 비평이 아니라 구속하는 비평이며, 일회적인 유효성이 끝나면 폐기되어 버린다. 필자는 90년대의 문학은 이 같은 비평의 풍토에서 벗어나 즐거운 영역으로 새롭게 자리 잡기를 바라고 있다. 그리고 그렇게 되기 위해서는 문학에서 모색된 정서가 사회과학 속에서의 이념보다 훨씬 더 사람들을 따뜻하게 만들어 주는 것임을 자각해야 한다고 생각한다. 이를테면 「한씨연대기」 속의 정서처럼 우리를 가슴으로 울게 만들며 강요된 비극을 겪은 사람들을 사랑할 수 있게 만드는 작품이 중요하다는 것을 비평은 말해야 하는 것이다.

—『대학』, 1991. 10. 21.

회고와 전망의 시간

1.

지난겨울 동안에 우리 문학계는 회고와 전망의 시간을 마련해 보는 것으로 부산했었다고 이야기해도 크게 틀린 말은 아닐 것이다. 지난 11월부터 금년 2월 사이에 나온 거의 대부분의 문학관계 잡지들이 짧게는 1년을, 길게는 지난 10년을 단위로 삼아 적어도 한번쯤은 회고와 반성, 혹은 새로운 연대에 대한 전망을 해보는 특집들을 마련했기 때문이다. 이처럼 대부분의 문학매체와 거기에 종사하는 사람들이 회고와 전망의 시간을 가지는데 진력한 것은, 단순히 10년 단위의 한 연대가 끝났다는 사실 때문에 그런 것만은 아닌 것 같다. 거기에는 '격동의 80년대'라든가 '대망의 2000년대'라는 표현에서 느낄 수 있듯 80년대라는 한 드라마틱한 연대가 드디어 과거화하기 시작했다는 사실과 20세기의 마지막 10년이라는 연대가 우리 앞에 펼쳐지기 시작했다는 사실에서 오는 무의식적인 감상성 역시 한몫을 차지하고 있지 않나 하는 느낌이 든다.

어쨌건 89년 11월호 『현대시학』이 마련하고 있는 「90년대의 시를 위한 길트기」라는 특집을 필두로, 11월 말에서 12월 중순 동안에 나온 계간지를 거쳐, 『문학정신』 등 금년 신년호 월간지에 이르기까지 문학관계 잡지들은 거의 예외 없이 회고와 전망이란 주제로 기획특집을 마련하고 있다. 여기서 잠시 제목을 몇 가지 들어 본다면, 『문학과사회』 겨울호가 마련하고 있는 「80년대의 의미」와 「우리에게 80년대란 무엇인가」라는 두 특집, 『실천문학』이 마련하고 있는 「90년대 민족문학의 전망」이란 특집, 『세계의 문학』이 마련하고 있는 「80년대의 한국 문학」이란 특집, 『문예중앙』이 마련하고 있는 「90년대 문학구조의 핵심」이란 특집, 『오늘의 소설』이 마련하고 있는 「80년대를 움직인 시」라는 좌담, 그리고 『예술과 비평』이 마련하고 있는 「88문화예술계 총결산」이란 기획 등이 모두 그렇다고 할 수 있다. 이처럼 지난겨울에 간행된 거의 모든 잡지들의 특집이나 기획난들은—제목에서 이미 짐작할 수 있는 것처럼—예외 없이 한 시대를 마감하고 새로운 시대를 전망하는 내용으로 꾸며져 있다.

그렇다면 이러한 특집속에서 회고와 전망의 모습들은 어떤 방식으로 펼쳐졌을까? 그 회고와 전망 속에 담겨 있는 주장들과 그 주장들의 배면에 스며들어 있는 후회스러움과, 자부심과, 은밀한 바람의 감정들은 어떤 형태로 나타나고 있을까? 여러 잡지가 기획한, 80년대의 문학 행위에 대한 회고와 전망의 글들을 이 자리에서 모두 점검해 볼 수는 없다. 그렇지만 몇 편의 글을 통해 그 속에 담겨 있는 주장과 감정들을 한번 살펴보기로 하자.

2.

평론분야에 대한 반성적 언급 중 주목할 만한 것은 고은의 발언이다. 지난해 11월 16일에 있었던 민족문학작가회의 주최의 심포지엄에서 발췌 형식으로 발표된 고은의 자기반성적 언급을 간략하게 요약한다면 다음과 같은 내용이다. 80년대 민족문학운동에 젊은 평론가들이 대거 참여해서 이룬 민족문학이론의 발전적 성과는 상당한 것이다. 그러나 이들의 이론은 청산주의와, 교주주의와, 급진주의적 편향성을 띠게 됨으로 말미암아 문학작품을 고갈시키고 민족문학 진영내에 불필요한 분파주의와 할거주의를 자리 잡게 만드는 부작용도 동시에 낳았다고 고은은 비판한다. 그러면서 그는 그 같은 비판에 덧붙여 "문학에서 과학성이 절실히 요구되는 오늘이지만 과학 때문에 문학의 생생한 감정이 박제되거나 둔화되어서는 곤란할 것"이라는 경고도 하고 있다.

80년대 비평계의 주요 쟁점들을 생산해 내면서 적어도 표면적으로는 80년대 평단을 움직여 온 민족 민중문학 진영의 젊은 평론가들에게 던진 이 같은 고은의 발언은 준엄한 자기비판의 의미를 담고 있다. 홍신선이 『현대시학』의 특집에서 지적한 것처럼 "80년대에서 가장 괄목할 만한 현상으로 주목되는 것은 민중문학의 성장"이며, 그중에서도 두드러진 것이 "제3세대라고 불러도 좋을 젊은 층의 이론분자"들이 대거 출현한 것이라고 한다면, 고은의 이와 같은 발언에 대해 혹자는 어떤 측면에서는 자기 만족감에서 나온 배부른 소리라 말할 수도 있을 것이다. 그러나 고은의 이야기는 그저 배부른 소리가 아니다. 그의 비판에는 오랫동안 문학적 실천과 정치적 실천을 통해 민족문학작가회의를 건설하고 이끌어온 원로의 고뇌에 찬 목소리가 들어 있다.

외면적인 양적 확대나 강도 높은 실천이론의 계발이란 측면에서 민족문학작가회의는 80년대에 괄목할만한 성과를 거두었다. 그러나 그러한 성과가 『창작과 비평』 쪽의 민족문학론이 젊은 비평가들에 의해 『노동해방문학』 그룹의 노동해방 문학론과, 『사상문예운동』 그룹의 민중적 민족문학론과, 『녹두꽃』 그룹의 민족해방문학론 등으로 분화되면서 민족문학작가회의는 갈라진 그룹들 사이를 형식적으로 이어주는 단순한 연결고리 정도로 전락할 위험성을 안게 된 것이다. 이 점과 관련하여 고은의 비판대상에 속했던 김명인이 행한 다음과 같은 두 발언을 살펴 볼 필요가 있을 것 같다.

> 이른바 80년대 비평가의 한사람으로서 80년대 비평이 사회과학적 인식의 기계적 차용으로 문학을 질식시켰다는 매도에 가까운 피해의식의 토로에서부터 청산주의, 교조주의, 급진주의적 편향을 지적하는, 있을 수 있는 비판까지를 모두 받아들이고 싶은 생각은 없다. 비평의 인식은 개념적 인식이며 개념적 인식인 한에는 명백히 과학이다. 또한 비평의 목적은 다른 과학과 마찬가지로 해석이 아니라 변혁이며 이론을 통한 투쟁인 것이다. 비평가를 단지 작가와 독자대중으로 구성되는 부르주아적 문학 유통질서의 이론적 수호자나 해설가로 취급하려는 시도는 거부되어야 마땅하다.
>
> —'80년대 문학비평의 한 반성', 『사회와 사상』 1990년 1월호

> 크게 보아 90년대에는 세 가지 측면 정도로 나누어질 것 같습니다. 그중 하나는 전통적인 의미의 문학을 고수하는 분들을 들 수 있습니다. 그 범주 안에 『창비』도 들어가고 『실천문학』도 들어가고 『문학과사회』도 들어간다고 생각합니다. 그 다음에 또 하나의 흐름은 노동해방 문학이란 명제를 가지고 있는 집단이고 또 다른 흐름으로서 민족해방문학이 있을 수 있다고 생각합니다. 노동해방 문학, 민족해방 문학 이 두 집단은 문학에 대한 기본적 문학관에 있어서 전통적이 의미의 문학관을 지닌 그룹과는 성격을 좀 달리 합니다.
>
> —좌담 '90년대 문학구조의 핵심', 『문예중앙』 89년 겨울호

김명인이 이야기한 맥락 속에서 고은이 설자리는 어디일까? 그 자리는 아마도 '전통적인 의미의 문학을 고수하는 분들'이란 범주 속이 아닐까? 그리고 이런 범주 구분이 비록 90년대에 대한 예측의 형태로 이루어지긴 했지만 사실상 현재적인 이야기라는 것을 감안할 때, 우리는 고은의 비판에 들어 있는 고뇌의 깊이를 어느 정도 짐작할 수 있을 것이다. 마치 우리 모두가 상업주의 문학의 거센 도전 앞에서 90년대 문학의 행로를 불안스러워하듯이, 비록 불안해하는 차원은 다르지만, 고은처럼 확고한 신념으로 민족문학 작가회의를 이끌어온 사람마저도 90년대를 맞이하면서 그 진로가 불안스러운 것이다. 반면에 김명인과 같은 젊은 비평가들은 사회과학적 인식을 현실적으로 거부하는 것도 아니고 그렇다고 흔쾌히 받아들이는 것도 아닌 어정쩡한 입장이 앞에서 인용한 고은의 발언으로 나타났다고 보는 것 같다. 그래서 김명인은 "왜냐하면 이 문제는 1980년대 10년을 보내면서 점차 증폭되어 이제는 사회과학적 세계인식을 공유하고 그 실천을 함께 하고자 하는 민족·민중문학권의 작가들로부터 제기되기에 이르렀기 때문"이라고 쓰면서 고은의 발언을 겨냥했을 것이다. 그는 민족·민중 문학권의 외곽을 때리는 보수언론과 보수문인들의 '매도에 가까운 피해의식의 토로'에 확고한 과학적(계급적) 인식을 결여하고 있는, 기존의 문학 유통질서에 익숙한 고은과 같은 소시민 작가들이 덩달아 동요한 것으로 보는 것이다.

민족·민중권의 원로와 신예 사이에 벌어진 비평의 과학성 문제를 둘러싼 이와 같은 공방을 이해하고 싶어 하는 사람들에게 필자는, 80년대의 대표적 문학논쟁을 모은 책이 얼마 전에 청하출판사에서 우한용 편으로 나왔다는 사실을 상기시켜 주고 싶다. 적절한 제목일지는 모르지만 '민족문학주체논쟁'이라고 제목을 붙인 이 책은 80년대 비평의 한 핵심 테마인 생산주체와 계급구성 문제 및 그에 따른 사회과학 이론의 한 단면을 보여주는 좋은 사례집이 될 것이다. 또한 『세계의 문학』 겨울호의 특집으로 엮어진 김태현의 「80년대 젊은 논리의 움직임」이란 글도 80년대 비평계의 갈래와 움직임을 잘 정리해 놓은 것으로 80년대 비평에 대한 이해의 편의를 얻고자 하는 사람은 반드시 읽어볼 필요가 있는 글이다.

80년대에 대한 반성적 접근과 90년대 시에 대한 조심스런 접근으로 주목해야 할 글은 『실천문학』 겨울호 특집에 실린 이선영의 「80년대 시의 반성」이란 글이다. 이선영은 이 글에서 진보적 민족문학과 리얼리즘을 옹호하는 자신의 입장을 분명히 하면서 일군의 시인들을 의미 있게 평가하고 있다. 이선영의 글에 의하면 80년대 시에서 민중지향적, 민중주체적 입장에 선 진보적인 민족문학이 이룬 성과는 대체로 다음 두 가지 부류로 구별하여 요약할 수 있다. 그 중 첫째는 70년대 민족문학의 주역들이 80년대에도 여전히 의미 있는 활동을 함으로써 이루어낸 성과이고, 둘째는 80년대의 젊은 민족·민중문학 작가들이 새로이 펼쳐 보인 성과이다. 전자의 경우로 그는 고은, 신경림, 김지하, 문병란, 조태일, 양성우, 민영, 박용수를 들고 있고, 후자의 경우는 김용택, 이동순, 하종오, 정희성, 고정희, 이시영, 정호승, 김정환, 김남주, 김진경, 박노해, 백무산을 들고 있다.

그런데 이선영이 거론하는 인적 구성은 성민엽이 『문학과사회』 겨울호 특집 「열린 공간을 향한 전환」에서 거론하고 있는 사람들과 상당한 편차를 보이고 있어서 필자에게는 흥미롭게 느껴진다. 성민엽의 경우, 이선영의 글과 달리 80년대 초반의 무크지를 중심으로 이야기를 하고 있다는 초점상의 불일치가 있기는 하지만, 다음처럼 쓰고 있는 것이다. "(……) 그리고 김정환, 황지우, 이성복, 최승자, 박남철, 하종오, 최두석, 곽재구 등의 젊은 시인들이 주역이었고 여기에 이들보다 세대가 조금 앞선 이하석, 이동순, 정호승, 고정희, 김광규 등과 더 앞선 세대의 고은,

신경림, 김지하, 황동규 등이 가세했다"라고 이야기한다.

여기에서 필자에게 흥미 있게 느껴지는 것은 지금까지 진보적 민족문학의 성과를 거론할 때 항상 빠지지 않던 황지우가 이선영의 목록에는 빠져 있다는 사실이다. 『신동아』나 『오늘의 시』 등이 지난 연말에 전문적인 비평가들을 대상으로 설문조사를 했을 때 80년대의 가장 대표적인 시인으로 뽑혔던 황지우가 이선영의 의미 있는 시인 목록에는 빠져 버린 것이다. 이 점은 황지우의 시를 뛰어난 민중적 상상력과 정치적 상상력의 소산으로 생각해 온 독자들에게는 일견 잘 이해가 가지 않는 부분일 것이다.

그러면 이 점을 좀 더 분명히 이해하기 위해서 우리는 이선영이 황지우를 위치시켜 놓고 있는 자리를 한번 살펴볼 필요가 있다. 이선영은 앞에서 이야기한 시인들과 구별되는 부차적 의미를 지닌 시인들로 일군의 '모더니즘적 경향에 가까운 시인들'을 거론하고 있는데, 황지우는 거기에 소속되어 있다. 그에 의하면 황동규, 정현종, 오규원, 황지우, 이윤택, 이성복, 최승호 등이 이 그룹의 구성원들이며 그 중에서 가장 의미 있는 시인이 바로 황지우다.

이로써 일단 위에서 이선영과 성민엽이 드러내 보인 인적 구성의 편차는 어느 정도 분명해졌다. 이선영은 진보적인 민족문학 계열의 시인들과 모더니즘 계열의 시인들로 80년대 시인들을 이분하고 전자에 더 큰 의미를 부여하는 방식으로 글을 써 나간데 반해 성민엽은 그러한 구분을 거부하고 닫힌 공간과 열린 공간은 둘이 아니라 하나라는 인식 위에서 글을 써 나간 것이다. 그러나 문학이 어떤 것이 되어야 하느냐에 대한 이러한 인식의 차이가 두 사람이 거론하고 있는 시인 명단에 개입되었다는 것을 이해하더라고 첨예한 정치적 상상력을 지닌 80년대 시인 중에서, 비록 황지우에 대해 상당 분량에 걸쳐 호의적 평가를 하고 있지만, 그만을 왜 굳이 김정환이나 박노해와 구별하여 '다양한 형식실험'을 하는 모더니즘적 경향으로 따로 구별했는지 필자는 쉽게 수긍할 수 없다. 그것은 필자가 보기에 첫째, 정호승의 서정시가 진보적 민족문학계열에 속한다면 마땅히 황지우도 그럴 수 있으리라는 생각에서이며 둘째, 하종오의 굿시나 박노해의 노동시가 지닌 형태적 실험과 시 세계의 혁명성을 인정한다면 황지우의 진술방식 또한 그렇게 이해해야 한다는 생각에서이다. 짐작컨대 아마도 이 같은 분류가 나오게 된 것은 이선영이 황지우의 시에 대해 "내면 지향성과 형식실험 등의 모더니즘적 성향을 내세워 그 특유의 시작 가치마저 일거에 무시하거나 배격"할 수 없다고 말한 데에서 읽을 수 있듯, 분류의 원칙을 일관되게 밀고 나가려는 학자적 성실성과 그러한 논리적 성실성에 의해 쉽게 부정되지 않는 황지우의 시가 갈등을 일으킨 결과일 것이다.

그러므로 우리는 처음 이선영의 분류를 대했을 때 느낀 다소간의 경직성에 집착하기 보다는 그의 글이 마지막에 도달하고 있는 갈등의 결과를 더욱 소중하게 여길 필요가 있다. 그의 글이 노정하고 있는 자기논리의 일관성과 작품에 대한 의미부여 사이의 갈등이 사실은 우리가 민감하게 포착해야 할 핵심적 내용이기 때문이다. 그는 다음처럼 이야기한다.

> (……) 복잡하고 가려지기 쉬운 현실의 전체성에 접근하는데 유익한 길이 그 속에 있다면 그것이 비록 모더니즘적인 문학이라 하더라도 리얼리즘 문학 내지 진보적 민족문학 쪽에서 비판적 수용을 적극 고려해 봄직하다는 뜻이다. 그렇게 함으로써 진보적 민족문학은 그 경직된 이념성과 형식적 미숙성이 더욱 예술적으로 유연해지고 성숙해질 수도 있지 않을까 싶다.

이선영의 글과 함께 80년대 시에 대한 반성적 회고와 90년대 시에 대한 예비적 전망으로 거론할 수 있는 것은 『문학과 비평』 겨울호에 실린 「80년대 젊은 시인들의 시 세계」라는 대담이다. 이 대담은 이선영의 글처럼 개별 작가들에 대한 구체적 관심을 기반으로 씌어진 것은 아니지만 80년대 시 전체에 대한 일반적인 범주화를 원하는 사람들에게는 일정 부분 도움을 줄 수 있는 글이다.

80년대 소설에 대한 반성과 평가로서 지난 겨울 동안에 나온 글 중 가장 구체적인 것은 『오늘의 소설』에 수록된 「80년대를 움직인 소설」이란 좌담일 것이다. 필자가 사회자로서 참석한 좌담이었기 때문에 거론하기에 껄끄러운 점이 없지 않지만 좌담에서 사회자로서 지켜야 할 중립적인 입장과는 달리 자유로운 비평가의 입장으로 돌아와서 여기에 그 좌담을 비판적으로 옮겨보면 다음과 같다.

첫 번째로 이 좌담에서 문제가 되는 것은 52명의 전문적인 평론가들에게 설문조사를 해서 얻은 결과인, 80년대 대표작 10편을 객관적인 결과로 인정할 수 있느냐 하는 것이다. 이 문제는 이후 여러 신문의 문화면에서 비판적으로 언급된 것이기도 한데, 거기에 대한 좌담 참석자들의 견해는 간략히 요약하면 이렇다. 임헌영은 임철우, 양귀자, 이인성, 이창동, 홍희담, 윤정모, 정화진, 박태순, 윤후명, 방현석 등의 작품이 뽑힌 결과를 두고 문단에 계급문학적 전통이 새로이 부활하고 "전후문학이 뿌리내리지 못했다는 사실에 대한 반증"이라고 해석하면서 설문조사의 결과를 의미 있는 것으로 받아들인다고 했다. 반면에 이남호는 비록 설문대상이 "현재 활발히 활동하고 있고 언급될 수 있는 평론가들은 거의 망라"하고 있지만, 그럼에도 조사결과를 작품에 대한 "대표적인 정당성을 지니"는 것으로 보기보다는 선정에 참가한 평론가들이 "문학에 대해서 어떤 생각과 성격"을 갖고 있는가를 보여주는 것으로 봐야 한다고 주장했다.

두 사람의 좌담 참석자가 보여주는 해석에서 드러나듯 나타난 결과를 읽는 문학적 자리는 서로 상이하다. 좌담에서 표면적으로 드러내지는 않았지만 임헌영은 설문의 결과를 환영하는 문학관을 가지고 있고, 이남호는 그것을 거부하는 문학관을 가지고 있다. 그것이 각기 위와 같은 해석으로 나타난 것이다. 이 두 사람은 자신이 가진 문학관으로 설문에 대답했듯이 자신의 문학관으로 설문 결과를 해석하는 태도를 보인 것이다.

그렇다면 사실은 어떤 것인가? 사실은 가장 많은 표를 얻은 임철우와 양귀자를 중심으로 좌우로 양 날개를 펼친 볼록렌즈 형의 모양을 보여주는 것이 설문의 결과이다. 그리고 이 결과는 지금 현재 우리 문단의 비평적 성향과 작품의 선호도를 그대로 반영하고 있다. 설문 결과에는 80년대라는 특정한 시기의 작품경향과, 비평적 경향과, 문단의 모습이 그대로 담겨 있는 것이다. 따라서 설문의 결과는 현실을 있는 그대로 반영하고 드러내는 정직한 모양이다. 문제는 한 사람의 비평가로서 그것을 가치 있는 결과로 여기느냐, 혹은 이러한 현재적 문학상황을 바람직한 것으로 여기느냐 하는 것일 따름인 것이다.

그렇다면 비평가는 이 결과를 어떻게 처리해야 하는가? 비평가가 이 결과를 가치 있게 여기든, 그렇지 않든 선정된 소설에 대해 이다나 아니다라고 말하는 것은 바람직하지 않다. 비평가는 이런 소설이 어떻게 뽑혔느냐라고 말해서는 안 된다. 그것은 분명한 사실이며 아무리 부정해도 분명한 현실로 살아 있다. 그러므로 비평가는 그 작품이 뽑힌 결과 뒤에 숨어 있는 개인적이고 집단적인 선호의 모습들을 올바르게 드러내고 설명하는 것이 바람직하다. 소설 속의 무엇이 어떻게 사람들(혹은 비평가들)의 호감을 부추기거나 거부하게 했으며, 그것을 자신의 입장에서 어떻게 논리적으로 설명하는지를 보여주어야 하는 것이다.

좌담에서 두 번째로 문제가 된 것은 80년대라는 시대적 상황의 문제이다. 80년 5월의 광주로 상징되는 억압적이고 폭력적인 현실을 작가들이 작품 속에서 그려내는 방식에 대한 문제가 선정된 작품들과 관련하여 좌담의 쟁점으로 부각되어 있는 것이다. 이 문제에 대해 임헌영은 정도상의 「친구는 멀리 갔어도」와 같은 작품을 현실적인 사실성이 있는, 다시 말해 실감이 느껴지는 작품이라고 평가했다. 반면에 권오룡은 치열한 의식의 소산이 아니라 묘사의 치밀함이 눈에 띄는 소설일 따름이라고 반박했다. 그러면서 그러한 묘사의 치밀함은 작품의 성취도를 보장하는 것이 아니라 시대적 중압감의 직접성만 노출할 따름이라고 말했다.

이와 같은 두 사람의 이견은 리얼리즘의 핵심 문제에 대한 논쟁이 아니다. 다시 말해 디테일에의 충실성이 리얼리즘이 될 수 있느냐 없느냐는 그런 원론적 차원의 이견이 아니라 작품 속에 형상화된 현실을 읽는 방식에 대한 견해차로 나타났기 때문에 심각한 견해 차이로 비춰지지는 않는다. 다만 80년대에 양산된, 현실에 대해 즉각적이고 일차원적으로 대응한 소설들에 대한 비판과 옹호라는 측면에서 주목해 볼 수는 있을 것이다.

3.

필자가 이상에서 간략하게 정리해 보인 글들과 함께 지난 겨울에는 여러 가지 형태의 수많은 회고와 전망의 글들이 작가와 비평가들에 의해 지상에 발표되었다. 짤막한 수필류의 글들로부터 제법 본격적인 논문 형태에 이르기까지, 그리고 개인적이고 자전적인 고백체의 글로부터 80년대의 역사와 사회에 대한 냉정한 분석에 이르기까지 참으로 많은 회고와 전망의 글들이 발표되었다. 그중에서 필자에게 인상적으로 읽힌 글의 하나는 『문학과사회』 겨울호에 발표된 김윤식의 「'이광수'에서 '임화'까지」이다. 거기에서 김윤식은 다음처럼 이야기하고 있다.

> (……) 나는 우둔한 탓에 반성같은 것은 하지 않는다. 피카소 말마따나 신기료 장수가 공산당이 되었다고 해서 달라질 것 없다는 말을 자주 떠올렸다. 저마다의 직업이 있고 그 윤리가 있듯 내가 하는 일은 그제나 저제나 우리 근대문학일뿐 (……) 어떤 영역에서의 최고의 수준에 오르기, 그런 사람의 내면 풍경, 전략, 고민, 외로움, 갈등, 투지, 요컨대 그 운명을 엿보고 싶었다. 이데올로기란 한갓 이데올로기, 모든 이데올로기란 허위 의식에 지나지 않는 것, 이 오만한 역사적 상대주의 앞에 나는 비로소 마음이 놓이었다. 자유주의 수호를 외치는 구호도 가소로웠고 혁명구호도 똑같이 가소로웠다. 이 도저한 허무주의자 앞에 놓인 것은 무엇이었던가. 내 운명의 표정, 그 외로움뿐이다.

남의 글을 따라가면서 80년대 우리 문학계의 동향을 살피고 난 필자의 심정은 문득 김윤식의 심정으로 돌아가고 있다. 아니 김윤식의 심정이 나에게는 부러움의 대상이다. 나는 과연 그러한 역사의 상대주의 속에서 스스로를 채찍질할 수 있는 나날을 가질 수 있을까? 쉽게 그렇다고 대답할 수 없다. 그것이 내 글쓰기의 지금 모습이다.

—『예술과 비평』, 1990. 봄

『창비』와 백낙청

1. 『창작과 비평』 30년

『창작과비평』(이하 『창비』로 약칭함—필자 주) 30년의 역사는 해방 이후 한국 문학사 속에서 거의 실종되다시피 했던 문학의 역사성과 현실성을 되살리고 발전시키는 과정이었다. 『창비』는 당시 우리 문학계를 심각하게 오염시키고 있었던 기괴한 한국적 '순수문학'에 반대의 기치를 드는 것으로 첫발을 내디뎠으며, 이후 30년의 세월 동안 창간호에서 내세웠던 "문학이 사회 기능을 되찾고 문학인이 사회의 엘리트로 복귀하는 (……) 작업"을 살벌한 정치적 상황속에서도 한결같은 자세로 수행했다. 『창비』는 절대권력이 반공이데올로기를 마구 휘두르던 시절에 위축된 '순수'의 세계를 과감히 벗어나 역사적 현실에 뿌리내린 창작을 옹호했고, 금기시됐던 인문·사회이론과 계급문제를 소신껏 다뤘다. 『창비』는 묻혀진 역사의 진실을 파헤치고 현실의 어두운 구석을 들춰냈으며 남북관계와 한·미 관계를 다시 되돌아보게 만들었다. 우리 모두는 『창비』

를 통해 민족과 역사와 현실을 올바르게 들여다 볼 수 있는 지식인으로 다시 태어났다고도 말할 수 있다.

그러나 『창비』는 이러한 공적과 함께 의도했건, 의도하지 않았건 간에 상당한 문제점 역시 만들어냈다. 『창비』의 절대적 영향 아래 문학공부를 시작한 많은 사람들이 80년대에 사회과학 지상주의자로 변모해 문학을 메마르고 삭막한 이론 투쟁의 장으로 만들어버린 것이 그 대표적 예다. 아직까지 그 잔재가 남아 있는, 작품에 대한 따뜻하고 풍요로운 독서보다 이론학습을 우선시하는 풍조는 『창비』의 그늘 아래서 자라난 전투적 민중주의자들과 분파주의자들이 남긴 부정적 유산의 하나다. 그렇지만 『창비』는 이 같은 사소한 시비를 넘어서서 『문학과지성』과 함께 순수와 참여라는 도식적 구분에 지배되던 우리의 문학 풍토를 한차원 더 높게 발전시킨 잡지로 틀림없이 우리 문학사에 기록될 것이라고 생각한다. 그것은 『창비』의 역사가 이미 70년대 이후부터 가장 중요한 우리 문학사의 하나가 돼 버렸기 때문이다.

내 연구실 중앙에는 두 개의 커다란 책장이 있다. 그 책장 서가에는 해방 이후 한국문학과 한국 지성의 흐름을 대변하는 세 종류의 낡은 문학잡지들이 빼곡히 들어차 있다. 『현대문학』 『창작과 비평』 『문학과지성』(88년 『문학과사회』로 재창간)이 바로 그것이다. 이 가운데 계간 『창작과 비평』이 올해로 창간 30주년을 맞이하게 되었다.

1955년에 창간된 『현대문학』이나 66년에 고고지성을 울린 『창비』, 70년에 태어난 『문지』, 이들 모두가 여러 어려움 속에서도 우리 문학의 굳건한 보루 기능을 해왔지만, 지난 세월 『창비』가 형성해 온 '흐름'에 동참했던 사람들에게 30주년이 주는 감회는 남다를 것이라 생각된다. 돌이켜보면 창간사를 대신한 백낙청의 「새로운 창작과 비평의 자세」라는 글은 『창비』가 한국문학의 고질적 병폐였던 순수와 참여의 도식적 대립과는 전혀 다른 자리에 서 있음을 분명하게 보여주면서 이 땅의 문학이 나아가야 할 올바른 방향을 설득력 있게 모색해 보인 획기적인 글이었다. 이후 국내외 여건의 변화에 따라 『창비』에서 옹호한 문학적 경향도 시민문학론, 민중문학론, 제3세계문학론, 민족문학론, 민족-민중문학론 등으로 다양하게 비쳤지만 문학의 사회적 실천에 대한 『창비』의 근본적인 자세에는 조금도 변함이 없었다.

또한 『창비』는 문학의 영역을 넘어 정치, 역사, 사회, 경제 분야에서도 진보적 이념에 대한 탐색을 멈추지 않음으로써 여타의 문예중심지와는 차별성을 드러냈다. 60년대 후반에서 80년대를 관통하는 군사독재의 살벌한 정치상황 속에서, 우리는 『창비』를 통해 김수영, 신동엽, 고은, 신경림, 김지하의 시와 황석영, 방영웅, 이문구, 이호철, 현기영의 소설을 만날 수 있었다. 그리고 백낙청, 염무웅, 이영희, 박현채, 강만길, 변형윤 등 인문·사회과학계의 뛰어난 비판적 지식인들이 쓴 글을 접할 수 있었다. 『창비』와 함께 청년기를 보낸 많은 젊은이들에게 이 잡지는 대학에서 가르쳐주지 않았던 진실을 만날 수 있는 장소였으며, 한국 사회를 올바르게 바라보고 살아가게 만드는 선생이었다. 현재 문단에서 활발히 활동하는 김도연, 김정환, 황지우, 김사인, 김명인, 김진경 등이 이렇게 창비문화에 '감염 당한' 사람들이었다. 이러한 '창비문화'는 70~80년대를 넘어 90년대 후반에 들어선 요즘에도 문학을 넘어서는 영역까지 폭넓은 영향력을 발휘하고 있다.

30년의 세월 동안 『창비』는 판금과 강제폐간, 출판사 등록취소라는 수난을 겪으면서도 일관된 목소리를 잃지 않았으며, 이점이 이 잡지가 '지성지'로서 미국이나 서구, 일본에서도 보기 드문, 2만여 명에 달하는 독자를 끌어안을 수 있었던 이유가 되었을 것이다. 그 결과, 문학의 사회적 실천을 창작과 행동으로 일관되게 보여준 한국 문학사상의 드문 사례로, 이제 『창비』는 한국 문학인과 지식 모두의 보배로운 자부심이 되고 있다. 『창비』 30주년을 바라보는 시선에 더 많은 애정과 기대가 실리는 이유도 바로 여기에 있다.

—『뉴스플러스』 24호, 1996. 3.

2. 1996년의 인물 백낙청

1996년에 있었던 여러 문학행사 중에서 국내외의 주목을 가장 많이 받은 인상적인 행사는 계간 『창작과 비평』의 창간 30주년 기념행사였다. 그리고 이 역사적 사건의 중심에는 백낙청이 있었다. 백낙청은 1996년에 『창작과 비평』 창간 30주년을 기념하는 국제학술대회를 주도적으로 이끌면서 지금까지 견지해온 이론과 실천의 발전적 방향전환을 모색했을 뿐만 아니라, 그가 대표로 있는 문인단체인 '민족문학작가회의'를 사단법인으로 공식등록함으로써 정부의 지원을 받는 체제내의 합법단체로 만들었다.

한국에서 가장 영향력 있는 문학인의 하나라고 할 수 있는 백낙청은 1938년 1월 10일 대구시 봉덕동 외가에서 출생했다. 그의 아버지는 평안북도 정주군 남서면의 수원 백씨 집안에서 태어난 유명한 변호사였다. 백낙청은 유년기에 아버지의 납북과 고향상실이라는 가족사적 배경으로부터 분단의 고통을 일찍부터 깊이 체험했으며, 이런 체험은 후일 그가 펼치는 민족문학, 분단극복 문학의 정서적 바탕이 되었다. 남달리 영민했던 그는 1954년 경기고등학교 재학 중 뉴욕의 『헤럴드 트리뷴 Herald Tribune』지가 주최하는 세계고등학생 토론대회에 한국 대표로 선발되어 미국과 첫 인연을 맺었으며, 곧 이어 1955년에 브라운대학교에 입학해 영문학과 독문학을 공부했다. 그리고 1959년에는 하버드대학교 대학원에 진학하고 이 학교에서 영문학 전공으로 석·박사 학위를 취득했다.

박사과정 도중 귀국해 1964년 서울대학교 전임강사로 발령받은 그는 1965년 『분지』의 작가 남정현이 구속된 것에 항의하는 평문을 신문과 잡지에 기고하면서 문학활동을 시작했다. 그는 이 기고로 중앙정보부에서 조사를 받았는데, 이 사건은 그가 이후에 독재권력과 벌이게 될 고통스런 시소게임의 서막이 되었다. 이 같은 그의 출발은 독재정권이 지배하는 분단된 조국에서 양심적이고 실천적인 문학인으로서의 험난한 인생역정을 선택했음을 알려주는 신호탄이었다. 예컨대 1972년 '개헌청원지지 문인 61인 선언'에 참여해 중앙정보부의 조사를 받은 일, 같은 해에 자유실천문인협의회의 발기에 참가하고 뒤이어 '민주회복 국민선언'에 서명했다가 학교로부터 사표제출을 종용받고 12월 문교부에 의해 징계 파면당한 일, 1975년 긴급조치 9호 위반으로 『창작과 비평』이 강제 회수당한 일, 1980년 5월 17일 신군부의 비상계엄 전국 확대 조치 이후 『창작과 비평』이 폐간당하고 계엄사에 연행되었다가 풀려난 일, 1985년 무크지 『창작과 비평』을 간행했다는 이유로 출판사 창작과비평사가 등록취소를 당한 일 등이 모두 그 뚜렷한 예라고 할 수 있다.

백낙청의 생애는 1966년 1월에 그가 중심이 되어 창간한 계간 『창작과 비평』 및 1969년에 시작한 출판사 '창작과비평사'와 도저히 분리해서 생각할 수 없다. 그는 잡지를 창간하면서 우리 모두에게 기억되는 「새로운 창작과 비평의 자세」라는 유명한 권두 논문을 발표함으로써 당시 문단의 주류를 이루고 있던 '순수문학'의 경향에 대해 선명한 반대의 기치를 들었다. 이 글에서 그는 "문학의 순수성을 문제삼는다는 것은 우리 주위의 가장 세세한 사실에서부터 인간의 본성과 역사에 대한 궁극적 문제까지 동시에 묻는 것이다"라고 언명함으로써 당시의 '순수문학'에 대한 『창작과 비평』의 반대가 한국문학의 고질적 병폐였던 순수와 참여의 흑백논리식 대립과는 전혀 다른 자리에 서 있음을 분명하게 보여주었다. 이후 30년의 세월 동안 백낙청이 앞장서 이끈 『창작과 비평』과 '창작과비평사'는 최초에 내세웠던 "문학이 사회기능을 되찾고 문학인이 사회의 엘리트로 복귀하는…작업"을 유신독재에서 12·12사태로 이어지는 살벌한 정치적 상황 속에서도 한결같은 자세로 모색하고 실천했다. 비록 문학을 둘러싼 국내외적 여건이 바뀌면서 백낙청이 이끄는 잡지와 출판사에서 옹호한 문학적 경향은 시민문학론, 민중문학론, 제3세계문학론, 민족문학론, 민족·민중문학론 등으로 다양하게 나타났지만 '민족문학'의 이념을 핵심으로 하는 문학의 사회적 실천에 대한 그의 근본적인 신념과 자세에는 조금도 흐트러짐이 없었다. 또한 행동하는 지식인으로서의 백낙청은 이영희·강만길·김지하·송건호·염무웅·황석영 등 용기 있는 지식인들의 중심과 배후에서, 독재정권과 투쟁하는 그들의 실천적 작업을 잡지와 출판을 통해 지원함으로써 그들을 한국의 대표적인 비판적 지식인으로 만들어내기도 했다.

『창작과 비평』 30년의 역사와 '민족문학작가회의'의 20여년 역사는 백낙청 개인의 역사라고 해도 지나침이 없을 정도로 백낙청의 역할이 컸다. 백낙청은 전자와 후자를 통해, 다시 말해 글쓰기와 사회적 실천이라는 두 모습을 통해 한국문학과 한국 지식인이 반공 이데올로기에 위축되어 도피해 들어간 '순수'의 세계를 벗어나 마르크스주의를 포용해 들이고, 민족통일 문제와 계급적 대립문제 등을 자유롭게 소신껏 다룰 수 있는 시야를 획득하도록 만들어주었다. 그의 생애는 문학의 사회적 실천을 글쓰기와 실천적 행동으로 일관되게 보여준, 한국 문학사상 드문 사례로 우리 문학인과 지식인 모두의 보배로운 자부심이 되었다.

—『브리태니커 백과사전』, 1996.

리얼리즘적 연구 시각의 확대와 발전

1.

이선영 교수의 『리얼리즘을 넘어서』는 리얼리즘에 대한 특별한 애정의 소산이면서도 애정을 뛰어넘는 엄정함을 가지고 있다. 그것은 이 책이 리얼리즘에 대해 진지한 자기반성의 목소리와 함께 의연히 신념을 견지하는 두 모습을 가지고 있는 까닭이다. 그렇기 때문에 이선영 교수의 『리얼리즘을 넘어서』는 요즘처럼 역사주의적인 연구방법, 특히 리얼리즘적 연구방법에 대한 위기의식이 확산되는 현재의 시점에서 각별히 주목을 요하는 책이다. 이 책이 지닌 의연함과 유연함은 한때 한국문학에 대한 연구방법은 리얼리즘 이외에는 다른 어떤 대안도 있을 수 없다고 강력히 논파하던 일부 사람들이 최근 들어 마치 자신이 리얼리즘의 한계와 몰락을 가장 먼저 예견했던 사람인 것처럼 표리부동하게 행동하거나, 심지어는 자신의 과거 연구태도를 부정하며 적대적 논객으로 돌아서는 경향까지 보여주는 삭막한 현실을 감안할 때 더더욱 본보기가 될 만한 것이다. 그것은, 이선영 교수의 책처럼, 논리의 일관성과 삶의 꿋꿋함이 함께 어우러진 글 앞에서는 그 같은 경박한 행태의 허망함이 상대적으로 또렷하게 드러나는 까닭이다.

이선영 교수는 주지하다시피 '문학은 현실의 반영'이라는 생각을 평생 동안 견지해온 사람이며, 그러한 생각을 자연스럽게 리얼리즘적 연구방법에 대한 애정으로 접맥시킨 사람이다. 다시 말해 이선영 교수는 문학은 '현실에 대한 진지한 반응'이지만 그렇다고 해서 현실을 단순히 '거울처럼 복사'하거나 '생경한 추상어로 옮기는 것'이 올바른 문학이 아니라, '시대적 여건과 현실적 상황에 부응하고, 독자의 진실한 요구에 일치되는 것'이 올바른 문학이란 생각을 일관되게 견지한 사람인 것이다. 그는 이 같은 입장에서 알 수 있듯 리얼리즘적 연구방법을 추구하면서도 또한 신중함과 유연성을 잃지 않은 사람이었다. 이 사실은 그가 소박한 모사론적 리얼리즘이 강조하는 도식적인 객관성과, 지나치게 이념적인 리얼리즘이 드러내는 비현실적인 획일성에 문제가 있다는 것을 충분히 인식하고 있는 점에서 분명하게 드러난다. 그래서 이선영 교수가 걸어온 리얼리즘 옹호의 길은 유연하면서도 방향성이 분명하고, 주관성이 뚜렷하면서도 경직되어 있지 않다.

2.

이선영 교수의 『리얼리즘을 넘어서』는 리얼리즘이 처해 있는 지금 현재의 상태에 대한 진지한 문제의식으로부터 출발하고 있다. "오늘날 우리나라의 창작과 비평 내지 문학연구는 어떤 궁지, 아니 거기까지는 아니라 하더라도 적어도 매우 어려운 단계에 이르고 있다는 느낌을 갖는 것은 필자 혼자만의 잘못된 상황판단에 기인하는 것일까?"(p.65)라는 질문을 그는 이 책을 쓰는 심리적 바탕으로 삼고 있다. 무엇이, 그리고 어떤 태도가 지금 운위되고 있는 위기를 낳았는가 하는 문제의식이 이 책에서 모색하는 새로운 연구방법론, 즉 변증법적 방법론의 뿌리이자 출발점을 이루고 있는 것이다. 이 같은 문제의식에서 그는 먼저 현재까지의 자신의 연구태도를 진솔하게 서문을 통해 우리 앞에 고백한다. "뒤돌아보건대 과거 나 자신이 문학을 지나치게 사회적 관계에서만 보려고 하는 경향이 강했던 반면, 그것을 개인적 산물이라는 측면에서 보는 것에 대해서는 소홀히 해온 것이 사실이다"(p.7)라는 말이 바로 그것이다. 이처럼 그는 70을 목전에 두고 있으면서도 용기 있는 솔직함으로 자신의 연구방식이 문학작품에서 개인의 발랄한 주관적 상상력을 읽어내는데 소홀했음을 고백한다. 그리고 나서 우리의 리얼리즘적 연구풍토가 지닌 일반적 문제점을 지적한다. 그 대표적인 예를 하나만 들면 다음과 같다.

> 리얼리즘 방법은 역사에 대한 원근법을 확고히 지니고 있으면서도 그 방법을 지금보다 더욱 포괄적이고 유연하게 적용시킬 수 있을 터인데, 그렇지 못하고 지나치게 단순화, 경직화 시키고 있는 것이 오늘날 한국 리얼리즘 비평의 대체적 경향으로 이해된다. 남한의 많은 젊은 리얼리즘 비평가들과 북한의 문학연구가들은 (……) 작품을 오직 이념적 구성체로 보고 거기서 이념을 분석하고 평가하는 데 온 힘을 기울이고 있는 면에서는 피차 다를 바가 없다. 그들은 작품의 이념분석을 통해서 이론상의 계급 투쟁적 실천성을 보여주었지만 그 이념 내지 작품 전체를 역사의 맥락에서 이해하는 데는 소홀하며 (……) (p.18)

이와 같은 이선영 교수의 고백과 지적은 우리가 지금 당면해 있는 리얼리즘의 위기가 마르크시즘의 퇴조와 관련된 외부적 요인에만 그 원인이 있는 것이 아니라 사실은 리얼리즘을 편협한 방식으로 이해하고 적용해온, 우리 자신이라는 내부적 요인에 더 큰 원인이 있는 것임을 명확히 지적하고 있다는 점에서 주목할 만한 발언이다. 일찍이 박영희는 전향선언문에서 카프의 이론과 창작에 스며든 공식주의를 격렬하게 비판한 바가 있지만 당시 그의 비판은 변절자의 자기합리화로 치부될 소지가 많아서 아무런 주목도 받지 못했다. 그것은 그의 발언에, 비록 경청할 만한 요소가 있긴 했지만, 카프가 처해 있었던 상황에 불지르고 부채질하는 격이어서 여러 가지로 적절하지 못했던 것이다. 그렇지만 이선영 교수의 반성적 발언은 경우가 다르다. 이선영 교수의 이 같은 발언은 박영희처럼 애정을 포기하기 위해서 하는 발언이 아니며, 카프처럼 폭력적 탄압의 대상이 된 리얼리즘을 향해 던지는 발언도 아니다. 그렇다기보다 그의 발언은 자기 살을 깎는 아픔으로 건강한 애정을 재건하려는 치열한 몸부림이기 때문에 우리는 반드시 경청할 필요가 있다.

이선영 교수의 『리얼리즘을 넘어서』는 이처럼 현재 리얼리즘이 처해 있는 상태에 대한 과감하고 냉정한 자기비판과 반성을 통해 문제점이 보완된 새로운 연구방법을 수립하고자 한다. 지금의 리얼리즘이 그가 앞에서 지적한 것과 같은 문제점이 있다면 그 문제점을 보완할 수 있는 길은 무엇일까? 그것은 그에 의하면 리얼리즘 이외의 다른 연구방법을 "비판적으로 수용하면서 작품을 역사의 지평에 두고 읽는 일종의 리얼리즘의 접근법"(p.19)을 확립하는 것이다. 그래서 이선영 교수에 의하면 "리얼리즘은 한편에서는 그것을 보존, 지양하는 전체적 · 변증법적 이해"(pp.19~20)로 규정된다. 그렇다면 그가 말하는 리얼리즘은 혹시 애매한 방법론적 절충주의가 아닐까? 이 점은 이 책에서 가장 핵심적인 부분이고 또 자칫 잘못하면 곡해될 우려가 있는 부분이기 때문에 좀 더 자세히 고찰해볼 필요성이 있는 대목이다. 다음 두 가지 주장을 살펴보자.

필자는 현재 우리나라 학계와 문단에서 행해지고 있는 전기적 방법,

형식주의적 방법, 이념분석적 방법 등이 지니고 있는 한계를 지적하고 (……) 그리고 그 대안으로 제시한 것이 이와 같은 방법들을 비판적으로 수용하면서 작품을 역사적 지평에 두고 읽는 일종의 리얼리즘의 접근법이었다. (pp.65~66)

우리는 방법론의 혼란을 무릅쓰고 다원적 방법론을 받아들일 수는 없는 것이다. (p.92)

위의 두 발언은 언뜻 보기에 모순처럼 보인다. 다원적 방법론을 수용하는 것처럼 보이는 첫 번째 발언과 그것을 거부하는 듯한 두 번째 발언은 서로 조화되기가 쉽지 않아 보이는 것이다. 사실 이선영 교수가 『리얼리즘을 넘어서』에서 가장 신경을 쓰고 있는 것이 이 대목이며 그래서 그는 이러한 오해를 불식시키기 위해 세심한 배려를 여러 곳에서 해놓고 있다. 그것이 위의 인용문에서는 바로 '비판적 수용'이라는 단서와 '방법론의 혼란'에 대한 명백한 거부로 나타나고 있다.

이선영 교수는 『리얼리즘을 넘어서』에서 자신이 주창하는 새로운 리얼리즘, '변증법적 방법'이 단순한 절충주의로 전락하는 것을 방지하기 위해 연구의 '기본원칙'과 보조적 방법을 엄격히 구분해 놓고 있다. 어디까지나 '문학작품의 역사화'(p.92)라는 포기할 수 없는 기본원칙을 전제로 하면서 다른 방법은 부차적인 것으로 사용되어야 한다는 것이 그의 확고한 입장인 셈이다. 그는 '문학작품의 의미를 풍요하고 충분하게 펼쳐 보이기 위해서'는 다른 무엇보다 '대상작품을 역사의 세 지평에 두고 읽는', 다시 말해 '문학작품의 역사화라는 기본 원칙'에 입각하는 것이 무엇보다 중요하다고 강조한다. 문학작품의 의미는 구조주의나 형식주의나 정신분석과 같은 것을 통해 일정하게 해명되는 부분이 있겠지만 그 성과는 제한적일 뿐이라는 것을 분명히 하면서 그는 거기에서 얻을 수 있는 성과는 언제나 역사적 의미 속으로 수렴되어서 기본원칙과 조화를 이루어야 한다고 생각한다. 그렇지 않은 해석은 우리들의 삶과 관계없는, 무의미한 것이거나 자의적인 것일 따름이라고 그는 판단하는 것이다. 그래서 그는 구체적으로 다음처럼 역사의 세 가지 지평을 설정하고 그것들이 함께 어우러지는 변증법적 방법 위에서 작품을 읽을 때, 여타의 방법은 이 세 가지 줄기 속으로 흡수되어 들어갈 때 문학연구는 가장 이상적인 형태를 취하게 되는 것이라고 생각한다.

> 첫째는 역사를 연대기적인 사건의 지평이라고 하는 좁은 의미의 '정치사'의 지평이며, 둘째는 특정한 시대에 국한되지 않고 계급관계의 긴장과 대립으로 보는 '사회'의 지평이며, 셋째는 역사를 가장 큰 관점에서, 즉 생산양식의 변천과 온갖 사회구성체의 연속이라는 관점에서 파악하는 이른바 '역사'의 지평이다. (p.80)

이선영 교수는 『리얼리즘을 넘어서』에서 이렇게 자신의 이론적 모델을 완성하고, 그 모델을 통해 실제로 한설야의 『황혼』을 분석해 보이고 있다. 그럼으로써 그는 역사를 좁은 측면에서 바라볼 때 얻을 수 있는 구체성이란 강점과 그러한 강점도 '생산양식의 변천과 온갖 사회구성체의 연속'이라는 전체 속에서 정당성을 확인받지 않으면 안 된다는 변증법적 관계를 강조해 보인다. 또 그렇게 함으로써 세 지평을 분리된 개별적 작업으로 간주하는 속 좁은 사람들의 곡해를 벗어나고자 한다. 이를테면 한설야가 지닌 노사관계에 대한 인식은 좁은 의미의 정치사적 지평에서 보면 온당한 것으로 보일 수 있지만 생산양식과 같은 큰 테두리에서 보면 지극히 추상적이라는 문제점을 드러낸다는 것이다. 한설야의 『황혼』에 대한 다음과 같은 종합적 판단은 그러한 사실을 보여주는 대표적인 예라고 할 수 있다.

반체제가 친체제를 일방적으로 공격함으로써 작품을 현실과 괴리된 허황된 것이 되게 하였고 작품의 내적 필연성도 약화시켰던 것이다. 헤게모니를 쥐려는 노동자계급의 목소리만을 절대적인 것으로 받들 것이 아니라 그것을 자본가와의 올바른 적대적 대화체계 속에서 다룸으로써 비로소 이 작품은 우리가 바라는 리얼리즘을 성취할 수 있지 않았을까 싶다. (p.80)

필자가 지금까지 개괄적으로 살펴본 이선영 교수의 새로운 문학연구 방법은 우리 문학연구의 궁지를 올바른 방향으로 타개하려는 저자의 뜨거운 열정이 만들어낸 주목할 만한 성과이다. 그렇지만 이 같은 이론적 모델이 실제의 작품에서 얼마만큼 유효성을 지닐 수 있을지는, 저자 자신이 구체적 분석을 통해 보여준 성과에도 불구하고, 미지수로 남아있는 부분들이 있다. 그것은 문학작품을 근원적으로 현실의 반영으로 보는 저자의 입장과 현실의 반영이 아닌 독립된 구조로 보는 여타의 다른 입장들이 과연 변증법적 통일을 이룰 수 있을 것인지에 대한 근원적이고 본격적인 검토가 이 책에는 빠져 있기 때문이다. 여타의 방법들을 필요할 경우 단순히 끌어다 쓰는 부차적인 것으로 전락시킨다면 저자가 제3의 방법으로 모색해놓은 새로운 리얼리즘의 길은 진정한 의미에서 변증법이 아니라 기왕의 리얼리즘에 여타의 방법을 각주로 달아놓은 것에 불과할지도 모르기 때문이다.

3.

필자는 이 서평에서 『리얼리즘을 넘어서』에 수록된 글 중 주로 제1부 '문학해석과 역사의 지평'에 수록된 4편의 글을 대상으로 삼았다. 그것은 이 4편의 글이 가장 생생하게 현재성을 지닌 글이고 또 문제적인 글이기 때문에 논의를 일정한 방향으로 모으는 것이 적절하다고 자의적으로 판단한 것이다. 이 점에 대해서는 저자를 비롯한 여러분들께 양해를 구하는 바이다.

그리고 마지막으로 필자는 70을 바라보는 노교수의 역작에 대한 개인적 느낌을 한마디 첨가하고 싶다. 필자는 이 책에서 새로운 이론의 정립을 모색하는 저자의 열정에도 깊은 감명을 받았지만 자신이 연구하는 관점을 정확하고 솔직하게 드러내는 문체에서도 깊은 인상을 받았다. 이 책의 저자는 자기반성 없이 공허하게 목소리만 바꾸고 있는 것도 아니며, 완강하게 자신의 입장을 고수하면서 자기반성을 하는 척 가장하고 있는 것도 아니다. 이 책의 저자는 자기반성을 하면서도 의연함을 잃지 않는 태도를 견지하고 있는데 그것이 글의 문체 속에서 명확하고 당당하게 드러나고 있는 것이다. 누구의 목소리인지 모를 애매한 문체의 종합이 횡행하는 이 시대에 노교수가 보여주는 솔직하고 의연한 목소리의 문체는 그것만으로도 한 권위를 이룬다고 필자는 생각한다.

—『민족문학사연구』, 1997. 3.

민중문학에 대한 한 시각, 그리고 문학에 있어서의 도덕성

1.

다른 사람의 비평에 대해 비평하는 일은 나에게 있어 무척 부담스러운 일이다. 내가 다른 사람의 비평을 비평하기 부담스러워 하는 것은 동업자 의식 때문이 아니다. 그것은 비평이란 자신이 서 있는 세계관에 입각한 작품의 해석이기 때문이다. 비평은 세계관에 입각한 작품의 해석이기 때문에 다른 사람의 비평에 대해 비평한다는 것은 곧 두 가지 방법 중 어느 것을 선택하는 것이다. 그 첫째는 다른 사람의 세계관을 자신의 세계관으로 비판하거나 지지하는 것이고, 둘째는 다른 사람의 세계관 자체가 그 틀 안에서 충분한 논리성을 지니고 있는지 검증하는 일이다. 전자의 예를 들면, 다른 비평가의 글에 대해 그 작품은 그런 관점으로 볼 것이 아니라 이런 관점으로 보아야 한다고 말하는 경우가 그것이다. 후자의 예를 들면, 이 작품에 대한 당신의 설명은 이런 저런 면을 간과했기 때문에 설득력이 약해졌다고 말하는 경우이다. 이 경우는 관점 자체의 문제가 아니라 관점의 논리적 치밀성이 문제가 된다.

그런데 필자에겐 전자를 선택하건 후자를 선택하건, 혹은 양자를 혼합해서 사용하건 간에 다른 사람의 비평을 비평하는 일은 부담스럽다. 작품에 대한 해석은 대개의 경우 맞고 틀리고가 성립하는 것이 아니라 이러한 해석과 저러한 해석이 함께 성립한다. 마치 세계관이 다른 사람들이 모여서 다양한 사회를, 혹은 복잡한 사회를 구성하고 있는 것처럼 작품에 대한 해석 또한 그렇다. 그러므로 필자처럼 어떤 한 가지 세계관의 절대적 정당성을 용기 있게 주장하지 못하는 사람에게 비평에 대한 비평은 그를 인정하며 나를 드러내어서 함께 나란히 놓는 일이 되기 싶다. 어정쩡함을 드러내는 이 일은 어쨌건 몹시 부담스럽다.

2.

임헌형의 이번 평론집을 관통하는 두 개의 커다란 주제는 분단 문제와 민중문제이다. 그렇다면 그는 분단문제와 민중문제를 어떤 시각에서 다루고 있는 것일까? 여기에 대해 그는 다음과 같이 이야기한다.

> 제1부는 민족·역사·문학이라는 주제를 다룬 것들로 내가 가장 정성들인 글들이다. 제2부는 민중문학에 대한 글들이데, 나는 이를 객관적인 입장에서 다루고자 노력했다. 즉, 민중문학에 심취한 입장에서 이를 문학의 최고·지고의 미학으로 보려는 자세를 지양하는 동시에 이를 미학적 사생아로 보려는 관점 역시 비판했다. 분단극복문제를 다룰 제 3부와 함께 민중문학은 하나의 과도기적 미학양식이라는 입장에서 나는 이 일련의 쟁점을 다뤘다. 제4부는 주로 80년대에 문제가 된 작가·작품론 및 해외문학에 대한 시선을 넓히고자 시도한 글들로 이루어져 있다.

그가 서문에서 밝히고 있는 이 이야기를 통해 우리는 대체로 이 책의 내용이 어떻고, 그것이 또 어떤 시각에서 씌어졌는지를 짐작할 수 있다. 제1부의 내용이 한국근대문학에 대한 통시적 고찰과 공시적 고찰의 교차적 성격을 띠면서도 분단과 민중문제를 그 밑바닥에 깔고 씌어져 있다는 점과 제4부의 실천비평이 김정한, 김지하, 황석영, 이병주 등을 다루고 있다는 사실을 두고 볼 때 이번 평론집은 전부가 분단과 민중을 주제로 한 글들이라고 해도 과언이 아니다. (이병주가 끼어든 것은 예외적인 게 아니라 그가 분단문제를 다룬 『지리산』의 작가이기 때문이다.) 그러면서 그는 스스로 이 문제를 객관적인 입장에서 다루고자 노력했다고 말한다. 임헌영의 비평적 역정을 이미 알고 있는 사람들은 대개 그가 분단문제와 민중문학에 대해 명백한 선호도를 가지고 있는 사람이라고 생각하는데, 그는 민중문학을 '심취한 입장에서'가 아니라 '객관적인 입장'에서, 그리고 이미 튼튼하게 뿌리내린 미학양식이란 입장에서가 아니라 '하나의 과도기적 미학양식'이라는 입장에서 다루었다고 말하는 것이다. 그렇다면 이 말은 어떤 의미를 지닌 것일까? 그의 구체적 평문들을 통해 한번 생각해 보자.

임헌영의 민중문학관은 70년대의 『창작과 비평』, 80년대의 『실천문학』 등의 흐름으로부터 약간 비켜나 있다. 그는 민중문학의 대두를 '제5공화국 수립 이후'로 설정하며, 70년대를 민중문학의 발전시기로 잡지 않고 노동자문학 · 농민문학의 확산기로 잡고 있다. 그는 해방 이후부터 80년대에 이르기까지의 '미학양식'이 "민족문학→참여문학→사실주의 문학→농민문학→노동자문학→민중문학의 순으로 주장되어" 왔다고 말한다. 그의 다음과 같은 발언의 밑바닥에는 바로 이러한 발전도식이 전제되어 있다.

> 계층간의 갈등을 다룬 문학이 그 극복 방법으로 민중문학이란 술어로 재정비될 때 과연 어느 계층이 민중의 알맹이가 될 것이며, 따라서 진정한 민중문학의 핵심이 될 것이냐는 문제는 그리 단순치가 않을 것이다. 최근의 논의대로라면 노동자와 농민이 주축이라는 안이한 주장도 가능하지만 이럴 경우는 그에 상응하는 문학적 보편성을 지닌 작품이 선행되어야 할 것이다. 즉 특권계층도 부인할 수 없는 민족적 보편성에 입각한 노동자·농민 소재의 위대한 작품이 있은 후 이를 민중문학의 대표라고 주장해야만 될 것이다. 그렇지 않을 경우는 아직도 의연히 소재적 분류로서의 노동자·농민문학일 따름이며, 이것이 민중문학의 핵심으로 되기 위해서는 확신의 시기를 기다릴 수밖에 없다는 것이 필자의 의견이다. (……) 결론을 말한다면 민중문학으로서의 노동자·농민·빈민층 소재의 문학은 아직은 우리의 분단시대가 갖는 희망 사항이지 완성체로서의 그것은 안 된다는 사실이다. 그러나 이들이 민중 문학적 요소와 기능을 충분히 갖고 있으며 언젠가는 민중문학의 알맹이로 승화되도록 노력해야 한다는 점에 대해서는 이론의 여지가 없다. (pp.36~7)

임헌영의 이와 같은 이야기는, 70년대 이후 전반적인 민중문학의 성숙과정과 궤를 같이하여 온 노동문학·농민문학이 이제는 민중문학의 핵심적 주체로 기능할 정도로 자기성장을 이룩했다고 주장하는 일단의 80년대 평론과는 상당한 거리를 가지고 있다. 구체적인 예를 들어 말하면 임헌영도 참석한 어떤 좌담회에서 80년대의 한 젊은 문학인은 "우리가 그들(노동자·농민—필자주)로부터 소외당하지 않도록 지식인으로서 역사에 대한 역할을 해야 하는 것에 초점을 모을 필요가 있는 것이지, 노동자·농민·문학이 '인정해 달라'고 우리들에게 문을 두드리고 있는 상황이 전혀 아니"라는 발언을 하고 있는데, 이 이야기는 임헌영의 말과 상당한 차이를 가지고 있다. 임헌영은 70년대의 노동자·농민 문학이 80년대에도 여전히 '소재적 분류로서의' 단계를 극복하지 못했다고 생각하고 있으며, 그런 한에 있어서 "민중문학으로서의 노동자·농민·빈민층 소재의 문학은 우리의 분단시대가 갖는 희망사항이지 완성체로서의 그것은 아니"라고 말하고 있기 때문이다. 이 말은 앞의 급진적 주장과 확실히 다르다. 지식인 문학인들은 겸손하게 기층 민중들로부터 소외당하지 않도록 자기 보신을 위해서도 그들을 도울 방도를 찾아야만 하는 상황이 지금의 우리 현실이라는 앞의 주장과 비교해 볼 때, 임헌영은 확실히 지식인에 대한 자부심을 완강하게 지닌 비평가이며, 지식인을 표준으로 삼아 이야기하는 비평가이다.

임헌영은 또한 자신의 평론집에서 황석영의 『객지』, 조세희의 『난장이가 쏘아 올린 작은 공』, 윤흥길의 『아홉 켤레의 구두로 남은 사내』, 정희성의 『저문강에 삽을 씻고』 등을 일정한 수준에 도달한 노동자 소재의 문학으로 간주하면서 이 같은 작품들의 의미를 적극적으로 평가한다. 다시 말해 이러한 지식인 작품들의 발전적 확산이란 측면에서 그는 민중문학을 보기 때문에 그 주체로서 노동자 농민을 설정하는 대해서는 유보적 태도를 취한다. 그가 앞에서 그 나름의 발전도식을 제시하고 또 위의 인용문에서 성급한 주장을 경계한 것은 바로 이 같은 태도의 소산이다. 아래 글은 이 점을 좀 더 분명히 보여준다.

> 70년대가 농민·노동자·빈민 소재 소설의 성행을 낳았다면 80년대 전반기는 분명 분단과 이로 인한 각종 후유증을 증언하는 문학의 유행기였다고 할 수 있다. 물론 이렇게 된 것은 결코 우연이 아니다. 사실주의와 민족문학의 실체로서의 주체를 노동자와 농민으로 보던 도식주의적 견해가 80년대에 들어와서는 민중문학이라는 새 지평을 열게 되었는데, (……) (p.101)

위의 글에서도 우리는 사실주의 문학이 농민·노동자 문학을 거쳐서 민중문학에 이르게 되었다는 견해를 분명히 읽을 수 있다. 비록 필자로서는 명쾌하게 이해하기 어려운 "사실주의와 민족문학의 실체로서의 주체를 노동자와 농민으로 보던 도식주의적 견해"라는 말이 70년대 문학에 대한 비판으로 놓여 있지만 말이다. 그리고 위에서 이야기하는 사실주의는 70년대에서 80년대 중반에 이르기까지 염무웅, 김병걸, 백낙청, 김종철 등을 중심으로 전개된 리얼리즘 논의를 가리키는 말로 이해할 수 있다. 한편 여기에서 언급한 '민족문학'은 임헌영이 자신의 도식에서 설정한 해방직후의 민족문학 논의를 가리키는 것인지 백낙청이 주도한 민족문학론을 가리키는 것인지 여전히 불투명하다.

필자가 보기에 임헌영의 평론집이 안고 있는 부분적인 모순들은 주로 부패한 사회와 독재권력에 대응해서 자신의 논리를 끊임없이 혁신해 나가는 과정 속에서 파생한 번뇌의 소산이다. 그는 제도권 문단에 대한 어느 정도의 의미부여, 다시 말해 자신이 오랫동안 몸담았던 곳에 대한 반성적 비판과 함께 그곳을 벗어날 논리를 확보해야 했다는 점에서 제도권 문단에 대해 아무런 부담 없이 자기 소리를 낼 수 있는 80년대 세대보다 심리적 부담이 크다고 할 수 있다. 그의 이병주에 대한 의미부여와 비판은 자신의 이러한 딜레마를 정확하게 반영하는 글이다. 그는 이병주의 소설이 지니고 있는 관찰자적 세계관을 일견 못마땅하게 여기면서도 그것이 '우리시대의 역사인식 방법론의 한 원형'을 제시해 준다는 점에서 상당한 의의가 있다고 평가하는 것이다. 이병주의 작가적 시선은, 그 어디에도 함몰되는 것을 거부하면서 "등장인물이 민족의 해방을 고민할 땐 세계사적 관점에서 슬쩍 비판해 버리고, 인류사적 관점에서 주인공이 고민하면 민족적 시각에서 슬쩍 건드리며, 계급해방을 고뇌하는 주인공에겐 인생론적 자세에서 슬며시 역공하는 등의 승부를 걸지 않는 관찰자적 세계관"에 입각해 있다고 임헌영은 비판한다. 그러면서도 이병주의 이러한 관점 자체는 '공감과 반감을 동시에 유발'할 수 있는 것이지만,

그의 '철저한 인간주의적 입장'만은 충분한 의미를 부여받아야 한다고 주장하는 것이다. 젊은 급진적 비평가들이 역사에 대한 냉소주의 혹은 현실에 대한 패배의식이 낳은 정태주의가 개인적인 도락으로서의 글쓰기로 함몰한 구체적 사례라고 몰아친 이병주에 대해 이 같이 평가하는 것은 임헌영 개인에겐 고통스런 자기혁신의 소산이었을 것이다.

임헌영이 자신의 평론집 서문에서 밝혀 놓은 민중문학에 대한 입장 표명은 그러므로 정직한 자기고백이다. 그는 70년대 이후 지금에 이르기까지의 민중문학운동에 핵심적 역할을 한 것은 아니지만, 지금 그는 대단한 애정을 가지고 거기에 다가가고 있다. 그의 글쓰기는 그 자신이 민중문학의 중심부에 이를 때까지는 자신이 견지하고 있는 시각 때문에 부분적 모순을 낳을 것이고, 민중문학 운동의 핵심인물인 스스로를 <객관적인 입장>에서 자아비판하는 것이 아니라 거기에서 한 발 비켜난 거리에서 대상을 관찰한다는 의미에서, '객관적 입장'을 유지할 것이다. 그러므로 다시 한 번 말하거니와 그의 서문은 정직한 자기고백이다.

3.

정현기의 평론은 자상하고 친절하다. 필자가 그의 평론에 대해 자상하고 친절하다는 말을 사용하는 것은 그의 평론이 지나칠 정도로 친절하게 작품들의 스토리를 소개하고 있기 때문이다. 그는 자신이 다루는 소설들의 줄거리를 번호를 붙여 가며 꼼꼼하게 요약해 보여준다. 그러므로 그의 평론은 리뷰가 별로 발달해 있지 않은 우리의 독서풍토에서 마음 편하게 읽을 수 있는 글의 하나가 된다. 필자가 그의 글을 통해 작품을 읽고 싶은 욕망을 느낀 것도 그의 글이 지니고 있는 그 같은 미덕 때문이다.

그의 평론은 자상하고 친절한 만큼 어떤 고집이나 편견을 가지고 있지 않다. 그는 자신이 다루는 모든 작품을 애정으로 감싼다. 우리는 그의 글에서 작품에 대한 노골적 불만을 토로한 문장을 찾아내는 일이 무척 어려운 일이란 것을 깨닫는다. 그렇다고 그가 전혀 분노하지 않는 것은 아니다. 그는 가끔씩 격렬하지는 않지만 분노를 터뜨릴 때가 있다. 그러나 그 분노는 작품이나 작가를 향한 것은 결코 아니다. 그가 분노를 터뜨리는 대상은 언제나 사회나 시대이다.

그가 사회나 시대를 향해 분노를 터뜨리는 것은 그 시대나 사회가 '도덕성'을 결여했기 때문이다. 그는 도덕성을 간디의 비폭력 · 무저항정신에 입각하여 그것에 위배될 때 "정상적인 사람이라면 누구나 다 부끄러워해야 된다는 게 내가 말하고자 하는 도덕원리"라고 말한다. 또한 그는 사람이 "부끄러움을 잃은 상태로 남 앞에 서게 될 때 부도덕성 속에 있음"을 알 수 있다고도 말한다. 다소 추상적으로 들리는 그의 도덕성은 그러므로 개별적 작가나 작품을 상대로 사용되는 것이 아니라 식민지 시대처럼 분명하게 사실이 드러난 경우에만 적용된다. 그가 우리가 살고 있는 이 시대에 대해 다음처럼 이야기하고 있다는 것은 도덕성의 적용에 있어서 그의 태도가 지나칠 만큼 조심스럽다는 것을 보여준다.

> 그렇게 본다면 지금 우리가 살아가고 있는 이 시대인 1980년대의 사회적 성격은 어떻게 설명될 수 있을까? 시간상으로는 틀림없이 1979년과 연결되어 있음에도 불구하고 사회적 성격을 결정짓는 정치주도 세력이 바뀐 마당에 지금도 진행되고 있는 정책결정 과정이 중간에 어떻다고 단안내리기는 지극히 어려운 일일 수밖에 없다. (p.74)

정현기가 이 시대의 도덕성에 대해 판단을 보류하는 것은 지금의 현실이 '진행형인 현실'이기 때문이다. 그의 태도는 "아직도 진행형인 현실을 무슨 수로 옳게 진단 내려 콩이다, 팥이다를 결정한단 말인가?"하는 말 속에 잘 드러나 있다. 그러나 그의 이와 같은 조심스런 태도가 80년대 초반기의 소설침체에 대해서는 과감하게 "이런 판단보류 혹은 몸사리는 태도가 이 시대 작가들이 보이는 특징"이라 단정하고, 그 결과로 침체현상이 생겼다는 결론으로 이어지는 것은 어딘가 어색하다. 80년대 초에 소설이 부진했고 그것이 79년 80년 사이에 일어난 일련의 사건들과 관계가 있다면, 그것은 판단보류에서 기인한 것이 아니라 판단이 너무나 명백했기 때문일 것이다. 그의 도덕성이란 용어를 빈다면 도덕성의 엄청난 파탄이 작가들을 압도했고, 따라서 그 파탄을 증언하는 데는 소설이 장르적 한계를 가지고 있었다고 말하는 것이 더 적절할 것이다.

정현기의 평론에 있어서 '부끄러움을 자극하는 양심법칙', 다시 말해 도덕성의 원리는 작품을 설명해 나가는 가장 중요한 척도이다. 그는 이 척도를 마하트마 간디로부터 빌어 와서 사용한다. 그가 모든 작품에 대해 거의 빠짐없이 적용하는 도덕성의 원리는 간디의 말을 빌면 다음과 같은 것이라고 그는 말한다.

> 둘째, 아힘사(비폭력)서약 : 어떤 생명체를 죽이지 않는다는 것만으로는 충분하지 않다. 인간은 그가 정의롭지 못하다고 믿는 사람들에게까지도 해를 끼쳐서는 안 된다. 더구나 그들에게 화를 내서는 안 되며 반드시 그들을 사랑해야 한다. 폭정에는 반대하나 결코 해쳐서는 안 된다. 그 폭군을 사랑으로 정복해야 한다. 그의 의지에 불복종함으로써 죽음에 이르기까지 악독한 벌을 참아야 한다.
>
> 다섯째, 도둑질하지 않는 서약 : 보통 남의 소유물이라고 생각되는 물건을 훔치지 않는 것으로는 충분하지 않다. 우리가 실제로 필요 없는 물건들을 사용한다면 그것은 도둑질인 것이다. 자연은 매일 충분할 만큼 우리에게 마련해 주므로 일상 필요한 것 이상은 필요 없다. (p.14에서 재인용)

정현기는 위에 인용한 "이와 같은 원리에 위배될 때 정상적인 사람이라면 누구나 다 부끄러워해야 된다"고 주장한다. 그러면 일견 보기에 합리적인 이성에 의해 움직여 나가는 인간으로서는 지키기 어려운 성인의 윤리처럼 보이는 이 도덕성의 원리가 어떻게 구체적인 작품에 적용되는지를 검토해 보자.

정현기는 "도덕 감정에 투철한 사람일수록 그에 어그러지는 현상에 대항한 분노심과 증오심은 불가결하게 지니게 되는 감정내용"(p.261)이라고 정연희의 「난지도」에 대한 평에서 이야기한다. 또한 서기원의 「암사지도」에 대한 평에서는 "생존과 직결된 가장 초보적인 식생활의 문제가 닥쳐올 때 일상적으로 지켜 오던 도덕률이라는 게 얼마나 우스꽝스러운 관념에 지나지 않겠는가"(p.164) 하는 점을 이야기한다. 이러한 이야기를 보면 그가 제시한 도덕성의 원리가 범인으로서는 감히 지키기 어려운 성인의 윤리를 가리키는 것은 아니다. 상식이 지배하는 사회를 만들기 위해 상식적인 도덕이 지켜질 것을 주장하는 것 이상이 아니기 때문이다. 성인의 입장에 서서 평범한 사람들의 현실적이고 합리적인 삶이 궁극적으로는 하잘 것 없는 이기적 욕망의 표출에 지나지 않는다는 식의 태도를 그는 취하지 않는다. 그럼에도 그가 제시해 놓은 도덕성의 원리는 여전히 지나치게 이상적이며, 거창하다는 느낌을 준다. 왜냐하면 이 원리하에서는 사실상 그가 인정해 준 인물들의 증오, 분노, 폭력 등은 용인될 수 없으며, 모든 인물들은 부끄러움을 느끼고 반성해야 할 것이기 때문이다.

정현기의 도덕성의 원리는 식민지사회와 유신시대에 대한 그의 분노에서도 지켜지지 않는다. 그는 부패한 사회를 향해 스스로 분노함으로써, 그렇게 만든 사람들에게 "화를 내서는 안 되며 반드시 그들을 사랑해야 한다"는 간디의 원칙에서 이탈한다. 그 자신 서문에서 고백한 것처럼 '고통과 절망과 그에 비례한 사회적 분노심'은 비록 격렬하게는 아니지만 그의 글 곳곳에 배어 있기 때문이다.

그러므로 필자는 구체적인 작품분석에서는 거의 지켜지기 않는 이 도덕성의 원리를 문학의 속성과 관련된 그의 견해로 이해하고 싶다. 문학은 이 세상의 모순이 계속되는 한 끊임없이 이상적 인간형을 꿈꿀 것이다. 어떤 작가는 우리가 도달할 수 있는 가능한 형태로 어떤 작가는 좀처럼 도달하기 어려운 환상적 형태로 새로운 인간과 새로운 사회를 그려 보일 것이다. 이러한 문학의 속성이 정현기의 경우 일종의 도덕 원리로 설정되어, 우리 모두가 좀체로 지키기는 어렵지만, 현실적인 삶을 반성하고 되돌아보게 만들어 주는 원리라고 제시된 것이라 이해하고 싶다.

마지막으로 정현기의 비평에서 주목할 것은 한국문학에 대한 자부심이다. 예컨대 "요즈음도 가끔씩 외국문학 전공자들이나 국문학과 출신까지 불어나 영어로 작품을 써서 세계의 작가가 되는 게 꿈이라는 얘기를 지껄이는 사람들을 볼 때마다 어렸을 때의 나를 포함한 저들이야말로 자기 자신에게 맹목인 유치하고도 어리석은 촌뜨기들이며 서양의 정신적인 노예라는 데에 진정한 눈을 뜨게 되었다"(p.337)라는 말 속에는 한국문학에 대한 나름의 자부심이 분명하게 들어있다. 주지하다시피 한국의 현대문학은 초창기에 외국문학을 전공한 사람들이 저널리즘을 발판으로 개척한 분야였으며 지금도 그런 측면이 남아 있다. 이러한 현상은 80년대에 이르기까지 현장비평에 대한 국문학과 출신의 소외와 무관심으로 나타났으며, 한국의 비평이 그 나름의 흐름을 형성하며 발전하는데 상당한 장애를 가져왔다. 그러나 이 같은 문제점의 극복은 한국문학계 자체의 풍토에 대한 진정한 자기반성 위에서 한국화된 외국 문학과 만날 때 이루어지는 극복되는 것이지 외국문학에 대한 도착된 거부감에 의해서는 절대로 불가능한 것이라고 필자는 생각한다. 이런 의미에서 정현기의 최근 글 속에 종종 나타나는 한국문학에 대한 자부심은 한국문학 자체 내에서 해결해야 될 문제가 많은 만큼이나 소중하다. 그의 비평이 가지고 있는 한국문학에서 획득된 역사적 안목이 앞으로 원숙한 형태로 발휘되길 기대해 본다.

4.

임헌영과 정현기의 비평은 80년대의 젊은 비평가들이 가지지 못한 풍부한 독서량 위에서 씌어지고 있다. 그들의 비평은 우리가 미처 읽어 보지 못한 50년대와 60년대 혹은 그 이전의 작품들을 필요할 때마다 적절히 이끌어 쓴다는 점에서 상당한 강점을 지니고 있다. 임헌영은 우리가 미처 이름도 기억하지 못하는 사람들의 작품을 제시하여 지금의 문학현상이 새롭게 튀어나온 것이 아님을 환기시키며, 정현기는 문단의 노대가들이 쓴 작품에 대한 해박한 지식으로 우리의 미진한 독서를 깨우쳐 준다.

반면에 그들의 비평은 어떤 의미에서는 지나치게 줄거리와 인물소개에 집착함으로써 마땅히 드러내야 할 작품의 특징을 간간이 놓치고 있다는 문제점도 가지고 있다. 그러나 이 문제는 필자가 다룬 두 평론가만의 문제가 아니라 상당수의 평론이 함께 반성해야 될 문제라고 필자는 생각한다. 자신이 왜 무엇을 생각하며 글을 쓰는지 스스로 결정하지 못하고 잡지사가 요구하는 수준과 방향에 의해 글을 쓰는 경우가 아직도 왕왕 있기 때문이다. "나는 누구를 향해서 이 글을 쓴다"는 것이 비평가들 스스로에 의해 확고히 정립되고, 그것이 자부심으로 느껴질 수 있는 때가 오기를 기다려 본다.

—『세계의 문학』, 1986. 가을

제3부

민족 · 민중문학의 현장

민중시와 민중적 체험의 농도

1.

시에 배어 있는 체험의 농도는 각각의 시마다 다르다. 시인은 자신의 체험을 때로는 격정적으로 때로는 은밀하게 작품을 통해 노출한다. 독자는 시인의 이 체험 앞에서 당황하거나 멈칫거리며 작품을 읽는다. 그리하여 자신의 세계와 작가의 세계 사이에 놓인 정서적 거리를 좁히거나 넓힌다.

그러므로 시에 배어 있는 체험의 농도는 그 자체로는 좋은 것도 나쁜 것도 아니다. 물론 훌륭한 민중적 체험이라는 측면에서 그 체험 자체가 독자의 존경을 받을 수는 있다. 그러나 그것이 독자의 보편적 체험이 아닐 때 독자와 시인 사이에는 어떤 거리가 생기게 마련이고 이 체험의 간극을 작품의 완성도가 메워줘야 한다. 마치 통치자와 일반국민 사이의 거리를 정치가 메워주어야 하는 것처럼 시인과 독자 사이의 거리를 작품이 메워 주어야 할 책임이 있는 것이다. 이 책임의 관계는 상호적인 것이어서 어느 한쪽에 전가해 버릴 수는 없는 것이지만, 국민보다 현실 정치의 책임이 큰 것처럼 독자보다는 작가 쪽의 책임이 큰 경우가 많다. 이런 의미에서 시에 배어 있는 체험은 그 자체로는 아직 좋은 것도 나쁜 것도 아니다. 훌륭한 민중적 체험을 가진 사람이, 그 체험으로 말미암아 존경받을 수는 있겠지만, 반드시 훌륭한 민중 시인이 되는 것은 아니다.

2.

지난겨울에 나온 채광석의 첫 시집『밧줄을 타며』에는 이 시인이 걸어 온 10여 년간의 족적이 절절하게 배어 있다. 이 시집에는, 유신시대로부터 80년대 중반에 이르기까지 이 시인이 겪어야 했던, 수난의 그림자가 곳곳에서 어른거린다. 한 사람의 지식인으로서 민중에 눈을 뜨고, 민중과 함께하며, 민중을 위해 싸워 온 그의 모습이 작품의 이곳저곳에 짙게 배어 있는 것이다.

> 1980년의 어느날/그 새끼가 나타났다/그 새끼는 손가락 둘째 마디 아래를 몽땅 잘라낸/검은 장갑을 끼고 있었다/그 새끼는 정말 악질 중의 악질이었다//처음 나타나던 날 그 새끼는/방마다 면벽 정좌하고 있는 우리들을 불러내어 일렬로 세우고 좌에서 우로 우에서 좌로/검은 장갑 세례를 앵기더니 나를 먹이로 찍었다.
>
> —「검은 장갑」에서

채광석 시에 대해 임헌영은 "'큰집'의 때 냄새가 물씬 풍긴다"고 쓰고 있는데,『밧줄을 타며』속에 들어 있는「검은 장갑」과 같은 시들을 읽어 본 독자들은 이 말에 누구나 손쉽게 동의할 것이다. 그는 자신이 걸어온 수난과 투쟁의 역정을 솔직하게, 어떤 의미에서는 절제 없이 자기 시

속에 쏟아 부어놓고 있다. 그래서 임헌영은 채광석을 두고 '생활자체가 시가 되어버린 세대'라 말하고 있다.

> 그때 잡힌 몸은 개였다//뻗치라면 뻗치고 한쪽 발을 들라면 들고/그 꼴로 애국가를 4절까지 부르라면 부르고/너 이 새끼 일어서!/그 목소리 밖에 안나와!/갑자기 태권도 실습 대상이 되어 무쇠주먹 군화발에/쓰러지고 쓰러질 적마다 스프링처럼 발딱 일어서야 했다/동작이 느리면 더욱 모질게 터져야 했으므로
>
> —「애국가」에서

그러나 필자에게 채광석의 이러한 시들은 시를 거부하는 시로 읽힌다. 그의 시는 투박하게 현실을 옮긴 언어를 우리 앞에 꺼내 놓고 이것이 시라고 이야기하는 것처럼 필자에겐 느껴진다. 필자가 앞에서 잠깐 전제했던 것처럼 시인과 독자 사이에는 어떤 체험의 거리가 있고, 시인은 이 거리를 시로서 메워오는 사람이라고 한다면 채광석은 압도적 체험으로 이 거리마저 용납하지 않으면서 독자 앞에 자신을 들이미는 사람처럼 생각되는 것이다. 이런 의미에서 필자는 채광석의 체험에 경의를 표하는 말인 '생활자체가 시가 되어 버린 세대'라는 임헌영의 규정을 시를 쓰는 방법적 측면에서는 위험한 경고로 바꾸어 읽을 필요가 있다고 생각한다. 석정남, 유동우, 김낙중 등의 고백체 수기와 구별되는 표현 방식을 시는 시 나름으로 가지고 있어야 하기 때문이다. 필자가 채광석이 70년대에 쓴 「어느 70년대」와 같은 다소 감상적 색채가 있는 작품을 80년대의 시편들 보다 좋게 생각하는 것도 이러한 이유와 관계가 있다.

> 길 떠난다/서울구치소 내려다보는 언덕배기 셋방이여/잘 있으라 함성 겹겹이 밴 교정의 낙엽들/긁으며 캄캄한 어둠 속 기차는 달린다/꿈도 열

> 망도 민주주의도 연무대로 떠나고//방책선의 겨울은 춥고 길구나/밤새도록 악쓰는 대남방송 지겨운 쇳소리/잠시의 평온마저 빼앗아 가고/설한풍에 긴장한 쇠붙이들의 냉기/방한복을 뚫어 댄다
>
> —「어느 1970년대」에서

자신의 체험을 '낙엽' '쇠붙이' 등의 사물이 지닌 이미지로 연결시켜 서서히 독자들에게 접근해가는 이런 시가 앞의 시들보다 독자를 민중편으로 만드는 데 훨씬 효과적이라는 점을 필자는 다시 한번 강조하고 싶다.

신경림의 시는 읽기 쉽고, 이해하기 쉽다. 그의 시가 읽기 쉬운 것은 민요적 가락을 타고 있기 때문이다. 오늘날의 민중시가 산문성과 현실성을 지향하는 속성이 강한데 반해 그의 시는 음악성과 서정성에 대한 지향을 뿌리 깊이 간직하고 있다. 그리고 그의 시세계는 노동문제나 농민문제를 다룰 때도 삭막한 산업사회를 사는 도시인의 눈길이 아니라 전통적 취락 사회를 사는 농민의 눈길로 이루어져 있어서 그의 시를 이해하기 쉽게 만든다.

> 넘어가세 넘어가세/논둑밭둑 넘어가세/드남살이 모진설움/조롱박에 주워담고/아픔깊이 지거들랑/어깨춤 더 흥겹게/넘어가세 넘어가세/고개 하나 넘어가세/얽히고 설킨 인연/명주끊듯 끊어내고/새세월 새 세상엔/새인연이 있으리니
>
> —「달넘새」에서

경북지방의 민요를 기반으로 해서 써낸 이 시는 필자가 앞에서 지적한 신경림 시의 특성을 잘 보여준다. 이 시는 애써 독자를 설복하려는 것도 아니고 독자에게 이해 받으려는 것도 아니다. 모순에 찬 세계를 견뎌나가는 작가의 자세는 민요 자체의 가락과 세계관에 의해 독자에게

자연스럽게 전달된다. 그의 시가 지닌 비판적 칼날이 독자에게 부담감을 주지 않는 것은 바로 이 때문이다.

신경림의 시는 채광석의 시처럼 개인적 체험의 강열함으로 독자를 압도하지 않는다. 채광석의 시가 지닌 체험의 구체성과 그 구체성을 뒷받침하는 시간과 공간들, 이런 것이 그의 시에는 없다. 그러면서도 신경림의 시는 민중적 감성을 부드럽게 일깨운다. 또 채광석의 시가 체험의 강렬함으로 말미암아 독자에 일으킬 수 있는 거부감을 그의 시는 배제하고 있다. 다음의 시는 신경림의 시들이 가진 일반적 형태에서 다소 벗어난, 산문체 시이지만 이점을 잘 보여 준다.

> 새카만 어둠 속에서 서서히 형상이 나타나기 시작했다. 처음 머리에 인 광주리의 윤곽이 나타나고, 얼굴의 선이 드러나고, 목 어깨 몸통이 드러나더니, 마침내 어둠을 배경으로 생선 광주리를 인 젊은 아낙네가 거기 서 있었다.
>
> (…중략…)
>
> 내 형상도 지금 서서히 어둠 속에서 드러나고 있다. 얼굴과 목과 어깨의 선이 드러나고 팔다리의 윤곽이 나타나고 있다. 그리하여 나는 당신을 향해서 무엇인가를 말하고 있다. 나의 말은 어둠 속을 헤엄치면서 천천히 당신을 향해서 갈 것이다. 아, 그러나 나의 말이 당신에게 이르렀을 때, 이미 내 형상은 서서히 어둠속으로 사라져가고 있을 것이다.
>
> —「말」에서

신경림의 이 시에 나오는 아낙네는 구체적 시간과 장소를 가지고 있지 않다. 농촌이든, 도시든, 어촌이든 어디에나 있는 아낙네다. 그리고 이 시의 화자인 '나' 역시 어떤 일에 종사하는지, 어떤 직업을 가지고 있는지 알 수 없는 존재이다. 그리고 저기의 아낙네와 여기의 나 사이에는 어떤 거리가 분명히 있다. 이 거리를 신경림은 채광석의 「목동아줌마」

처럼 "베락 맞어 뒈지기 전에 너죽고 나죽자 이 개겉은 눔들아"라는 외침으로 단번에 일방적으로 없애버리지 않는다. 신경림의 시는 이 거리를 자기 스스로 감지하고 반성하는 자세를 보여준다. 그렇기 때문에 신경림의 시는 아무런 준비가 되어있지 않은 독자들도 당황하게 만들지 않는다. 그것은 채광석이 체험으로 독자에게 육박하는 반면 신경림은 시로서 독자에게 다가가고 있기 때문이다.

채광석의 첫 시집은 그의 기왕의 평론들이 엄청난 파괴력으로 보수문단을 공격해 왔기 때문에 덩달아 주목의 대상이 될 것이다. 그러나 민중 문학에 대한 자기반성을 겸비한 그의 평론들이 지녔던 효과를 이 첫 시집이 창작적인 측면에서도 충분히 획득할 수 있을지 필자로서는 확신할 수 없다. 그렇지만 달리 생각하면 채광석이라는 개인을 이해하는 데에 있어서는 평론의 논리성을 떨쳐버린 이 시집의 시들이 오히려 도움을 주는 측면이 있다.

신경림의 이번 시집은 전국을 누비며 탐사해 온 민요채집 작업이 그의 시를 통해 구체적 작품으로 분출되기 시작했다는 점에서 주목을 요한다. 신경림 개인의 서정성과 민요의 공동체적 서정성을 조화시키면서, 그는 이런 양식의 시 속에 오늘을 살아가는 자신의 자세와 칼날을 숨길 수 있을 것이다. 우리는 조용히 민중을 부추길 수 있는 성과를 그의 시에 기대해 본다.

—『문예중앙』, 1986. 봄

한국 장시의 가능성

1.

장시의 전통은 우리 문학사에서 반드시 낯선 것만은 아니다. 고려 때 씌어진 이규보의 「동명성왕」을 비롯해서 이조시대의 「용비어천가」와 수많은 가사들, 그리고 30년대에 씌어진 김동환의 「국경의 밤」으로부터 60년대 김지하의 담시들에 이르기까지 우리는 상당량의 장시를 가지고 있다.

물론 이때 '장시'라는 명칭이 야기할 수 있는 시끄러운 문제점에 대해서는 필자 역시 충분히 예상하고 있다. 장시란 명칭은 장르적 개념이 아니지 않느냐? 장시라는 명칭 속에 포괄되는 시들 중에는 서사시가 될 수 없는 서정시도 들어 있지 않느냐? 외형적인 길이에만 의존해서 명칭을 부여하는 것은 쓸데없이 장르 개념을 혼란시킬 우려가 있지 않느냐? 이런 여러 문제가 제기될 수 있기 때문이다.

장시라는 명칭은 단편소설 · 중편소설 · 장편소설이란 명칭과 유사한 방식으로 붙여진 것이긴 하지만, 소설의 그러한 명칭들이 이미 획득하고 있는, 관용어적 속성을 지금까지 제대로 획득하지 못하고 있기 때문에 지금 이 순간에도 여전히 불안한 명칭이다. 장시라는 명칭이 '단시' '중시'라는 명칭과 나란히 사용될 수 있는 분위기라면 그 같은 어색함과 불편함이 어느 정도 축소될 수 있겠지만, 그런 분위기가 아닌 것이다. 또한 고전문학에서 사용되던 '단가', '장가' 등의 명칭은 이미 사어가 되어버렸고, 한때 김기진에 의해 사용된 바 있는 '단편 서사시'란 명칭 역시 별다른 호응을 받지 못한 채 사라져버리고 말았다. 그러므로, 장시의 전통에 관계없이 '장시'라는 명칭은 안정되어 있지 못하다.

한편 장시라는 명칭은 서사시라는 명칭과는 달리 본질개념이 아니기 때문에 시끄러운 논쟁을 회피할 수 있다는 장점도 가지고 있다. 김동환의「국경의 밤」을 두고 벌어진 서사시냐 설화시냐의 문제라든가, 신동엽의 「금강」을 두고 전개된 서사시냐 서정시냐의 논란 등을 장시라는 명칭은 회피할 수 있는 것이다. 동시에 장시라는 말은 순수하게 외형적인 길이에만 의존하는 용어로 간주됨으로써 장시의 진정한 본질이 갖추어야 할 여러 가지 요소들(그것이 무엇인지 필자도 정확히 말할 수 없다)을 놓칠 수 있다는 단점도 가지고 있다. 이런 여러 문제들을 감지하면서도 필자가 '한국 장시의 가능성'이라는 제목으로 이 글을 쓰는 이유는 앞으로 '장시'라는 명칭이 '장편소설(novel)'이란 명칭에 못지않게 본질개념으로 자리 잡기를 바라는 마음이 있기 때문이다.

2.

장시의 형태와 관련하여 혼란하고 부패한 세계를 부정하며 미래세계의 도래에 대한 세계관적 체계를 갖춘 구한말의 민간 종교경전들을 들

수 있다. 그러나 이러한 경전들은 개인의 정서적 대응이 아니기 때문에 여기에서 논외로 삼도록 하자. 그 대신 폭력적인 식민지 현실에 대응하는 개인적 정서적 표현으로 씌어진 김용호의 「낙동강」을 살펴보자.

김용호의 「낙동강」은 1939년 『사해공론(四海公論)』 9월호에 발표되었다가, 김용호·이설주가 공편한 『현대시인전집』(서울 : 문성당, 1954)에 재수록 되었다. 그런데 그가 「고개」라는 시와 함께 유독 이 시를 뽑아 실어놓은 데에는 그 나름의 이유가 있어 보인다. 해방 직후 문학가동맹 쪽에서 활동했다든가, 좌익계 잡지 『우리문학(文學)』에 시를 발표했다든가 하는 요소들이 6·25 이후의 그에게 어떤 심리적 부담감을 주었는지 필자는 여기서 명백히 말할 수 없다. 그러나, 항일애국의 측면에서 「낙동강」이 자기의 초기시를 대표할 수 있다는 어떤 자부심과 애정이 있었기에 그는 『현대시인선집』에 이 작품을 수록했을 것이다.

필자는 앞에서 "폭력적 식민지 현실에 대응하는 개인적 자세의 표현"이란 말을 썼다. 김용호의 「낙동강」에 대해 필자가 이처럼 '개인적 자세의 표현'이란 말을 사용한 것은 이 시가 드러내 보이고 있는 현실의 모습이 지극히 서정적이기 때문이다. 예컨대 이 시는 낙동강을 부르는 '내 사랑의 강/낙동의 강아'라는 말을 규칙적으로 되풀이 사용하면서 화자가 자신에게 포착된 식민지 현실의 모습을 낙동강에게 이야기하는 방식으로 전개되고 있다. 그러면서도 이 장시에는 서사적 사건의 일관된 줄기가 없다. 사건의 흐름보다는 일제에 의해 훼손되기 전의 고향에 대한 애틋한 정감이 서정적 표현으로 그려져 있다는 것이 오히려 타당하다. 그것은 왜일까?

내 사랑의 강!
낙동의 강아!

우리의 설움이 너 함께 얼어붙고
또 다시 너 함께 풀리고
세월은 하나의 밀물이던가
삼십리 밖 읍내의 못 보던 경이는
차츰차츰 이곳에도 몰려오기 시작하였다.

붉은 기!
흰 기!

돌돌 말렸다 풀렸다 하는 땅을 재는 자
어느새 새끼 쇠줄이 논바닥에 들어눕고
흙 구르마는 영이와 풀 싸움하던 그 언덕을 짓밟고 달아났다.

기어이 귀신이 산다는
은행나무 목이 달아난 그날 아침
마을의 할부지 할무니들은

"이젠 동리 사람이 모두 죽는다"고
땅을 두드리고 통곡하였다.

위의 예문은 비교적 서사적 성격이 강한 부분을 필자가 의도적으로 뽑아 본 것이다. 동양척식회사가 토지조사사업을 통해 농토를 수탈해가는 모습을 김용호는 "돌돌 말렸다 풀렸다 하는 땅을 재는 자/어느새 쇠줄이 논바닥에 들어 눕고"라는 식으로 표현하고 있다. 서사적 사건의 이러한 상징적 표현은 시적 형상화라고 생각되기 보다는 1939년이라는 폭력적 시대가 서사적 사건의 직접적 표현을 제약한 결과로 이해할 수 있다. 서사적 사건의 직접적 드러냄을 제약하는 시대의 이 같은 폭력성과 함께, 우리민족이 살아온 설화적 세계의 평화스러움에 대한 김용호의 동경은 장시 「낙동강」을 비관적 색조를 띤, 서정적 그리움의 세계로 이끌고 간다. 예컨대 시인이 "삼월에도 삼짇 날/흥부에게 줄 행복의 씨를 물고/제비가 틀림없이 이 마을을 찾던 그 때는 어느 때며/'용 못된 강철이'가 산다는 그 바위가/우리들께 영원을 이야기한 때는 그 어느 때냐?"라고 말하는 데서 이 같은 그리움은 선명히 드러난다. '우리들께 영원을 이야기'해주던 설화적 세계의 훼손이 시인에게는 몹시 안타까우며, 이 안타까움은 시인을 과거의 '그 어느 때'로 자꾸만 이끌어 들이는 것이다. 이 '그 어느 때'는 그 결과 시인으로 하여금 자연스럽게 유년기를 회상하도록 만들며, 유년기의 평화스러운 삶은 현실을 배제한 목가적 아름다움의 상태로 그려진다.

김용호의 「낙동강」이 서정시의 모습 속에 안주하고 만 데에는 여러 가지 이유들이 있겠지만, 필자는 위에서 이야기한 시인의 자세가 커다란 이유의 하나라고 생각한다. 태평양전쟁이 발발하기 전의 식민지 현실과 이 현실에 대응하는 시인의 자세가 창출해낸 일정한 타협점이 결국은 서정적 그리움의 세계인 것이다. 과거가 실제로 그러했건 그러하지 않았건 '서정적' 세계의 순수함으로 현실의 난폭함과 순수하지 않음을 드러내 보이려는 것이 「낙동강」이며, 그런 만큼 「낙동강」은 서사시가 아니라 서정적 장시인 것이다.

「오적」, 「앵적가」, 「분씨물어」, 「비어」, 「오행」 등 담시라고 불러온 김지하의 일련의 작품들을 장시라는 이름으로 이 글에서 이야기하는 것은 혼란을 가중시키는 일이 될지도 모르겠다. 그러나 그의 담시들은 한국 장시의 가능성을 이전의 다른 어떤 작품보다 성공적으로 보여준 작품들이라고 필자는 생각한다. 필자가 이 글에서 굳이 김지하의 「분씨물어」를 검토하는 것은 그의 작품들이 시사해준 장시의 가능성을 간략하게나마 정리해보고 싶은 욕망이 있기 때문이다.

지금 우리가 살고 있는 시대가 서사시와 같은 장시를 본질적으로 불가능하게 만드는 시대라면, 새롭게 모색될 수 있는 장시의 형태에는 어떤 것이 있을 수 있을까? 이런 질문에 대한 실천적 예시로서 김지하의 담시는 거론될 수 있다. 물론 루카치식으로 이 시대에 씌어질 수 있는 유일한 장시는 소설(novel)뿐이라고 단정한다면 더 이상 논의의 여지가 없어진다. 우리가 여기에서 장시를 이야기하는 것은 다소 사변적인 루카치의 그러한 개념 규정에 의해서가 아니라, 구체적인 우리 자신들의 삶과 문학적 전통 속에서 장시 문제를 이야기하고 싶기 때문이다. 그럴 때 비로소 우리는 「분씨물어」를 검토해야 하는 여러 가지 이유들을 발견할 수 있다.

김지하의 「분씨물어」는 장시에서 문제되는 서사적 스토리의 처리문제에 대해 일정한 모범을 보여주고 있다. 장시에서의 서사성은 소설의 스토리를 시적 톤으로 바꾸는 것이 아니다. 그런 장시의 경우 내용의 산문성과 형식의 운문성이 부조화를 이루는 경우가 많은데, 김지하는 이 점을 판소리 가락의 현대적 변용을 통해 성공적으로 처리했다. 예컨대 김지하는 서사적 스토리가 주도적으로 「분씨물어」를 이끌도록 한 것이 아니라, 장면 장면이 독립된 흥겨움을 지니면서 자연스럽게 전체적인 스토리를 구성하도록 만듦으로써, 소설과 확연히 구별되는 방식으로 장시의 서사성을 획득하고 있는 것이다.

지금 이 시대에 씌어지는 장시는 우리가 살고 있는 현실세계를 "단순하게 열거하거나 설명하는 것이 아니라" 압축적으로 드러낼 수 있는 어떤 구조를 지녀야 하는데, 이 점에서도 「분씨물어」는 한 전범이 될 수 있다. 지금까지 우리 장시는 주로 현재성이 강한 사건을 드라마틱하게 서술함으로써 현실성을 획득하고자 해왔다. 그랬기 때문에 현재성이 있는 극적 사건을 소재로 삼는 것이 곧 성공의 열쇠가 되는 것처럼 착각하는 사람이 적지 않았다. 김지하의 「분씨물어」는 이 점에서 일상적 사건들을 어떻게 조직하고 구성하느냐하는 것이 소재보다 더 중요함을 일깨워주었다고 할 수 있다.

그리고 김지하의 「분씨물어」는 한국 장시의 한 가능성으로 여겨질 수 있는 풍자성과 해학성이란 독자적인 미적 체계를 어느 누구의 작품보다 성공적으로 구축해 보여주었다. 그의 담시들이 판소리 가락을 통해 획득한 풍자와 해학의 정신은 비속함과 근엄함, 무식함과 유식함, 천박함과 우아함 등의 대비적 효과를 통해 반민중적 요소를 우스꽝스럽게 그러나 통렬하게 폭로하는 데 효과적으로 사용되고 있다.

> 저 비쭉새 조롱한다. "통일천하 너를 주랴, 아나 옜다 비쭉. 이교녀(二橋女)를 너를 주랴, 아나 옜다 비쭉. 협천자(挾天子) 호령(號令) 제후(諸侯) 역적(逆賊)놈이 너 아니냐, 아나 옜다 비쭉. 짐살국모(鴆殺國母) 족멸충신(族滅忠臣) 네 죄목을 뉘 모르리, 아나 옜다 비쭉."
>
> —판소리 「적벽가」에서

> ……
> 맥없는 농민 똥, 먼 곳으로 떠나는 이농민(離農民) 밤열차 변소
> 속의 꼬불꼬불한 똥, 달아난 에미를 부르며 우는 아이의
> 쌩똥, 피 빨아먹고 사는 놈 핏기없는 똥,
> 이 똥 저 똥 왼갖 똥 모든 똥더미 속에서 꽈악 꽉
> ……
> 대포 주둥이가 똥에서 기어나오고
> 탱크가 똥에서 굴러나오고, 총알이 , 확성기가, 깃발이,
> 기관총, 비행기, 전투함, 순양함, 항공모함, 비행기, 폭탄이
> ……
>
> —김지하, 「분씨물어」에서

위의 두 예문에서 보듯이 판소리 「적벽가」와 김지하의 「분씨물어」는 서술의 기법 측면에서 상당한 동질성을 가지고 있다. 화자가 대상과 비판

적 거리를 두고 있는 점이라든가, 반복적 열거라든가, 의성어·의태어의 빈번한 활용 등이 그러하다. 그러나, 「분씨물어」의 위 인용 부분만으로는 분명하지 않지만, 후자가 부분적 장면의 위기적 통합에 있어서 전자보다 훨씬 짜임새가 있다. 그것은 후자의 경우 부분적 장면의 흥미를 위해서 전체적 짜임새를 흐트러뜨리지 않고 있기 때문이다. 물론 이 점은 「분씨물어」가 현대에 씌어졌고, 구비전승에 의존하는 판소리와는 달리 활자화된 작품이기 때문에 자연히 그렇게 된 점 또한 클 것이다. 이 같은 점들을 감안하더라도 후자가 가지고 있는 날카로운 현실성이 이 시의 유기적 통일에 기여한다는 점을 부정할 수는 없다. 예컨대 위의 장면은, 전후를 읽어보면 이 점이 더욱 분명한데, 6·25 때 우리 나라에 대해 모욕적 발언을 한 미국과 일본의 언론에 대한 통렬한 풍자의 의미를 지니고 있는 것이다. 우리나라와 같은 똥더미의 나라는 차라리 김일성에게 주는 것이 낫다는 식의 이야기를 거리낌 없이 해댄 미국과 일본의 언론을 기억하는 우리는 이 「분씨물어」의 해학과 풍자에 더욱 공감하는 것이다.

이상에서 필자가 즉흥적 장시론을 펼치면서 살펴본 「낙동강」과 「분씨물어」가 한국 장시의 가능성을 모색하는 데 어떤 시사를 줄 수 있을까? 편집자가 의도한 고전적 작품과는 비교적 거리가 멀어 보이는 두 작품을 선정하여 이 글을 쓰면서 필자는 고전의 의미 규정을 장시의 가능성 문제를 통해 거꾸로 되물어본다. 이 두 작품이 우리 장시의 역사에서 반드시 기념비적 작품이라는 의미에서가 아니라, 말하자면 서정성과 서사성을 드러내는 방법에 있어서 80년대 장시에 어떤 시사점을 줄 수 있다면, 이 두 작품은 고전적이라 말할 수도 있을 것이다. 실패에 있어서건 성공에 있어서건 고전적 모범을 보여준다면 말이다.

—『현대문학』, 1987. 5.

민주화 1년간의 시적 변화

1.

지난 1년 동안에 우리는 참으로 많은 변화를 겪었다는 생각이 든다. 1972년 10월 박정희의 유신 쿠데타 이후 지금까지 유보 당했던 자유와 기본적 권리를 우리는 지난 1년 동안에 대부분 회복했다. 그리하여 지금 우리는, 계급혁명을 바라는 사람들에게는 여전히 불만스럽겠지만, 적어도 외형적으로는 자유민주주의 사회에 상응하는 체제를 어느 정도 갖추었다.

이와 같은 지난 1년간의 사정과 관련하여 주목할만한 문학계의 변화는 완강하게 보수성을 지켜오던 잡지들의 편집 태도가 눈에 띄게 바뀌었다는 사실이다. 지난 6월 항쟁 이전부터 체제비판적인 문인들에게 비교적 개방적이었던 『한국문학』은 차치하고라도 『문학사상』, 『현대시학』, 『현대문학』 등 오랫동안 우리문단을 주름잡아 온 잡지들이 테마와 필자의 선정에 있어서 금기를 깨기 시작했다는 것은 주목할 만한 일이다. 아무쪼록 이러한 변화가 그 동안 서로 말 못할 사정으로 문인들끼리 불편해졌던 분위기를 전환하는 데 좋은 계기가 되기를 바라는 마음 간절하다.

2.

이런 저간의 사정을 되돌아보며 필자는 이번 글에서 지난 1년간의 변화가 시인들에게 미친 영향, 혹은 그같은 변화를 응시하는 시인들의 태도를 분석해 보려 한다. 자신의 삶과 역사 사이에서－다시 말해 개인적인 실존과 역사적인 부름 사이에서－시인들은 지금도 여전히 고민하고 있는가, 아니면 이제 그러한 절박함을 벗어나 과거를 되돌아 보고 있는가, 아니면 좀더 적극적으로 역사 속에 자신을 던져 넣으려고 준비하고 있는가 등의 문제를 생각해 보려는 것이다.

일년 동안의 변화와 시간적인 길이를 두고 이와 같은 문제를 생각한다는 것은 지나친 조급함의 발로이거나 미시적인 고찰로 전락할 우려가 있다는 것을 필자 역시 잘 알고 있다. 그럼에도 필자가 이 같은 문제를 생각해 보려는 것은 우리 모두가 지난 일년동안 참으로 많은 변화를 겪었다고 생각하고 있는 만큼 이 같은 의식이 시인들에게 어떻게 투영되고 있는지 점검해 보고 싶기 때문이다.

커피를 들며
다(茶) 한 잔 만큼한 그리움
혀 끝에 스미는 다향(茶香)만큼한 고독,
커피잔의 여운을 읽는 쓸쓸한 중년(中年)이
저만큼 앉아 우울한 연대(年代)를 응시한다.

인생은 투쟁이라고 말할 친구도

소주만 마시면 혁명을 안주삼는 운동가도
인생은 하나의 정치라고 말한 교수도
오늘은 처세의 비결을 알지 못한 채
문패를 달고 적당히 입을 다문다.

나는 잘 살아온 것인가?
아니면 도연명처럼 잘못 가다가
되돌아와야 할 지점에 서 있는 것인가?
정의, 양심, 자유, 그토록 뜨거웠던 열기 속에서
나의 청춘은 소파의 그늘 속으로 사라져 가고
인생은 적과 동지 두 가지 뿐이라 말한
어떤 혁명시인의 선언 앞에 옷깃을 여민다.
…………

―문병란, 「여담(餘談)」에서

『문학과 비평』 가을호에 실린 문병란의 이 시는 지금까지 우리의 머리에 선명하게 각인된 '무등산의 시인' 문병란과는 확실히 다른 세계를 보여준다. 그는 수난의 연대에, 그가 위에서 '우울한 연대'라고 지칭한 그 시대에, 다른 어떤 시인보다 격렬한 목소리로 분노를 표출하는 시를 써왔다. "오 어떤 반역의 혀가 광주를 모독하는가?/누가 광주를 감히 죄인이라 하는가?/둥둥 북이 되어 처절히 쏟고 싶었던 울음"이라고 그는 3년 전에 썼었다. 그런데 위의 시에서는 그가 그렇게 '처절히 쏟고 싶었던 울음'이 상당히 가라앉아 있는 모습을 보여준다. 그리고 그가 설의법의 형태로 시어 전체에 분노의 무게를 실어 놓던 방식도 위의 시에서는 사용되지 않고 있다. 그 대신 문병란은 수난의 연대를 격정이 침전된 담담함으로 응시하는 자세를 보여준다. 그는 이제 "저 만큼 앉아 우울한 연대(年代)를 응시한다." 언제나 신변의 위험 따위는 생각지 않고 민주화를 위해 전국을 돌아다니며 강연하던 그가 '저만큼' 떨어져 앉아서 지난 시대를 '응시한다'고 써 놓고 있는 것이다. 또 "나는 잘 살아온 것인가?" 라는 반성적 질문을 던지는 여유까지 보여주고 있는 것이다.

문병란의 이러한 모습에서 주목할 점은 그가 이제 개인적인 실존과 역사적인 부름 사이에서 균형 잡힌 생애를 살고 싶어 한다는 사실이다. 사실 그가 "나는 잘 살아온 것인가?"라는 질문을 자기 자신을 향해 던졌을 때 이 질문의 표면적 의미는 "정의, 양심, 자유 그토록 뜨거웠던 열기 속에서/나의 청춘은 소파의 그늘 속으로 사라져" 갔다는 반성적 자괴감이었다. 다시 말해 자신이 좀 더 투철하게 '우울한 연대'를 살아오지 못한 데에 대한 자책감의 표현이었다. 그럼에도 위의 시에 깔려 있는 시인의 시선은 그렇지 않다. 시인의 시선은 그렇다기보다 '우울한 연대'에 휩쓸리고 떠내려 온 우리들 개개인의 삶을 되새겨 보는 쪽에 놓여 있다. 그리하여 그는 개인의 생존을 위협하던 사회와, 사회와 동떨어진 개인의 중간 지점에 '사랑'이라는 것을 설정한다.

> 존재는 시간이라고 말한 철학가의 말을
> 존재는 빵이다라고 고쳐야 한다던
> 열렬한 제자의 항의를 생각하며
> 나는 새삼
> 존재는 사랑이다라고 정정해 본다.

문병란이 위에서 말하는 '사랑'은 개인의 실존적 삶만을 강조하는 관점과 사회적 실천만을 강조하는 관점의 균형을 지향한다. 그는 이제 '1980년대가/저무는 비탈길에서' 자신의 온 몸을 던져 '정의, 양심, 자유'를 위해 싸워왔던 생애를 다시 되돌아 볼 어떤 여유를 획득하고 있다. 그리고 이 모습은 지난 시절 우리 모두가 너무나 비정상적인 삶을 살아왔다는 것을 생각할 때 이제야 말로 문병란은 자신의 진정한 본질과 역사적 부름의 관계를 올바르게 재정립하고자 시도하는 것처럼 읽힌다.

1980년대 초에 젊은 문인들 사이에서는 문학적 이념의 차이를 넘어서 문학적 실천과 실천적인 문학의 진정한 관계를 확립함으로써, 상호 거북한 관계를 보여 온 문인들 사이에 이해의 장을 마련하려는 움직임이 한때 있었다. 그러나 지난 8년 동안 문학은 현실정치와의 그 지루하고 피곤한 싸움을 70년대와 마찬가지로 수행해야 했었고, 이 과정 속에서 그러한 이해의 장은 제대로 마련되지 못했다. 반면에 그러한 만남의 노력보다 상호간의 이념적 차이를 더 선명히 함으로써 상대의 의미를 격하시키려는 움직임과 분파작용은 훨씬 부각되었다. 따라서 지금의 시점은 우리가 방금 되찾은, 민주 사회에서 마땅히 누려야 할 제반 권리들을 확실하게 우리의 것으로 만들어 나가야 할 때이지 서로 찢어져서 헤게모니와 논공행상 문제에 더 많은 관심을 가질 때가 아니다. 정일근의 다음 시는 이 문제를 포함하여 우리 사회가 노정하고 있는 여러 가지 분열상이 극복되기를 바라는 마음의 표현이다.

> 바둑판을 앞에 두고
> 스스럼 없이 흑과 백으로 나누어지듯
> 문지와 창비로 나누어지고
> 영남과 호남으로 나누어지고
> 마침내 남과 북으로 나누어진다.
> …………
> 이제는 다시 만나고 싶다
> 나누어진 남한강과 북한강이 흘러와
> 두물머리 양수리에서 하나가 되듯
> 만나 한 몸이 되고 싶다.

—정일근, 「우리는 너무 쉽게 나누어진다」에서

『현대시학』 10월호에 실린 위의 시 제목은 「우리는 너무 쉽게 나누어진다」이다. 그렇지만 이 제목이 우리는 너무 쉽게 나누어져서는 안된다는 시인의 생각이 만들어낸 제목이란 것은 누구나 손쉽게 눈치챌 수 있다. 위의 시는 그의 이러한 생각을 단순하고 소박한 형태로 전달한다. 돌이켜 볼 때 지난 1년간의 세월은 그 동안 민주화라는 절대적인 대의명분 앞에서 각자의 본심을 감추고 함께 해왔던 각계각층의 사람들이 다양하게 분열되고 재통합되던 시기이기도 했다. 대통령 후보를 정점으로 한 이합집산은 사람들을 절망시켰고, 지난 시대의 문제점들을 청산해 나가려는 정치권의 움직임은 사람들을 결집시켰다. 정일근의 위의 시에는 지난 일 년간의 이와 같은 움직임에 대한 희망과 절망이 직접적으로 반영되어 있다.

정일근의 위의 시는 문득 필자에게 강은교의 「비처럼」이라는 시를 생각나게 만든다. 정일근의 시와 비슷한 발상을 비슷한 시기에 보여주면서도 강은교의 시는 훨씬 더 의욕적인 모습과 힘을 담고 있었기 때문이다.

> 비는 평등하게
> 비는 젖은 당신들의 사랑도 아름답게
>
> 비는 맨발로
> 비는 온몸으로
>
> 신나게 부딪치고 떠내려가며
> 마침내 한덩어리를 이루어 소리치며
>
> 썩은 것은 더욱 썩게 하고
> 새로운 것은 더욱 새롭게 하는
> 비는 사상적 갈등도 없이

비는 정치적 논평도 없이

비는 흐르는 피
비는 흩날리는 뼈

비는 우리처럼
우리는 비처럼

온 세상이 물소리로 가득하구나

—강은교, 「비처럼」

강은교의 시에서 비는 '사상적 갈등'이나 '정치적 논평'과 같은 모든 차이를 없애주고 '평등하게' 우리들을 적셔서 '마침내 한 덩어리를 이루어 소리치며' 흘러가게 만들어 주는 무엇이다. '신나게 부딪치고 떠내려'가게 만들어 주는 그 무엇이며, 세상을 '물소리로 가득' 한 하나의 통일체가 되게 만들어 주는 어떤 것이다. 그래서 강은교는 우리 모두가 '비처럼' 되기를 바란다. 우리 모두가 비처럼 되어 온 세상을 물소리 하나로 가득 채우기를 그녀는 바란다.

강은교의 위의 시는 정일근의 시와 마찬가지로 "문지와 창비로 나누어지고/영남과 호남으로 나누어지고/마침내 남과 북으로 나누어진" 우리의 잘못된 현실을 상정하며 씌어진 작품이다. 그렇기 때문에 '사상적 갈등'이나 '정치적 논평'과 같은 분열의 요소들을 시속에서 거론했을 것이다. 특히 지난 민주화 일년간의 여러 가지 분열과 대립, 그리고 통합의 움직임이 직접적인 모티프로 작용했을 것이다.

그런데 강은교의 시는 정일근의 시와는 달리 우리의 지난 일년을 낙관적인 명랑함으로 이해하게 만든다. 그것은 먼저 강은교의 시가 '…되고 싶다'는 정일근의 미래 원망형과는 달리 "온 세상이 물소리로 가득하구나"에서 보듯 현재형의 서술 형태를 취하고 있는 것과 관련이 있다. 강은교는 비의 이미지를 통해 지금 현재 하나가 된 우리의 모습을 현재형으로 보여준 반면 정일근은 지금의 분열상을 미래에 극복할 수 있게 되기를 바랐다. 또한 강은교는 분열의 모습을 열거하기보다 함께 할 수 있는 요소들을 힘 있게 제시함으로써 이 세상을 낙관적 비전으로 볼 수 있게 만들어 주었다. 이처럼 모든 사람을 공평하게 적시고, 하나하나의 물방울이 모여 즐겁게 소리치며 흘러가는 비의 모습에는 분열에 대한 어떤 어두운 이미지도 새어들 틈이 없어 보인다. 강은교의 시는 이런 이미지를 통해 우리의 현실을 감싸 안았기 때문에 정일근의 시와는 달리 현실의 고통스러움마저도 즐겁게 반성할 수 있도록 만들어 준다.

장정일의 시는 앞에서 본 시들에 비해 이 시대에 대한 강한 불신을 직설적으로 토로한다. 그 때문에 그의 시는 우리들로부터 곰곰이 생각하며 읽는 즐거움을 빼앗아버린다. 지금의 현실을 바라보는 시인의 태도를 짐작해 보기 위해 먼저 시부터 보기로 하자.

> 내 아들은 학교에 보내지 않으련다
> 초등학교도
> 중학교도
> 고등학교도
> 경북대도
> 육사도
> 하바드 유학도
> 유치원에도 보내지 않으련다.
>
> 원자탄을 만들고
> 전쟁을 일으키고
> 쿠데타를 일삼고

고문을 하고
정보부를 만들고
독점자본과
법률과
세금을 빼앗는 일
그들은 어디서 배웠나?

내 아들아
나는 너를 학교에 보내지 않으련다
나는 너를 비밀결사처럼 키우련다
…………

—장정일, 「내 아들을 학교에 보내지 않음」에서

장정일의 이 시는 젊은 시인들이 그 동안 수많은 정치적 사건을 겪으며 키워온 뿌리 깊은 냉소주의를 보여준다. 그의 시는 마치 채만식의 「치숙」이나 「레디메이드 인생」이 세상을 비꼬는 것에 방불한 그런 비꼬는 자세를 지니고 있다. 그 결과 우리는 소설이 아닌 이 간단한 시가 산문적인 직접성으로 세상을 야유하는 데에서 시대가 각인해 놓은 불행의 냄새를 맡을 수 있다.

지난 일 년 동안 확실히 정치는 문학보다 훨씬 재미있었다. 모든 사람들이 정치에 빨려 들었고, 그럴수록 정치는 우리들의 감정을 제멋대로 휘저어 놓았다. 정치는 우리들의 삶이 되었고, 삶은 곧 정치가 되었다. 우리들은 직장과 술집과 안방에서 끊임없이 죽일 놈과 살릴 놈을 만들면서 점점 더 정치적이 되었다. 그러면서 소설은 형상화보다 더 메시지에 기울어졌고, 시의 언어는 깊이 있는 함축성을 상실했다. 필자는 이런 의미에서 장정일의 시가 지닌 메시지의 단순함과 직접성이 우려된다. 그의 시가 현실에 대응하는 직접성으로 그처럼 명확하게 자신의 태도를 드러내는 것이 시를 위태롭게 만들고 있는 것이다.

『문학과사회』 가을호에 실린 박세현의 시는 우리들을 휘어잡았던 정치적인 물결로부터 상당히 떨어진 거리에 있다. 그의 시는 정치가 휘몰아 가는 세상속에서 자신을 낮추며 사람과 사람 사이의 조그만 인정을 꿈꾼다. 그래서 그의 시는 이 세상으로부터 쓸쓸하게 떨어져 있다.

> 난세에는 평화가 그립다.
> 구겨진 지폐 한 장으로
> 나눌 수 있는 즐거움도 그립다
> 다들 어려운 방언으로 살아남는 세상에
> 나 홀로 우뚝하기를 바라겠는가
> 때묻은 양복 한 벌로 살다간 생애를 추모하며
> 저문 찻집에서 듣는 물소리
> 천국에서 휴가나와 우리들 등뒤로 흘러드는
> 속편한 저 강물소리
>
> —박세현, 「김종삼」 전문

박세현은 자신의 소박한 바람마저 부끄럽게 만드는 세상 속에서 자신과 세상을 함께 부끄러워한다. 한 잔의 소주를 마시며 사람 하나를 아끼고 이해하려 하는 자신의 사소한 태도를 부끄러워하고, 또 그러한 자신을 부끄럽게 만드는 세상을 부끄러워 한다. 그래서 그에게는 말없이 유유하게 흘러가는 저 강물이 너무도 속 편하게 보인다.

3.

필자가 이상에서 살펴본 시들이 지난 민주화 1년간의 모습들을 대표적으로 보여주는 시들이라고 단정할 수는 없다. 더구나 약 3개월 동안에 발표된 작품들을 중심으로 하는 계간평이기에 더욱 그렇다고 할 수 있다. 그럼에도 불구하고 필자는 지금 우리 시단의 시들은 상당한 변화를 겪고 있는 것으로 판단한다. 그것은 다른 무엇보다 정치성의 침윤이 두드러진 점에서 그렇게 생각한다. 지금 우리는 어떤 문학잡지를 보든 지난 시절 성황을 이루던, 소위 순수시라고 분류할 수 있는 시들이 급격히 감소된 사실을 발견하게 된다. 물론 이 사실이 반드시 참여시로 분류할 수 있는 시들이 증가했다는 사실을 입증해 주는 것은 아니다.

필자는 일단 이 변모를 애써 문학은 순수와 참여로 구분되지 않는다는 것을 입증해 보이는 바람직한 변모라고 생각하고 싶다. 이런 점에서 모든 잡지들이 정치성의 확산현상을 스스럼없이 받아들이게 된 풍토를 필자는 한편으로 즐겁게 생각한다. 내년 일 년 동안 우리나라의 시들이 어떻게 변모할지는 모르지만 필자로서는 개인적인 삶과 역사적 부름 사이의 균형을 튼튼하게 이어줄 시들이 늘어날 것을 기대하며 이 글을 맺는다.

—『문학과비평』, 1988. 겨울

삶과 역사를 향해 열려 있는 공간
-송기숙의 소설세계-

송기숙의 소설세계는 삶과 역사를 향해 열려 있는 공간이다. 혹자는 이 말에 대해 어느 소설가의 소설치고 삶과 역사를 향해 열려 있지 않은 것이 있느냐고 반문할지도 모르겠다. 소설을 본질적으로 부르조아 사회의 서사시로 규정하건, 타락한 사회에서 진정한 가치를 찾아 움직이는 인물의 이야기로 규정하건, 또 다른 어떤 이론으로 규정하건 뛰어난 작품에는 소설가가 포착한 당대사회가 들어 있다. 모든 훌륭한 소설가는 당대사회의 삶을 깊이 있게 통찰한 사람들이며, 그 통찰을 소설 속에서 독자적인 방식으로 드러내는 까닭이다. 이런 점에서 소설이 보여 주는 사건과 행위는 어떤 식으로건 인간들이 살아가는 살림살이의 모습을 반영하게 마련이고, 그런 한 소설이 삶과 역사를 향해 열려 있다는 말은 하나마나한 이야기가 아니겠느냐는 식으로 말이다. 그런데 필자는 여기에서 소설장르의 본질과 관련되어 있는, 지극히 당연한 이야기를 하기 위해 송기숙의 소설이 삶과 역사를 향해 열려 있다고 하는 것이 아니다.

소설가들이 삶과 역사를 인식해서 표현하는 방법은 작가마다 다르다. 어떤 소설가는 작가 자신의 주관적 인식에, 어떤 소설가는 객관적 현실

묘사에 더 큰 비중을 두고 소설을 쓴다. 인간 개개인이 겪는 실존적 번뇌나 감정의 움직임에 더 많은 관심을 기울이며 소설을 쓰는 작가가 있는가 하면, 삶과 역사의 객관적 모습을 좀 더 설득력 있게 드러내기 위해 자신의 주관적 의식이 차지하는 비중을 축소시키는 작가도 있다. 그래서 현실에 대한 적극적 관심에 무게를 두는 소설과, 문체와 묘사를 통한 심미적 표현에 무게를 두는 소설이 생긴다. 물론 좋은 소설은 양자가 잘 조화를 이루고 있는 경우가 많지만, 전자를 더 중시하는 작가의 관점을 현실을 향해 열린 시각이라 하고 그 반대를 닫힌 시각이라 말하기로 하자. 필자가 송기숙의 소설을 두고 '삶과 역사를 향해 열려 있는 공간'이라고 말하는 것은, 이처럼 상대적인 차원에서 닫혀 있는 공간을 염두에 두고 하는 이야기이다.

당대적인 삶과 역사에 대해 보신적 차원에서 관조적 입장에 서거나 등을 돌린 소설가치고 훌륭한 소설을 남긴 사람은 없다. 일찍이 허균의 『홍길동전』에서부터 지금의 『장길산』에 이르기까지 좋은 역사소설, 정치소설이 말해주는 것은 잘 육화된 사상성과 경향성은 훌륭한 역사소설, 정치소설의 필수 조건이라는 점이다.

송기숙의 소설은 지금 우리가 살고 있는 삶의 세계를 정면으로 향해 있다. 그의 소설은 기법과 작품세계 모두에서 지금 우리가 살고 있는 이 세계를 외면하지 않는다. 그래서 가끔 다른 어떤 소설가들이 사용하는 접근 방식, 이를테면 환상적이거나 우화적인 소설세계를 통해 현실을 반성하게 만드는 방식(예컨대 장용학의 경우가 그렇다)이나 주관적인 고뇌의 깊이로 객관적 세계를 끈끈하게 천착해나가는 방식(예컨대 이청준이 그렇다) 등은 아예 송기숙 소설과는 거리가 멀다. 그의 소설은 상징적으로, 혹은 암시적으로 우리의 삶을 이야기하지 않는다. 그는 그런 방식 대신 소박하고 명료하게 자신의 소설을 우리의 삶과 역사에 포개 놓는 방식을 취한다. 그래서 언제나 그의 소설은 지금 이 땅의 삶과 역사를 향해 정면으로 열려 있는 문이다. 가끔 이 문이 너무 활짝 열림으로 인해 소설적 흥미를 감소시키는 경우가 있을 정도로 말이다. 예컨대 다음과 같은 대목을 한번 보자.

> "지금 공산당 덕을 가장 많이 보고 있는 놈들이 누구야? 바로 자유당 놈들 아냐? 만약 공산당이 없었더라면 저 작자들이 이미 거꾸러지고 말았을 걸. 비위 상한 놈이 있으면 무작정 공산당으로 몰아붙여 버리니, 정적을 때려잡는데 이렇게 편리한 올가미를 가진 정권이 세계 어느 역사에 있었냐 말이야?"
>
> "요새 불안·초조 어쩌고 심각한 체하는 새끼들 말이야. 나는 그런 놈들만 보면 구역질이 나서 견딜 수가 없어. 사기꾼들이 따로 있는 줄 아나? 왜정 때 지주들의 수탈에 견디다 못해 밤봇짐을 싸짊어지고 만주로 유랑하는 농민들이 줄을 섰을 때, 바로 그 소작료로 대학 다닌다고 건들거리던 작자들이 인도주의가 어떻고 하며 카츄샤에 눈물 찔끔거리던 꼬락서니하고 이게 뭐가 달라. 썩어 문드러진 정치현실을 놔두고 분노가 아니라 니체가 어떻고 불안·초조라니, 남의 돈만 울궈내는 것이 사긴 줄 아나?"

73년에 발표된 「전설의 시대」에 들어 있는 한 작중화자의 이야기이다. 당대 삶의 모순을 통렬하게 고발하는 이 이야기가 비록 작중화자의 목소리를 빌고 있긴 하지만 작가 자신의 생각과 다르지 않다는 것을 우리는 그의 소설에서 쉽게 확인할 수 있다. 그 대표적 예가 「도깨비 잔치」에 나오는 성호 할아버지의 경우이다. "친일 민족 반역자, 해방이 되어 청년들에게 맞아 죽을 뻔했던 가네야마 경부 같은 개망나니 집안과 혼사를 한다는 어이없는 소식을 듣고, 기가 막혀 농사고 뭣이고 내팽개치고 단숨에 뛰어 올라오신" 성호 할아버지의 모습은 바로 위 인용문에 등장한 목소리에 정확히 일치한다. 그리고『자랏골의 비가』나『암태도』 등에서 보여 주는 억압받는 농민들에 대한 선명한 애정 역시 인용문의 정신이 만들어 낸 것이다.

그러므로 위의 인용문은 곧 송기숙의 현실인식, 송기숙의 당대 삶에 대한 자세를 드러내 보이는 셈인데, 우리는 여기에서 한 두 가지 주목해야 할 문제를 발견하게 된다. 그것은 첫째, 서슬 퍼런 유신 정치가 막 시작되던 73년에 발표된 위의 소설이 반공이념과 지배계급을 과감히 비판하고 있다는 점이다. 당시로서는, 물론 김지하를 비롯한 몇몇 예외적 경우가 없는 것은 아니지만, 누구도 감히 도전하기 힘들었던 반공노선에 대해 시비를 걸고 있다는 점, 그리고 60년대적 감수성이 여전히 지배적이었던 시기에 민중의 삶을 들어 지식인의 사치스런 관념적 번뇌를 날카롭게 비판하고 있는 점 등이 바로 그렇다. 이 같은 점은 송기숙의 소설이 문학적 성과는 사회의 진보로부터, 특히 진보를 위한 민중의 투쟁으로부터 분리될 수 없다는 민중문학의 명제에 충실하다는 사실을 입증해 주고 있다. 동시에 위의 인용문은 송기숙이 지닌 그러한 정치적 경향성과 관련하여 우리에게 두 번째로 주목해야 할 문제를 제시한다. 그것은 유신시대에 송기숙이 보여준 선진적 경향성은 높이 평가할 수 있지만 소설 속의 등장인물이 작가가 지닌 경향성을 드러내는 단순한 대리물로 전락하고 있는 점은 비판받아야 한다는 것이다. 필자는 앞에서 송기숙의 소설은 '지금 이 땅의 삶과 역사를 향해 정면으로 열려 있는 문과 같다'고 말했다. 그리고 그 예로 앞의 인용문을 제시했다. 송기숙의 어떤 소설들은 분명히 삶에 대한 치열성과 역사에 대한 건강한 시선을 지니고 있음에도 불구하고, 삶과 역사를 향해 지나칠 정도로 정직하게 열려 있음으로 말미암아 소설로서는 어색해지는 측면이 있다. 그 이유는 그의 소설이 자신의 정치적 신념이나 견해를 예술적 치환없이 솔직하게 그대로 반영하는 때문이다.

> …… 좌익들이 자네를 죽이려 했으니까 지금 자네가 우익이라고 설치는가? 자네는 좌익도 우익도 아니고 우리민족을 왜놈들한테 팔아먹은 민족 반역자야. 자네를 죽이려 했던 것은 처음부터 왜놈의 주구였으니까 죽이려 한 것이지. 내 죄는 시렁에다 얹어 놓고 그 천한 목숨 죽으려다 산 것만 내세워 민주투사라도 된 것같이 곤댓짓인데, 자네 같은 작자가 우익이 어떻고 설치고 나선다는 것은 좌익들과 싸우다 죽은 사람들을 모독하는 짓이고, 민족을 또 한번 모독하는 짓이야. (……)
>
> —「살구꽃이 필 때까지」에서

> "그런 작자들이 학생들에게 일본 침략을 제대로 가르치겠소, 민족항쟁을 제대로 말을 하겠소? 삼일절이나 광복절은 그냥 장난으로 맹그러 논 것이요? 민족을 팔아먹든 제 아비 밑에서 호의호식하던 놈덜이 삼십육 년의 통분을 되새겨 학생들의 정신을 일깨울 수 있다고 생각하시오? (……) 왜정 때 보지 않았소? 왜놈덜한테 빌붙어서 그 앞에 알랑거리고 제 백성을 팔아먹은 놈덜은 모두가 배웠다는 놈들이었소. 혼백이 없는 등신들한테나 지식을 실어 놓았으니 그 꼴이 됐어요."
>
> —「도깨비 잔치」에서

「살구꽃이 필 때까지」에서의 방호영감의 목소리는 「도깨비 잔치」에 나오는 성호 할아버지의 목소리와 위에서 보듯 아무런 차이가 없다. 그리고 대상에 따라 조금씩 바뀌고 있는 문체적인 차이 이외에 앞에서 인용했던 「전설의 시대」에 나온 작가의 목소리 역시 이 두 노인의 목소리와 다르지 않다는 사실도 우리는 알 수 있다.

소설에 등장하는 모든 인물은 조금씩 작가의 체취를 지니게 마련이며, 이것 자체를 우리는 소설의 성패를 가늠하는 잣대로 삼을 수 없다. 그러나 작가의 목소리가 어떻게 나타나고 있는지는 잣대로 삼을 수 있다. 소설 속의 인물들이 피와 살을 지닌 산 인간의 모습으로 형상화되지 못하고 작가의 목소리를 직설적으로 대변하는 인물로 그려져 있다면 그것은 분명히 문제가 될 수 있는 것이다. 『어머니의 깃발』에 수록된 송기숙의 소설 모두가 이와 같은 문제점을 노출하고 있는 것은 아니다. 그렇지만 위의 두 인용문에서 보듯, 작가의 목소리가 인물의 성격을 압도해 버리는 경우가 이 소설집에서 적지 않다. 그래서 구체적이고 일상적인 삶의 모습에 의해 충분하게 뒷받침받지 못한, 위험을 감수한 정치적 발언이, 그런 만큼 작가 자신의 발언이라는 것을 독자들은 쉽게 알아차릴 수 있다. 이를테면 방호영감이 사용하는 '민주투사'라는 용어는 지식인적 냄새를 풍기며, 민족주의 이념의 표출도 그런 냄새가 느껴져서 독자들이 쉽게 발견할 수 있다.

송기숙의 소설은 삶과 역사를 향해 열려 있지만, 그 열려 있는 방식은 정직한 방식이지 과격한 방식은 아니다. 어떤 사람들은 송기숙이란 이름을 들으면 과격한 민중주의자의 면모를 연상하는 버릇이 있는데 실제에 있어서 그의 삶과 작품은 전혀 그렇지 않다. 일찍이 이문구는 송기숙의 면모를 다음과 같이 기록해 놓은 바 있다.

> 그는 타고난 생리가 질박하여 백수(白水)에 가까웠고, 사단(四端)이 분명하니 고전적인 군자(君子)와 더불기에 충분하였으며, 평실한 문장은 시경(詩境)을 넘었으되 교만스레 문형(文衡)을 자처하거나 혹은 활계(活計)를 도모하지 않았고, 소인을 멀리하고 때맞추어 발언하기를 주저하지 않아 필요한 주민(住民)으로서의 도리에 어긋남이 없었다.
>
> —이문구의 「소설 송기숙」에서

이문구의 이 인물평이 말해 주는 것처럼 송기숙의 질박한 성품은 우선 그의 소설 문장에 그대로 온전하게 구현되어 있다. 전통적인 농촌취락 사회의 인정을 그대로 이어받은 것처럼 생각되는 그의 문장은, 비판주의자들에겐 맛없는 문장으로 비춰질지 모르지만, 꼼꼼히 되새기며 애정을 가지고 읽는 사람에겐 정직하고 진실한 문장이다. 거의 분식이 없는 문장, 대상에 대한 투박한 묘사, 쉽고 평이한 문체—이러한 것을 담고 있는 송기숙의 문장은 음흉하게 자신을 감추고 외피를 치장하여 독자들을 유혹하는 소설문장에 정직하고 진실하다는 느낌을 준다. 적절한 예가 될지는 몰라도 한 여인의 인간됨됨이를 드러내보여 주는 다음 문장을 한번 살펴보자.

> "방이 누추합니다마는……."
> 부엌 앞 고방문을 열어 보였다.
> "아이구, 이만하면 호텔입니다."
> 김이 너스레를 떨었다.
> "식구가 단출한 것 같네요."
> "내외뿐입니다. 깔깔."
> "내외가 어떻게 이런 외진 데서……."
> "조용해서 좋아요. 깔깔."
>
> —「낙화」에서

우리는 이처럼 간단하고 짤막한 대화의 교환을 통해 한 여자의 됨됨이를 충분히 느낄 수 있다. '깔깔'이라는 웃음 소리를 아무런 수식없이 반복시켜 놓은 데에서 여인의 경박한 성품을 읽을 수 있으며, 집안 형편을 처음 보는 외간 남자들에게 스스럼없이 깔깔거리고 털어 놓는 데에서 여인의 흐트러진 몸가짐을 읽을 수 있다. 송기숙은 이처럼 대상을 단순 명료하고 질박하게 묘사한다. 여타의 소설가 같았으면 웃음소리와 옷매무새와 행동거지에 대해 장황하게 설명했을 부분을 송기숙은 대화의 말미에 붙인, 일견 유치해 보이는 '깔깔'이란 웃음소리 몇 번으로 간단하게 처리해 버리고 있다.

이와 같은 송기숙의 소설문장은 자연히 문장 그 자체에 대한 관심보다 인물들의 성격과 이들이 저재하는 사건에 독자들이 더 큰 관심을 기울이도록 만든다. 그의 소설은 문체의 달콤함으로 독자를 유혹하지도 않으며, 사건의 복잡함으로 긴장을 유발시키지도 않는다. 그의 소설은 그런 방식으로서가 아니라 곧장 독자의 눈앞에 달려드는, 아니 독자들 앞에 거두절미하고 단도직입적으로 내던지는 사건에 의해 관심을 유발시킨다. 이 점은 그의 소설을 몇 편 읽은 사람이라면 첫머리에서 충분히 느꼈을 것이다.

> 그는 초등학교 때 선생 이야기를 하면서 첫마디부터 그 새끼라고 했다. 나는 아주 막되어 먹은 놈이라고 생각했다. (……)
>
> —「사형장 부근」 첫머리

> "평화 고물상입니다. 김개만(金介萬) 씨요? 여기 사장님이신데요. 가벼운 교통사골 당해서 잠깐 입원중입니다. 이산가족 찾기 관곕니까? 예, 여기는 고물수집회삽니다. 저는 이 회사 총뭅니다. 오시겠다고요? 어딥니까? 대전이요? 예. 텔레비전에 나간 것과 같습니까? 4시경이요? 그럼 오셔서 전화 하십시오. 기다리겠습니다."
>
> —「어머니의 깃발」 첫머리

그의 소설은 이처럼 배경이나 등장인물에 대한 어떤 정보도 주지 않은 채 곧바로 문제가 되는 사건으로 독자를 끌고 들어간다. 일반적으로 고전적인 규범을 준수하는 소설들이 첫머리를 시작하는 방식, 말하자면 어떤 배경이 제시되고 그 다음에 인물이 등장하는 방식을 송기숙은 전혀 따르지 않는다. 그리하여 그의 소설은 시작부터 문체나 기교에 의해 독자를 사로잡을 생각을 아예 포기해 버리고 그 대신 인물과 상황의 대결을 통해 독자의 관심을 끌어들인다. 송기숙의 경우 이 같은 소설쓰기의 방식은 질박한 문체와 어울려 대화의 역할을 십분 중요하게 만들면서 문체나 기교에 의존하는 소설보다 훨씬 흥미있게, 또 속도감 있게 그의 소설을 읽을 수 있게 만든다. 대화가 생략된 간접화법의 소설이나 지문의 역할을 중요시하는 소설들은 자연히 설명에 의존하게 되고 문장이 늘어지게 마련이다. 그런데 송기숙의 소설은 배경과 인물에 대한 설명을 거의 생략하는 수법으로, 다시 말해 직접적인 대화에 그것들을 과감하게 흡입해 들이는 방식으로 지문을 제거해 나가고 있다. 「어머니의 깃발」은 그러한 경우의 대표적 예이다.

송기숙의 소설세계는 그의 소설문장이 구수하고 질박하듯이 이해와 인정이 깔려 있는 세계이다. 그가 그의 소설 속에서 역사적인 삶을 자주 다룬다고 해서, 혹은 가난하고 못사는 민중들의 인생살이를 귀중하게 취급하고 있다 해서 그와 그의 소설을 과격한 민중주의의 소산으로 간주하는 사람들이 있는데, 이 점은 문체의 경우와 마찬가지로 오해에 지나지 않는다. 그러한 생각을 가진 사람들은 신비평의 용어를 빌린다면 '의도의 오류'를 범하고 있는 사람들이다. 송기숙의 작품을 제대로 읽어 본 사람이라면 어디에서도 과격한 민중주의자의 모습을 찾아낼 수 없을 것이기 때문에 그렇다. 송기숙에 대한 인상은 그가 이 땅의 민주화를 위해 투쟁한 사실과 관련된 것으로, 그러한 판단이 바로 작가와 작품을 동일시하는 '의도의 오류'를 전형적으로 범하는 것이다.

송기숙의 소설세계는 불화와 적대감으로 가득 찬 세계가 아니라 이해와 사랑이 넘치는 세계이다. 그는 자신의 소설을 지금 우리의 삶과 역사를 향해 열어놓고 있지만, 그 열린 공간에 증오와 원한을 담으려고 의도하지 않는다. 그가 담으려고 하는 것은 우리 모두가 이해와 사랑으로 살 수 있는 세계이다. 그렇기 때문에 그는 그렇게 될 수 없도록 가로막는 것들을 그가 가진 뚜렷한 역사의식으로 비판할 따름이다. 다음의 노사문제를 다룬 소설을 보면 우리는 그가 노동자와 사용자 모두에 대해 편견 없는 이해와 사랑을 가지고 있다는 것을 알 수 있다.

> 김이태는 소주를 혼자 따라 또 털어 넣었다.
> "오늘 경찰이 온 것, 우리 사장님을 의심하는 것은 아니겠죠?"
> "글쎄요. 난 어차피 쫓기고 있는 입장이에요. 어쨌든, 내가 여기서 나간다고 그것으로 일이 끝나는 것은 아닐 거예요. 이제 공원들도 알 만한 것은 웬만큼 다 알고 있어요."
> "오늘 여기 경찰이 온 것은 우연의 일칠 거요."
> "나도 그렇게 믿고 싶어요. 그렇지만, 그 사람들은 이렇게밖에는 일을 해결 할 수 없을 거예요. 아까 사장님 말씀을 들어 보니 사장님도 우리 같은 노동자로 굴러 떨어지지 않으려면 다른 길이 없겠더군요."
> "정말 좋으신 분인데……."
> 김이태는 다시 술을 따라 마셨다.
>
> —「부르는 소리」에서

운동권에서 노동현장에 취업한 여공과 한 사무직원이 나누는 대화를 통해 우리는 노사문제에 대한 송기숙의 시선을 엿볼 수 있다. 조그만 봉제 하청업체가 노사 문제로 겪는 어려움을 송기숙은 노동자의 편에 일방적으로 서서 사용자를 매도하는 방식이나 사용자의 편에 서서 노동자를 불온시하는 방식으로 드러내려 하지 않는다. 그가 이 작품에서 이야기하려고 하는 것은— 아무리 사용자가 성실하게 기업을 경영하더라도, 그리고 노동자가 정당한 방식으로 자신의 권리를 주장하더라도—그 같은 봉제 하청업체로서는 감당하기 어려운 자본주의 경제구조가 배후에 버티고 있다는 사실이다. 그것이 노사 상호간의 이해와 사랑을 근원적으로 불가능하게 만든다고 말한다. 그리고 송기숙은 이 작품에서 그 나름대로 심혈을 쏟아가며 회사를 경영해 온 박사장에 대한 이해의 시선을 잃지 않으면서 노동자들에게 따뜻한 사랑을 보내고 있다. 사장에 대해 명자로 하여금 "아까 사장님 말씀을 들어 보니 사장님도 우리 같은 노동자로 굴러떨어지지 않으려면 다른 길이 없겠더군요."라고 말하게 만들고 있는 것이나, 명자의 모습에 대해 "예쁜 얼굴은 아니었으나, 티없이 맑은 얼굴이었고 웃을 때는 더 맑아 보였다"고 쓰고 있는 것이 이 점을 입증해 준다.

이처럼 송기숙은 자신의 소설에서 과격한 민중주의자의 모습을 보인 적이 없다. 그가 민중에 대해 끊임없이 관심을 가져 온 것은 사실이지만, 그렇다고 자신의 소설에 등장한 민중들이 이 땅에서 이루어지는 모든 일들을 맹목적으로 부정하는 방식으로 소설을 쓰지 않았다. 그는 자신의 소설을 통해 역사적 삶을 살아 온 민중들이 얼마나 괴롭힘을 당했는지 왜 그렇게 행동할 수밖에 없었는지를 독자들에게 보여주려고 애썼으며, 민중들을 향해서는 증오와 폭력 이전에 이해와 합리적인 해결을 모색하도록 설득하고 있다. 『암태도』와 『자랏골의 비가』는 모두 송기숙의 그러한 모습을 보여주는 작품들이다.

> "어젯저녁 저는 그 동네에 갔다가 도깨비 취급을 받아 험하게 쫓겨났습니다. 그 동네는 어머니의 고향이고 또 내 고향인데, 너무 비참하게 쫓겨났어요. 나는 아무 죄도 없었고 다만 내 신분을 숨겼을 뿐인데 그것으로 도깨비 취급을 받고 말았지요. 저는 내일 고향에 다시 내려갈 생각입니다. 거기 가서 내가 누구란 것을 고향 사람들한테 말하고 내 작은아버지도 찾고 다른 일가도 찾겠습니다. 그분들은 나를 반가이 맞아줄 것입니다. 재벌도 아니고 학장도 아니니까 걸리는 것이 없겠지요. 미륵보살님에게 제 복을 빌어 주시려고 하신 것은 고마운 일입니다. 그러나 미륵을 서울로 가져다가 정원에 모시려고 하셨던 것이나 먼 제서 돈 몇 푼 보내 절을 지어 주시려고 하셨던 것은 잘못된 생각입니다.

(……) 미륵보살님이 바라는 것은 고향에 내려와 색안경을 벗고 당신 앞에 절을 하는 것일 겁니다. 저도 미륵보살님과 함께 그날이 오길 기다리겠습니다. 제가 드리고 싶은 말은 이뿐입니다."

—「어머니의 깃발」에서

자신을 버리고 개가를 해서 재벌의 부인이 되고 학장이 된 어머니를 향해 어머니와 다른 환경에서 민중의 한 사람으로 살고 있는 김개만이 하는 이야기가 바로 위의 이야기이다. 여기에는 자신을 내버린 어머니에 대한 적대감도 잘사는 사람들에 대한 원한도 없다. 오히려 자신이 살아온 역정과 현재적 삶에 대한 나름의 자부심으로 그 나름의 합리적 해결 방안을 당당하게 피력하고 있을 따름이다. 그리고 자신의 지위와 생활에 대한 이기적 욕심 때문에 색안경을 끼고 타인의 시선을 피해가며 자식을 만나야 하는 어머니에 대해 오히려 너그러우면서도 비판적인 이해를 드러내고 있을 뿐이다.

지금까지 필자는 송기숙의 소설이 삶과 역사를 향해 열려 있는 방식을 몇 가지 각도에서 설명해 보았다. 확실히 송기숙의 소설은 힘 있고 투박하게, 다른 방식으로 다시 말한다면 촌스러운 우직함으로 이 땅의 삶과 역사를 증언하고 있다. 그의 소설에는 문장을 아름답게 꾸미는 어떤 기법도 스며들지 않았고, 자신의 세계관을 우회적으로 드러내는 어떤 정략적인 방식도 채택되지 않았다. 그렇기 때문에 그의 소설은 현실을 복잡하게 그리는 것이 아니라 명료하게 그린다. 토착적 체취가 풍기는 주인공을 내세워 구체적이고 역사적인 우리 현실을 독자들에게 곧장 전달하고 있다. 그의 소설은 바로 이런 점 때문에 독자들에게 단순하게 느껴질 수도 진실하게 느껴질 수도 있을 것이다.

잃어버린 고향의 잃어버린 얼굴들

–임철우의 「사평역」의 사람들–

우리에게 있어 이제 고향이란 무엇인가. 이런 질문을 필자는 가끔 떠올릴 때가 있다. "고향 : 1) 제가 나서 자란 곳. 2) 제 조상이 오래 누려 살은 곳." 이희승 국어대사전이 보여주는 고향에 대한 이 정의는 지극히 형식적인 것이다. 나서 자랐다는 것만으로 어찌 고향이 될 수 있는가. 나서 자라는 동안 지금의 자기 자신을 형성하는 데 결정적인 어떤 각인을 남기지 않은 곳을 우리는 고향이라 할 수 없다. 더구나 오늘의 우리는 '조상이 오래 누려 살은 곳'이란 의미의 고향은 대부분 가지고 있겠지만 '제가 나서 자란 곳'으로서의 고향은 점점 상실해 가고 있지 않은가. 그렇다면 지금 1년 단위로 이곳 저곳 아파트를 떠돌아다니며 자라난 세대들에게 고향이란 과연 어떤 것일까. 그들에게 있어 고향이란 물고기를 잡고, 나비를 쫓아 다니던, 즉 지형 지물과 관계된, 어떤 행위가 아니라, 장난감, 사탕과자, 텔레비전, 비좁은 어린이 놀이터 등과 관계된 어떤 행위가 것이다. 그러나 그것들은 고향이라 말할 수 없는 물건들이다.

그래서 도시를 고향으로 삼는 서양작가들에 대한 전기를 읽을 경우 우리는 첫머리부터 낯선 느낌을 받는다. 그들은 런던 거리 몇 번지를,

파리 거리 어느 모퉁이를 자신들의 고향으로 내세우고 있다. 그리고 고색창연한 아파트를, 호텔을, 술집을, 식당을 추억 어린 어떤 곳으로 당당하게 제시하고 있다. 그러나 우리는 서양 사람들처럼 변하지 않는 도시를 생각할 수 없으며, 바뀌지 않는 거리를 생각할 수 없으며, 언제나 그 자리에서 대대손손 그 모양으로 그 장사를 하고 있는 가게를 생각할 수 없다. 우리에게 있어 아직 도시란 언제나 고향으로서는 낯설다.

그렇다면 임철우의 「사평역」은 우리들의 고향이 될 수 있는가. '사평역'에는 단지 내려서 쌓이는 하얀 눈과 도시로 이어진 외가닥의 철로와 (소설에서는 두 가닥이지만) 을씨년스런 역사밖에 없다. 거기에는 고기를 쫓던 실개천의 이미지도, 숨바꼭질을 하던 노적가리도, 이웃집 순이를 골탕 먹이던 동네 우물도 없다. 그런데도 '사평역'은 고향인가. '사평역'이 우리에게 고향이 되기 위해서는 20년대에 어떤 시인이 노래한 것처럼 '얼룩백이 황소가/해설피 금빛 게으른 울음을 우는 곳' 이거나, '엷은 졸음에 겨운 늙으신 아버지가/ 짚벼개를 돋아 고이시는 곳' 정도는 되어야 하지 않는가. 그러나 필자는 '사평역'이야 말로 지금 우리에게 있어 가장 확실한 고향이라고 생각한다. 그것은 바로 '사평역'에 앉아 있는 군상들 때문이다. 그들 군상이 지니고 있는 현재와 과거야 말로 지금 우리의 시점에서 포착할 수 있는 가장 확실한 고향의 모습이다.

우리 대부분이 지금 고향을 단지 떠나기 위한 장소로 가지고 있듯이 「사평역」에 등장하는 인물들 역시 '사평역'을 떠나기 위한 장소로 삼고 있다. '사평역'은 언제나 다시 찾아와 마음의 안정을 얻고 또 다시 떠날 수 있는 그런 장소가 아니다. '사평역'은 이제 떠나기 위한 장소일 따름이다. 임철우의 「사평역」에는 내린 사람이 아무도 없다. 밤늦게 도착한 완행 야간 열차는 아무도 내려놓지 않은 채 떠나는 사람만을 태우고 떠난다. 물론 「사평역」에 등장하는 인물 중 잠시 이웃 읍내 병원에 간 농부나 떠돌이 행상 아줌마들은 조만간 다시 '사평역'에 돌아올 것이다. 그러나 그들은 '사평'이란 곳에서는 길가의 플라타너스처럼 이미 움직일 수 없는 풍경의 하나였으며, 따라서 자신의 논과 밭 혹은 자신들이 돌아다녀야 할 동네골목처럼 그렇게 존재하는 정물에 지나지 않았다. 그러므로 '사평역'은 자신의 고향을 떠나는 사람에게만 분명한 의미를 가지고 새삼스럽게 다가오는 곳이다.

> 대학생은 문득 고개를 들어 말없이 모여 있는 그들의 얼굴을 하나하나 눈여겨본다. 모두의 뺨이 불빛에 빨갛게 상기되어 있다. 청년은 처음으로 그 낯선 사람들의 얼굴에서 어떤 아늑함이랄까 평화스러움을 찾아내고는 새삼 놀라고 있다. 정말이지 산다는 것이란 저렇듯 한 두름의 굴비, 한 광주리의 사과를 만지작거리며 귀향하는 기분으로 침묵해야 하는 것인지도 모른다.
>
> 청년은 무릎을 굽혀 바께츠 안에서 톱밥 한 줌을 집어 든다. (……) 청년은 그 짧은 순간의 불빛 속에서 누군가의 얼굴을 본 것 같다. 어머니다. 어머니가 주름진 얼굴로 활짝 웃고 있었다.

'사평역'을 떠나는 인물 중 사평역을 떠난다는 생각을 분명하게 가지고 있는 인물은 대학생과 춘심이이다. 이들은 그곳을 고향으로 가지고 있었기 때문이다. 춘심이는 신촌의 작부가 되기 전에 옥자로서 자란 곳이고, 대학생은 중·고등학교를 사평에서 다녔다. 그러므로 그들은 뒤에 남기고 가는 가족들과 추억이 있다. 그것들에 대한 생각은 '사평역'의 톱밥난로 불빛 속에서 짧은 시간 동안이나마 다시 한 번 자신의 현재 삶과 대비되어 반성적으로 떠오른다. 위 인용문의 대학생이 캠퍼스에서의 함성과 불빛 속의 얼굴을 대비시키는 것은 그 때문이다. 아늑함, 평화스러움 그리고 침묵 등의 이미지를 상기하면서 자신이 외쳤던 함성을 돌이켜 생각하는 것은 고향을 떠난다는 생각이 그만큼 절실하기 때문이다.

자신이 정열적으로 외쳤던 어른스러운 말들도 "꾸깃꾸깃 때에 절은 돈을 억지로 손에 쥐어 주는" 어머니 앞에서는 문득 어른스러움을 잃고 그를 단지 보호받아야 할 심약한 어린이로 만들 따름이다. 자신이 제적당한 대학이 있는 도시를 향해 떠나면서 그가 느끼는 심정은 그러므로 '이젠 누구 하나 찾아갈 사람도 없는' 상태라는 외로움과 '울음을 터뜨릴 뻔'하는 연약함이다. 그만큼 그에게 있어 고향을 떠난다는 의미는 절실하다.

그렇지만 '사평역'이 지닌 고향의 이미지는 우리 대부분의 농촌이 그렇듯이 이제 떠나지 않을 수 없는 곳이라는 것과 마지못해 떠나는 행위로 나타난다. 대학생은 젊은 시절 남의 집 머슴으로 평생을 논밭만 일구며 살아온 아버지의 꿈을 배반할 수 없어 제적된 대학이 있는 그 도시를 향해 떠나야하며, 춘심이는 고무줄처럼 늘어나서 삭아가는 시골생활을 참지 못해 떠나야 한다. '사평역' 지역은 그 누구에게도 현재 행복을 보장해 주지 못하는 곳이다. '사평역'의 고향은 그러므로 지금 그들이 도시에서 살아가고 있는 삶의 황폐함에도 불구하고, 그 황폐함에 대응할 수 있는 건강함을 가지고 있지 못하다. 그러므로 '사평역'의 인물들은 안정감이 없다.

「사평역」에 등장하는 뚱뚱이 서울 여자나, 중년사내, 역장, 그리고 행상꾼 아낙네들은 '사평역' 지역을 고향으로 태어나지 않은 사람들이지만 (이 점은 뚱뚱이 여인과 중년 사내의 경우만 확실하다) 그곳을 고향이라고 생각해도 무방한 사람들이다. 뚱뚱이 서울 여자에게는 '가랑이를 찢어내던 어린 시절의 배고픈 기억'이 있으며, 중년 사내에게는 이북에 두고 온 사평에 유사한 고향이 있고, 역장과 행상꾼 아낙네는 사평에서 이미 빼놓을 수 없는 풍경으로 자리잡은 사람들이기 때문이다. 그러므로 '사평역'에 모여 앉아 있는 사람들은 모두가 손쉽게 하나로 된다. 그들이 삶을 영위하는 음식점과 술집과 대학 등을 떠나서 '사평역'에 모였을 때, 그리고 자신들의 잘나고 못남을 내세우지 않았을 때 그들은 모두가 다정한 이웃이 된다. '사평역'의 낡아빠진 톱밥난로가 그처럼 훈훈하게 사람들을 감싸들이는 것이 어찌 난로의 따뜻함 때문만이며, 한 마리의 북어가 그처럼 사람들 사이를 다정하게 만들어 주는 것이 어찌 배고픔 때문만이겠는가. 그것은 현재 사평을 고향으로 하고 있는 사람들이건 그렇지 않은 사람이건 간에 그들 사이에 되살아난 잃어버린 고향의 잃어버린 다정한 이웃들에 대한 이미지 때문이 아니겠는가. 그렇기 때문에 뚱뚱이 서울 여자는 자신의 그 어려웠던 과거를 추억하며 사평댁이 가지고 도망친 돈을 받기는커녕 오히려 갖고 간 돈을 보태주고 사평을 떠나며, 가난한 시골 간이역장은 역사의 가난한 살림을 생각하지 않은 채 미친 여자의 따뜻한 잠자리를 위해 난로를 톱밥을 더 가져다 넣는 것이다.

임철우의 「사평역」은 만남의 공간이라기보다는 헤어짐의 공간이다. 역이란 만남과 헤어짐의 장소이며, 떠나는 사람과 만나는 사람이 뒤섞인 곳이다. 그렇지만 '사평역'에는 만나는 사람이 없다. 만나는 사람이 없을 뿐만 아니라 마중하는 사람도 배웅하는 사람의 그림자도 보이지 않는다. 남포불을 들고 자식의 귀가를 기다리는 어머니의 모습도, 이별을 아쉬워하는 연인들의 모습도 거기에는 없다. 눈 내리는 외로운 역사에 외롭게 사람들이 앉아 있을 따름이다. 사평역을 통과하는 기차는 그러므로 한 방향만으로 달리는 기차이다. 이 소설의 마지막이 보여주는 미친 여자에 대한 역장의 다음과 같은 생각은 그런 의미에서 퍽 시사적이다.

> 그녀의 집이 어디며, 또 어디서 왔는지 역장은 전혀 모른다. 다만 이따금 그녀가 이 마을을 찾아왔다가는 열차를 타고 떠나곤 했다는 정도

만 기억할 뿐이다. 오늘은 왜 이 여자가 다른 사람들을 따라 열차를 타지 않았을까 하고 역장은 의아하게 생각했다. 아마 그 여자에겐 갈 곳이 없었을지도 모른다. 그녀에게 있어서 출발이란 것은 이 하룻밤, 아니 단 몇분 동안이나마 홀로 누릴 수 있는 난로의 따듯한 불기만큼의 의미조차도 없는 까닭이리라.

'사평역'에 앉아 있던 모든 사람들이 떠난 후 남은 사람은 잠든 미친 여자와 늙은 역장뿐이다. 제정신 가진 모든 사람은 사평을 떠났고 따뜻한 난로보다 더 큰, 떠날 의미를 가지고 있지 못한 미친 여인과 문득 그 여인에게서 어떤 공감대를 발견한 늙은 역장만이 외롭게 사평에 남았다. 그리고 그들끼리 사람들이 떠나기 전에 톱밥난로를 통해 나누었던 따스한 인정을 다시 한번 톱밥을 난로에 집어 넣음으로써 나눈다. 그런데 우리는 이 사소한 사건을 거꾸로 뒤집어 생각해 볼 필요가 있다. 미친 듯이 고향을 떠나는 사람, 잠시 고향이라고 코빼기만 내밀었다가 가는 사람, 고향을 지겹고 지겨운 곳으로 치부하면서 떠나는 사람들의 행선지에는 "단 몇분 동안이나마 홀로 누릴 수 있는 난로의 따뜻한 불기만큼의 의미"보다 큰 의미가 기다리고 있는가 하는 점이다. 산다는 것은 자신의 반생을 보낸 감옥의 벽돌담 같은 것이라고 생각하는 중년 사내에게, 누가 뭐라 해도 흙과 일뿐이라고 생각하는 농부에게, 모든 고객이 돈으로만 보이는 서울여자에게, 골치 아픈 이야기는 생각하기도 싫은 춘심이에게, 이 세상의 정직함과 자신의 길을 구별할 수 없는 대학생에게, 삶은 허허한 길바닥과 같은 것이라고 생각하는 행상꾼 아낙네에게 사평을 떠나는 것의 의미는 과연 미친 여자의 난로보다 큰 것일까. 만약에 그렇지 않다면 그리고 그 난로가 보이지 않는 따듯함으로 우리를 포옹해 들이는 고향의 의미라고 생각한다면 갑자기 '사평'을 떠나지 않고 머무는 미친 여자야 말로 정상적으로 고향의 의미를 발견한 사람일지도 모른다.

그러나 현실적으로 미친 여자는 미친 여자이며 정상적인 사람은 모두가 떠났다. '사평역'은 우리들의 현실 속에서는 고향과 헤어지는 공간으로 외롭게 도사리고 앉아 있을 뿐이다. '사평역'은 소설에서 뿐만이 아니라 현실에서도 어디까지나 간이역이며 잠시 정거했다가 떠나는 헤어짐의 공간이다. 문득문득 빠른 속도로 스쳐지나 가는 특급열차의 화려함이 이 역의 초라함을 강조하며 떠나기를 재촉하는 곳일 따름이다.

그러나 '사평역'과의 만남과 헤어짐은 짧은 시간만큼이나 아름답다. 그들은 잠시나마 눈 내리는 외로운 '사평' 역사 속에서 어울리며 함께 고향의 다정한 얼굴들로 변모했다. 그리하여 제각기 서로가 서로를 통해 고향의 잃어버린 얼굴들을 떠올릴 수가 있었다. 다음 대목은 이 점을 잘 드러내 보여 준다.

> 음울한 표정의 중년 사내는 대학생이 아까부터 톱밥을 뿌려대고 있는 모습을 곁에서 줄곧 지켜보고 있는 참이다. 대학생의 얼굴은 줄곧 상기되어 있다.
>
> 이 젊은 친구가 어쩌면 꿈을 꾸고 있는지 모르겠군. 그러면서도 사내 역시 톱밥을 한 줌 집어 낸다. (……) 사내는 불빛 속에서 누군가의 얼굴을 얼핏 본듯하다. (……) 사내의 음울한 눈동자가 간절한 그리움으로 반짝 빛나기 시작한다. (……)
>
> 어느새 농부도, 아낙네들도, 서울 여자와 춘심이도 이젠 모두 그 두 사람의 치기 어린 장난을 지켜보고 있다. 누구도 입을 열지 않았다.

톱밥 난로를 중심으로 이루어진 이 공감대는 순간적이다. 얼마 지나지 않아 이들은 불빛이 스러지는 것처럼 과거의 기억을 벗어나 견고한 현실적 삶으로 돌아올 것이다. 그러나 이 순간만은 대학생과 중년사내가, 서울여자와 춘심이가, 농부와 아낙네들이 불빛에 어린 어떤 얼굴, 혹은 불빛어린 서로의 얼굴을 바라보면서 마음속의 거리를 없애고 하나가

된다. 서울 여자가 춘심의 몸뚱아리를 훑어내리며 퍼붓던 경멸어린 시선도, 시골 아낙네들이 서울 여자에게 보내던 부러움의 눈길도, 중년 사내의 막막한 가슴 속도 환하게 빛나며 타오르는 톱밥의 불빛과 함께 아름답고 따스하게 바뀐다. 그것은 그들 모두가 잊어버리고 싶지만 잊어버릴 수 없는, 그리워하지만 다시 만날 수 없는 어떤 얼굴들을 가지고 있기 때문이다. 그것들을 불빛 속에서 발견했기 때문이다. 이렇게 발견된 고향의 얼굴들은 그렇지만 마음을 터놓을 수 있는 공개된 언어로 표현되지 못한다. 이들 모두는 자기 내면의 말과 얼굴을 불빛 속에 잠시 드러었다가 곧 거두어들인다. 이 작품의 첫머리에 인용된 곽재구의 시 「사평역에서」는 이런 의미에서 서정적이고 순간적인 아름다움을 미리 암시해 준다. "내면 깊숙이 할 말은 가득해도/ 청색의 손바닥을 불빛 속에 적셔 두고/모두들 아무 말도 하지 않았다"라는 시구는 바로 '사평역'의 표정이다.

「사평역」은 우리에게 어떤 특정한 인물을 뚜렷하게 부각시켜 보여 주지는 않는다. 또 거기에 앉아 있는 인물들은 어떤 뚜렷한 희망도 새로운 결의도 보여주지 않는다. 그들은 다만 자신들의 외로운 삶과 막막하고 답답한 심정들을 드러내 보여 주었을 따름이다. 그들의 미래는 모두 먹빛 어둠 속에 잠겨 있으며, 그럼에도 불구하고 그들은 그 먹빛 어둠을 향해 떠나지 않을 수 없는 인물들이다. 그러나 한순간 고향의 이미지로 채색된 그들의 얼굴은 우리들에게 더할 나위 없이 소중하고 아름다운 얼굴들임에 틀림없다.

> (……) 먹빛 어둠은 화폭으로 드리워지고 네모진 창틀 너머 순백의 눈송이들이 화폭 위에 무수히 흩날리고 있다. 거기에 톱밥 난로의 불꽃이 선연한 주홍색으로 투영되어지자 한순간 그 모든 것들은 기막힌 아

> 름다움을 이루어 내는 것이었다. 아아, 저건 꿈일 것이다. 아름답지만 존재하지 않는 것, 존재하지 않음으로 아름다운 것.

이 아름다움 앞에서 말을 잃고 망연히 앉아 있는 「사평역」의 얼굴들은 80년대의 한국 소설이 보여준 서정적 아름다움의 가장 빼어난 모습이다. 이 모습은 우리들의 가슴을 후련하게 만들어 주지는 못하지만 그 안타까운 그리움으로 우리를 빨아들인다. 내가 떠난 고향, 내가 버린 고향의 그 막막한 깊이 속으로.

—『동서문학』, 1986. 9.

정직한 개인과 난폭한 사회

-윤정모의 「가자 우리의 둥지로」를 중심으로-

단순한 사회는 단순한 개인을 낳는다. 한 사회가 오로지 그 사회를 유지하는 데 필요한 제도, 이데올로기, 파워 엘리트 등에 대해서만 절대적인 정당성을 부여하고 그것들을 의심하는 모든 것에 대해 물리적인 힘으로 통제해 나가는 방식을 취할 때 개인들이 사회에 대응하는 방식은 단순해진다. 이러한 사회에 개인이 대응할 수 있는 방식은, 깊이 있는 사고를 하건 안하건, 동일하기 때문에, 오직 즉각적인 행동만이 정당화된다. 여기에서 지식인의 딜레마는 시작된다. 올바른 지식인은 원래 조직적인 사고를 통해 도달한 결론 없이는, 다시 말해 방법과 과정에 의해 뒷받침되는 결론 없이는 손쉽게 행동하지 않는 속성을 지니고 있다. 따라서 단순한 사회에서 지식인은 비겁자가 되거나 우유부단한 자가 될 가능성이 많아진다.

1970년대 이후 지금까지 우리는 "우리나라에 가장 합당한 민주주의 체제를 갖추고 있으므로 이 질서를 파괴하는 행위는 도저히 용납할 수 없다"는 식의 절대적 권위주의가 지배하는 사회 속에서 살아왔다. 이런 사회에서 민주주의는 반성과 의심의 대상으로 삼을 수 없는 것이어서 좀 더 나은 어떤 것으로 바꿀 수 있는 가능성, 다시 말해 우리들의 정상적인 관심이 결실을 맺을 여지는 전혀 없어 보였다.

윤정모의 소설은 오늘날 우리가 살아가는 이러한 사회와 관련지어 몇 가지 문제들을 생각하게 만든다. 윤정모의 소설 속에 설정된 개인과 사회의 관계는 왜 일률적으로 전자의 정직함과 후자의 난폭함으로 드러나는가, 그의 소설은 왜 구태의연한 권선징악적 주제에 집착하는가, 그의 소설 속 인물들은 왜 진지하게 고뇌하지 않고 손쉽게 행동하는가 등의 의문을 제기하게 만드는 것이다.

윤정모는 자신의 소설에서 직접적이건 간접적이건 1980년대 한국사회가 안고 있는 가장 근원적인 문제점들, 예컨대 광주사태, 학원문제, 반공 이데올로기의 경직성, 빈부간의 격차문제, 이민문제 등을 다루었다. 그러면서 그는 자신의 소설을 통해 증오, 공포, 분노, 절망, 사랑, 희망 등의 감정을 분명히 드러내고 있다. 또 그는 이러한 감정을 소설의 메시지와 결부시킴으로써 독자들을 선명한 인상으로 사로잡고 있다.

윤정모의 소설이 우리들을 선명하게 사로잡을 수 있는 중요한 이유의 하나는 그의 소설이 전달해 주는 감정이나 메시지가 비교적 단조로운 색조를 띠고 있는 것과 관련이 있다. 그는 세계의 옳고 그름에 관한 한 분명히 말해야 한다는 태도를 가지고 있기 때문에 그의 소설은 일종의 선언이며 행동이다. 그는 우리가 살고 있는 사회의 문제점들은 왈가왈부할 필요 없이 분명한 것이고, 따라서 공평무사하게 묘사하려고 하는 것은 허황된 꿈에 지나지 않는다는 태도를 가지고 있다. 이 점은 광주사태를 다루고 있는 「밤길」이나 유언비어 문제를 반공 이데올로기와 결부시킨 「신발」등에서 뚜렷하게 드러나며, 그것들처럼 분명하지 않은 문제를 다룰 경우에도 그의 태도는 변하지 않는다. 예컨대 도시생활의 황폐함을 통해 농촌사회에의 그리움을 표현한 「등나무」의 경우를 보자

…… 나쁜 자식! 니가 뛰어내려봐. 3미터의 간격이 그 애와 그녀 사이에 팽팽하게 곤두섰다. 강오가 동조를 구하듯 비죽이 웃었으나 그녀는 싸늘하게 입을 다물고 강렬한 눈으로 그애를 쏘아보았다. 강오의 얼굴에 서서히 웃음이 걷혔다. 그녀는 마치 진공을 밀어내듯 소리없이 한 발 한 발 강오에게로 다가갔다.

자기의 자식을 장난삼아 언덕 아래로 떨어뜨리려 한 주인집 아들을 이번에는 그녀가 떨어뜨리는 장면이다. 이 사건 후 그녀는 경찰에 살인혐의로 잡혀가지만 자신이 직접 강오를 떠밀지 않았다고 말하며 완강하게 모든 책임을 회피한다. 그리고 결말에서 강오가 가벼운 상처만 입은 것으로 설정함으로써 주인집의 쓰잘 데 없는 소동이라는 의미를 강조하면서 이 사건을 마무리한다.

윤정모는 짧은 소설에서 많은 사건과 방대한 길이의 시간을 처리한다. 그렇기 때문에 소설의 흐름이 빠르고, 흐름이 빠른 만큼 또 흥미가 있다. 윤정모는 이러한 자신의 소설쓰기 수법 때문에 강오에 대해서는 전혀 고려할 여유를 가지지 못하고 있다. 그러나 강모가 한 행동의 옳고 그름을 떠나서 강모의 생명을 위태롭게 하는 처사가 주인공에게 갈등을 일으키지 않는 것은 이상하다. 이 점을 모를 리 없는 작가가 자신의 소설에서 나이어린 강오의 추락에 대해 번민하는 모습을 전혀 기록하지 않은 것은 아마도 이 소설을 지배하는 주제와 관계가 있을 것이다. 건강하고 윤리적인 농촌 취락사회와 퇴폐적이고 비윤리적인 도시사회의 대비라는 선명한 주제의식이 주제의 선명함을 방해하는 곁가지를 용납하지 않고 있는 것이다. 작가가 강오를 단순한 어린아이가 아니라 부유한 도시인들이 만들어낸 악의 화신처럼 취급하고 있는 것이 그 사실을 입증한다. 그렇기 때문에 윤정모의 이 소설에서 '강오'는 개인의 의미를 넘어서 모순된 사회 그 자체가 된다. 작가가 강오의 죽음에 대해 전혀 개의하지 않은 것은 이런 이유와 관계가 있다.

이처럼 선명한 주제의식은 대부분의 윤정모 소설에 있어서 장점이자 동시에 단점을 이루면서 고대 소설적인 흥미로 독자를 끌어들인다. 필자는 앞에서 단순한 사회는 단순한 인간을 낳는다고 말했다. 우리가 이러한 사회에 살고 있는 동안은 윤정모식의 소설쓰기가 이 사회의 구조에 힘입어 계속적인 의미를 지닐 것이다. 그의 소설이 보여주는 명쾌함은 지식인의 끝없는 고뇌로 뭉쳐진 이청준의 「비화밀교」가 주는 답답함보다 훨씬 쉽게 독자의 가슴을 후련하게 만들어 줄 것이기 때문이다.

> 요섭아, 우리도 지금 안전한 곳으로 대피하고 있는 게 아니란다. 거기에도 장벽은 있다. 그 장벽을 깨뜨려달라는 임무가 우리에게 주어진 거야 우린 그걸 해내야 돼. 비록 이 밤길이 영원히 끝나지 않는다 해도 이젠 서둘러야 한다.

동일한 광주사태를 다루면서도 「밤길」에서 윤정모가 보여주는 결론은 이청준의 답답한 고뇌에 비교해 볼 때 이처럼 선명하다. 이런 의미에서 그의 소설은 '어떻게'라는 물음이 생략된 시대의 삶을 정직하게 반영한다. 무엇을 어떻게 하느냐가 아니라 무엇을 하느냐 하는 것이 곧 바로 결정될 수 있는 시대에 대응하는 구조로 그의 소설을 씌어지고 있는 것이다. 그러므로 그의 소설은 우리에게 새로운 비전을 제시하는 방식이 아니라 끊임없이 현재의 문제 속으로 끌어들이는 방식을 취한다. 우리가 마치 지금 우리를 얽어매고 있는 정치적 문제들에 단순하게 몰입하고 있는 것처럼.

이상에서 이야기한 점들이 윤정모의 소설에 나타나는 개인과 사회의 관계, 권선징악적 주제, 손쉬운 결론 등에 대한 적절한 대답이 될 수 있을지 모르겠다. 그러나 분명한 것은 작가란 자신이 살고 있는 사회의 피조물이면서도 그 피조물의 지위를 거부하는 존재란 사실이다. 윤정모의 소설이 지금 우리가 살고 있는 사회의 구조를 자신의 소설 속에 온전히 지니고 있다는 것은 이런 의미에서 그다지 바람직한 일이 아닐 수도 있다. 그것은 작가의 문제의식보다 상투성을 뚜렷하게 드러내는 방향으로 흘러서 윤정모의 윤정모다운 시각은 보여주기 어렵다는 사실을 말한다. 소설을 쓰는 방법의 독자성이 뒷받침되지 않는 주제나 소재는 작가의 목소리를 낼 수 없기 때문이다.

마지막으로 윤정모의 소설이 지닌 서술구조에 대해 필자는 간략히 언급하겠다. 이 소설집에 실린 거의 모든 작품은 동일한 수법으로 씌어지고 있다. 그 수법은 '현재의 사건(상태)제시 → 과거에 대한 회상 → 현재로의 환원 → 과거에 대한 회상'이라는 방식이다. 이 방식에 의해 윤정모는 과거와 현재를 — 과거는 대체로 현재보다 더 나은 상태였다 — 재빠르게 대비시키거나 연결시키면서 소설을 이끌어 나간다. 그렇기 때문에 그의 소설은 속도감이 있어 보인다.

그러나 이 속도감은 어떤 측면에서는 독자의 흥미와 지나치게 밀접히 관련되어 있는 듯한 인상을 줌으로써 단조로우면서도 안이하다는 평을 받지 않을까 우려된다. 예컨대 「가자, 우리의 둥지로」라는 작품은 주인공 태민이가 교회에 쳐들어와서 목사에게 아내를 내놓으라고 소리치는 장면부터 시작한다. 일상적인 생활에서 볼 때 목사에게 아내를 내놓으라고 외치는 것은 대단한 구경거리가 아닐 수 없다. 그리고 「신발」은 한 여인이 유치장을 나서는 장면에서 시작되고, 「아들」은 살인한 모범수가 특별외출로 아들을 만나는 장면에서부터 시작되며, 「등나무」는 한 아주머니가 살인혐의로 취조 받는 장면에서부터 시작된다. 이렇게 시작된 소설이 현재에서 과거로 거슬러 올라가고 다시 현재로 되돌아오고 하는 방식을 취하다가 행복한 화해를 이루는 결말을 갖는 것이 윤정모의 소설이다. 그러므로 윤정모의 소설은 심각한 주제에도 불구하고 읽기가 편하고 우리를 고통스럽게 만들지 않는다.

—『오늘의 책』, 1986. 봄

지리산 빨치산 생활의 증언

오랫동안 사람들의 입에서 입으로 전해지던 지리산 빨치산에 대한 이야기가 처음으로 우리 앞에 공개되었다. 그동안 이병주의 『지리산』, 조정래의 『태백산맥』, 김원일의 『겨울골짜기』 등이 지리산 일대를 무대로 한 빨치산의 생활상을 소설적 장치를 통해 실제에 가깝게 보여주기는 했었다. 그러나 그것들은 어디까지나 픽션화된 구조 속에서였기 때문에 실제 모습에 대한 사람들의 호기심을 완전히 충족시켜 줄 수는 없었다. 오히려 실상에 대한 사람들의 관심은 빨치산 생활을 다룬 소설들이 낙양의 지가를 올리고 있는 것에 발맞추어 더욱 고조되었다고 보는 것이 옳을 것이다.

이번에 공개된 이태의 『남부군(南部軍)』은 저간의 그러한 사정에 부응하면서 사람들의 호기심을 충족시켜 주고 있다. 우리는 이 책을 통해 적어도 다음과 같은 몇 가지 사실들을 확인해 볼 수 있게 된 것이다.

첫째 그간 빨치산 문제를 다룬 소설들이 우리 앞에 제시해 놓은 빨치산의 생활상이 어느만큼 사실성이 있는 것인지 가늠해 볼 수 있게 되었다는 점이다. 작가의 허구적 상상력이 임의로 만들어낸 것인지, 나름의 어떤 근거 위에서 이루어진 상상력인지를 우리는 이 책으로 말미암아 정확히 판단할 수 있게 된 것이다. 우리는 이를테면 빨치산들의 숙식 방법, 남녀 관계, 접선 방법, 심리 상태, 이데올로기에 대한 몰입 정도 등을 묘사한 장면에 대해 판단의 근거를 확보할 수 있게 되었다는 이야기다. 예컨대 접선 방식에 대한 경우를 보자.

> 고개마루 가까이 커다란 바위덩이가 보이자 선요원은 우리를 억새숲 속에 기다리게 하고 그 바위 가까이에 가서 손뼉신호를 했다. 뒤이어 다음 코스의 선요원이 억새숲 속에서 모습을 나타냈다. 연결이 이뤄지자 거림골의 선요원은 오던 길을 혼자서 되돌아갔다. 그는 사단의 위치도 환자 트(아지트의 준말—필자주)의 위치도 모르는 것이다.

빨치산의 이 같은 접선 방식만을 따질 때 소설 속에서 이 점이 가장 객관적으로 그려진 작품은 김원일의 『겨울골짜기』이다. 한 부대원이 이 부대에서 저 부대로 옮겨갈 때 혹은 인적·물적 자원을 새로이 충원할 때 사용한 접선루트는 이처럼 엄격하게 관리되고 있는데, 상당수의 소설들이 이점을 잘 몰라서 자의적으로 이야기를 만들어 내고 있었다는 사실을 우리는 이 책을 통해 확인할 수 있다.

다음으로 남녀 관계를 보자. 우리들에게 일반적으로 알려져 있는 빨치산의 남녀 관계는 타락해 있거나 문란한 것이다. 또 좌익들은 성을 도구로 이용해서 여자들을 얽어매고 있다는 이야기를 우리는 많이 들어왔고, 이 점은 조정래의 『태백산맥』과 같은 비교적 뛰어난 소설에까지 은연중 답습된 것이 사실이다. 여기에 대해 『남부군』은 이렇게 쓰고 있다.

> (……) 그러나 실상은 그들의 남녀 관계는 상상 외로 담백한 것이었다. 가령 한 방에서 남녀 단 둘이 잠자리를 같이 한다 해도 정상 사회에

> 서 생각하는 것처럼 이성 관계가 생기는 것은 아니다.
>
> 특별히 정신무장이 잘 돼서 그렇다는 것이 아니라 심리적・육체적 조건이 자연 이성 관념에서 멀어지게 하는 것이다. 남부군과 같은 순수 유격부대의 경우는 더욱 그랬다. 일정한 거점없이 행군과 전투로 지고 새는 긴장과 불안의 나날이 계속되기 때문에 다른 잡념이 끼여들 여유가 없어지는 것이다.(……) 여성대원의 경우 지방당 소속 대원은 모두 정상적인 '생리'를 갖고 있었으나 남부군의 여성대원은 거의가 생리가 정지된 상태에 있었다는 얘기를 들은 적이 있다. 남녀간에 일종의 정신적 성불구 상태가 되는 것이다.

이 같은 증언을 염두에 두고 생각할 때 우리는 『태백산맥』에서 하대치와 장터댁 사이에 벌어지는 농도 짙은 섹스는 빨치산의 전형적인 모습을 그려낸 것이라기보다는 예외적이거나 우연적인 모습을 그린 데 불과한 것이라는 판단을 내리지 않을 수 없다. 이처럼 이 책은 저간의 소설에 대해 몇 가지 사실적 판단을 가능케 해주고 있다.

둘째, 우리는 빨치산 수기인 『남부군』으로 말미암아 그간 지리산 일대의 빨치산에 대해 가지고 있었던 이중적인 심리적 부담감으로부터 벗어날 수 있는 계기가 마련되었다는 점을 지적할 수 있다. 지금 우리 사회 한편에는 빨치산들의 투쟁과 생활상에 대한 신화적인 이야기와 여기에 편승한 선망 혹은 부러움이 있는가 하면, 다른 한편엔 악의적이 왜곡과 비방이 자리 잡고 있다. 그런데 우리는 이태의 『남부군』을 읽음으로써 빨치산 신화에 대한 그와 같은 콤플렉스나 적대감에서 벗어나 그곳에 살았던 사람들 역시 당대의 역사 속에서 몸부림친 사람들의 하나라는 것을 이해하는 단계로 나아갈 수 있게 되었다. 다음과 같은 대목을 한번 보자.

> 어느 날 비가 억수처럼 퍼붓는 속을 나는 백 명 가까운 대원을 거느

리고 보급투쟁을 나갔다. 3월의 밤비는 얼음물처럼 차가왔다. 사근이골 뒤의 벼랑길을 십리쯤 갔을 때였다. 마흔이 약간 넘어 보이는 매우 독실한 인상의 대원 하나가 그와 비슷한 연배의 또 한 사람과 길 옆에 비껴서서 나를 기다리고 있었다.

"중대장 동무, 배가 치밀고 신열이 나서 도저히 못견디겠읍니다. 옳지 못한 일인줄 잘 압니다마 오늘 저녁만은 돌아가 쉬게 해줄 수 없겠습니까?"

옆의 대원이 거들었다. (……)

그날 밤 나는 그 사내를 생각하며 사뭇 기분이 언짢았다. 이튿날 초막에서 잠을 자고 있는데 서중대장이 옆에 앉아 엽초를 말아 피우면서 투덜댔다.

"문화부 중대장 동무는 도무지 맘이가 약해서리 탈이우다"

"뭐 말이오"

"보급투쟁이 가다가서리, 여르 좀 난다고 돌려보내서야 어떻게 사업하겠음메"

"아아! 어젯밤 그 대원…그 동무 사실 몸이 아주 나빴어요"

"저렇다니깐… 요컨대 당성 문제가 아니갔음메"

이 사람, 자기는 맨날 이 핑계 저 핑계를 대고 쉬고 있으면서, 그건 당성 문제와 상관이 없는 것인가?

"마 혁명으르 쟁취하자며는 눈앞에서리 천명 만명이가 피르 토하고 죽는 거를 봐도 눈이 하나 까딱 말아야 한다느 교시르 모르오? 요는 가족주의를 경계해야 되겠다 그 말 아닙메"

나는 "비당원이니까 할 수 없다"는 괄시를 받기 싫어서 그 이상 대꾸를 않고 말았다.

필자는 이러한 대목을 두고 반공주의자들이 흔히 하는 이야기, 즉 공산의자들은 인간성에 대한 이해가 없다는 식의 비판을 하고 싶지 않다. 그보다는 필자는 이 대목을 통해 지리산의 빨치산 부대가 상상 이상의 엄격한 규율과 질서에 의해 움직여 나갔음에도 불구하고 지금 우리들이 조직사회에서 당면하고 있는 여러 가지 문제들과 마찬가지 문제들을 공유하고 있었다는 사실을 상기시키고 싶을 따름이다. 그래서 필자는 어떤 조직에나 맹목적이거나 기회주의적인 충성분자가 있게 마련이며, 이 점이 그 조직의 결정적인 하자는 아니라는 사실을 먼저 말해야겠다. 우리는 위의 인용문을 통해 지리산의 빨치산들이 우리와 먼 거리에 있는, 선망이나 혐오의 대상이 아니라 우리와 마찬가지로 조직과 인간과의 관계를 고뇌한 사람들의 하나라는 사실을 확인할 수 있는 것이다. 다시 말해 지리산에 살았던 사람들은 신화적인 영웅도 아니며, 국군의 총부리 앞에서 풀뿌리처럼 쓰러진 비겁자도 아니다. 그들은 그들 나름대로 역사에 대한 전망을 가지고 당대를 희망과 절망 속에서 몸부림치며 살았던 우리 민족일 따름인 것이다.

셋째, 이 빨치산 수기는 남로당과 북로당의 관계에 대해 흥미 있는 이야기를 들려주고 있어서 주목된다. 남로당과 북로당의 갈등관계에 대해서 단편적인 지식밖에 가지고 있지 못한 필자로서는 이 수기에서 저자가 주관적으로 이야기하고 있는 갈등을 객관적 사실로 입증해 보일 능력이 없다. 그렇지만 이 책의 부분 부분에서 나타나는 북로당 출신 사람들과 남로당 출신 사람들 사이의 갈등은 그것이 높은 지위에 있는 사람들이 아니라 아래쪽에 있는 사람들의 소원한 관계라는 점에서 오히려 더 구체적이고 흥미 있는 연구의 대상이 될 수 있다. 먼저 북한정권에 대한 저자의 시각부터 보자.

> 다음에 나는 이 기록을 통해 북한정권에 의해서마저도 버림받은 채 남한의 산중에서 소멸돼 간 비극적 영혼들의 메아리 없는 절규를 적어 보고 싶었다. 북한 정권은 그들에게 가혹한 희생만을 요구했을 뿐 그들의 생명에 대해서 조그만 고려도 관심조차도 피력한 적이 끝내 없었다. 이 더할 수 없는 잔학을 나는 고발하고 싶었다. 53년 7월, 그 민족적 비극을 마무리하는 휴전협정 문서에는 각 상대방 후방에 남겨진 물자와

> 장비의 철거, 심지어 전사자의 시체 발굴과 반출에 관한 조문까지 있었지만 후방에 남겨진 살아있는 인간에 대한 고려는 전혀 없었다. (……) 구태여 말한다면 남로당계의 유일한 거점인 남한 빨치산이 소멸되는 것을 북한당국은 막아야 할 이유가 없었던 것이라고 밖에 생각할 수 없다. 실제로 남한 빨치산의 소멸과 함께 일체의 기반과 발언권을 상실한 월북 남로당계 간부들은 전쟁의 초연도 가시기 전에 무자비한 숙청으로 뿌리를 뽑히고 만다. 그리고 남한 빨치산은 도리어 그 숙청 이유의 하나로 꼽히게 된다.

주지하다시피 남로당의 당수였던 박헌영은 53년 3월에 체포되어 12월에 기소되었고, 이승엽을 비롯한 남로당계 주요 인사 대부분은 그보다 빠른 53년 7월 30일에 기소되었다. 따라서 휴전협정이 성립되기 이전에 이미 남로당계에 대한 숙청작업은 사실상 마무리되어 있었다고 말할 수 있다. 그러므로 북로당 쪽이 지리산 일대의 빨치산을 방기해 버린 채 휴전협정에 임했다는 것은 의심할 수 없는 사실임에 틀림없다. 그렇다면 우리는 이 사실을 어떻게 이해해야 할 것인가. 저자의 말처럼 "각 상대방 후방에 남겨진 물자와 장비의 철거, 심지어 전사자의 시체 발굴과 반출"에 대해서까지 신경을 쓰면서 '살아있는 인간'에 대해서는 무관심했었다는 사실을 말이다. 이 점은 아마도 정치의 비정함과 권력의 속성에 대한 문제를 고려하지 않는다면 설명이 불가능할 것이다.

그렇다고 해서 정치는 이상이 아니라 현실이며 구체적인 물리적 힘의 기반 없이는 존립할 수 없다는 실증주의적 사고방식의 함정으로 필자는 빠져들고 싶지 않다. 이병주의 『지리산』이 강하게 드러내는 이러한 사고 방식은 현실적인 것을 합리적인 것으로 만들어 버리는 오류에 빠질 수 있다. 그러한 태도보다 우리는 현실정치가 염색시킨 이념과 이상의 모습을 넘어 그 본래의 모습에 대한 탐구를 오히려 이런 문제들을 통해 더욱 분명하게 추구해볼 필요가 있다고 생각한다.

『남부군』의 저자는 남로당의 빨치산 투쟁에 참가한, 아니 좌경한 많은 사람들이 공산주의자들이기보다는 정치의 이상적 형태를 갈망한 사람들이었다는 이야기를 여러 부분에서 강조하고 있다. 예컨대 미소 공동위원회가 깨지고 분단이 기정 사실화되어갈 때 남한 단정을 주장한 이승만과 그 지지 세력에 대한 적대감이 좌익으로 많은 사람들을 변신시켰다는 것이다. 저자는 이렇게 쓰고 있다.

> 다시 말해서 통일을 저해하는 세력은 현실 변혁을 바라지 않는, 지주계급을 대표하는 모당과 친일 모리배 군상, 그리고 그 세력을 타고 앉은 이승만 일파라고 생각하는 청년들도 많았으며 이들은 그대로 좌익이 돼버렸다. 그러니까 그 저해세력을 물리치지 않고서는 통일은 영원히 불가능하고 물리치는 수단은 폭력일 수도 있다는 급진과격론도 나왔던 것이다.

이런 점과 관련하여 이 수기의 저자 역시 공산주의 사상으로 투철하게 무장된 사람이라기보다는 해방이 가져다 준 감격적인 분위기를 이상적 정치형태로 실현해 보고자 했던 사람의 하나라는 사실을 우리는 기억할 필요가 있다. 따라서 북로당에 대한 그의 반감은 정치적인 노선 문제에서 나온 것이 아니라 비교적 순수한 심리적 상태에서 나온 것이다. 그런만큼 우리는 저자가 수기의 곳곳에서 드러내 보이는, 북로당 출신들의 우월의식에 대한 반감을 합리적이고 이성적인 것으로 간주하기보다 본능적인 자연스러운 거부감으로 이해하는 것이 더 타당할지도 모른다.

마지막으로 이 책을 읽으면서 느낀 필자의 소감 하나를 덧붙인다면, 이 수기는 지리산 빨치산 생활의 구체적이고 세부적인 모습을 보여주는 데에는 대단히 뛰어나지만 지리산 일대의 빨치산 모습 전체를 조감하는 데에는 상당히 미흡하다는 사실이다. 이점은 저자가 본대에서 분리된 유격부대의 일원이었기 때문에, 그리고 그곳 생활의 규율이 타부대의 실상을 알 수 없도록 만들어져 있었기 때문에 불가피한 일이었겠지만, 읽는 우리로서는 일말의 미흡함을 느끼지 않을 수 없다. 조만간 지리산 전체를 조감할 수 있는 이현상 부대의 핵심을 해부해 보여주는 기록이 어디선가 공개되기를 기대해 본다.

—『월간중앙』, 1988. 8.

6월 항쟁 이후의 현실과 소설

1.

세간에서 한국의 명예혁명이라 부르기도 하는 6월 항쟁이 일어난지 벌써 2년여의 시간이 흘렀다. 이 기간 동안에 우리나라의 소설은 어떤 변화를 보여주었을까? 이 질문에 대한 일반적인 대답은, 소설의 근본적인 변화보다는 금기 체계의 완화에서 오는 몇 가지의 표면적인 변화가 있었다고 하는, 조금 애매하고도 신중한 것이다. 이 같은 대답은 2년이란 시간이 소설의 양식상의 변화와 같은 근원적 변화를 가져오기에는 지나치게 짧은 시간이란 사실과 정치적인 자유의 확대는 일차적으로 작가의 메시지와 같은 표면적으로 두드러지는 부분에 변화를 가져왔다는 생각에 그 근거를 두고 있다.

앞의 질문에 대한 두 번째의 대답은 경험적인 사실에 근거를 두고, 변화의 크기를 강조하는 것이다. 이 대답은 지난 2년여 동안에 이루어진 김학철 · 이근전 · 김달수 · 김석범 · 이회성 등 교포작가들의, 현대사를 다른 장편소설들의 소개와 이기영·박태원 등 월북작가들의 역사소설 출간, 그리고 노동소설의 눈부신 진출을 강조함으로써 변화의 근거로 삼으려 하고 있다.

앞의 질문에 대한 마지막 대답은 첫 번째와는 반대로 정치적이고 사회적인 엄청난 변화가 있었으니까 당연히 소설에도 커다란 변화가 있었지 않았겠느냐는 당위적 기대와 관련되어 있다. 이런 대답은 언뜻 보기에도 지나치게 도식적인 대답이어서 누가 그렇게 단순한 대답을 하겠느냐고 생각할지 모르겠다. 그러나 6월 항쟁 이후 우리 평론계가 생산해낸 많은 비평문들이 이 대답을 확대 재생산하는 구조로 씌어졌다는 것은 부정할 수 없는 사실이다.

그렇다면 여기에서 다시 한번 질문을 던져보자. 6월 항쟁 이후에 과연 진정한 의미에서 소설의 변화는 있었느냐고 말이다. 이 질문에 대한 대답은 위에서 보듯 몇 가지로 나타날 수도 있겠지만, 도식적인 가부로 대답하기 이전에 일단 잠정적으로 우리는 다음과 같은 원칙적 대답을 해놓고 넘어가기로 하자. 만약 세간에서 6월 항쟁을 일종의 명예혁명이라 부르고 우리 역시 그것을 승인한다면, 그것이 가져온 그러한 변화의 진정한 의미와 본질을 정확하게 포착하여 형상화한 소설이 출현했을 때, 그리고 그 소설을 읽음으로 말미암아 우리가 살고 있는 지금 이 시간의 의미가 6월 항쟁 이전과 어떻게 다르다는 것을 자연스럽게 느끼게 될 때 우리는 소설에 어떤 변화가 있었다고 말할 수 있을 것이다라고. 이것은 소설 양식상의 변화까지를 보아야만 변화의 실체를 믿겠다는, 그런 고집스런 자세를 재확인하려는 의도에서 나온 대답이 아니다.

뒤에 다시 언급하겠지만 교포소설의 소개나 해금작가의 소설집 간행 등은 어디까지나 우리 소설의 변화를 촉진할 수 있는 정황이거나 현실이지 그것 자체가 지금 우리 소설의 변화를 말해주는 것은 아니다. 마찬가지로 소설 속에서 일상화되거나 부쩍 높아진 정치적 발언들 역시 변화의 표면이지 변화의 실체는 될 수 없다. 따라서 6월 항쟁 이후의 소설의 변화 문제를 올바르게 살펴보기 위해서는 지금의 우리 현실이 보여주고 있는 변화의 진정한 모습에 대한 탐구와 그것을 설득력 있는 전형으로 창조해 낸 작품이 어떤 것인가에 대한 천착이 있어야만 한다. 그렇지 않고 과거에 국내외에서 씌어진 소설들을 대거 소개하는 작업을 가지고 마치 지금의 우리 소설 자체가 변화하고 있는 양 흥분한다거나, 이 소설은 지금까지 누구도 말할 수 없었던 이런 저런 터부를 처음으로 깬 소설이라고 격찬한다거나, 이 소설에는 마땅히 있어야 할 특정 계급의 전망(혹은 세계관)이 없다는 식의, 연역적이고 당위적인 입장에서 작품을 재단해버리는 평가는 모두 변화에의 의지는 보여줄지언정 변화의 실체를 보여주지는 못한다. 그래서 필자는 그러한 문제를 염두에 두면서 다음에서 작금의 우리 현실과 소설의 관계를 다시 한번 되돌아보려 한다.

2.

『문학과사회』 여름호는 그 서문에서 다음과 같은 이야기를 하고 있다. 조금 지루할지 모르겠으나 6월 항쟁 이후의 우리 현실을 정확하게 이해하는 한 단서가 되리라 생각하여 다음에 인용해본다.

> 우리는 작금의 정치 상황의 돌연한 태도 표변을 바라보며, 그 이면의 메커니즘에 더욱 주목한다. 그 매커니즘은 한마디로, 교묘한 체제의 전략에 의해 움직이고 있다. 그 전략이 거의 일사불란하게 진행될 수 있는 것은 스스로 중산층이라고 믿고 있는, 이미 다수를 점하고 있는 계층의 안정 심리 덕분이다. 체제는 교묘하게 그들의 안정 심리를 부추기고 그들의 안정 심리는 체제의 전략을 돕는다. 그 구조는 거의 자발적

> 인 구조다. 우리가 경계해야 할 점은 바로 그 점이다. 그들은 그 자발적 구조 내에서 나름대로의 도덕성을 확보한다. 그들의 언어, 그들의 사고는 그릇되었거나 도덕성이 결여되었기에 비난받을 게 아니라, 그 자발적 구조내에 갇혀 그 갇힘을 당연시한다는 점에서 비판받아야 한다. 그 갇힌 상태에서 그들은 "변화는 혼란이다"라는 혼란된 인식을 공유한다. (……) 언론이 (……) 소위 관제 검열 없이 체제의 의도에 발을 맞추었던 것은, 소위 중산층의 안정 심리가 재야 운동권의 도덕적 명분을 압도한다고 확신했기 때문이다.

6월 항쟁 이후 출현한 6공화국은 중산층의 안정 심리와 그것을 자발적으로 부추겨서 여론화해주는 언론, 이 두 개의 칼날을 효과적으로 조작함으로써 큰 어려움 없이 집권자들이 원하는 방식으로 자유민주주의 체제를 유지해 나가고 있다. 6공화국의 권력 담당자들은 이수인이 『문학과사회』 여름호에 쓴 글에서 지적한 것처럼 '중산층의 불안 심리를 확대 재생산'함으로써 보수적 성향을 지닌 야당의 존립근거를 위협하여 '재야 세력과의 단절을 꾀하고,' 그렇게 함으로써 권력의 안정과 함께 노동운동을 비롯한 여러 비판적 운동단체의 와해를 동시에 도모하고 있는 것이다.

이와 같은 구도하에서 집권 세력이 가장 원하는 것은 중산층을 비롯한 여론 주도층의 거짓된 자기 보호본능의 발동이다. 집권 세력도 이제 과거처럼 조야한 안보 논리나 강압적인 물리력의 동원으로 국민을 이끌어 나가는 데에는 한계가 있다는 사실을 잘 알고 있기 때문이다. 그렇기 때문에 그들은 되도록이면 많은 사람들이 자신들이 어느 정도 안정된 생활을 하고 있다는 이유로 타도 대상이 되는 것처럼 착각하기를 바라고 있다. 그들은 국민 생활을 안정시키겠다고 하면서 사실은 불안한 심리를 더욱 부채질하여 권력 행사의 합법성과 정당성을 확보하려고 하는 것이다.

그래서 그들은 한편으로는 매스컴과 역할 분담이 이루어진 청문회 게임을 통해 마치 국민 모두가 이 나라의 주인으로서 권력자들을 심판하고 있는 듯한 착각을 하게 만들고, 다른 한편으로는 국민이 주인인 지금의 우리 사회가 얼마나 불순 폭력 세력으로부터 심각하게 위협받고 있는지 두려워하도록 만든다. 이를테면 후자의 경우 개인적으로는 가정 파괴범과 인신 매매범의 손길이 목전에 있는 것처럼 불안하게 만들고, 사회적으로는 북한과의 내통 세력이 여기 저기서 횡행하는 것처럼 불안하게 만드는 것이다. 그러면서 언제나 결정적인 책임은 모두 좌익 폭력 세력에게로 돌린다(이 점에 대한 구체적 예의 하나로 다음과 같은 내무부 장관의 국회 답변을 들 수 있다. 내무부 장관은 8월 7일 국회 답변에서 "6 · 29 이후 좌익 폭력 세력의 준동으로 자유민주주의 체제가 심각하게 도전을 받고 있는 상황에서 솔직히 민생 치안에만 매달리는 데에는 한계가 있다"고 말했다.) 그들은 그렇게 함으로써 여론의 주도 계층인 중산층으로 하여금 모처럼 누리는, 민주사회에서의 주인의 위치가 개인적으로든 사회적으로든 심각하게 위협받고 있는 것처럼 생각하게 만들 수 있기 때문이다. 그리하여 그들은 자신들이 노리는 목표, 즉 국민들이 그러한 불안이 근원적으로 어디에서 나온 것인지를 생각하기보다 무조건 개인과 국가가 안정되어야 한다는 심리를 자발적으로 발동하는 것을 유도하는 것이다.

이와 같은 작금의 현실을 위의 인용문은 '이면의 메커니즘'이라고 말한다. 그리고 이 같은 이면의 메커니즘에 의해 지배되는 사회가 과연 진정한 의미에서 변화된 사회인지를 질문하고 있다. 필자 역시 위의 인용문에 나타난 견해에 동의하면서 최근의 소설들에 대해 이 글의 첫머리에서 질문을 던졌던 것이다. 6월 항쟁 이후의 소설들은 과연 진정한 의미에서 어떤 변화의 모습을 보여주었느냐고 말이다.

그렇다면 이제 6월 항쟁 이후의 우리 소설은 필자가 앞에서 이야기한 작금의 현실과 어떤 관계를 맺고 있는지를 점검해볼 때가 된 것 같다. 그래서 필자는 다음에서 최근에 쏟아져 나온 정치소설에 대해, 특히 현대사를 배경으로 한 정치소설에 대해 6월 항쟁 이후 사람들 속에 팽배해 있었던 변혁에의 열망과 관련하여 먼저 언급해보려고 한다. 그리고 다음으로 소재의 금기를 깨고, 발언의 수위를 높이고, 변혁의 메시지를 강도 높게 주장하는 소설들의 의미와 한계는 무엇이며, 그것들은 지금의 현실을 움직이는 메커니즘과 어떤 관계를 맺고 있는지를 소략하게 점검해볼 생각이다.

3.

우리는 한길사에서 오래 전에 간행한 『한국 현대사의 재인식』이 장기 베스트 셀러였던 것을 기억하고 있다. 그리고 최근에는 이태의 『남부군』과 조정래의 『태백산맥』이 베스트셀러가 된 것을 기억하고 있다. 그런데 이것들은 논문과 수기와 소설이라는 서로 상이한 성격의 글들임에도 어떤 공통점을 가지고 있다. 그것은 이 책들이 모두 해방 전후를 중심으로 한 우리 현대사에 깊이 관련되어 있다는 사실이다.

그런데 우연의 일치인지는 모르지만 최근에 대거 소개된 교포작가들의 장편소설들도 모두가 해방 전후를 중심으로 한 우리의 현대사 문제에 깊이 관련된 작품들이다. 예컨대 중국 동포작가인 김학철의 『격정시대』, 『해란강아 말하라』와 이근전의 『고난의 연대』 모두 일제하의 민족해방 투쟁을 다룬 것이며, 일본 쪽 동포작가인 이은직의 『탁류』와 김달수의 『태백산맥』 그리고 김석범의 『화산도』 역시 모두 해방 직후의 남한 정치 문제를 다룬 것이다. 예외가 있다면 이회성의 『금단의 땅』정도인데, 이 작품도 반드시 예외라고 말할 수 있는 성격의 작품은 아니다.

이 작품의 경우 무대가 유신시대를 중심으로 한 60년대 이후의 한국이어서 우리에게는 역사라기보다 당대 사회문제로 읽히는 측면이 강하다는 정도일 따름인 것이다.

이처럼 해방 전후의 우리 현대사 문제를 다룬 소설들이 사람들에게 대거 소개되고 상당한 관심을 끌게 된 이유는 무엇일까? 그것은 분명히 위에 열거한 장편소설들이나 수기가 모두 다 문학적으로 뛰어난 성취도를 자랑하고 있어서만은 아닐 것이다. 거기에는 분명히 소설 외적인 우리의 어떤 정황이 작용하고 있는 것이 틀림없다. 필자는 그것을 여기에서 변혁의 분위기가 부추긴 진실에의 열망이라 부르고 싶다.

해방 이후의 우리 현대사는 현대사에 대한 객관적 서술을 가로막는 역사를 되풀이해왔다. 오랫동안 현대사의 문제에 관한 한 제한된 시각만이 자유로웠기 때문에, 연구자들은 의식적으로 이 시대를 다루고 싶어 하지 않았다. 그것은 역량이 모자라거나 관심이 없어서가 아니라 연구의 객관성을 보장받을 수 없다는 점에서였다.

그런데 최근에 이 같은 상황은 역전되었다, 많은 사람들이 현대사의 문제에 달려들기 시작한 것이다. 이 같은 상황의 역전은 아마도 황지우가 「현대사를 배경으로 한 정치소설에 대하여」(『오늘의 소설』 1988년 하반기)라는 좌담에서 이야기한, 다음과 같은, 사람들의 자세 변화와 밀접한 관계가 있을 것이다.

> (……) 70년대에 비해 80년대의 가장 두드러진 점은 지난 제 5공화국 치하에서 대단히 용렬하고 위악적인 강제력, 공권력이라는 이름의 벌거벗은 폭력을 기본으로 하는 극우의 속성 때문에 상대적으로 진보적 변혁 세력의 정당성이 대중적으로 서서히 복원되어가는 과정이었다는 점일 겁니다. 단적인 예로 80년대에는 국가보안법이 아닌 집시법 위반자 정도는 교도소내 잡범들이 잡범 취급했다더군요. (웃음) 70년대에 김지

> 하는 법정에서 "나는 공산주의자가 아니다"고 항변했는데, 80년대 학생들은 "나는 사회주의자다, 당신들이 원한다면 나는 공산주의자라고 말하겠다"고 외칠 정도였습니다. 말하자면 사상범의 대중화 시대라 할 만하겠는데, (……)

사상적인 금기의 벽을 깨뜨리려는 노력은 비단 80년대에 들어와서 시작된 움직임은 아니다. 그럼에도 80년대에 이 노력이 두드러져 보인 것은 이 시대가 양산해 낸 수많은 사상범 덕분이다. 역설적이게도 5공화국은 수많은 사람들을 국가보안법으로 투옥함으로 말미암아 사람들로 하여금 빨갱이로 규정받는 것에 대한 두려움을 없애주었던 것이다.

황지우가 앞에서 이야기한 극우적인 폭력에 대한 당당한 맞섬의 자세가 현대사의 문제에 대한 폭넓은 관심을 확산시킨 80년대적 정황의 한 가시적 형태라면, 대중 속에 확산된 변혁에의 열망은 이 문제에 대한 비가시적인 또 하나의 정황을 이루고 있다. 그런데 그 비가시적인 정황은 6월 항쟁이라는 가시적 분출에서 보았듯 엄청난 잠재력을 지니고 있었던 것이다.

87년의 6월 항쟁이 확인해준 가장 확실한 것 중의 하나는 사람들이 어떤 식으로건 변화를 바라고 있다는 사실이었다. 그것이 혁명적인 것이어야 하느냐, 개량적인 것이어야 하느냐, 혹은 자유민주주의적인 것이냐, 사회민주주의적인 것이냐에 대한 가늠은 시기상조지만 과거와 같은 물리적 억압과 사상적 금기를 휘두르는 통치가 끝나야 한다는 점만은 최소한 분명히 했다고 생각한다. 따라서 우리는 이 사실을 두고 적어도 다음과 같은 이야기를 할 수 있을 것이다. 우리 국민들의 잠재의식 속에는 해방 40여 년 동안 되풀이해 온 파행적이고 왜곡된 통치의 역사를 바로잡아야 한다는 생각이 상당한 폭발력으로 숨어있었다고 말이다.

이와 같은 점에서 볼 때 현대사의 문제를 다룬 국내외의 소설들이 대거 독자들 앞에 선을 보인 것은 현상적으로 조금도 이상하지 않다. 그동안 사람들이 목말라 있던, 현대사의 총체적 모습에 대한 열망을 그런 소설들이 부분적으로 충족시켜주면서 지금 우리가 서 있는 현실이 역사적으로 정당성이 있는 것인지 없는 것인지에 대한 이해와 비판의 안목을 제공하고 있기 때문이다. 예컨대 김학철과 이근전의 소설들은, 일단 소설 자체의 심미적 문제는 보류하고 역사적인 측면만을 따진다면, 지금까지의 남쪽 소설에서 쉽게 찾아볼 수 없었던 일제하의 민족해방투쟁 문제와 반제 민족 통일전선의 문제 등을 새삼스럽게 생각하도록 만들어주며, 이은직·김달수·김석범·이회성 등의 소설은 신탁 통치와 4·3 사건과 6·25와 통혁당 사건 등에 얽힌 문제들을 우리의 시각과는 다른 새로운 시각으로 보게 만들어 주는 까닭이다.

그래서 아마도 독자들 중 일부는 현대사를 다룬 소설을 통해 최근 우리 사회에서 상당한 논쟁거리가 되고 있는 사회구성체 문제를 읽어냈을 것이라고 생각한다. 그들은 지금의 우리 사회를 변화시키려는 의지로 어떤 중국 동포작가의 소설에서는 식민지 반제 반봉건 투쟁의 모습을, 어떤 일본 동포작가의 소설에서는 반미 투쟁을, 또 다른 일본 동포작가의 소설에서는 NL과 CA의 사상 투쟁을 읽어냈던 것이다. 그리고 어느 정도까지는 자신들이 생각하는 변혁 노선과 관련하여 이들 소설의 가치를 재인식하고 싶어했던 것이다. 이를테면 이회성의 작품을 두고 이야기 하는 다음과 같은 경우가 바로 그 경우일 것이다.

> 김재용 : 『금단의 땅』에 대한 저의 평가를 말하기 전에 우선 그 작품에 대한 간단한 이야기를 먼저 해보죠. 이 소설은 두 인물군의 사상 투쟁 형식으로 전개되고 있습니다. 그것이 놀랍게도 80년대

중반 이후 제기된 NL과 CA의 사상 투쟁을 70년대의 공간에서 포착하여, 형상화하였다는 사실입니다. (……)

정 민 : (……) 과연 당시와 같은 험악했던 상황에서 혁명 운동을 하겠다는 박채호와 같은 '직업적 혁명가'의 식견이 '68년의 울진 · 삼척 사태'를 남한 정세에 대한 근거없는 낙관에서 나온 모험주의적 투쟁으로 간주하고, 통혁당의 존재를 일국일당 원칙의 교조적 적용이라고 비판하며, 7 · 4 남북 공동 성명을 파쇼 타도 방침에서 파쇼와의 협상 방침으로 바뀐 것으로 이해하는 수준밖에 안 될지 지극히 의심스럽습니다. (……) 『금단의 땅』에서 묘사되고 있는 혁명가들은 프롤레타리아 독재, 사회주의 혁명 등에 대해서 자유민주주의 가치관을 탈각하지도 못한 '관념적 사회주의자'들에 불과합니다.

—「현대사를 중심으로 한 정치소설에 대하여」,
『오늘의 소설』 1988년 하반기, pp.29~30.

그런데 위의 인용문에서처럼 현대사를 다룬 정치소설들을 자기가 가진 어떤 특정한 정치적 변혁의 시각에서 읽고 평가하려는 태도는, 우리 소설의 그러한 변화를 충실하게 보여주려는 태도가 아니라 읽는 사람 자신이 가진 변혁의 방향과 열망만을 강하게 드러내 보이는 태도라는 점에서, 우리에게 시사하는 점이 있다. 그것은 바로 이 같은 독서태도 자체가 바로 현대사를 재구성하려는 소설들의 주변 정황을 이루고 있다는 사실이다. 그리고 현재는 그러한 정황의 부피, 다시 말해 잘못된 현대사를 자신이 가진 시각에서 재구성하고 싶은 욕망의 크기가 너무 커서 정작 대상이 되는 작품 자체에 대한 관심을 압도하고 있다는 사실이다. 그리고 이런 모습은 현대사의 총체상을 작가가 자유롭게 재구성할 수 있는 권리를 부여하는 개방적인 정황이 아니라 이미 어떤 것이 총체상이라는 것을 규정하고 제한하는 비정상적 정황인 것이다.

필자는 앞에서 현대사 문제가 사람들의 많은 관심을 끌게 된 데에는 모든 소설들이 반드시 뛰어난 성취도를 자랑하고 있어서가 아니라 정황적인 이유가 작용하고 있다는 이야기를 했었다. 그 정황의 한 중요한 부분을 구성하는 것이 바로 앞에서 필자가 말한 경우이다. 이처럼 현대 정치사의 문제들과 관련된 국내외의 장편소설들은 지금 사람들이 지니고 있는 잠재적인 변혁에의 열망과 관련을 맺으면서 소설로 읽히는 측면 못지않게 과거의 모습에 대한 역사적 지식을 전달해주고 일깨워주는 일종의 역사책으로 읽히는 경향이 있다. 그래서 아마 인용문의 좌담자들은 소설은 도외시 한 채 지식으로써 지식을 비판하는 태도를 취했을 것이다. 더구나 이 같은 경향은 현대사를 다룬 장편소설들이 아직 우리 소설사에서 뚜렷한 전통을 형성하고 있지 못한, 초보적 단계의 양식이어서 정보전달을 가속화시키는 서술이 많다는 점과도 관계가 있다.

그러나 이런 때일수록 현대사를 다룬 소설들에 접근하는 태도는 조심스러울 필요가 있다. 잘못하면 소설가는 소설가대로, 독자들은 독자들대로 자신들이 가지고 있는 지식이나 정치적인 노선만을 소설에서 중요하고 의미 있는 것인 양 내세우는 오류 속으로 빠져들 우려가 있기 때문이다. 이를테면 조정래의 『태백산맥』이 상당수의 평론가들과 현대사 연구자들에 의해 실제 사실 여부와 정치노선의 측면에서 검토되고, 또 논쟁을 야기한 것이 바로 그 경우이다. 그렇게 되면 소설은 사라져 버리고 옳거나 그른 것으로 규정해야 할 사실과 정치노선만 남게 되어버리는 것이다. 아마 조정래의 소설이 6월 항쟁 이전에 쓴 앞부분과 이후에 쓴 뒷부분 사이에 조금씩 정치적인 입장과 메시지의 강도에 편차를 보이는 것도 이런 사정과 관계가 있을 것이다.

현대사를 다룬 소설도 소설인 이상 현대사 자체는 아니다. 그렇기 때문에 그것은 세상을 역사 자체와는 다른 방식으로 의미 있게 돌아보는 어떤 이야기가 되어야 한다. 이 점을 무시하고 소설을 세상의 정치적인 노선이 벌거벗고 날뛰는 무대로 만들거나 또 그런 방식으로 소설을 읽는 것은 소설을 곧장 이 세상이나 역사와 동일시하려는 태도의 소산이다. 우리가 소설로 역사를 대체하려는 의도를 가진 사람이 아니라 소설을 통해 현대사의 총체상에 대한 그리움을 키우고 싶어 하는 사람이라면, 그것은 마땅히 그만두어야 할 그릇된 태도이다.

황석영은 『창작과 비평』 88년 겨울호에 실린 「항쟁 이후의 문학」이란 글에서 "무엇보다도 궁금한 것은 신인들의 창작 역량이 성장하고 있지 않은 점"이라고 말하면서, "이즈음의 작품으로는 윤정모의 『님』이 기억나고 문장의 힘과 밀도가 있는 신인 정도상이 생각"난다고 했다. 그러면서 신인 작가들보다는 선배 작가들의 활동을 더 중요시했다. 그의 이러한 이야기는 예로 든 작품의 타당성 문제를 보류한다면 필자는 수긍할 만한 이야기라고 생각한다.

6월 항쟁 이후에 정도의 차이는 있지만 창작 역량을 과시하기 시작한 신인 작가로는 홍희담·방현석·김영현·정화진·정찬·채희문·김석희·채영주·최윤·정도상·유시민·전진우 등이 있다. 그리고 이들 중에 홍희담과 정도상, 그리고 정화진의 경우는 김명인·김사인·백진기·조정환 등 젊은 진보적 평론가들과 대학 언론의 집중적 조명을 받으면서 항쟁 이후의 새로운 소설적 흐름을 만들고 있는 것처럼 간주되고 있다. 그런데 황석영은 이를 왜 간단히 무시해버리고 만 것일까? 여기에 대한 대답으로 그는 작가답게 단지 "소설은 가슴에서 퍼내는 것이지 뇌세포에서 분석해내는 것이 아니다"라는 말과 "일차적으로는 작가 자신을 포함한 여러 인생들의 그럴 듯한 이야기여야 하기 때문이다"라는 말을 해놓고 있을 따름이다.

4.

황석영은 소설은 소설답게 사람들에게 일차적으로 정서적인 감동을 줄 수 있는 것이 되어야 한다는 이야기로 6월 항쟁 이후의 신인작품을 비판했다. 그렇다면 6월 항쟁 이후의 소설들이 우리 현실을 어떤 방식으로 그리고 있었기에 그같은 이야기를 하게 되었을까? 그것은 추측건대 그의 입장에서 볼 때 민중 운동이나 노동 운동을 그린 작가와 작품의 숫자는 항쟁 이후에 비약적으로 늘어났지만 목소리의 생경함과 문장의 투박함을 떨쳐버린 작가들은 별로 눈에 띄지 않았기 때문일 것이다. 이 점은 항쟁 이후의 민중 운동이나 노동 운동 관계의 소설들이 어떤 측면에서는 그 이전보다 더 성급하게 정치적 목적의식을 생경하게 개입시키는 경우가 많다는 사실을 기억하면 충분히 이해할 수 있다.

6월 항쟁이후의 소설들이, 항쟁이 쟁취한 현실과 맺는 직접적 상관관계를 뚜렷하게 보여주는 예는 항쟁의 성공에 대한 흥분이 채 가시지 않은 88년 초에 나타났다. 홍희담의 「깃발」과 정도상의 「친구는 멀리 갔어도」가 바로 그러한 작품이다. 이 두 작품을 향해 쏟아진, 노동자의 시각으로 광주 문제를 재해석한 작품이라거나 군대라는 성역을 깨뜨린 작품이라는 식의 비평적 평가에서 우리는 그 직접성을 느낄 수 있다. 이러한 평가들은 모두 형상화된 소설적 가치를 따진 것이 아니라 권위주의 체제의 균열을 헤치고 나온 작가의 용기(물론 작품에 투영된 용기이기는 하지만)를 칭찬한 말이기 때문이다.

그렇다면 우리는 앞의 소설들이 지닌 이런 점들을 진정한 의미에서 소설의 변화된 모습으로 볼 수 있는 것일까? 필자는 이 글의 첫 머리에서 이 질문을 던지면서 어떤 것이 변화된 소설일 것인지에 대한 나름대로의 대답과 함께 지금 우리가 처해 있는 현실의 모습을 분석해본 바가 있다. 필자가 앞에서 이야기한 그 같은 맥락에 따르면 이 같은 방식으로 씌어진 소설들은 현실의 이면에 숨어 있는 메커니즘을 정확하게 포착해 내기에는 지나치게 단순한 소설들이다. 항쟁 이전에, 물리력에 의해 뒷받침되는 단선적인 반공 논리가 지배하던 시대에 민중문학에서 애용되던 인물과 행위의 도식성이 여전히 지배적으로 나타나는 까닭이다. 그래서 지금은 우리의 정치현실이 오히려 소설보다도 훨씬 소설답게 독자들을 조작하고 있다는 생각이 들 지경이다. 그 구체적인 예로 다음과 같은 대목을 보자.

> 벌교댁은 생산비가 적힌 종이를 이리 둘러보고, 저리 둘러보고, 정부에서 발표한 수매가와 비교해보고, 곰곰 따져보고, 고개를 갸웃거리다가 옆에 있는 나주댁에게 귓속말로 속삭였다.
>
> "우리도 같은 백성인디 왜 이리 못살게 굴까, 잉. 아니면 높은 사람들의 머리가 나 같은 무지렁이보다 못한 사람들임에 틀림없당께."
>
> —홍희담, 「이제금 저 달이」

홍희담의 「이제금 저 달이」라는 중편에 나오는 위의 대목은 한 무지렁이 시골 여인네가 부당한 고추 수매가를 깨닫게 되는 모습을 보여주고 있다. 그런데 그러한 깨달음이 위에서처럼 수치를 정밀하게 따져서 획득되는 모습에는 분명 문제가 있다. 생필품 값이나 자식 등록금과 같은, 그네들에게 익숙한 수치와의 비교를 통해서가 아니라, 교육을 받은 지식인처럼 생산비와 수매가의 수치 비교를 통해 벌교댁이 깨달음을 얻게 되는 것처럼 그리는 것은 무지렁이 농민과 잘 어울리지 않는다.

홍희담의 이 작품은 근래에 나온 노동자나 농민 운동 계열의 작품으로는 빼어난 것이라 칭찬을 받고 있음에도 불구하고 이처럼 인물의 의식 형태를 소설적 흐름보다는 작가 자신의 의도에 따라 도식적으로 배치한 부분이 여기 저기 발견된다. 한 가지만 더 예를 들어보면, 이 소설의 주인공이 노동법에 통달하고 상당한 투쟁 경력을 가진 역전의 투사임에도 불구하고 그의 꿈은 "맛나는 과일을 먹고 싶다, 고기도 먹고 싶다, 건강하고 이쁜 애랑 연애도 하고 싶다"는 것으로 그려놓은 경우가 바로 그렇다. 이런 의식의 형태는 윤지관이 적절히 지적한 것처럼 "투쟁의 경력에 비추어 너무 낮게" 설정되어 인물의 의식과 소설가의 의식 사이에 균형이 맞지 않는 모습을 드러내고 있다.

소설 속에서 인물의 의식이 변화하는 현실에 대응하여 적절하게 배치되지 못하는 경우는 대체로 작가가 주인공을 둘러싼 상황을 미리 선험적으로 규정하고 거기에 인물의 사고와 행위를 적당히 꿰어 맞추기 때문에 나타난다. 이럴 경우 소설은 선과 악, 적과 동지에 대한 도식적 구분을 내포하게 되고, 작가는 개념적 지식을 소설 속에서 전달하게 되며, 소설의 문장은 어떤 모순이나 죄악을 명쾌하게 고발하고 추궁하는 구형문의 냄새를 풍기게 된다. 그리하여 소설은 살아 있는 현실에 대응하는 탄력성 있는 또 하나의 살아 있는 세계를 구축하는 데 실패하게 된다.

> 원태는 배중사에게 월남 전쟁이야말로 민족 해방 전쟁이라고 외치고 싶었다. 프랑스 식민지 치하에서 목숨을 걸고 독립 운동을 하던 동족을 향해 총을 겨눴고 무자비한 살상을 자행하던 티우나 디엠을 어떻게 국민들이 지지하겠느냐고, 미국이 그토록 물량 공세를 폈지만 끝내 패배하지 않았느냐고, 아마 세계에서 가장 부도덕한 전쟁이 베트남 민족 해방 전쟁이라고 (……) 그가 다른 책을 펼쳤다. 백기완 선생의『자주고름 입에 물고 옥색치마 휘날리며』였다.
>
> —정도상, 「친구는 멀리 갔어도」에서

소설 속의 원태라는 인물이 하는 이 이야기는 사실상 작가의 이야기이다. 작가가 세상을 향해 외치고 싶었던 이야기이기 때문에 소설이 어색해 지는 것을 무릅쓰고 지문으로 길게 삽입해 놓은 것이다. 이처럼 소설에서 작가는 인물로 하여금 스스로 말하게 하고 있지 않다. 그래서 배중사로 대변되는 작가의 자세, 주인공의 자세는 작가가 지닌 투사적 의지로 굳어 있다. 위의 인용문에서 보듯 작가는 자신의 소설을 살아 있는 탄력적 현실로 만들려고 하는 것이 아니라 소설 속의 현실을 지금 현재 우리가 살고 있는 바로 이 현실로 설정하여, 그것을 돌파하겠다는 의지로 충만해 있는 것이다.

지금 우리 사회는 개인과 개인, 집단과 집단이 증오와 욕망을 적나라하게 노출시키며 대결하고 있는 사회이다. 그리고 권력자들은 그러한 증오와 욕망의 대결을 보수적 지식인과 중산층의 방어기제 발동 근거로 적절히 이용하며 현실을 이끌어 나가고 있다. 이 같은 상황 속에서 정도상의 소설과 같은 소설은 대결국면의 현실에 충실한 소설이다. 왜냐하면 그 같은 소설들은 세상이 증오와 욕망을 보이는 것과 똑같은 모습으로 증오와 욕망의 언어를 드러내면서 독자들에게 당신은 어느 편이냐를 분명히 묻고 있기 때문이다.

그렇지만 이 같은 소설들은 현실의 변화를 가장 적절하게 소설 속에 반영하는 것도, 소설의 변화를 올바르게 보여주는 것도 아니다. 그것들은 그냥 이 세상처럼 소설을 지겹거나 혐오스러운 어떤 대상으로 느끼게 만들어줄 따름이지 현실을 의미 있게 드러내서 숙고하고 반성토록 만들어 주지 못하는 까닭이다. 그것들은 달리 말하면 세상의 변화를 소설 변화의 분위기로 삼거나, 표현의 강도를 높이는 계기로 삼을 따름이지 변화된 현실의 구조에 대응하여 소설의 구조를 모색하는 시도가 아닌 것이다.

5.

그러나 필자의 이러한 비판에도 불구하고 6월 항쟁 이후의 여러 소설은 정치가 사람들의 모든 관심을 휩쓰는 상황에 맞서 활기차게 우리들 삶의 여러 부면에 대한 진지한 모색을 보여주었다. 들뜬 세상의 흐름과는 달리 개인의 섬세한 의식과 내면을 거기에 상응하는 언어 체계로 구축해 냈고, 노동자들의 밝고 강인한 모습을 낙관적 전망 속에서 그려냈으며, 그릇된 역사와 정치에 대한 반성을 강도 높게 계속했던 것이다. 아마도 90년대의 우리 소설은 이러한 진지한 모색과 시행착오를 기반으로 앞으로 더욱 넓고 깊은 세계를 우리 앞에 펼쳐 보일 것이다.

—『문학과사회』, 1989. 가을

4·3 사건을 다루는 세 가지 시각

1948년 4월 3일 새벽에 시작된 제주도민들의 무장봉기는 무자비한 진압과 살육으로 이어졌다. 그리고 약 40년의 세월이 흘렀다. 5월 10일의 남한 단독정부 수립을 목전에 두고 일어난 이 사건은 시기가 시기였던 만큼 대한민국 정부수립을 방해하기 위한 빨갱이들의 책동으로 일찌감치 규정되었으며, 우리 역사 속에서 오랫동안 기억하고 싶지 않은 사건으로 치부되어 왔다. 이를테면 당시에 미군정 당국과 손을 잡고 헤게모니를 장악하기 시작한 우익 반공주의자들의 다음과 같은 사태처리 태도가 지금까지 유효하게 작용해 왔던 것이다.

> 1948년 4월 3일 2시를 기해서 제주도에는 폭동이 일어났다. 폭동을 일으킨 자는 빨갱이(남로당)들이며, 이들은 제주도를 비롯해서 이 땅을 적화시키기 위해 만행을 저질렀다. 따라서 폭도는 빨갱이들이요, 그들을 도와준 자들도 빨갱이요, 그러니 제주도 도민의 85%는 빨갱이다. 때문에 한라산에 휘발유를 뿌려서라도 소탕시켜야 한다.

당시 경무부장이었던 조병옥과 제주도 11연대장 박진경 등이 보인 이 같은 식의 극단적 태도는 반공 이데올로기가 절대화된 우리 사회에서 그대로 역사적 정당성을 띤 이야기로 통용되어 왔다.

그런데 최근에 나온『제주민중항쟁 Ⅰ』이라는 자료집과 몇 편의 소설들을 읽으면서 필자는 이른바 4·3 사건을 바라보는 그러한 시각에는 분명히 무엇인가 잘못이 있다는 확신을 가지게 되었다. 그 확신은 그러나 필자의 경우 제주도 문제에 남다른 관심을 가지고 있는 제주도 출신 소설가들의 소설, 예를 들면 현기영, 현길언, 오성찬, 김석희 등의 소설을 통해 획득한 부분이 많기 때문에 실제 현실에 입각한 설득력에서 다소 문제가 있을 수 있다. 그렇지만 4·3 사건을 다룬 그들의 소설이 이 사건을 바라보는 시각과 사건의 성격을 규정하는 방식에서 지금까지의 역사 기록보다 오히려 정직하였다는 사실을 감안할 때, 지금의 시점에서는 소설을 통해 문제의 본질에 접근해 보는 것도 무의미하지 않을 것이라고 필자는 생각한다.

제주도의 4·3 사건을 바라보는 작가적 시선에는 크게 나누어 3가지가 있다. 사람들은 이것을 보통 소박하게 좌익 쪽의 시각과, 우익 쪽의 시각, 토착적인 시각이라는 세 가지로 규정하고 있다. 그렇지만 필자는 이것을 민중적인 시각과 휴머니즘적인 시각과 토착적인 시각 이 세 가지로 나누어 이야기하는 것이 소설가들의 시각을 설명하는 데에는 더 적절하다고 생각한다. 그 이유는 일반적으로 사람들이 사석에서 이야기하는 방식, 말하자면 현기영은 좌익 쪽에 기울어져 있고, 현길언은 우익 쪽에 기울어져 있다는 식의 이야기가 그대로 논리적 타당성이 있는 정설로 굳어져 버리는 경우가 앞의 분류 방식이며, 이 분류 방식에는 아직까지 어떤 설득력 있는 작품해석도 동반되지 않았던 까닭이다. 반면에 필자가 제시하는 분류에는 그 근거가 될 수 있는 작품 해석이 상당량 있다(물론 이 경우에도 김석희의 「땅울림」으로 대표되는 토착적 시각은 극히 최근에 제시된 것이기 때문에 예외이긴 하다).

필자는 앞에서 제시한 3가지 시간의 어느 하나에 명백한 지지를 보낼 수 있는 객관적 증거들을 확보하고 있지 못하다. 그러나 좌익 쪽의 시각이라든가 우익 쪽의 시각이라는 식의 분류 방식에 대해서는 약간의 비판을 가할 준비가 되어 있다. 그래서 필자는 먼저 미흡하나마 현기영은 좌익적인 시각이고, 현길언은 우익적인 시각이라는 식의 사담식 발언이 지닌 문제점을 지적하기 위해, 필자의 분류부터 변호해 볼까 한다. 그 다음에 최근에 간행된 김석희의 소설이 제시한 토착적 시각의 의미를 분석해 보려 한다.

필자가 읽을 수 있었던 4·3 사건 관계의 모든 작품에는 당시의 진압군이었던 경찰이나 군인들이 정당한 방법으로 사건을 처리한다는 서술은 없었다. 현길언의 소설에 가끔 이성적인 방식으로 이 사건을 다루려는 군인이나 경찰이 나오지만, 그들은 대체로 좌익과 연루되었다는 혐의로 도중에 제거되고 있었다. 따라서 4·3문제를 다룬 거의 모든 소설들은 당시 진압군의 폭력적 만행, 특히 육지에서 건너온 '서북청년단'을 중심으로 한 극우적 인물들의 만행을 이야기하는 점에서는 일치된 모습을 보이고 있다.

또 4·3 사건을 다룬 소설에서 발견할 수 있는 사실은 한라산에 입산한 사람들의 행동을 불가피한 선택이란 관점에서 대부분 기술하고 있다는 점이다. 세 가지 시각의 대표자라 할 수 있는 현기영, 현길언, 김석희의 소설에서도 마찬가지로 사람들의 입산 이유는 이데올로기적 선택이 아니라 상황적 선택으로 처리되어 있다. 이 사실은 4·3 사건을 김달삼을 비롯한 남로당계의 치밀한 준비와 지도에 의해 일관되게 움직여진 무장봉기로 파악한 당시의 남쪽 정권이나 그러한 추이를 지지한 북쪽 정권의 시각에서 이들 소설이 씌어진 것이 아니라는 사실을 의미한다. 이와 같은 사실을 통해 판단할 수 있는 것처럼 이들 소설에는 이산하의 「한라산」과 같은 장시에서 나타나고 있는 것과 같은 좌익 쪽의 노선에 대한 지지가 소설에는 없기 때문에 우리는 어느 소설가가 좌익 쪽에 서 있다고 말할 수 없는 것이다. 작가들이 지닌 이 같은 태도를 우리가 이해하는 데는 다음과 같은, 『제주민주항쟁 Ⅰ』의 자료집 서문이 도움이 될지 모르겠다.

> 둘째로는 제주도를 빨간 깃발로 덮으려는 의도적 해석이다. 그것은 제주도민의 삶의 방식을 역사 이래 일관된 민중해방사의 맥락에서 보려고 하지 않고 제주도민의 위대한 해방의 과업을 도식적 이데올로기로 해석하려는 역사인식이다. 예컨대 "남로당이 주축이 되어서 1948년 4월 3일 봉기를 일으켰다. 봉기의 주체는 남로당이다." 등등으로 당시의 사태를 제주도 민중의 생생한 삶을 축으로 하여 파악하지 않고 남로당을 중심으로 하여 보는 이념사적 역사인식이 그것이다. 이것은 역사의 주체자를 민중으로 보지 않고 혁명이념의 전위성만을 강조한 나머지 역사 이래 삶의 현장에서 일하고 싸워 온 제주도 민중의 주체성을 과소평가하는 결과가 되며, 오히려 제주도 민중을 학살한 장본인들에게 실증적으로 학살의 구실과 명분만을 부여하는 결과가 된다. 남로당이 있기 훨씬 전에도, 남로당이 결성된 후에도, 남로당이 사라진 뒤에도 제주도 민중은 구체적으로 자기 해방을 위해서 일해 왔고 또한 싸우고 있으며 앞으로도 끊임없이 싸워 나갈 것이다. (pp.12～13)

4·3 사건에 대한 공식적인 시각은 반공 이데올로기에 의해 세뇌된 사람들의 시각이다. 그것은 이 사건에 대한 진압과 진압 후의 역사서술이 그러한 시각에서 행해졌었기 때문이다. 그런데, 앞에서 언급한 소설가들은 이 시각을 분명히 거부하고 있다. 어떤 작가도 관변측의 입장을 지지하거나, 남로당 쪽의 입장을 지지하지 않았다. 그렇다면 그들은 어떤 입장에 서있는가? 바로 여기에서 필자는 민중적 시각과, 휴머니즘적 시각과, 토착적 시각의 도입이 필요하며, 이 세 시각은 미묘한 일치점을 지니면서 다음처럼 구분된다고 생각한다.

첫째, 민중적 시각은 4·3 사건을 기획하고 사건의 전개를 지도해 나간 것이 남로당이었다 할지라도 이 사건의 본질은 거기에 있는 것이 아니라고 생각한다. 이 사건의 본질은 경찰과 경비대, 지배관료, 서북청년단, 그리고 토착 우익세력 등의 반동적 행태가 만들어 놓은 폭압적 분위기에 있으며, 제주도 민중들은 그야말로 생존을 위해 좌익 쪽에 서지 않을 수 없었다고 보는 것이다.

둘째, 휴머니즘적 시각은 좌익이나 우익 중 어느 한 쪽의 선택이 불가피해진 상황에서도, 이 상황을 마지막까지 거부하며 양심적으로 살고자 했던 사람들에게 가해진 양쪽의 폭력성을 동시적으로 증언하려는 시각이다. 우리의 역사는 이러한 시각을 지닌 사람의 설 자리를 용납하기는 커녕 도리어 좌익으로 몰아서 개인의 삶을 차압하는 행태를 보여 왔는데, 이런 사람들의 개인적인 진실을 밝히는 것이 4·3 사건과 관련된 문제점을 올바르게 파헤치는 첩경이란 관점이 바로 이 시각인 셈이다. 이 시각은 현길언에 의해 대표된다.

셋째, 토착적 시각은 제주도가 지닌 지리적·역사적 성격, 예컨대 육지에 병합되면서 제주도가 받아 왔던 수난과 멸시의 역사와 관련하여 '탐라공화국'이란 자치 국가를 마음속으로 꿈꾸는 제주도민들의 열망이 그러한 무장봉기의 주요한 한 원인이 되었다는 시각이다. 이 시각은 앞의 두 시각과는 달리 극히 최근에 김석희의 한 중편에서 유일하게 제기되었기 때문에 아직까지 널리 알려져 있지는 못하다. 그러나 주목할 만한 새로운 시각임에 틀림없다. 그래서 필자는 다음으로 이 시각의 의미를 잠시 살펴보려 한다.

김석희의 「땅울림」이란 소설은 4·3 사건 때 입산한 사람으로 최후로 체포 당한 자인 현용직이란 노인의 입을 통해 이 사건의 본질을 설명해 나가는 방식을 취하고 있다. 그리고 이 노인의 입장에 동조하는 김종민이란 기자와 김종민이 기록해 놓은 인터뷰를 읽으며 점차 새로운 동조자로 변신하는 화자에 의해 토착적 시각을 더욱 타당성 있는 것으로 제시하는 서술적 방식을 취하고 있다. 지금 이 자리는 소설의 짜임새보다 4·3 사건을 바라보는 작가의 시각 문제를 검토하는 자리니까 이 소설이 취하는 시각 문제로 들어가 보자.

> (……) 나는 사실 4·3 사건을 좌익과 우익간의 정치적 싸움판이었다는 식으로 도식화시키는 역사서술법에 대해서는 별 관심이 없다. 나는 다만, 그 사건의 흐름 속에서 강렬하게 살아 숨 쉬었던 순수지향의 의지, 달리 표현하자면 제주섬 본래의 숨결을 지키고자 노력했던 흔적들을 유념할 뿐이다. 그것이 결국은 역사적 영속성의 모태가 아니겠는가. 나는 그러한 흔적의 일단을 현용직 노인을 통해 확인할 수 있었다.

위의 인용문에서 알 수 있듯이 이 작품은 4·3 사건이라는 "사건의 흐름 속에서 강렬하게 살아 숨 쉬었던 순수지향의 의지, 달리 표현하자면 제주섬 본래의 숨결을 지키고자 노력했던 흔적들을" 훨씬 중요한 것으로 생각하고 있다. 좌익이나 우익의 이데올로기는 '제주섬 본래의 숨결을 지키고자 했던 노력'에서 보면 결코 본질이 아니라는 것이다. '섬과는 아무 상관이 없는 외지인들의 핍박'과 '끊임없는 자연의 재해와 척박한 생활', 이런 것 때문에 "온갖 시련을 겪어야 했던 제주도는, 오히려 그랬기 때문에 배타적인 특질과 더불어 제주도적인 순수성을 고집할 수 있었던 것"이라고 작가는 주장한다. 이 '순수성에의 고집'이란 토착적 정서가 4·3 무장봉기의 가장 중요한 동기, 심리적·역사적으로 누적된 정서로서의 동기임을 작가는 「땅울림」을 통해 이야기하는 셈이다.

따라서 「땅울림」의 시각은 육지와 대응하는 제주도의 독자적 의미를 치열한 애정으로 감싸 안는 시각인 동시에 우리 육지인의 시각으로 볼 때 일종의 제주도 분리주의를 암묵적으로 지지해 주는 시각이다. 또한 이 시각은, 필자가 앞에서 '정서'라는 말을 사용했었지만, 과학적이라기보다는 심리적인 것이다. 이 소설의 마지막이 화자의 가슴 속에서 새로이 울리는 '쿵쿵쿵'하는 제주도의 맥박으로 끝나고 있다는 사실에서 우리는 이 점을 뚜렷이 느낄 수 있다.

제주도 문제를 바라보는 이상의 세 가지 시각을 통해 그렇다면 우리는 무엇을 느끼고 무엇을 할 수 있을 것인가? 필자는 앞에서 전제한 것처럼 세 가지 시각 중 어느 것이 타당한지를 판단할 능력도 그렇게 할 생각도 갖고 있지 않다. 그보다는 이러한 세 가지 시각 모두가 공존하는 것이 오히려 4·3의 문제를 총체적으로 파악하는데 도움이 된다고 생각하고 있다.

그러나 필자는 마지막으로 행여나 있을지도 모를 다음과 같은 인식, 즉 4·3 문제를 엄청나게 많은 사람들이 육지인들의 손에 의해 죽었다는 식으로 인식하는 시각에 대해서는 미리 한두 마디 경계하고 싶다. 이러한 인식은 이를테면 광주항쟁 후에 사람들의 입에 오르내리던 수많은 소문처럼, 일시적으로 사람들의 마음을 흔들거나 사로잡는 데에는 유리하겠지만 문제를 해결하는 합리적인 태도는 아니다. 이 같은 인식은 수난의 정서적 반응을 극대화하여 자칫하면 적개심을 고취시키는 방향으로 작용하거나 아니면 수난의 피동성에 함몰하여 한의 정서를 축적시키는 데에 기여할 우려가 있기 때문이다.

4·3 사건은 40년 전에 있었던 사건이지만 사건에 대해 어떤 치유의 노력도 없었기 때문에 지금까지 계속 덧나는 상처가 되고 있다. 이 상처를 우리가 어떻게 다스려 완치할 수 있을 것인가는 바로 한국 민주주의의 발전과 관계된 문제라고 필자는 생각한다.

—『월간중앙』, 1988. 7.

저자 **홍정선(洪廷善)**

1953년 경북 예천에서 태어났다. 서울대학교 문리과대학 국어국문학과 및 동대학 대학원 석·박사 과정을 졸업했다. 1982년 『문학의 시대』를 창간하면서 비평 활동을 시작한 후, 대한민국문학상, 소천비평상, 현대문학상을 수상했다. 현재 (주)문학과지성사의 기획위원으로 활동하고 있다. 1982년부터 1992년까지 한신대학교에 재직하였고, 그 이후부터 현재까지 인하대학교에 재직 중이다. 저서로 『역사적 삶과 비평』, 『신열하일기』, 『카프와 북한문학』 등이 있다.

역락비평신서 14

프로메테우스의 세월

저자 홍정선

인쇄 2008년 2월 12일
발행 2008년 2월 22일

펴낸곳 도서출판 역락
등록 1999년 4월 19일 제303-2002-000014호
펴낸이 이대현
편 집 양지숙

주소 서울시 서초구 반포4동 577-25 문창빌딩 2층
전화 02-3409-2058, 2060
팩시밀리 02-3409-2059
e-mail youkrack@hanmail.net

값 16,000원
ISBN 978-89-5556-604-8 03810